Barry Eisler
Das Fadenkreuz der Spinne

AF217002

Das Buch

Detective Livia Lone ist zurück! Der zweite Band der fesselnden Thriller-Reihe von Ex-CIA-Agent Barry Eisler.

Von Seattle fliegt Detective Livia Lone nach Thailand, das Land ihrer Herkunft. Sie soll hier eine Taskforce gegen Menschenhandel unterstützen. Insgeheim will Livia aber die Zeit für ihren persönlichen Racheplan nutzen. Sie muss den Drahtzieher Rithisak Sorm finden. Er und seine Mittelsmänner sind schuld am tragischen Schicksal von Livias Schwester.

Doch auch der Ex-Marine Dox ist hinter Sorm her. Nach der gemeinsamen Flucht aus einem Hinterhalt in letzter Sekunde erkennen Livia und Dox: Enge Zusammenarbeit ist ihre einzige Chance, wenn sie überleben wollen. Denn ihre Jagd auf Sorm hat offenbar jemanden in den höchsten Kreisen des amerikanischen Geheimdienstes alarmiert ...

Der Autor

Barry Eisler arbeitete drei Jahre lang als verdeckter Agent der CIA und war dann als Fachanwalt für Technologie und Manager für Unternehmensgründungen im Silicon Valley und in Japan tätig. Dort erwarb er nebenbei seinen schwarzen Gürtel am Kodokan, dem internationalen Judozentrum.

Eislers Bestseller gewannen den »Barry Award« und den »Gumshoe Award« für den besten Thriller des Jahres. Sie tauchen in zahlreichen Bestenlisten auf und wurden in beinahe zwanzig Sprachen übersetzt.

Eisler lebt in der Bay Area von San Francisco, und wenn er nicht gerade Romane schreibt, bloggt er auf www.BarryEisler.com über Folter, Bürgerrechte und das Prinzip der Rechtsstaatlichkeit.

BARRY EISLER

DAS FADENKREUZ DER SPINNE

Ein Livia Lone Thriller

Aus dem Amerikanischen von Peter Friedrich

Die amerikanische Ausgabe erschien 2018 unter dem Titel »The Night Trade« bei Thomas & Mercer, Seattle.

Deutsche Erstveröffentlichung bei
Edition M, Amazon Media EU S.à r.l.
5 Rue Plaetis, L-2338 Luxembourg
September 2018
Copyright © der Originalausgabe 2018
By Barry Eisler
All rights reserved.
Copyright © der deutschsprachigen Ausgabe 2018
By Peter Friedrich

Die Übersetzung dieses Buches wurde durch AmazonCrossing ermöglicht.

Umschlaggestaltung: semper smile, München, www.sempersmile.de
Umschlagmotiv: © watcharit praihirun © Bill Diodato / Getty , © paniti
Alapon / Shutterstock
Lektorat: Rainer Schöttle
Korrektorat: Gisela Wunderskirchner/DRSVS
Gedruckt durch:
Amazon Distribution GmbH, Amazonstraße 1, 04347 Leipzig /
Canon Deutschland Business Services GmbH, Ferdinand-Jühlke-Str. 7,
99095 Erfurt /
CPI Books GmbH, Birkstraße 10, 25917 Leck

ISBN: 978-2-919-80196-1

www.edition-m-verlag.de

Im Gedenken an Major (i. R.) Douglas C. Patt (US-Army), Sohn von Arthur und Helen, Vater von Kara, Michael und Gavin, liebevoller Partner von Vivian, der diese Bücher liebte und so viel zu ihnen beigetragen hat.

KAPITEL 1

Livia wärmte sich auf den Matten in der Sporthalle des Hauptquartiers der Polizei von Seattle auf, als ihre Vorgesetzte, Lieutenant Donna Strangeland, durch die Schwingtüren am anderen Ende hereinkam. Sie wurde begleitet von einem großen Mann im grauen Anzug mit locker geschnittenem Jackett – weit genug, um beispielsweise ein Halfter mit einer nicht ganz kleinen Pistole zu verbergen. Am Jackettaufschlag des Mannes steckte ein Besucherausweis, aber er marschierte mit einer Sicherheit herein, als ob ihm das Gebäude gehörte. *FBI,* dachte Livia. Einen schlimmen Augenblick lang blitzte in ihrem Kopf die Erinnerung daran auf, was sie in jenem Hotelzimmer in Bangkok dem Senator und seinen Männern angetan hatte.

Nein, sie durfte nicht paranoid werden. Wenn es hier um den Senator gegangen wäre, hätte sie Besuch von einer ganzen Armada von FBI-Agenten samt deren Vorgesetzten bekommen, nicht von einem einzelnen Bundesagenten und ihrer eigenen Chefin. Es gab noch eine andere Möglichkeit. Vor ein paar Wochen hatte Strangeland eine gemeinsame Taskforce der Homeland Security gegen den Menschenhandel erwähnt. Vielleicht war das der Anlass des Besuchs.

Strangeland und ihr Begleiter gingen an einer Gruppe von Männern vorbei, die in einer Ecke beim Bankdrücken waren, und an dem Basketballspiel zwei gegen zwei in der anderen, bevor sie in der Mitte der großen Halle stehen blieben. Livia konnte sehen, dass sie sich unterhielten. Aber das Klirren der Gewichte, das Quietschen der Turnschuhe der Basketballspieler und ihr Gedribbel mit dem Ball übertönten alle Worte. Strangeland fing Livias Blick auf und bedeutete ihr, zu ihnen zu kommen. Was immer der Grund für die Anwesenheit dieses Typs war – vor der Gruppe von Schülerinnen, die Livia unterrichtete, wollte er ihn wohl nicht besprechen.

Sie nickte zustimmend und wandte sich zu ihren sechs Polizistinnen, die sich noch warm machten. »Fangt mit der Guard-Position an«, sagte sie. »Ihr wisst ja Bescheid. Schützt die Waffe und kontrolliert die Distanz. Befreit euch und vergrößert die Entfernung. Dann zieht ihr und wirbelt herum. Ich bin gleich wieder da.«

Sie ging zu Strangeland und dem Mann. Er war schwarz und vollständig kahl und trug eine große Brille mit grünem Plastikrahmen. Mitte vierzig, knapp eins neunzig, hundert Kilo. Sie fragte sich, ob er in seiner Jugend Football gespielt hatte. Die entsprechende Statur besaß er, obwohl es so aussah, als wäre dort, wo früher nur Muskeln gesessen hatten, jetzt auch eine Schicht Fett. Wahrscheinlich verbrachte er mehr Zeit am Schreibtisch als im Einsatz. Er lächelte, als Livia näherkam – ein außergewöhnlich strahlendes Lächeln. Sie spürte, dass er es bewusst einsetzte, um andere für sich einzunehmen.

»Entschuldigen Sie die Unterbrechung«, sagte Strangeland mit ihrem typischen Brooklyn-Akzent, den sie nie abgelegt hatte. Sie musste die Stimme erheben, um die Geräusche des dotzenden Basketballs und die Musik, die die Gewichtheber aufgelegt hatten, zu übertönen. »Livia, das hier ist Special Agent Little. Er ermittelt für die Homeland Security.«

Livia sah den Mann an, sagte aber nichts. Falls er hoffte, dass sie den Anfang machen würde, konnte er lange warten. Sie hatte nicht erst Polizistin werden müssen, um zu erkennen, dass die Menschen beim Reden wesentlich mehr von sich preisgaben als beim Zuhören.

Littles Lächeln wurde breiter, möglicherweise in Anerkennung von Livias Unerschütterlichkeit. Am Ende gab er nach. »Livia Lone«, sagte er und streckte die Hand aus. »Ich habe mich darauf gefreut, Sie kennenzulernen.«

Livia schlug ein. Er hatte große Hände und einen festen Griff, nicht zu hart und nicht zu schwach wie bei manchen Männern, die ihre Überlegenheit oder ihre Meinung zur Gleichberechtigung demonstrieren wollten, was auch immer. Ihr fiel auf, dass er sie mit vollem Namen angesprochen und damit vermieden hatte, sich zwischen »Officer Lone« und »Livia« entscheiden zu müssen. Das eine hätte vielleicht zu respektvoll gewirkt, das andere zu vertraulich. Oder er versuchte, Verbundenheit herzustellen, denn wie jeder gute Vernehmungsbeamte wusste, gab es keine schöneren Worte auf der Welt als den eigenen Namen. Irgendwo hatte sie gelesen, dass man, wenn man dreimal hintereinander damit angesprochen wurde, geradezu zwangsläufig zu lächeln begann.

»Wie soll ich Sie nennen?«, fragte sie. Sie war neugierig, wie er das zu halten gedachte.

»Nun, mein voller Name ist Benjamin Dixon Little, aber die meisten Leute nennen mich B. D.«

»Dann also B. D.« Sie überlegte kurz, ob sie einen Scherz darüber machen sollte, dass ein Mann von seiner Größe »Little« hieß. Doch solche Witze musste er sich wahrscheinlich schon seit Teenagertagen anhören.

Strangeland sah Little an und dann wieder Livia. »Special Agent Little ist hier, um mit Ihnen über diese vereinte Taskforce zu sprechen, die ich erwähnt hatte. Ich hätte Ihnen natürlich Bescheid gesagt, aber ich wurde selbst nicht im Voraus informiert.«

Livia verstand die sarkastische Anspielung, und auch Little schien sie nicht entgangen zu sein, denn er sagte: »Dafür muss ich mich entschuldigen. Die Dinge haben sich schneller entwickelt, als ich gedacht hätte.«

Für seinen Überraschungsbesuch war das nicht gerade eine einleuchtende Erklärung. Livia war mit der Technik unangekündigter Bewerbungsgespräche vertraut, um dem Kandidaten keine Chance zu lassen, sich darauf vorzubereiten. Es missfiel ihr, dass diese Methode bei ihr angewandt wurde.

»Ich hoffe, es stört Sie nicht«, sagte sie, »aber ich gebe noch eine Stunde lang Unterricht. Sie dürfen gern hierbleiben und zusehen, wenn Sie wollen. Oder ...« – sie warf Lieutenant Strangeland einen Seitenblick zu, und plötzlich stand ein mutwilliges Funkeln in ihren Augen – »... warum machen Sie nicht einfach ein bisschen mit? Normalerweise spielt einer der großen Jungs von der SWAT-Einheit den *Uke* für uns, den Übungspartner, aber heute sind wir Mädels unter uns. Wir könnten Ihre Hilfe brauchen.«

Lieutenant Strangeland lächelte beinahe unmerklich. Sie wusste, dass Livia etwas im Schilde führte, und offensichtlich störte es sie nicht. Vielleicht hatte sie Little genau mit diesem Hintergedanken hergebracht.

Little warf einen Blick auf Livias Schülerinnen, die inzwischen Übungen aus der Guard-Position heraus durchführten, wie sie es angeordnet hatte. Die Verteidigerinnen lagen auf dem Rücken, die Beine um ihre Partnerinnen geschlungen, und schützten ihre leuchtend grünen Trainingspistolen aus Plastik, während sie die Augen ihrer Gegnerinnen attackierten, die Beine lösten und sich frei strampelten. Die Turnhalle hallte wider von ihren Ausrufen. Eine nach der anderen befreite sich, riss die Pistole aus dem Halfter, stellte die nötige Distanz her und richtete ihre Waffe auf die Angreiferin. »Keine Bewegung!«, riefen sie, und ließen zugleich taktisch klug die Blicke herumhuschen, um aus den Augenwinkeln potenzielle Gefahrenquellen entdecken zu können.

»Was ist das hier, ein Selbstverteidigungskurs für Frauen?«, fragte Little, um Zeit zu gewinnen.

»Defensive Taktiken gegen einen größeren und schwereren Angreifer«, antwortete Livia. »Was auf der Straße für jemanden wie Sie funktioniert, ist normalerweise nichts für eine kleine Frau.«

Einen Augenblick lang glaubte Livia, einen seltsamen Ausdruck über Littles Gesicht gleiten zu sehen. Bedauern? Traurigkeit? Herablassung?

»Passt Ihnen das nicht?«, fragte sie.

Was immer sich in Littles Miene abgezeichnet hatte, es war plötzlich verschwunden. »Ich bin sehr dafür«, sagte er.

»Livia kommt vom Ringen«, warf Strangeland ein.

Little lachte leise. »Nennt man das so, wenn man auf der Highschool Landesmeisterin von Idaho war und auf dem College Ersatzfrau im olympischen Judoteam?«

Little hatte also seine Hausaufgaben gemacht. Und das wollte er sie auch wissen lassen.

»Haben Sie eine Kampfsportausbildung?«, fragte Livia.

Little schüttelte den Kopf. »Nicht viel.«

Sie wusste, dass er log. *Nicht viel* hieß entweder gar nichts oder eine ganze Menge. Vermutlich Letzteres.

»Nun?«, fragte Livia.

Er warf einen Blick auf das Basketballspiel. »Ich glaube, das Spiel da drüben wäre unbedenklicher.«

Livia lächelte. »Es macht allerdings nicht halb so viel Spaß.«

»Ha. Nun, ich könnte natürlich vorschützen, dass ich keinen *Gi* dabei habe. Aber ich vermute, Sie würden mir einen leihen. Und außerdem sehe ich, dass Sie alle Straßenkleidung tragen.«

Livia zuckte die Achseln. »Wir versuchen, so realistisch wie möglich zu trainieren.«

Eine Pause entstand. Dann lachte Little und lockerte seine Krawatte. »Na schön«, stimmte er zu. »Ich schätze, da kann ich nicht ablehnen. Die Ehre der Homeland Security steht auf dem Spiel.«

»Ich würde ja gern bleiben«, sagte Strangeland. »Aber ich habe noch zu tun.«

Sie nickte Livia zu. Das bedeutete: *Ich möchte erfahren, was das Ganze sollte.* Livia erwiderte das Nicken, und Strangeland wandte sich ab.

Livia und Little gingen hinüber zu den Matten. »Gute Neuigkeiten«, verkündete Livia. Die Frauen hielten mit dem Training inne, traten auseinander und drehten sich zu ihnen um. »Das hier ist Special Agent B. D. Little von der Homeland Security. Und er hat sich freiwillig angeboten, heute unseren *Uke* zu spielen.«

Little schenkte den versammelten Frauen ein sonniges Lächeln. »Freiwillig ist vielleicht ein bisschen übertrieben, aber ja, ich freue mich, wenn ich helfen kann.«

»Die Waffen an die Wand da drüben«, sagte Livia und zeigte auf die Stelle.

Little gehorchte. Er streifte sein Jackett ab und breitete es auf dem Boden aus. Dann löste er den Gürtel mit der Pistole im Halfter und Ersatzmagazinen. Er legte den Waffengurt auf die Jacke, bevor er Krawatte und Brille abnahm und sie hinzufügte.

»Messer?«, rief Livia, denn es war nicht ungewöhnlich für einen Polizisten, dass er nur Feuerwaffen als echte Waffen betrachtete und Messer einfach als Werkzeuge. Er schüttelte den Kopf. *Kein Agent im Außendienst,* dachte sie, was ihren ursprünglichen Eindruck bestätigte. *Ein Schreibtischtäter.* Little vervollständigte den kleinen Stapel an der Wand mit Brieftasche, Schlüsseln und Armbanduhr, dann kehrte er zurück zur Matte.

»Okay«, sagte er und blieb ein, zwei Schritte von Livia entfernt stehen. »Ich bin entwaffnet. Wie kann ich behilflich sein?«

Seine freundliche Art und sein Lächeln ergänzten sich gut – Livia spürte, dass er damit dafür sorgte, dass die Leute ihn unterschätzten. Sie nahm sich vor, diesen Fehler nicht zu begehen.

»Ein Problem, mit dem wir es immer wieder zu tun haben«, sagte Livia, »ist der blitzartige Überfall eines großen Angreifers auf einen kleineren Cop. Das geschieht oft so unvermittelt, dass der Cop keine Zeit mehr hat, zur Seite zu springen oder zur Waffe zu greifen, sodass er zu Boden geworfen oder gegen eine Wand geknallt wird. Dann ist der Angreifer im Vorteil. Was wir versuchen, ist eine Art taktischer Pause zu erzeugen, in der …«.

Ohne ein weiteres Wort stürzte Little sich auf sie wie ein defensiver Lineman beim Football, der den Quarterback zu Boden bringen will. Irgendwo tief in ihrem Hinterkopf schrie eine Stimme: *Genau das wollte er, dich einlullen, damit hättest du rechnen müssen …*

Doch die Stimme nahm sie kaum wahr. Ihr Körpergedächtnis schaltete sich ein. Sie ließ sich fallen, als er sich in sie hineinwuchtete, schlang ihm das linke Bein um die Hüfte und stemmte ihm die rechte Ferse in den Schritt. Mit den Armen durchbrach sie seinen Griff und packte ihn an der Hemdbrust. Sie krachten gemeinsam auf die Matte. Der Aufprall war hart, verteilte sich jedoch über ihren ganzen Körper – während Little ihn hauptsächlich durch den Fuß abbekam, der seine Hoden zusammenquetschte. Er keuchte vor Schmerz auf, presste sie aber trotzdem weiter mit vollem Gewicht zu Boden. Sie bewegte den Fuß, stieß sein Bein weg und schlang ihm das eigene Bein in einem Dreieckswürger um den Hals. Sie hatte recht gehabt, was seine mögliche Kampfsportausbildung betraf, denn er reagierte augenblicklich, stellte einen Fuß neben ihre Hüfte, zerrte sie an sich und versuchte, sich mit ihr hochzustemmen.

Aufzustehen und den Gegner wieder auf die Matte zu schmettern, war für einen größeren und kräftigeren Kämpfer eine gängige Taktik in der Guard-Position. Bevor ihm das gelang, löste sie den Würgegriff, wirbelte auf den Rücken herum, umschloss eine seiner Fersen mit der hohlen Hand und versetzte ihm einen Tritt, dass er sich auf den Hintern setzte. Sie nutzte seinen Rückwärtsschwung, um sich selbst nach vorn zu werfen und in eine kauernde Stellung hinein aufzurichten. An diesem Punkt wäre es taktisch angebracht gewesen, sich rasch zurückzuziehen, die nötige Distanz zu schaffen und die Übungspistole zu ziehen. Aber Little hatte ihr etwas beweisen wollen, und sie hatte absolut nicht vor, ihm das durchgehen zu lassen. Statt also rückwärts davonzukrabbeln, sprang sie vor und stemmte ihm die Sohle ihres rechten Fußes seitlich gegen das Gesicht. Sie drehte seinen Kopf von sich weg und presste ihn auf die Matte. Er bemühte sich, mitzugehen und sich wegzurollen – genau das, worauf sie gewartet hatte. Sie fing seinen linken Ellbogen ein, packte mit der freien Hand sein Handgelenk und ließ sich rücklings auf die Matte fallen. Sie schob die Hüften vor und streckte seinen Arm bis zum äußersten Limit durch. Little heulte auf und versuchte, sich in sie hineinzudrehen, aber da sich ihr einer Fuß gegen sein Gesicht stemmte und das andere Bein quer über seiner Brust lag, war er hilflos. Sie verstärkte den Armhebel.

»Okay, okay, ich gebe auf!«, stieß er hervor. Seine Stimme klang verzerrt durch den Fuß, der sich in sein Gesicht drückte.

Livia hielt seinen Arm in der Vollstreckung, nur einen Millimeter, bevor er überdehnt wurde. »Sind Sie sicher?«, fragte sie. »Sie wollen wirklich nicht weitermachen?«

»Nein, nein, nein, Sie haben Ihren Standpunkt deutlich gemacht.«

»Dann sind Sie jetzt ein anständiger Tanzpartner? Oder werden Sie wieder versuchen, mir auf die Füße zu treten?«

»Hey, für wie dumm halten Sie mich eigentlich? Sie haben gewonnen. Ich werde brav sein.«

Livia ließ seinen Arm los und rollte sich von ihm weg. Sie sah sich rasch um – der Rundumcheck, ein einprogrammierter Reflex. Die Frauen grinsten. Eine von ihnen, eine erfahrene Detective aus dem Dezernat für Sexualverbrechen namens Suzanne Moore, rief: »Genau so geht es!« Sie begann zu klatschen. Die anderen Frauen schlossen sich an.

Little setzte sich langsam auf, krümmte sich vor Schmerz von dem Tritt in die Hoden und atmete keuchend. Er massierte sich den Ellbogen und nickte zu dem Applaus, als wollte er sagen: *Ja, okay, das habe ich verdient.*

Livia hob die Hand, um ihre Klasse zum Schweigen zu bringen. Sie wusste die Anerkennung zu schätzen, aber sie war ihr zugleich peinlich. »Na gut«, sagte sie. »Konzentrieren wir uns wieder. Was habe ich falsch gemacht?«

»Ihm nicht den Arm zu brechen?«, schlug Moore vor. Die anderen Frauen lachten.

Livia lächelte. Moore war eine gute Polizistin und eine der Frauen, die Livia unter ihre Fittiche genommen hatten, als sie hier angefangen hatte.

»Im Ernst«, sagte Livia. »Wie lauten unsere taktischen Ziele?«

»Die Waffe zu schützen und die Entfernung zu kontrollieren. Zu entkommen und mehr Distanz zu schaffen. Zu ziehen und herumzuwirbeln«, antworteten die Frauen wie aus einem Mund.

»Genau. Und wann hatte ich die beste Chance, das zu tun?«

»Als Sie ihn zu Fall gebracht hatten«, erwiderte Moore.

»Wieder richtig. Die perfekte Gelegenheit. Nur habe ich sie leider nicht ergriffen, weil Special Agent Little hier etwas zu beweisen versuchte. Und ich wollte auf eine Weise reagieren, von der ich annahm, dass er sie verstehen würde.«

Leises Gekicher erhob sich, und sogar Little selbst stimmte darin ein. Livia fuhr fort: »Aber wir dürfen das, was manchmal auf der Matte möglich ist, nicht mit der Taktik verwechseln, die auf der Straße angebracht ist. Agent Little hat uns gerade einen Gefallen getan. Er hat uns demonstriert, wie schnell man aus der Guard-Position zu Boden geschmettert werden kann, vor allem von einem Angreifer, der größer und stärker ist. Ihr wisst ja, dass ich den Bodenkampf liebe, aber der Boden ist nicht der Ort, an dem wir sein, sondern von dem wir hochkommen wollen. Also werden wir heute aus der Guard-Position die Hebung zum Bodyslam üben, bis hin zu dem Fersengriff und der Flucht. Agent Little, sehen Sie sich dazu in der Lage?«

Little brachte ein Lächeln zustande, das ein halbes Stöhnen war. »Solange es nur um das Entkommen und nicht den anschließenden Armhebel geht, wäre es mir eine Ehre, Ihnen zu Diensten zu sein.«

Innerhalb der nächsten Stunde präsentierte er sich als der perfekte Sparringspartner. Er hatte ein gutes Gefühl dafür, wie aggressiv er entsprechend den Fähigkeiten seiner Partnerinnen vorgehen musste. Und an der Art, wie er sich bewegte, stellte Livia abermals fest, dass sie recht gehabt hatte. Er hatte eine ganze Menge Training genossen – und zwar mehr als die übliche waffenlose Kampftechnik, die man beim Militär oder der Polizei den Kadetten beibrachte. Irgendwann versuchte Moore, einen Armhebel anzusetzen, ungeachtet von Livias Ermahnung, dass es darum ging, sich freizumachen, nicht um eine Fortsetzung des Nahkampfs. Aber ihre Technik war nicht so ausgefeilt wie Livias. Little konterte sie aus und bewahrte seinen Arm vor weiteren Schäden.

Als die Stunde um war, war Littles kleiner Trick weitgehend vergessen. Ein gewisses Maß von gegenseitigem Respekt und Anerkennung hatte sich eingestellt. Die Frauen sammelten ihre Waffen ein, lasen Wasserflaschen auf und schüttelten ihm nacheinander die Hand, während sie ein paar knappe Höflichkeiten austauschten. Moore kam als Letzte. Als sie Little die Hand gab, nickte sie und sagte: »Sie haben Glück, dass mein Mädchen heute guter Laune war.«

Little lächelte. »Ja, auf den Gedanken bin ich auch schon gekommen.«

Moore erwiderte das Lächeln. »Okay. Jetzt wissen Sie Bescheid.« Sie verstummte kurz, bevor sie hinzufügte: »Danke, dass Sie ein so guter Trainingspartner waren.«

Little bewegte vorsichtig den Arm. Livia wusste, dass die Schmerzen noch ein paar Tage anhalten würden. »War mir ein Vergnügen. Zumindest wird es das sein, sobald ich ein bisschen Eis auf diesen Ellbogen packen kann.«

Moore lachte und ging davon. Das Quietschen ihrer Schuhe auf dem polierten Holzboden hallte von der hohen Decke wider. Das Basketballspiel war beendet, der Korb hing verlassen da. Die Gewichtheber waren fort, und nachdem Moore durch die Schwingtüren gegangen war, war nur noch das Surren einer Klimaanlage oben an der Wand zu hören.

Little drückte den Arm ein weiteres Mal durch. Sein Hemd war schweißgetränkt. »Ihre Kollegin hat versucht zu beenden, was Sie angefangen hatten. Es war reines Glück, dass ich mich befreien konnte.«

Livia zuckte die Achseln und reichte ihm eine Wasserflasche. »Eine meiner Mentorinnen. Sie hat einen Beschützerinstinkt.«

Er nahm das Wasser dankend entgegen, schraubte die Kappe ab und trank die Flasche leer. Als er fertig war, stieß er einen tiefen Atemzug aus. »Ich glaube nicht, dass Sie das nötig haben.«

»Wie auch immer. Es war nicht nur Glück. Sie haben eine Kampfsportausbildung.«

»Nicht so viel, wie ich gern hätte. Hauptsächlich Ringen an der Highschool. Ich sollte öfter hier vorbeikommen. An Ihrem Unterricht teilnehmen.«

»Den ganzen weiten Weg von Washington her?«

»Wie kommen Sie darauf, dass ich in Washington stationiert bin?«

»Nur so eine Vermutung. Homeland Security, nicht wahr?«

»Im Unterschied zum FBI ist die Homeland Security die größte Behörde zur Verbrechensbekämpfung innerhalb der US-Regierung. Wir haben über vierhundert Außenstellen im Inland und sechzig Büros in Übersee. Sie wissen doch von der Arbeit, die wir gegen den Menschenhandel leisten.«

Das stimmte allerdings. Und anscheinend war Special Agent Little zu klug, als dass sie sich ihm gegenüber hätte dumm stellen können.

»Okay«, sagte sie. »Wo sind Sie also stationiert?«

Er lächelte. »Oh, ich komme herum.«

Sie antwortete nicht. Wenn er gern Spielchen spielte, war dieses für sie nicht zu gewinnen. Das Beste war, gar nicht erst mitzumachen.

»Es tut mir leid, dass ich vorhin auf der Matte versucht habe, Sie über den Haufen zu rennen«, sagte er.

»Das kann ich mir vorstellen.«

Er lachte. »Ich meine, abgesehen davon, dass Sie dafür gesorgt haben, dass es mir leidtut. Ich hatte einfach sehr viel von Ihnen gehört und wollte mich aus eigener Anschauung überzeugen.«

»Ich weiß nicht, was Sie gehört haben. Oder wovon Sie sich überzeugen konnten.«

»Ich hörte, dass mit Ihnen nicht gut Kirschen essen sei. Und ich habe gesehen, dass das stimmt. Außerdem hat man mir gesagt, dass Sie es vorziehen, allein zu arbeiten. Aber vor allem, dass Sie Ihre Fälle zum Abschluss bringen.«

»Und mit wem haben Sie gesprochen?«

»Lieutenant Strangeland zum Beispiel. Sie sagt, dass Sie die beste Detective im Dezernat für Sexualverbrechen sind, die ihr je begegnet ist. Natürlich hätte ich das jetzt eigentlich nicht zitieren dürfen.«

Sie wusste aus ihren eigenen Leistungsberichten, wie hoch ihre Vorgesetzte sie einschätzte. Es konnte durchaus sein, dass Strangeland Little gegenüber ein Loblied auf sie gesungen hatte. Vielleicht redete er aber auch nur Unsinn, um von anderen Quellen abzulenken.

»Woran sind Sie wirklich interessiert, Special Agent Little?«

»Bitte nennen Sie mich B. D. Und mein Interesse ist der Grund meines Hierseins. Gibt es vielleicht einen Platz, wo wir uns eine Weile hinsetzen können?« Er bewegte den verletzten Arm und lächelte. »Hoffentlich mit einer Eismaschine in der Nähe.«

KAPITEL 2

Dox wusste, dass er schleunigst raus sollte aus Phnom Penh. Wahrscheinlich besser gleich aus ganz Kambodscha. Im Eifer des Gefechts hatte er sich eingeredet, dass Gant nur eine unbedeutende Null war. Inzwischen musste er zugeben, dass er sich da wohl etwas vorgemacht hatte, weil er den Mann unbedingt hatte umbringen wollen. Im Rückblick war ihm klar, dass er in ernsthaften Schwierigkeiten steckte, wenn sich erst einmal herumsprach, dass jemand Gants Kopf in einen feinen rötlichen Nebel verwandelt hatte. Und ausgerechnet der Typ, den Gant angeheuert hatte, damit er genau das mit einer anderen Zielperson machte.

Er lief in südlicher Richtung – im großen Bogen um die US-Botschaft herum, denn von dort aus würden besagte Schwierigkeiten höchstwahrscheinlich ausgehen. Bei einem Straßenhändler erstand er ein Mobiltelefon und bezahlte in bar. Dann ging er weiter nach Südwesten auf den Olympic Market zu, während Schwärme von Tuk-Tuks und Motorrädern um ihn herumknatterten.

In Kambodscha war es erst elf Uhr morgens, in Langley also Mitternacht, aber er wusste, dass Kanezaki bis spät in die Nacht hinein arbeitete. Zum Teufel, der Junge schuftete mehr als sonst jemand, dem Dox in der Firma je begegnet war – sie sollten ihm eigentlich einen verdammten Orden verleihen. Andererseits, wenn sie erfuhren, dass er sich nicht zu schade war, gelegentlich einen ehemaligen Scharfschützen der Marines einzusetzen, der zwar über beachtlichen Charme, aber auch eine zwielichtige Vergangenheit verfügte, dann würden sie ihm vermutlich eher einen Gefängnisaufenthalt spendieren.

Er zog weiter und schwitzte in der tropischen Schwüle, obwohl er Cargo-Shorts und ein loses T-Shirt trug. In regelmäßigen Abständen überprüfte er die WiFi-Anzeige seines Telefons nach einer unverschlüsselten Internetverbindung. Als er eine fand, vor einem heruntergekommenen Coffeeshop auf dem Gehsteig, blieb er stehen, um die »Signal«-App von Open Whisper Systems herunterzuladen. Er konfigurierte sie für sein Telefonat, während er von Zeit zu Zeit aufblickte, um die Umgebung zu überwachen. Der Olympic Market war bei Touristen beliebt, und zwischen den vielen Einheimischen gab es auch Ausländergruppen, was es ihm ein wenig erleichterte, nicht aufzufallen. Mit eins achtzig und soliden hundert Kilo Gewicht zog er allerdings immer ein gewisses Maß an Aufmerksamkeit auf sich – vor allem in Asien, wo seine sandfarbenen Haare und sein Spitzbart ohnehin ins Auge sprangen.

Manchmal machte er sich gerade dadurch unsichtbar, dass er sich bewusst laut aufführte und den Texaner spielte. Aber er verfügte auch über die Fähigkeit des erfahrenen Scharfschützen, sich in sich selbst zurückzuziehen, seine Persönlichkeit zurückzunehmen, wenn das nötig war, sodass ihn die Leute, egal in welcher Umgebung, trotz seiner Größe normalerweise nicht weiter beachteten.

Als er die Konfiguration abgeschlossen hatte, stellte er sich in den Schatten einer nahe gelegenen Palme und wählte. Das Telefon klingelte nur ein einziges Mal – entweder Kanezaki hatte es auf dem Nachttisch liegen, oder, was wahrscheinlicher war, er war noch gar nicht im Bett. Dann meldete sich seine vertraute Stimme, frisch und professionell: »Kanezaki hier.«

Als japanischstämmiger Amerikaner der zweiten Generation lautete Kanezakis Vorname Tomohisa, doch er wurde Tom genannt. »*Buenas noches, Amigo*«, begrüßte ihn Dox. »Schön, deine Stimme zu hören.«

Es gab eine Pause. »Es ist auch schön, deine zu hören.«

»Würdest du mir den Identifikationscode vorlesen?«

Zu Beginn des verschlüsselten Anrufs stellte »Signal« jedem Teilnehmer eine einzigartige Nummer zur Verfügung. Wenn die Nummern nicht übereinstimmten, bedeutete das, dass jemand das Gespräch abhörte. Kanezaki las ihm die Ziffern laut vor.

»Alles in Ordnung«, teilte Dox ihm mit. »Wir können loslegen. Gut zu wissen, dass es in dieser unserer schönen neuen Welt immer noch ein paar Möglichkeiten gibt, seine Privatsphäre zu schützen.«

»Warum habe ich nur den Eindruck, dass du mir keine guten Neuigkeiten mitteilen wirst?«

»Jetzt hast du aber meine Gefühle verletzt. Ich dachte, allein von mir zu hören, würde schon gute Neuigkeiten bedeuten.«

»Abgesehen davon natürlich«, antwortete Kanezaki, und Dox konnte sich sein Lächeln vorstellen. »Was kann ich für dich tun?«

»Okay, ich komme gleich zur Sache. Besonders, weil du anscheinend schon dabei bist. Ich rufe nämlich aus Phnom Penh an …«

»Oh Gott.«

Das klang nicht vielversprechend. »Was denn, hast du etwas gegen Kambodscha? Das Essen ist hervorragend, und die Frauen sind schön.«

»Ich hätte wissen müssen, dass du in diese Geschichte verwickelt bist.«

»Oh, verdammt. Was hast du gehört?«

»Wir erhielten heute Morgen ein Telegramm von der Botschaft in Phnom Penh. In einem Restaurant am Mekong River hat man einem Typen den Kopf weggeblasen. Der UN-Vertreter, mit dem er gerade zu Abend aß, sagte aus, der Bursche hätte behauptet, vom US-Geheimdienst zu sein. Nur hat der Typ nie genau gesagt, von welchem Geheimdienst. Er trug keine Papiere bei sich. Daher hat die Botschaft alle Organisationen innerhalb der gesamten US-Geheimdienstgemeinde kontaktiert und gefragt, ob jemand den toten Typen für sich reklamiert. Bisher ist das nicht geschehen.«

»Ich finde es schön, dass ihr so eine nette Gemeinschaft bildet.«

»Willst du Witze machen, oder wollen wir hier Erkenntnisse austauschen?«

»Ich sehe keinen Grund, warum das eine das andere ausschließen sollte.«

»Okay, mit den Witzen sind wir durch. Kommen wir zum nächsten Teil.«

Für Kanezaki war Information das Ein und Alles, der Schlüssel zu seinem Reich. Und seine Gier danach ließ sich normalerweise ausnutzen. Aber nur, wenn es eine Gegenleistung gab.

»Na gut, na gut. Ich weiß zufällig, dass der Verstorbene sich selbst Gant nannte. Vorname unbekannt.«

»Und woher weißt du das?«

»Tja, so hat er sich vorgestellt, als er mich anheuerte – ich sollte für ihn einen Typen namens Sorm töten, Rithisak Sorm, der, wie er mir zu verstehen gab, ein berüchtigter kambodschanischer Kinderhändler ist. Aber dann begriff ich, wer dieser angebliche »Sorm« tatsächlich war – nämlich ein Mann, der mir am Morgen schon im Hotel *Raffles* aufgefallen war, umgeben von einer Gruppe ausländischer Würdenträger. Er sah aus wie der verdammte Dalai Lama persönlich. Außerdem konnte ich erkennen, dass er ein anständiger Mensch war.«

»Das kannst du allein nach dem äußeren Eindruck beurteilen?«

23

Ein Motorrad mit aufgebohrtem Auspuff fuhr vorbei und übertönte den Hintergrundlärm von Menschen und Verkehr. Dox wartete, bis es verschwunden war.

»Manchmal kann ich das. Was dich betrifft, mein Sohn, hatte ich zum Beispiel immer ein gutes Gefühl, und das habe ich auch jetzt noch, trotz deiner zwielichtigen beruflichen Verbindungen. Willst du mir erzählen, dass ich mich in dir getäuscht habe?«

»Niemals.«

»Also gut, nachdem ich die Zielperson gesehen hatte, wusste ich mit Bestimmtheit, dass da etwas faul war im Staate Dänemark. Da rückte der alte Gant in meinem Ohrhörer endlich damit heraus, dass das Ziel tatsächlich nicht Sorm war, sondern ein UN-Beamter, der versuchte, Sorm wegen seiner Verbrechen vor Gericht zu bringen. Und dass er Sorm trotz seiner unsauberen Geschäfte schützen müsse, weil er eine Art Zuträger für den US-Geheimdienst sei. Ich sagte: Scheiß drauf und *Sayonara,* zog mich zurück und war bereit für einen sauberen Abgang. Aber was sehe ich da bei meinem Motorrad? Drei kambodschanische Tunichtgute, die mir im Finstern mit Messern auflauern. Zu meinem Glück und ihrem Pech bin ich ein vorsichtiger Mensch. Ich hatte mich der Maschine auf einem unerwarteten Umweg angenähert. Das Überraschungselement war also auf meiner Seite. Außerdem hatte ich ein Nachtsichtgerät und sie nicht. Unsere Begegnung endete daher mit einem Happy End für unseren edlen Helden und weniger glücklich für die Bösewichter der Geschichte.«

»Das waren die Leichen, die die Polizei erwähnt hat? Alle mit einem Hochleistungsgewehr erschossen?«

»Wenn das nicht ein höllisch merkwürdiger Zufall sein sollte, würde ich sagen: Ja. Es gab noch einen vierten – nur ein Junge, den sie für fünf Mäuse angeheuert hatten, um Schmiere zu stehen. Ich habe ihn laufen lassen.«

»Und dann bist du umgekehrt und hast Gant erledigt.«

»Verdammt, ja, was denn sonst? Ich bin durchaus abgeklärt genug, um mich von der bloßen Vortäuschung falscher Tatsachen nicht zu etwas Unüberlegtem hinreißen zu lassen. Zukünftige Geschäftsbeziehungen hätte ich ausgeschlossen – okay, netter Versuch –, ansonsten lautet mein Motto: Leben und leben lassen. Aber mir zusätzlich zu dem Schwindel auch noch an die Gurgel zu gehen? So eine Unhöflichkeit kann ich wirklich nicht dulden. Egal, ich dachte, ich rufe mal an, um zu sehen, was du mir dazu sagen kannst. Ich hoffe nur, ich habe nicht etwas getan, das grundlose Animositäten wegen des verstorbenen und hoffentlich unbetrauerten Mr Gant zur Folge hätte.«

»Verstanden. Aber wie gesagt, soweit ich weiß, erhebt bisher niemand Anspruch auf ihn.«

»Mein Sohn, wir kennen uns jetzt schon lange genug, dass mir auffällt, wenn du versuchst, eine Sache komplizierter aussehen zu lassen, als sie in Wirklichkeit ist.«

»Warum sollte ich das tun?« Dox konnte das Grinsen in Kanezakis Stimme hören.

»Ach, ich weiß nicht. Um im Gegenzug Zugeständnisse zu erreichen? Also hör mal, du musst dich ja nicht gleich überschlagen, aber könntest du vielleicht ein bisschen diskret herumstöbern? Dieser UN-Beamte – der Dalai Lama – heißt Vannak Vann, wie Gant mir gesagt hat. Obwohl ich vermute, dass du das bereits weißt.«

»Und wie kommst du darauf?«, fragte Kanezaki, und abermals hörte Dox das Lächeln in seiner Stimme.

»Weil Vann Augenzeuge eines Mordes war. Die kambodschanische Polizei muss seinen Namen aufgenommen und an die Botschaft weitergeleitet haben. Also bitte, ich will ja nicht unfreundlich sein, aber ich bin im Moment wirklich nicht in der Laune für solche Spielchen.«

Eine Pause entstand. Schließlich fuhr Kanezaki fort: »Du hast recht. Sein Name ist Vann. Er ist der Chef einer Taskforce der UN mit der Bezeichnung Global Initiative to Fight Human Trafficking – GIFT. Globale Initiative zur Bekämpfung des Menschenhandels. Ich kenne ihn persönlich.«

»Und woher?«

»Komm schon, Quellen und Methoden. Du weißt doch.«

Dox dachte nach. Falls Vann eine Art verdeckter Kontaktmann der CIA sein sollte, hätte Kanezaki kein Wort von ihm gesagt. Es musste sich um eine informellere Beziehung handeln. Vielleicht lieferte er als »Agent im Objekt« Information. Oder es handelte sich um eine berufliche Bekanntschaft.

»Na gut. Ich bin überzeugt davon, dass Mr Vann weiter in Gefahr schwebt, und ich würde ihn gern warnen.«

»Dagegen habe ich keine Einwände, aber … Bist du sicher, dass du dich noch tiefer in diese Geschichte verstricken willst, worum auch immer es dabei gehen mag?«

»Verdammt, wie viel tiefer könnte ich denn noch reingeraten als jetzt? Außerdem würde es mir gar nicht passen, wenn ich in einer Woche erfahre, dass jemand den Job endgültig erledigt hat und ich etwas dagegen hätte unternehmen können. Denk mal drüber nach – der arme Hund weiß vermutlich gar nicht, dass er die Zielperson war, er hält sicher den guten alten Gant dafür. Er wird nicht auf die Idee kommen, für seinen eigenen Schutz zu sorgen, nicht einmal jetzt. Hör zu, es geht ja nicht nur darum, was ich ihm sagen muss. Bist du denn gar nicht neugierig, was er *mir* erzählen könnte? Willst du nicht erfahren, was die amerikanische Geheimdienst-›Gemeinde‹ – deren Teil du bist – hier eigentlich im Schilde führt? Ganz zu schweigen davon, was da mit unseren Steuergeldern finanziert wird?«

Er verstummte, um seine Worte wirken zu lassen. Kanezaki war kein Anfänger mehr, und ein Teil seines Aufstiegs in der »Gemeinde« war sicher seinem Talent zu verdanken, außergewöhnliche Informationsquellen zu erschließen, wie etwa Dox – und auch ausgefallene Wege zu beschreiten, falls erforderlich. Er konnte einem Fetzen Geheiminformation schwerer widerstehen als Dox einer schönen Frau. Also im Grunde überhaupt nicht.

»Was genau willst du denn wissen?«, fragte Kanezaki.

»Zum Beispiel, wer hinter Gant steckt. Dann werde ich vielleicht das Kriegsbeil begraben.«

»Wie meinst du das? Wenn du das Kriegsbeil im Kopf von irgendeinem Typen begraben willst, kann ich dir nicht helfen.«

»Wo ich es begrabe, hängt ganz von denen ab. Jemand hat sich dämlich angestellt, und das hat den Tod des guten alten Gant zur Folge gehabt. Sollten sie es dabei belassen, tue ich das auch. Falls nicht, haben die Leute ein Problem am Hals.«

»Du aber genauso.«

»Ich gehe davon aus, dass das bereits der Fall ist. Das ist der Grund meines Anrufs.«

Eine Pause entstand. Dann sagte Kanezaki: »Es ist interessant, dass es dabei um Sorm ging, oder zumindest so aussehen sollte. Er war nämlich einer von uns.«

»Was soll das heißen, ›einer von uns‹? Und was bedeutet das ›war‹? Du hast verdammt lange gewartet, bevor du damit herausrückst, dass der Name Sorm dir nicht ganz unbekannt ist, wenn ich das so sagen darf.«

»Tut mir leid. Ich wollte erst ein bisschen mehr Kontext haben.«

Dox ließ es auf sich beruhen. Er hatte zu viel preisgegeben und zu wenig erfahren, und Kanezaki war vorübergehend im Vorteil. Dazu war er ausgebildet, und es lag vermutlich auch in seiner Natur. Man konnte einem Mann nicht vorwerfen, dass er sich seiner Natur entsprechend verhielt. Aber man konnte eigene Fehler abspeichern, um sie nicht zu wiederholen.

Er wartete, und nach einer Weile fuhr Kanezaki fort. »Sorm ist ein ehemaliger Khmer Rouge, ein Roter Khmer. Er hat 1979 angefangen, für die CIA zu arbeiten. Unmittelbar nachdem Vietnam in Kambodscha eingefallen war und die Vereinigten

Staaten begonnen hatten, im Gegenzug heimlich die Roten Khmer aufzurüsten.«

Gant hatte Dox erzählt, dass Sorm ein Khmer Rouge sei. Der Mann schien eine Menge Wahrheit unter seine Lügen gemischt zu haben. Das war in solchen Angelegenheiten selten ein Fehler.

Doch so willkommen ihm diese Bestätigung war, beschloss er dennoch, überrascht zu tun. Kanezaki war ein guter Mann, aber in beruflicher Hinsicht aalglatt. »Rote Khmer?«, fragte Dox. »Wie alt ist der Typ denn?«

»Er ist der Neffe von Kaing Guek Eav. Kriegsname Genosse Duch – der Rote-Khmer-Führer, der für das Gefängnis- und Verhörsystem verantwortlich war.«

»Verhör … Du meinst Folter.«

»Das ist richtig. Sorm war 1975 erst fünfzehn, als die Roten Khmer die Macht ergriffen. Und neunzehn bei der vietnamesischen Invasion. Er sprach fließend Französisch – etliche aus der Führungsriege der Roten Khmer hatten in Paris studiert, und Sorm wurde sogar dort geboren. Damals hatte die Firma nicht allzu viele Leute, die Khmer beherrschten, und die Roten Khmer beförderten Sorm zum Verbindungsmann für die Waffenbeschaffung. Das lag an seinen familiären Bindungen zum Führungskader, aber auch an seinen Sprachkenntnissen.«

»Ich dachte, die Roten Khmer hätten alle Kambodschaner getötet, die Fremdsprachen beherrschten.«

»Allerdings. Anscheinend ist ihnen die Ironie dabei entgangen.«

»Ich würde es Scheinheiligkeit nennen, aber egal. Sorm war also euer Mann. Und warum ›war er das mal‹?«

»Wir haben die Verbindung zu ihm gekappt, nachdem Vietnam seine Streitkräfte aus dem Land zurückgezogen hatte.«

»Warum gekappt? Konntet ihr ihn nicht mehr brauchen?«

»Sozusagen. Wir wollten es den Vietnamesen so sehr heimzahlen, dass sie den Krieg gegen uns gewonnen hatten, dass wir bereit waren, zu diesem Zweck mit einem Regime zusammenzuarbeiten, das Völkermord beging. Aber nachdem Vietnam sich zurückgezogen hatte, entfiel dieser Grund. Eine einfache Kosten-Nutzen-Rechnung.«

»Komm schon, ein Typ wie Sorm hätte immer noch viele nützliche Geheiminformationen liefern können, selbst nach dem Rückzug der Vietnamesen. Sicher, ich gebe zu, es war ein PR-Risiko, mit den Roten Khmer in die Kiste zu steigen, aber das hattet ihr ein ganzes Jahrzehnt lang getan. Ich glaube, unsere schlauen Ökonomen nennen das ›irreversible Kosten‹. Du sagst mir nicht die vollständige Wahrheit.«

»Lass mich doch mal ausreden. Du hast recht, es lag nicht an der Khmer-Rouge-Verbindung. Wie gesagt, Sorm war der Neffe von Genosse Duch. Er war der erste Rote-Khmer-Führer, der vom UN-Tribunal für Kambodscha wegen Verbrechen gegen die Menschlichkeit und Völkermords für die Rolle angeklagt wurde, die er im Gefängnissystem der Roten Khmer gespielt hatte. Sorm persönlich war der Leiter des berüchtigtsten dieser Gefängnisse – *Tuol Sleng,* wo von zwanzigtausend Gefangenen alle bis auf sieben ermordet wurden.«

»Das heutige Genozid-Museum.«

»Genau.«

»Dieser Genosse Duschbeutel, hat er Sorm belastet, als er vor Gericht stand?«

»Ja. Es stellte sich heraus, dass Sorm noch viel schlimmer war, als wir gedacht hatten. Es ging nicht nur um Folter und Mord. Seine Spezialität waren sexuelle Erniedrigung und Vergewaltigung – Männer, Frauen, junge Menschen, alte Menschen. Er hat Eltern vor den Augen ihrer Kinder vergewaltigt. Kinder vor den Augen ihrer Eltern. Nichts war zu pervers für ihn.«

»Mein Gott.«

»Ja. Stell dir einmal vor, was nötig ist, um nach fünf Jahren Völkermord durch außergewöhnliche Grausamkeit und Sadismus aufzufallen.«

»Anscheinend nicht außergewöhnlich genug, um die Geheimdienst-›Gemeinschaft‹ abzuschrecken.«

»Hör zu, mein Freund, du bist selbst kein Waisenknabe. Du weißt, dass die besten Tipps, manchmal sogar die einzig brauchbaren, von üblen Subjekten stammen. Und Sorm hatte definitiv eine Menge gute Infos zu bieten. Seine Kontakte waren weitläufig, er war ein großartiger Agent im Objekt, und sein Wissen darüber, was in verschiedenen Separatistengruppen und aufständischen Organisationen in Südostasien vorging, war für uns unschätzbar. Trotzdem gibt es Grenzen. Als wir aus Genosse Duchs Aussage erfuhren, wie übel Sorm tatsächlich war, haben wir aufgehört, ihn einzusetzen.«

Dox lachte. »Bei dir klingt das fast wie Prinzipientreue, nicht nach Public Relations.«

»Ich war damals noch nicht bei der Firma und nicht zuständig. Aber ich sehe nicht ein, warum man nicht beides verbinden sollte.«

»Mag sein. Nenn mich einen Zyniker, wenn du willst.«

»Wie dem auch sei. Sollte dieser Gant tatsächlich zu einem der US-Geheimdienste gehört haben, wird ihn irgendwann jemand für sich reklamieren.«

»Kannst du das checken? Ich könnte den Freund kontaktieren, der das Geschäft mit Gant vermittelt hat, aber ich bezweifle, dass er etwas weiß. Außerdem gehörte es zum Plan dieser Operation, dass ich am Ende ausgeschaltet werden sollte. Daher hält sich zurzeit mein Vertrauen gegenüber jedem in Grenzen, der in die Sache verwickelt war.«

»Glaubst du, dass Rain dir eine Falle gestellt haben könnte? Das kann ich mir nicht vorstellen.«

Dox war entsetzt. »Rain? Nein, nein, ich spreche von jemand anderem, einem Marine, den ich von früher kenne. Rain würde so etwas nie tun.«

»Ja, das sehe ich genauso, aber einen Moment lang hast du mir Angst gemacht.«

Dox schnaubte. Wenn ein Mann wie Rain hinter einem her war, war Angst Zeitverschwendung. Dann brachte man lieber seine Angelegenheiten in Ordnung, und zwar schnell.

»Wie dem auch sei«, sagte Dox. »Mein Kumpel von den Marines ist ein guter Mann, doch letztlich nur ein Primitivling ohne deine bemerkenswerten Ressourcen und tiefschürfenden Einsichten.«

»Du willst mir nur schmeicheln.«

»Vielleicht, aber das heißt ja nicht, dass es nicht wahr ist. Du bist jetzt Sektionsleiter, richtig? Ferner Osten?«

»Das bin ich, auch wenn es mich siebzehn Jahre gekostet hat, das zu erreichen.«

»Lange genug, um zu wissen, wo die Leichen im Keller liegen, schätze ich. Und wo man am besten nach weiteren sucht.«

Er rechnete mit Protesten, wie schwierig und kompliziert es sein würde, mehr über Gant herauszufinden. Deshalb war er angenehm überrascht, als Kanezaki einfach sagte: »Ich habe so eine Ahnung. Lass mich ihr nachgehen.«

»Eine Ahnung?«

»Sagen wir einfach, dass nicht alle Mitglieder der US-Geheimdienstgemeinschaft dieselbe Prinzipientreue haben – oder dieselbe Sorge um ihr öffentliches Ansehen – wie die CIA.«

Dox lächelte. »Tja, ich denke, man nennt sie nicht umsonst ›Christen in Aktion‹. Hoffen wir zumindest, dass das so ist.«

Kapitel 3

Livia schnappte sich aus dem Erste-Hilfe-Raum eine Kältepackung für Littles Ellbogen, bevor sie ihn in die Cafeteria im zehnten Stockwerk führte. Für das Mittagessen war es schon zu spät, und sie hatten den Saal weitgehend für sich. Little kaufte Kaffee für sich selbst und ein Mineralwasser, das Livia verlangt hatte. Dann setzten sie sich an einen Tisch mit Blick auf die Fifth Avenue. Der Verkehrslärm klang gedämpft durch das dicke Glas der Fenster. In der Ferne glitzerte das Wasser der Elliot Bay unter einem strahlend blauen Himmel. Livia war froh, dass sie am Morgen mit der Ducati gekommen war – eine Streetfighter, das schnellste Motorrad mit der besten Straßenlage, das sie je besessen hatte. Vielleicht konnte sie später noch am Alki Beach vorbeifahren, bevor sie sich auf den Heimweg zu dem Industrie-Loft in Georgetown machte, in dem sie wohnte.

Der Winter war nass und trostlos gewesen, zusätzlich verdüstert durch die Ereignisse aus ihrer Vergangenheit, denen sie sich hatte stellen müssen. Aber jetzt war der Sommer endlich da, die Dunkelheit wich, die Tage wurden wieder herrlich lang, und sie sagte sich, dass sie mit der Vergangenheit abgeschlossen hatte. Sie war ihr entgegengetreten. Und dieses Mal hatte sie sie auch begraben. Im Fall der armen Nason sogar buchstäblich.

Jetzt war sie sich dessen plötzlich nicht mehr so sicher. Sie sah zu, wie Little sorgfältig Sahne und Zucker in seinen Kaffee gab und langsam umrührte wie ein Chefkoch, der ein Soufflé für einen Wettbewerb zubereitete. Es konnte ihm nicht um Bangkok gehen. Aber wozu dann der Überraschungsbesuch? Warum widmete er sich so auffällig lange seinem Kaffee, demonstrierte entspannte Zuversicht und versuchte ein weiteres Mal, sie durch Schweigen aus der Reserve zu locken?

Vielleicht war das Gewohnheit. Na schön, sie würde es bald erfahren. Bis dahin war es klüger, die Stille einfach auszusitzen.

Als Little endlich zufrieden war, hob er die Tasse an die Lippen. »Verdammt, das ist wirklich guter Kaffee!« Er nickte beifällig. »Seattle, wo sogar der Polizeikaffee ein Genuss ist.«

»Sie haben so viel Sahne und Zucker hineingerührt, dass man kaum noch etwas anderes schmeckt, könnte ich mir vorstellen«, sagte Livia. Allerdings trank sie selbst ihren Kaffee auch gern mit einem großzügigen Schuss Milch und Rohrzucker. Der Geschmack erinnerte sie an die Zeit mit Rick, ihrem Adoptivonkel, der sie als junges Mädchen aus ihrer entsetzlichen Lage befreit hatte. Er war einer der Gründe, warum sie Polizistin geworden war.

Er lächelte. »Okay, so kann man es auch ausdrücken. Vielleicht hätte ich erst probieren sollen, bevor ich ihn gesüßt habe.«

»Oder Sie verpassen den Dingen einfach gern einen Zuckerguss.«

Das brachte ihn zum Lachen. »Ich schätze, das hängt vom Thema ab.«

Das war ihr Stichwort, ihn zu fragen, um welches Thema es ging. Doch abermals wartete sie ab.

Er nippte wieder an seinem Kaffee. »Wissen Sie, Livia, ich möchte meine Karten nicht aufdecken, bevor ich sicher bin, dass Sie mit von der Partie sind. Andererseits können Sie schwer eine Entscheidung treffen, ohne zumindest einige der Karten zu kennen, die ich in der Hand halte. Also stehen wir hier vor einem gewissen Dilemma.«

»Tatsächlich? Ich sehe kein Dilemma für mich.«

Er lachte wieder. »Man sagte mir schon, dass Sie ein harter Brocken sind, und Sie enttäuschen mich nicht. Wie wäre es mit Folgendem? Lassen Sie mich ein paar einleitende Fragen stellen. Wenn Ihnen die Fragen gefallen und mir Ihre Antworten, können wir einen Schritt weitergehen. Falls nicht, bedanke ich mich für die Lektion in Kampfsport, Sie bedanken sich bei mir für das Mineralwasser, und das Leben geht weiter.«

»Soll mir recht sein.«

»Gut. Ich hoffe, Sie wissen es zu schätzen, dass ich nicht versucht habe, zu verbergen, dass ich mich über Sie informiert habe. Ich konnte Ihre Personalakte einsehen. Habe mit Ihren Vorgesetzten gesprochen. Außerdem kenne ich die Ergebnisse Ihrer Hintergrundüberprüfung, Ihr psychologisches Profil, alles. Und wie bei einem Buch hätte ich sicher aufgehört zu lesen, wenn mir die Story nicht gefallen hätte.«

Dass ein Bundesagent in der eigenen Vergangenheit herumstocherte, war für jeden unangenehm. Bei ihr war es schlimmer. Aber im Augenblick konnte sie nur auf eine Art darauf reagieren, und das war mit Fragen. Leider verrieten Fragen, das wusste sie, manchmal genauso viel wie Antworten. Daher schwieg sie.

»Okay, die Kurzfassung«, fuhr er fort. »Wenn es einen Begriff gibt, über den sich alle in Bezug auf Livia Lone einig sind, so lautet der: Intensität. Glatte Einser-Studentin. Staatsmeisterin im Ringen – und zwar nicht in einer Mädchenliga, sondern gegen Jungs.«

Zum zweiten Mal hatte sie den Eindruck, dass ein eigenartiger Ausdruck über sein Gesicht huschte. Sie wusste nicht, was er zu bedeuten hatte.

»Dann Ersatzkämpferin für die Olympiamannschaft mit dem Judo-Team der Universität von San José«, fuhr er fort. »Beste ihres Jahrgangs an der Akademie. Und Ihre Erfolgsbilanz bei Verhaftungen, die mit einer Verurteilung endeten, übertrifft alles.«

Wieder antwortete sie nicht.

»Aber das sind nur die Fakten«, sagte er. »Das, was an der Oberfläche sichtbar ist. Mich interessiert das Warum.«

Die Bitte klang harmlos genug. Und gerade deshalb misstraute sie ihr.

»Was meinen Sie damit?«

»Ich hoffe, Sie werden jetzt nicht sagen, dass Sie nur der Allgemeinheit dienen und Menschen beschützen wollen. Ich bin sicher, das gehört dazu, und Sie haben edle Motive. Aber ich bin genauso sicher, dass es nicht das ist, was Sie am Morgen aus dem Bett treibt oder auch mitten in der Nacht. Nicht das, was Sie zu einer so verdammt guten Polizistin macht.«

»Sie möchten wissen, was eine verdammt gute Polizistin ausmacht?«

»Ich will wissen, was *Sie* zu einem großartigen Cop macht.«

»Die Antwort ist die gleiche. Mitgefühl.«

»Na schön. Nur woher kommt dieses Mitgefühl?«

Ihr gefiel nicht, was er damit anzudeuten schien. Und was er vielleicht wusste. »Davon, ein Mensch zu sein.«

»Ein Mensch. Okay, das sehe ich ein. Aber die Leute sagen, dass Sie wie ein Kriegermönch sind. Auf einem Kreuzzug. Keine weiteren Interessen, keine Hobbys, kein Privatleben, nur die Jagd auf Vergewaltiger.«

»Bei Ihnen klingt das, als wäre es schlimm, Vergewaltiger hinter Gitter zu bringen.«

»Nein, überhaupt nicht. Wie gesagt, ich möchte nur verstehen, woher das alles kommt.«

»Haben Sie etwas zum Mitschreiben? Das könnte kompliziert werden.«

»Versuchen Sie es doch.«

»Ich ziehe es vor, dass Vergewaltiger im Gefängnis sitzen. Gilt das nicht auch für Sie?«

Eigentlich waren sie ihr tot am liebsten, aber das Leben war voller Kompromisse.

»Sie lenken ab. Ich spreche von etwas, das ein bisschen nach Besessenheit klingt.«

»Sie halten mich für zu fanatisch?«

»Vielleicht.«

»Vielleicht ist das Problem eher das Desinteresse von Leuten wie Ihnen.«

Langsam hatte sie den Eiertanz satt. Aber sie würde nicht mehr von sich preisgeben, bevor er damit anfing. Sie wusste, dass sie am längeren Hebel saß. Er war derjenige, der den weiten Weg von Washington oder wo auch immer auf sich genommen hatte. Der offensichtlich eine Menge Zeit darauf verwendet hatte, sich ein Bild von ihr zu machen. Irgendwann würde er sich mitteilen. Sie musste lediglich geduldiger sein als er.

»Oh, Sie wären überrascht, wie groß mein Interesse ist«, sagte er, und einen Augenblick lang glaubte sie, eine echte Gefühlsregung aus seinem Tonfall herauszuhören. »Genau genommen ist Ihre unbeirrbare Zielstrebigkeit etwas, das ich bewundere. Trotzdem möchte ich sie begreifen.«

Aus *bewundern* hörte sie *benutzen* heraus. Und *begreifen* klang für sie nach *ausbeuten*.

»Es geht um Folgendes«, fuhr er fort. »Niemand scheint Ihre Vergangenheit zu kennen. Sie reicht lediglich bis zu Ihrem Onkel zurück – Rick Harris in Portland, wo Sie die Highschool abgeschlossen haben.«

Nur lebenslange Erfahrung im Hüten von Geheimnissen ermöglichte es ihr, ihre Beklommenheit zu verbergen. Sie erkannte den Schachzug eines routinierten Vernehmungsleiters – den direkten Vorstoß in einen sensiblen Bereich, um eine Reaktion zu provozieren, die Schlussfolgerungen zuließ.

Sie wusste, dass die Polizei von Seattle es mit ihrem Hintergrund nicht allzu genau genommen hatte. Natürlich hatte sie mit ihren Professoren und ihrem Judotrainer an der Universität von San José gesprochen und enthusiastische Beurteilungen erhalten. Und sie hatten Rick aufgesucht, der ihnen davon erzählte, wie er Livia zu sich geholt hatte, nachdem sein Schwager Fred Lone einem Herzinfarkt erlegen war. Rick war ein Held der Polizei von Portland – ein Kripobeamter mit zahllosen Auszeichnungen für Tapferkeit –, seine Empfehlung kam mit einem Goldrand daher. Außerdem hatte das Seattle Police Department sie unbedingt haben wollen: Eine Frau, Angehörige einer ethnischen Minderheit, eine glatte Einser-Studentin mit einem Abschluss in Strafrecht, diese Kombination war unwiderstehlich gewesen. Niemand hier wusste, dass Livia einmal Labee geheißen hatte.

»Tatsächlich geht das so weit«, fuhr er fort, »dass jeder, der auch nur die leiseste Ahnung von Ihrer Vergangenheit hat, glauben muss, dass Sie eine Art Flüchtling gewesen sind, eine von den Boatpeople vielleicht, bevor die Lones Sie adoptiert haben. Gar nicht so ungewöhnlich – asiatische Babys werden häufig von weißen Familien aufgenommen. Manche Leute denken sogar, Lone sei ein chinesischer Name und Sie wären einfach nur eine Amerikanerin mit chinesischen Wurzeln. Entscheidend daran ist: Niemand scheint sich sicher zu sein.«

Wollte er ihr etwa drohen, die Leute über ihre Geschichte zu informieren? Wie kam er darauf – woher sollte er *wissen* –, dass ihr das unangenehm war? Und was wusste er noch – nicht nur über ihre Vergangenheit, sondern auch die Gegenwart?

Unsinn, sie war gerade dabei, auf einen uralten Verhörtrick hereinzufallen: so zu tun, als wüsste man mehr, als tatsächlich der Fall war, sodass der Befragte das Gefühl hatte, es käme ohnehin nicht mehr darauf an, wenn man auspackte. Diese Technik zu erkennen, war hilfreich, doch offenbar kein narrensicheres Mittel dagegen, ein Opfer davon zu werden.

Sie warf ihm einen langen, gelangweilten Blick zu. »Sofern niemand etwas von meiner Vergangenheit weiß«, sagte sie, »liegt es möglicherweise daran, dass sie den Leuten egal ist.«

»Vielleicht ist sie den Leuten aber gerade deshalb gleichgültig, *weil* sie keine Ahnung haben. Von Ihrer Schwester, meine ich. Davon, wie Sie beide entführt und später getrennt wurden. Wie Ihre Schwester in einer Grube im tiefsten Maryland verscharrt wurde. Das tut mir leid, Livia. Es tut mir ehrlich leid.«

Dass er Nason als eine Art Druckmittel einsetzte, war mehr als rüde. Sie fühlte das Bedürfnis, ihn zu verletzen, ihm wehzutun. Ihr war klar, dass es sich dabei um Überbleibsel eines uralten Instinkts handelte. Nason konnte sie schon lange nicht mehr beschützen, aber der Impuls ließ sich nicht auslöschen, als wäre er der Phantomschmerz in einem amputierten Glied. Einem Glied, an dessen Stumpf Little nun bewusst herumstocherte.

Und er wusste, dass Nason in Maryland begraben worden war. Livia hatte sechzehn Jahre gebraucht, um das in Erfahrung zu bringen, und ein Senator und ein Vergewaltiger hatten dabei sterben müssen. Ihr ursprünglicher, vermutlich paranoider Verdacht, dass es bei diesem Besuch um Bangkok ging, erhielt neue Nahrung. Sein nächster Schachzug würde wohl darin bestehen, sie zu fragen, wie sie herausbekommen hatte, was Nason zugestoßen war und wo man sie verscharrt hatte.

Stattdessen fragte er: »Kommt daher diese Intensität? Ein Kindheitstrauma?«

Sie trank demonstrativ gelassen einen Schluck Mineralwasser. »Wenn Sie das glücklich macht. Es ist schwindelerregend, wenn ich an all die Ressourcen denke, die Sie auf diese Art von Hintergrundinformationen verschwendet haben. Sie hätten mich einfach fragen können.«

»Tja, so ist das mit der Bundesregierung. Wir haben zu viele Ressourcen zu verschwenden.«

»Hören Sie, das klingt ja, als wüssten Sie schon alles von mir. Das Was und das Warum. Oder jedenfalls glauben Sie das. Während ich buchstäblich gar nichts über Sie weiß. Stellen Sie sich die Sache etwa so vor? Falls ja, sollten Sie sich jemand anderen suchen, den Sie analysieren können. Ich habe Fälle, um die ich mich kümmern muss.«

»Sie haben das Gefühl, dass ich Sie zu analysieren versuche?«

Sie trank das Mineralwasser aus und stellte die Flasche ab. »Die Worte des Befragten zu wiederholen, um ihn zum Weiterreden zu ermuntern, war eines der ersten Dinge, die ich über Verhörtechnik gelernt habe. Wäre ich dumm genug, darauf hereinzufallen, würden Sie vermutlich nicht mit mir zusammenarbeiten wollen. Und wenn Sie so dumm sein sollten zu denken, ich würde darauf hereinfallen, dann will ich nicht mit Ihnen zusammenarbeiten.«

Er lachte und hob kapitulierend die Hände. »Okay, gut ausgedrückt. Schluss mit dem Herumlavieren. Sie haben recht, ich glaube, Sie zu kennen. Jedenfalls hoffe ich das. Wie schon gesagt, ich musste mich persönlich vergewissern.«

Er räusperte sich und rieb sich die Hände. »Es geht um Folgendes. Die Homeland Security versucht, einen Menschenhändlerring in Thailand auffliegen zu lassen. Bisher hatten wir damit nullkommanull Erfolg. Ich brauche Ihre Hilfe.«

Also ging es nicht um den Senator. Höchstwahrscheinlich nicht.

»Welche Art von Menschenhändlerring?«

»Die Sorte, die den Schutz der thailändischen Regierung genießt.«

Ihr Herz begann heftig zu pochen, und ein Adrenalinstoß schoss durch ihre Adern. Erst vor zwei Monaten hatte sie endlich erfahren, wer der Anführer der Gruppe von Männern gewesen war, die damals in das Dorf ihrer Kindheit eingefallen waren. Wie Monster aus dem Märchen hatten sie Nason und sie entführt. Sein

Name war Chanchai Vivavapit gewesen. Und laut seinem Nachruf in der *Bangkok Post* war er der Chef des »Central Investigation Bureau« der Royal Thai Police gewesen – der höchsten nationalen Polizeibehörde. Sechzehn Jahre lang hatte sie davon geträumt, den Mann zu töten, den sie immer nur als »Totenkopf« gekannt hatte. Aber als es ihr endlich gelungen war, ihn zusammen mit Senator Lone abzuschlachten, der Totenkopfs Kunde gewesen war, hatte ihr das nicht gereicht. Zu der Bande hatten noch zwei andere Männer gehört, deren Namen sie bisher nicht erfahren hatte, und die für sie nur »Quadratschädel« und »Schmutzbart« hießen. Und zwei weitere – der eine, der sie im Van bewacht hatte, und der, der damals auf dem Feld Kai ausgepeitscht hatte, den kleinen Jungen. Die Männer, die mitgeholfen hatten, sie aus ihrem Dorf im bergigen Nordwesten zum Hafen von Bangkok zu schaffen.

Und dann war da noch das Mädchen. Das kleine Mädchen, das der Senator in seinem Hotelzimmer in Bangkok vergewaltigt hatte. Ein Mädchen, das in etwa demselben Alter war wie Nason, als Livia sie zum letzten Mal gesehen hatte.

Sie würde das Gesicht dieses kleinen Mädchens niemals vergessen können. Es hatte Livia mit gequälten Augen flehend angesehen, während Matthias Redcroft, Lones »juristischer Berater«, das zitternde und blutende Wesen weggeführt hatte. Und Livia, die mit einer Pistole in Schach gehalten wurde, hatte nur hilflos zusehen können.

Wäre sie bereit gewesen, auf Littles Fragen bezüglich ihrer Motivation zu antworten, dann hätte der Kampf gegen diesen Dämon der Hilflosigkeit ganz oben auf der Liste gestanden. Allerdings hatte das Wissen um das Warum selten großen Einfluss auf das, was tatsächlich geschah.

»Darf ich Ihr Schweigen als Zeichen von Interesse deuten?«, fragte Little.

Sie hatte versucht, sich nichts anmerken zu lassen, wusste aber, dass ihr Enthusiasmus bis zur Oberfläche durchgedrungen war. Dennoch sagte sie nur: »Sie dürfen es als Zeichen dafür interpretieren, dass ich zuhöre.«

Er nickte. »Hoffentlich ist das ein und dasselbe. Na gut. Während der letzten fünf Jahre hat die Homeland Security drei verschiedene Agenten zur Zusammenarbeit mit der Royal Thai Police ausgesandt. Dennoch sind alle Ermittlungen im Nichts versandet. Und das, obwohl es reichlich Geheimdienstberichte darüber gibt, dass Angehörige der Bundespolizei eng in jeden einzelnen Aspekt des Menschenhandels in und um Thailand verwickelt sind.«

In ihrem Kopf wirbelte es von Fragen, und sie musste den Drang niederkämpfen, sie auszusprechen. Das konnte die große Chance sein, auf die sie gehofft hatte. Die Gelegenheit, den Rest der Männer auszulöschen, die für Totenkopf gearbeitet hatten. Endlich jeden Einzelnen von ihnen dafür bezahlen zu lassen.

Und darüber hinaus dieses kleine Mädchen zu finden.

Eine Sekunde lang konzentrierte sie sich auf ihre Atmung, wie sie es immer vor einem Wettkampf getan hatte. Als sie das Gefühl hatte, ihre Erregung im Griff zu haben, sagte sie: »Was, glauben Sie, war das Problem?«

Little zuckte mit den Schultern. »Eine Menge davon hat einfach mit Burn-out zu tun. Emotionaler Erschöpfung. Die Schrecken des Menschenhandels ... Sie sind unfassbar. Es ist normal, dass der Verstand sie verdrängt, zu rationalisieren und als tragischen Bestandteil einer primitiven fremden Kultur zu betrachten versucht. Als etwas, das wir aus dem Westen natürlich missbilligen, an dem wir jedoch letztes Endes nichts ändern können.«

Hatte er vor, irgendeine ethnische Karte gegen sie auszuspielen? Sie schwieg.

»Aber das ist nicht Ihr Stil, Livia, nicht wahr? Sie können das Entsetzliche niemals rationalisieren. Sich nie daran gewöhnen. Sie sind ein Mensch, der dem Schrecken für den Rest seines

Lebens ins Gesicht starren könnte, ohne auch nur ein einziges Mal mit der Wimper zu zucken. Habe ich recht?«

»So schätzen Sie mich ein?«

»Verdammt, ja. So lautet meine Einschätzung. Wenn Sie mir widersprechen wollen, nur zu. Aber ich bezweifle, dass Sie auch nur sich selbst überzeugen könnten. Und hören Sie, es ist ja nicht so, dass Sie lediglich die Sorte von Cop wären, der nicht zurückzuckt oder wegschaut. Sie stammen aus Thailand. Sie verschmelzen mit dem Hintergrund. Beherrschen Sie die Sprache noch?«

Ihre Muttersprache war Lahu. Thai hatte sie erst in der Schule gelernt. Und selbst das war lange her.

»Das meiste habe ich vergessen.«

»Tja, ich bin sicher, es kommt schnell zurück. Und es gäbe noch einen weiteren Vorteil – Sie sind eine Frau. Man wird Sie unterschätzen.«

Sie hatte bereits beschlossen zuzusagen. Aber auch, dass sie sich ein wenig zieren musste. Sobald er merkte, dass ihre Antwort positiv ausfallen würde, hatte sie kein Druckmittel mehr in der Hand.

»Haben Sie denn keine Bundesagentinnen, die aus Asien stammen?«

»Doch, ein paar. Aber ein Bundesagent wäre ungeeignet. Das haben wir bereits versucht und, wie gesagt, wir sind damit nicht weitergekommen.«

»Das verstehe ich nicht.«

»Ich will, dass jemand unter dem Vorwand mit der Royal Thai Police zusammenarbeitet, mehr über die Netzwerke des internationalen Menschenhandels erfahren zu wollen. Ein normaler Polizist, der in seiner Heimat auf der Straße dagegen kämpft. Einer, der am Ende der Lieferkette arbeitet, wo der Verkauf an den ›Endkunden‹ stattfindet, und dort noch effizienter tätig sein könnte, wenn er mehr vom Anfang der Kette verstünde. Eine Art ganzheitlicher Ansatz.«

Das klang nach Gewäsch. Aber die Leute, die Budgets genehmigten, würden es vermutlich für innovativ halten.

»Sie sagten ›unter dem Vorwand‹.«

»Richtig. Dieses Vorgehen hätte tatsächlich seinen Wert – davon bin ich überzeugt, sonst würde unsere List nicht funktionieren. Aber trotzdem, der vorgeschützte Zweck Ihres Besuchs soll die wahren Absichten verschleiern.«

Es gefiel ihr nicht, wie er von der Möglichkeit zur Realität übergegangen war. Und von irgendjemandem zu ihr persönlich.

»Und die wahren Absichten sind?«

»Nehmen wir den Krieg gegen die Drogen als Analogie. Wir führen Razzien auf der Straße durch, wir sammeln Pluspunkte, aber das Rauschgift wird immer billiger, immer besser, während die Verfügbarkeit gleich hoch bleibt.«

»Was Sie damit sagen wollen, ist, dass der Nachschub nicht weiter gestört wird.«

»Genau. Warum werden nur Drogenhändler auf der Straße verhaftet? Weil die Behörden in Thailand mit den Leuten weiter oben zusammenarbeiten, die ihre Komplizen sind und ihnen Protektion gewähren. Die Frage ist immer, wohin das Geld fließt. Eine Razzia auf der Straße bedeutet nicht mehr, als dem Monster einen Tentakel abzuschneiden. Ach was, höchstens die Spitze eines Tentakels. Das Monster bemerkt es nicht einmal. Was wir tun müssen, ist, ihm den Kopf abzuschneiden. Unser Ziel ist also, herauszufinden, wer es schützt und wie wir diesen Schutz umgehen können. Oder beseitigen.«

Jetzt war es schon »unser Ziel«. Den Frauen in ihren Selbstverteidigungskursen brachte sie bei, so etwas als »erzwungenes Teaming« zu identifizieren. Dabei versuchte der Täter, eine Gemeinsamkeit mit seinem potenziellen Opfer herzustellen, damit es unvorsichtig wurde.

»Woher wissen Sie so viel über die Komplizenschaft der thailändischen Regierung mit den Menschenhändlern?«, fragte sie.

»Da wäre zunächst die Tatsache, dass es außer auf der untersten Ebene nie zu Verhaftungen kommt. Der Rest ist als geheim eingestuft, fürchte ich.«

Sie hatte nicht erwartet, dass er seine Karten aufdecken würde. Aber wenn man nicht fragte, lautete die Antwort immer Nein.

»Dann wollen Sie mich also nach Thailand schicken«, sagte sie in gewollt zweifelndem Tonfall.

»Genauer gesagt nach Bangkok. Und nur für sechs Monate. Vielleicht weniger, abhängig davon, wie Ihre Ermittlungen sich entwickeln.«

Sechs Monate, um Totenkopfs Männer aufzuspüren. Das kleine Mädchen zu finden. Es klang wie ein Traum. Aber sie wollte mehr, und das würde sie nicht bekommen, wenn er ihren Eifer spürte.

»Sechs Monate?« Sie gab sich schockiert. »Also ehrlich, wissen Sie, abgesehen von Ihrem Eindruck, ich wäre so etwas wie ein Kriegermönch, habe ich hier durchaus ein Privatleben. Und Fälle zu bearbeiten. Lehrgänge durchzuführen. Menschen, die mich brauchen. Wie kommen Sie darauf, dass ich das alles für Ihr Projekt sausen lassen würde?«

Er lehnte sich zurück und musterte sie. »Letzten Endes ist es eine Frage der Prioritäten. Sie können hier in Seattle bleiben und die Alligatoren bekämpfen. Oder Sie gehen an die Quelle und trocknen den ganzen verdammten Sumpf aus.«

Okay, er liebte seine Tiermetaphern. Und sie waren nicht einmal schlecht.

Sie saßen schweigend da und sahen sich gegenseitig an. Sie wusste, dass er nicht als Erster wieder das Wort ergreifen würde. Das ging in Ordnung. Es war nicht nötig, um ihr das zu verschaffen, was sie brauchte. Sie wollte ihn nur noch ein bisschen zappeln lassen. Also ließ sie zu, dass das Schweigen sich fast bis zur Länge einer vollen Minute ausdehnte, bevor sie sagte: »Ich will Ihre Akten sehen.«

»Kommt gar nicht infrage.«

Sie spürte, dass das nur Theater war, um die kommenden Zugeständnisse wertvoller erscheinen lassen.

»Ich spreche von den Grundlagen des Falls, den ich für Sie bearbeiten soll.«

»Das verstehe ich, aber ...«

»Ich sage gar nichts zu, bevor ich nicht wenigstens halbwegs weiß, worauf ich mich da einlasse, hinter wem ich her sein werde, und wie die Erfolgsaussichten sind. Sollten Sie mich auf der Basis von reinen Spekulationen losschicken, kann ich in sechs Monaten überhaupt nichts erreichen. Wenn Sie dagegen über handfeste Spuren und brauchbare Fakten verfügen, ja, dann haben wir vielleicht die Chance, dem Monster den Kopf abzuschlagen. Oder den Sumpf trockenzulegen, wie immer Sie es ausdrücken wollen. Andernfalls bin ich nicht interessiert.«

Er wandte den Blick ab und trommelte mit den Fingern auf dem Tisch. Der Verstand sagte ihr, dass sie ihn am Haken hatte. Dessen war sie sich sicher. Sie würde nie eine bessere Chance bekommen, Totenkopfs Männer aufzuspüren und dieses kleine Mädchen zu finden. Aber sie wünschte sich das so sehr, dass sie einfach Angst hatte, er würde Nein sagen.

Nach einer Weile sah er auf und nickte. »Alles, was ich Ihnen zur Verfügung stellen werde, ist streng geheim. Nur damit Sie Bescheid wissen. Ich verstoße hier nicht nur gegen ein paar Vorschriften. Ich breche das Gesetz. Ich beweise Ihnen eine Menge Vertrauen. Ich hoffe, das ist keine Einbahnstraße.«

»Zeigen Sie mir die Akten«, sagte sie. Erleichterung und Erregung durchströmten sie. »Dann sehen wir weiter.«

Kapitel 4

Am Nachmittag ging Dox eine breite, staubige Straße westlich des Bassac-Flusses und des anschließenden Mekong entlang. Er wischte sich den Schweiß von der Stirn und beobachtete scharf seine Umgebung, wobei er automatisch die Stellen registrierte, die sich als Scharfschützennester oder für einen Hinterhalt eigneten. Alles schien in Ordnung zu sein. Er war erstaunt, dass Phnom Penh abseits des Stadtzentrums fast ländlich wirkte. Es gab mehr Fahrräder als Tuk-Tuks und so wenig Motorenlärm, dass er die Insekten in den Bäumen summen hörte. Das Brachland zwischen den kleinen Gebäuden wurde bevölkert von mageren Hühnern und dösenden Hunden. Aber es waren eine Menge Bauarbeiten im Gange. Er hatte das Gefühl, dass es nur noch ein paar Jahre dauern würde, bis auch dieser Bezirk in schicken Wohnungen und Starbucks-Schildern erstickte. Er war dankbar für die Gelegenheit, ihn zu sehen zu bekommen, bevor es so weit war.

Wenn Kanezaki seine Zusage einhielt und ein Treffen mit Vann arrangierte, wollte Dox mit dem Terrain vertraut sein. Darum hatte er die Adresse der UN-Büros in Phnom Penh nachgeschlagen und beschlossen, sich persönlich umzusehen. Er schlenderte gemütlich durch die Gegend, bis er ein viergeschossiges Betongebäude erreichte, eines der größer und massiver wirkenden in diesem Block. Auf einem blauen Schild davor stand auf Khmer und Englisch »Büro des Hochkommissars für Menschenrechte«. Die umgebende Mauer war zweieinhalb Meter hoch, in einem seltsam deplatzierten gräulichen Pink gestrichen und mit Natodraht gekrönt. Im Vergleich zur US-Botschaft wirkten die Sicherheitsmaßnahmen eher improvisiert. Auf der Mauer waren mehrere Überwachungskameras angebracht, was Dox nicht gefiel. Aber wer nicht wagt, der nicht gewinnt.

Er schlenderte weiter und studierte unauffällig die Gegend, stellte sich vor, wohin er fliehen oder wo er sich zum Kampf stellen würde, wenn dieses oder jenes geschah. Dabei sorgte er dafür, dass er wie ein normaler Tourist beim Sightseeing wirkte, damit jeder, der ihn bemerkte, gleich beruhigt wieder wegsah.

Als er glaubte, ausreichend Ortskenntnis erworben zu haben, beschloss er, zum Genozid-Museum weiterzugehen. Er hatte es bisher nie besucht, weil er fand, mit den Schrecken dieser Welt genügend vertraut zu sein, aber er hatte noch ein wenig Zeit. Und nach allem, was Kanezaki ihm über Sorm erzählt hatte, dachte er, dass er sich vielleicht einmal dort umsehen sollte.

Das Museum lag knapp drei Kilometer von den UN-Büros entfernt, doch die Hitze störte ihn nicht. Außerdem gab es seiner Erfahrung nach keine bessere Art, eine Stadt kennenzulernen als zu Fuß. Er ging den Preah-Monivong-Boulevard entlang Richtung Norden, aber die vierspurige Straße war für seinen Geschmack ein wenig zu laut für einen Spaziergang. Deshalb bog er bei der ersten Gelegenheit in westlicher und anschließend auf der Oknha-Nou-Kan-Straße wieder in nördlicher Richtung ab. Das war eine eher verschlafene Seitenstraße, hauptsächlich befahren von Tuk-Tuks und Fahrrädern. Es gab kleine Läden, Wohnhäuser und leere Grundstücke auf der einen und einen Drainagekanal auf der anderen Seite. Er sah nur wenige Fußgänger, denn die Einheimischen waren schlau genug, nicht in der Hitze herumzulaufen. Er genoss das Gefühl, die Straße praktisch für sich allein zu haben.

Ungefähr auf halbem Weg zum Museum tastete sich etwa fünfzehn Meter vor ihm ein blinder Bettler um die Ecke und kam auf ihn zu. Der Mann trug eine große schwarze Brille und hatte einen dieser langen Stöcke, den er mit der rechten Hand vor sich hin und her schwang und auf den Boden tippte. In der Linken hielt er einen Becher, und Dox griff in die Tasche, um dem armen Kerl ein paar Münzen zu geben.

Aus der bröckelnden Grundmauer eines Hauses rechts von dem Typen ragte ein Stück Rohr heraus. Der Bettler wich ganz leicht nach links aus und vermied so einen Zusammenstoß, ohne es zuvor mit dem Stock berührt zu haben.

Dox zog irritiert die Hand wieder aus der Tasche. Ein Betrüger. Sie waren überall.

Inzwischen lagen noch etwa zwölf Meter zwischen ihnen, und der Kerl tappte weiter. Er war fast völlig kahl, und was von seinem Haar übrig war, hatte er zu Stoppeln abrasiert. Seine Hautfarbe war dunkel genug für einen Einheimischen. Doch die schwarze Brille machte es unmöglich, seine Augen zu sehen, und was Dox von der Knochenstruktur erkennen konnte, wirkte irgendwie … Er war nicht sicher. Aber keineswegs kambodschanisch.

Ein ausländischer Bettelbetrüger?

Nicht ausgeschlossen. Vielleicht war ein Elternteil Khmer, der andere nicht.

Andererseits, warum sollte ein Blinder, selbst ein vorgetäuschter Blinder, eine derart große Brille tragen? Er musste doch lediglich seine Augen verstecken – der Rest war den ganzen Tag lang überflüssiger Ballast auf Nase und Ohren.

Es sei denn, er wollte auch sein Gesicht verbergen.

Zehn Meter.

Da er ihn jetzt aus geringerer Entfernung sah, fielen Dox noch einige andere Dinge auf. Zu einem Paar Turnschuhe trug der Typ nur Shorts und ein T-Shirt, und seine Arme und Beine waren muskulös und sehnig wie die eines Tänzers oder Turners. Na gut, um zu trainieren, brauchte man kein Augenlicht. Trotzdem wirkte es eigenartig, umso mehr, wenn der Kerl gar nicht wirklich blind war. Dox war noch nie einem Bettelbetrüger begegnet, der nicht mager und unterernährt gewesen wäre. Dieser Typ aber sah so aus, als hätte er seit Jahren keinen einzigen Tag seine Molkeproteine und Frucht-Smoothies verpasst.

Außerdem waren an den Knien und Schienbeinen keine Narben zu erkennen. Wenn sich jemand ein Leben lang mit nichts als einem Stock bewaffnet durch die Stadt tasten musste, sollte man meinen, dass er sich dabei ein paar Kratzer einhandelte.

Und da war ein weiterer Faktor. Der wichtigste und verräterischste vielleicht. Die Ausstrahlung des Kerls. Sie wurde immer intensiver, je näher sie sich kamen. Als wäre er voll konzentriert und würde sich auf etwas Einschneidendes vorbereiten. Es gab nicht viele Leute, die einen folgenschweren Vorsatz verbergen konnten. Rain gehörte dazu. Dox ebenso. Doch was dieser Typ im Schilde führte, färbte auf irgendeiner Ebene auf sein Auftreten ab – Haltung, Bewegungsweise, Leichtfüßigkeit. Es war nichts, was man genau hätte beschreiben können. Aber sofern es einem gelungen war, in einem lausigen Job wie diesem lange genug zu überleben, und wenn man gedachte, auch noch eine Weile weiterzuleben, registrierte man es im Unterbewusstsein.

Nur wie kann ein Mordanschlag aus dieser Richtung erfolgen? Du hast doch bis vor Kurzem selbst nicht gewusst, dass du hier entlangkommen würdest.

Sein Kopf sagte ihm, dass er sich irrte. Sein Bauch rebellierte dagegen.

Vielleicht gab es ja eine Möglichkeit, dieses Patt aufzulösen.

Links von Dox hatte man ein Gebäude abgerissen. Der Gehsteig war mit einem Haufen Schutt übersät.

Wenn Dox sich in dem Typen täuschte, musste er als Wiedergutmachung einen größeren Betrag in seinen Becher legen. Auch wenn ihn das keineswegs davor bewahren würde, irgendwann zur Hölle zu fahren.

Sechs Meter.

Er bückte sich und hob mit der linken Hand ein paar Steine auf, jeder ungefähr von der Größe eines Golfballs. Er nahm den kleinsten davon in die rechte. Und schleuderte ihn mit voller Wucht auf das Gesicht des Blinden.

Der Stein sauste direkt auf sein Ziel zu. Im letzten Augenblick zuckte Mr Blind Man zur Seite. Zu spät. Das Geschoss schlug unmittelbar unterhalb seiner Brille ein. Der Mann schrie auf, ließ den Becher fallen, der mit einem metallischen Scheppern zu Boden flog, und trat einen Schritt zurück. Einen Moment lang betastete er seine Wange, als wolle er das Ausmaß der Verletzung abschätzen. Dann verzerrte sich sein Gesicht vor Wut. Mit der linken Hand packte er den Schaft seines Stocks, zog daran, und plötzlich hielt er in der Linken eine Scheide und in der Rechten ein gottverdammtes Schwert.

Einen verrückten Augenblick lang blitzte vor Dox ein Bild von Zatichi auf, dem legendären blinden Schwertkämpfer des japanischen Kinos. Der Typ warf die Scheide beiseite, fasste das Schwert mit beiden Händen und griff an.

Dox spürte einen gewaltigen Adrenalinstoß. Die Geräusche klangen plötzlich gedämpft. Bewegungen schienen sich zu verlangsamen.

Ihm blieb keine Zeit mehr, das Emerson-Commander-Messer zu ziehen, das er in die Vordertasche seiner Shorts geklipst hatte. *Er zog mit einem Messer in einen Schwertkampf* war außerdem die Art von warnender Inschrift, die einem die Marines auf den Grabstein setzten.

Stattdessen nahm er einen weiteren Stein in die rechte Hand und feuerte ihn wie einen Baseball ab. Er hätte lieber noch einmal auf den Kopf gezielt, doch er war mehr an ein Gewehr gewöhnt als an Wurfgeschosse, also wählte er das Zentrum der Körpermasse. Zatichi blieb stehen, drehte sich, um seine rechte Seite zu schützen, und der Steinbrocken flog ihm hart gegen die linke Schulter. Sofort hielt Dox einen weiteren Stein in der Wurfhand und schleuderte ihn auf dieselbe Stelle. Auch dieser schlug ein. Der Kerl schrie auf. Aber er riss sich zusammen und stürmte wieder vorwärts, jetzt im Zickzack, um kein leichtes Ziel mehr zu bieten.

Dox warf den nächsten Trümmerbrocken. Er knallte Zatichi gegen den Hals und brachte seinen Angriff abermals zum Stillstand. Dox schleuderte den letzten Stein und traf den Typen mitten in einer Ausweichbewegung an der Brust. Er plumpste schwer auf den Hintern. Obwohl er eine ganze Menge abbekommen hatte, rappelte er sich wieder auf und stürmte im Zickzack vor.

Dox schnappte sich drei weitere Steinbrocken und warf den ersten davon. Die Entfernung zwischen ihnen betrug keine vier Meter mehr, und er zielte auf den Kopf. Zatichi schien Schmerzen zu haben, denn er blieb stehen, drehte sich weg und versuchte, den Stein abzuwehren. Aber das führte nur dazu, dass er ihn am Unterarm traf und ihm dieser ins Gesicht geschmettert wurde, sodass er sich beinahe mit seinem eigenen Schwert geschnitten hätte. Dox schmiss den zweiten Steinbrocken und erwischte die Brille des Kerls. Sie flog in hohem Bogen davon. Ja, definitiv eine Art Eurasier, halb Khmer, halb etwas anderes.

Der Kerl heulte auf, und Blut lief ihm übers Gesicht. *Renn doch weg, du blöder Hund,* dachte Dox und nahm Maß mit dem dritten Stein, der beinahe faustgroß war. *Was immer sie dir zahlen, es lohnt sich nicht, sich deswegen zu Tode steinigen zu lassen.*

Aber der Typ ergriff nicht die Flucht. Er musste entweder außergewöhnlich motiviert, außergewöhnlich panisch oder außergewöhnlich dumm sein. Jedenfalls starrte er Dox an, stieß ein Kriegsgeheul aus und griff an. Er schwang das Schwert mit beiden Händen hoch über den Kopf, als wäre er ein gottverdammter Samurai.

Die Samurai allerdings hatten Rüstung getragen. Zatichi nicht. Dox nahm sich eine Extrasekunde Zeit, um sorgfältig zu zielen, bevor er dem Kerl den Stein direkt ins Gesicht schleuderte. Er schlug mit einem knirschenden Klatschen ein, und Dox sah, wie der Blick des Typen verschwamm. Irgendwie taumelte er weiter, das Schwert nicht mehr ganz sicher in den Händen, aber hoch erhoben. Dox trat zwei lange Schritte nach rechts, um dem Kerl auszuweichen. Seine Hand zuckte zu seinem Commander-Messer, doch bevor er es ziehen konnte, erschauerte der Mann und machte eine seltsame Schrittfolge wie aus dem Slapstick. Dann gaben die Knie unter ihm nach und er brach zusammen.

Was ein recht glückliches Zusammentreffen war, denn Dox waren die Steine ausgegangen. Um dem Typen keine Chance zu geben, sich wieder zu erholen, hob er ohne nachzudenken den Fuß und rammte dem Kerl den Absatz ins Genick, wie um einen trockenen Ast zu Feuerholz zu machen. Zatichis Körper krampfte sich zusammen. Er schaffte es noch einmal, den Arm auszustrecken, als wollte er sich hochstemmen, aber Dox stampfte ein zweites Mal zu, dann ein drittes Mal und noch einmal. Beim vierten Tritt blieb der Mann regungslos liegen.

Dox sah sich um. Ein paar Leute in der Nähe starrten ihn mit offenem Mund an. Er sah nirgendwo ein Handy oder eine Kamera, doch davon würde es bald wimmeln, wenn der Schock nachließ und die Zeugen aus ihrer Erstarrung erwachten. Also senkte er den Kopf, legte die Fingerspitzen gegen die Stirn und die Daumen an die Wangen, zog die Ellbogen ein und verdrückte sich durch die nächste Seitenstraße Richtung Osten, zurück zum Preah Monivong Boulevard.

Alles war so schnell gegangen, dass ihm nicht einmal bewusst geworden war, wie viel Angst er hatte. Aber zwei Tuk-Tuk-Fahrten später, immer nur weg vom Schauplatz, setzte das Zittern ein. Er stieg aus, verzog sich in einen Tempelkomplex – Wat Angk Portinhean – und wanderte im Kreis herum, wobei er sich so weit wie möglich im Schatten hielt. Er hatte das Gefühl, die anderen Besucher müssten seine Anspannung spüren, weil er sie nicht vollständig unterdrücken konnte. Was zum Teufel war das gewesen? War es tatsächlich passiert?

Der Typ war offensichtlich auf ihn angesetzt worden. Ein Bettler, der zufällig einen Stockdegen bei sich trug und ausgerastet war, als Dox ihn als Betrüger entlarvte? Quatsch! Der Mann hatte mit derartiger Wildheit und Verbissenheit angegriffen, dass die Verletzungen, die er durch die Steine erlitten hatte, sechs Monate gebraucht hätten, um zu verheilen. Wenn er Sieger geblieben wäre. Keine der möglichen Erklärungen ergab viel Sinn, aber diese eine überhaupt nicht. Dox hatte die Schwingungen gespürt, die von dem Typen ausgingen, als er ihn erblickte. Und er war wie eine Rakete gewesen, die ihr Ziel erfasste.

Doch wie hatte er Dox gefunden? Er hatte sein Telefon nach dem Anruf bei Kanezaki abgeschaltet und außerdem in eine abgeschirmte Hülle gesteckt, die er auf Reisen immer bei sich trug. Und zwar genau aus dem Grund: um nicht verfolgt werden zu können. Diese Lektion hatte er vor ein paar Jahren in Bangkok auf die harte Tour gelernt.

Er hatte mit niemandem über seine Pläne gesprochen. Verdammt, er hatte ja nicht einmal einen Plan *gehabt,* er war einfach nur so durch die Gegend gelaufen. Das Einzige, was in operativer Hinsicht auch nur halbwegs von Belang war, war sein bevorstehender Besuch in den UN-Büros bei Vann.

Natürlich konnte Kanezaki erwartet haben, dass er sich vor Ort erst einmal gründlich umsah. Schließlich wusste er, dass Dox beabsichtigte, Vann zu warnen.

Aber trotzdem. Er hatte darauf geachtet, dass ihn garantiert niemand verfolgte, außerdem war ihm Zatichi *entgegen*gekommen. Und selbst wenn Kanezaki beschlossen hätte, Dox zu hintergehen – was schwer zu glauben war –, wie hätte er so schnell einen Killer auf ihn ansetzen können?

Einfach nur Pech? Hatte jemand auf gut Glück noch mehr Killer in der Stadt angeheuert, um Dox auszuschalten?

Nein, das war so wahrscheinlich wie die Hypothese mit dem aus verständlichen Gründen erbosten, betrügerischen Bettler. Wer immer diesen Zatichi-Typen geschickt hatte, um Dox umzubringen, hatte zumindest in groben Zügen gewusst, wo er zu finden war. Und auf die eine oder andere Weise musste das mit Gant zu tun haben.

Na schön. Mal sehen, was er von Kanezaki erfahren konnte. Er musste mit äußerster Vorsicht vorgehen. Und eine Möglichkeit finden, sich eine anständige Feuerwaffe zu beschaffen. Denn wenn das nächste Mal jemand mit einem Schwert auf ihn losging, wollte er sicher sein, dass er nicht nur einen Haufen Steine hatte, um sich zur Wehr zu setzen.

Er hatte zu Kanezaki gesagt, dass für ihn das Prinzip »Leben und leben lassen« galt, falls Gants Leute es genauso hielten. Sie hatten diese Grenze verdammt schnell überschritten. Das war beunruhigend. Andererseits verschaffte es ihm Klarheit darüber, was er als Nächstes zu tun hatte.

Und das war, seinen Gegnern begreiflich zu machen, dass mehr dazu nötig war, ihn auszuschalten, als ein Möchtegern-Zatichi.

Besonders jetzt. Denn jetzt war er wirklich angepisst.

KAPITEL 5

Am Abend fuhr Livia mit der Ducati direkt zu ihrem Loft zurück. Die Sonne stand noch ein Stück über dem Horizont, und die Luft war kühl und trocken. Perfektes Wetter zum Motorradfahren, aber diesmal konnte sie es nicht genießen.

Den ganzen Tag lang war ihr Little nicht aus dem Kopf gegangen, während sie ihre Fälle bearbeitete, Zeugen befragte, mit Sozialarbeitern sprach und sich auf ihre Aussage in einem bevorstehenden Prozess wegen Körperverletzung vorbereitete. Die Versuchung war groß gewesen, sich auf der sicheren Website einzuloggen, die er ihr genannt hatte. Aber sie wusste, wenn sie erst einmal damit angefangen hatte, konnte sie vielleicht nicht mehr aufhören. Außerdem wollte sie sich lieber hinter einer eigenen VPN verborgen einloggen als mit der des Netzwerks im Hauptquartier. Dafür gab es keinen direkten Grund, es war eher eine Vorsichtsmaßnahme. Sie wusste, was sie mit Schmutzbart und Quadratschädel anstellen würde, wenn sie sie fand. Deshalb durfte sie nicht riskieren, dass irgendjemand im Hauptquartier eine Möglichkeit hatte, ihr Interesse an den beiden zu bemerken.

Sofern sich in Littles Akten handfeste Informationen über zwei gewisse thailändische Cops befanden, die während Livias vorübergehendem dienstlichem Aufenthalt dort eines gewaltsamen Todes gestorben waren, war es denkbar, dass er Verdacht schöpfte. Und wenn etwas schiefging, konnte es noch schlimmer kommen. Damit würde sie sich später befassen. Eins nach dem anderen.

Ihr Loft lag in einem Industrieviertel – im Obergeschoss eines massiven, hundert Jahre alten, dreistöckigen Gebäudes in einer Sackgasse, die den unpassenden Namen South Garden trug. Sie liebte die Lage: isoliert und menschenleer bei Nacht, wenn die Arbeiter aus der Werkstatt unten nach Hause gegangen waren. Dann bestand das ganze Areal nur noch aus Backstein und Wellblech und Stacheldraht. Weit und breit war keines dieser exklusiven Wohnviertel in Sicht. Es hatte sich als Glücksfall erwiesen, als sie hier als junge Polizistin nach einem Einbruch ermittelte. Der Besitzer war sehr angetan gewesen von dem Gedanken, dass ein Cop über seiner Werkstatt wohnte, und hatte ihr das Loft günstig überlassen.

Als sie vom Motorrad stieg, wurde die Sonne von den Fenstern im Westen reflektiert und machte sie zu einem Spiegel des grünen Duwamish River. Das Licht hauchte der Fassade die Aura eines denkenden und seltsam stoischen Wesens ein. Livia rollte die Ducati in den Korridor im Erdgeschoss, versperrte die Türen und ging die Treppe zu ihrem Loft hinauf. Sosehr es sie drängte, sich sofort in Littles sicherer Website einzuloggen, erst einmal musste sie duschen. Es war ein Ritual, nicht nur für sie, sondern auch für andere Detectives in der Abteilung für Sexualverbrechen. Die heiße Dusche war ein Weg, um all den Dreck wegzuspülen – real und metaphorisch –, der nach dem täglichen Kontakt mit Sadisten, Vergewaltigern und Kinderschändern an einem klebte. Mit Kreaturen, die so abstoßend waren, dass man kaum glauben mochte, dass sie wirklich menschlich waren. Niemand, der in ihrem Beruf arbeitete, hätte die Existenz des Bösen geleugnet. Und auf einer gewissen

Ebene machte man sich Sorgen, dass das Böse durch den ständigen Kontakt auf einen selbst abfärben könnte.

Sie trocknete sich ab, schlüpfte in ihre Jiu-Jitsu-Hose und ein Sweatshirt, griff sich die Glock und warf einen Blick auf den Schrein in der Ecke. Dort standen ein kleiner Buddha aus Holz, den sie als Teenager geschnitzt hatte, eine Schale für Räucherstäbchen und ein Foto von Nason und ihr, als sie noch Kinder im Wald gewesen waren. Sechzehn Jahre lang, nach ihrer Trennung und bevor sie von Nasons Tod erfahren hatte, hatte Livia täglich zu ihrer Schwester gesprochen, normalerweise vor dem Schrein. Aber seit sie die sterblichen Überreste ihres kleinen Vogels in Chiang Rai beerdigt hatte, versuchte sie, davon abzukommen. Im Grunde war das dumm. Denn selbst wenn sie die Worte nicht laut aussprach, sie lebten in ihrem Kopf. Sie versprach Nason nicht länger, niemals aufzuhören, nach ihr zu suchen. Heute schwor sie ihr, niemals damit aufzuhören, die Männer zu suchen, die ihnen beiden Gewalt angetan hatten.

Du bist dumm.

Es ist ein Ritual. Was ist falsch an einem Ritual? Wie deine brühend heiße Dusche. Danach fühlst du dich besser.

Sie seufzte und trat vor den Schrein. Sie deponierte die Glock auf der Matte neben sich, zündete eine Kerze und ein Räucherstäbchen an und legte die Handflächen vor der Stirn zu einem traditionellen *Wai* zusammen. Dann schloss sie die Augen und neigte den Kopf.

»Es tut mir leid, kleiner Vogel«, begann sie. »Es tut mir leid, dass ich nicht mehr so oft mit dir spreche. Aber ... Ich glaube, jetzt habe ich etwas Neues erfahren. Etwas, das mich zu den Männern führen könnte, die noch übrig sind. Ich finde sie. Ich werde nie aufhören, sie zu suchen. Niemals. Nicht, bis jeder Einzelne von ihnen tot ist. Erst dann, wenn es endlich erledigt ist. Wenn es vorbei ist.«

Sie nahm die Glock und holte sich einen Proteinshake und eine Schale mit gemischtem Gemüse aus dem Kühlschrank, bevor sie zum Schreibtisch ging und den Laptop einschaltete. Sie gab die URL von Littles sicherer Website ein. Einen Augenblick später füllte sich der Bildschirm mit dem Adler-und-Schild-Logo und den Worten *US Department of Homeland Security: Zugriff eingeschränkt, Identifizierung erforderlich.*

Sie lächelte. Über die nötigen Referenzen verfügte sie. Sie tippte den ersten von zwei Passwortsätzen ein, die Little ihr gegeben hatte, und navigierte sich durch die Untermenüs bis zu einer HSI-Seite mit dem Text *Quis Custodiet.*

Das stammte aus dem lateinischen Aphorismus *Quis custodiet ipsos custodes? Wer aber bewacht die Wächter?*

Sie spürte das vertraute Aufwallen von Kraft, Entschlossenheit und Hass. Der Drache.

Ich kann das, dachte sie und tippte den zweiten Passwortsatz ein.

Sie fand alles, was sie sich erhofft hatte. Eine Datenbank mit Querverweisen von Schlüsselverdächtigen in den Reihen der Royal Thai Police, einschließlich Fotografien und persönlichen Daten. Obwohl es ihr durch ihre Ungeduld beinahe schmerzhaft schwerfiel, verbrachte sie eine halbe Stunde damit, beliebige Namen nachzuschlagen und ihre Verbindungen zu recherchieren. So hoffte sie, ihre wahren Interessen zu verbergen, falls ihre Aktivitäten mithilfe der Passwortsätze aufgezeichnet wurden, die Little ihr gegeben hatte.

Erst als sie sicher war, einen genügend dichten Nebelschleier gelegt zu haben, gestattete sie es sich, nach Chanchai Vivavapit zu suchen – Totenkopf. Er war als verstorben gelistet – was sie natürlich schon wusste, da sie ihn mit eigenen Händen getötet hatte. Aber es gab auch eine ausführliche Biografie, die jede Einheit auflistete, in der er in seiner Laufbahn gedient hatte. Sie reichte zurück bis ins Jahr 1995, als er in die Royal

Thai Police eingetreten war. Nun musste sie nur die anderen Angehörigen dieser Einheiten nachschlagen, die mit seinem Namen verknüpft waren. Sie wurde fündig. Sie würde niemals die Gesichter vergessen, auch nicht ihren Geruch oder die Dinge, zu denen sie sie auf dem schmierigen Deck des Schiffes von Bangkok gezwungen hatten, als sie erst dreizehn gewesen war und sich solche Ungeheuerlichkeiten nicht einmal hatte vorstellen können.

Quadratschädel hieß in Wirklichkeit Sarawut Sakda. Schmutzbart war Krit Juntasa. Sie hatten zusammen mit Totenkopf bei der Grenztruppe der RTP gedient, später in der Drogenfahndung und schließlich bei der Zentrale der Royal Thai Police. Schmutzbart – Juntasa – war noch im aktiven Dienst. Sie sah den fettigen, strähnigen Bart, an den sie sich so gut erinnerte, nur dass er inzwischen zur Hälfte ergraut war. Aber Sakda, dessen ungewöhnlichen Kopfkonturen die Jahre nichts hatten anhaben können, war aus medizinischen Gründen beurlaubt. Sie fragte sich, was das zu bedeuten hatte.

Livia klebte stundenlang am Monitor und unternahm immer wieder zufällige Ausflüge in andere Bereiche, um ihr wahres Interesse zu verschleiern. Das Klappern der Tastatur hallte in der Stille des höhlenartigen Lofts wider, während ausgemusterte Werkzeugmaschinen sie wie stumme Wächter in der Dunkelheit umringten. Sie legte regelmäßig Pausen ein, um Screenshots von wichtigen Seiten herzustellen, denn sie befürchtete, Little könnte es sich anders überlegen und ihr den Zugang wieder sperren. Sie vergaß den Proteinshake und das Gemüse. Sie verlor jegliches Zeitgefühl. Und dann, tief in der Nacht, hatte sie eine Erleuchtung, so rein und elementar, dass sie schockiert war, es nicht früher erkannt zu haben. Sie lehnte sich im Stuhl zurück, den Blick ins Leere gerichtet, den Mund leicht geöffnet, während sie die Umrisse dieses neuen Gebildes zu begreifen versuchte, das ihr plötzlich vor Augen stand.

Ihr ganzes Leben lang hatte sie geglaubt, dass Nason und sie zufällige Opfer gewesen waren. Nur zwei unglückselige Mädchen aus den Hügeln im Hinterland von Thailand, die von ihren verarmten Eltern verkauft, nach Amerika verschleppt und unterwegs mehrfach vergewaltigt worden waren. Als das Schiff, das sie transportierte, in Portland angelegt hatte, hatte man sie getrennt. Livia war auf ein anderes Schiff gekommen, einen Frachtkahn, der sie dann bis nach Llewellyn in Idaho gebracht hatte, wo sie bei einer Polizeirazzia gerettet worden war. Ein örtlicher Industriemagnat, Fred Lone, der in der ganzen Stadt gefürchtet und geachtet wurde, hatte sie bei sich aufgenommen und die mediale Anerkennung für sein selbstloses Verhalten und das seiner Frau eingeheimst. Dann hatte Lone begonnen, sie systematisch zu missbrauchen. Auch das hatte sie auf Pech und ein auswegloses Karma zurückgeführt. Selbst nachdem sie ihn im Alter von siebzehn Jahren mit einem Würgegriff aus dem Jiu-Jitsu-Training getötet hatte, hatte sie sich nie gewundert, wie man ein derart schlechtes Karma haben konnte. Vielleicht hatte sie es im Unterbewusstsein als Strafe dafür betrachtet, dass es ihr nicht gelungen war, Nason zu verteidigen. Oder sie war zu jung gewesen, um die Dinge klar zu sehen, zu traumatisiert. Jedenfalls hatte sie sich nie gefragt, ob das, was ihrer Schwester und ihr zugestoßen war, möglicherweise mit Karma nicht das Geringste zu tun hatte.

Aber sie hatte nie aufgehört, nach Nason zu suchen, und darauf gewartet, dass der einzige Überlebende der Polizeirazzia in Llewellyn, ein weißer Rassist namens Timothy »Weed« Tyler, endlich aus dem Gefängnis entlassen wurde. Als es so weit war, hatte sie ihn gründlich in die Mangel genommen und erfahren, dass ihre Schwester und sie nicht zufällig entführt worden waren. Tylers Geständnis lenkte sie in eine neue Richtung, auf Spuren, von denen sie geglaubt hatte, sie wären längst verwischt. Als Jugendliche hatten Fred Lone und sein Bruder Ezra, der spätere US-Senator, zusammen mit ihrem Vater die eigenen Schwestern erbarmungslos missbraucht. Die eine hatten sie umgebracht, die andere fast in den Wahnsinn getrieben. Aus den Jugendlichen waren Erwachsene geworden, und eines Tages hatten sie einfach beschlossen, dass sie wieder Schwestern im Teenageralter haben wollten. Schwestern, die sich liebten und alles getan hätten, um sich gegenseitig zu behüten. Schwestern, die jedes perverse Verlangen erfüllten, das die Brüder sich einfallen ließen.

Vor zwei Monaten war Livia dem Senator bis nach Bangkok gefolgt. Bevor sie ihn dort getötet hatte, hatte sie erfahren, dass er sich Nasons schon viele Jahre zuvor entledigt hatte. Nason, ihr kleiner Vogel. Sie hatte die Leiche in Maryland verscharrt gefunden, die Überreste einäschern lassen und die arme Nason in den smaragdgrünen Hügeln von Chiang Rai begraben, wo sie ihre Kindheit verbracht hatten.

Sie lehnte sich weg vom Monitor und zwinkerte heftig. Tränen tropften zu Boden. Dann stieß sie einen langen Atemzug aus und suchte weiter.

Heute war ihr klar, dass sie sich nach dem Schock, die wahren Umstände ihrer Entführung erfahren zu haben, zu sehr auf den Tatbestand konzentriert hatte. Zwei perverse Brüder, ein reicher Geschäftsmann und ein US-Senator mit weitreichenden Kontakten nach Thailand – aufgrund seiner Tätigkeit im Ausschuss für auswärtige Beziehungen und wegen seines vorgeschobenen Engagements gegen den Menschenhandel. Und der gemeinsame Wunsch dieser Männer, die Abartigkeiten ihrer Jugend wieder aufleben zu lassen. Dann eine Sonderbestellung in Thailand für zwei Schwestern im richtigen Alter, mit dem richtigen Aussehen und dem nötigen Grad an gegenseitiger Zuwendung.

Ja. Es war zwingend gewesen, das Rätsel zu lösen, *was* geschehen war. Leider hatte sie das von einer Frage abgelenkt, die auf den ersten Blick vielleicht nebensächlich wirkte, aber ebenso wichtig war.

Wie?

Wie waren die Mädchen besorgt worden? Wie war eine Sonderbestellung von den Lone-Brüdern in Llewellyn und Washington den weiten Weg bis zu den Lahu-Stämmen im Dschungel von Thailands Goldenem Dreieck gelangt? Wer vermittelte einen so wichtigen, speziellen, ungewöhnlichen Verkauf?

Ezra Lone hatte Kontakte zum größten Verbrechersyndikat von Bangkok unterhalten. Einem Syndikat, dem es gelungen war, seine Rivalen mit Lones Unterstützung auszuschalten. Aber auch eine Organisation, die Menschen en gros lieferte, nicht auf Einzelbestellung. Fünfzig thailändische Mädchen unter zwanzig für Bordelle in Europa. Hundert Rohingya-Männer für die Fischerboote im Golf. Dem Syndikat ging es um den Massenmarkt, nicht die Maßanfertigung. Und Nason und sie waren, wie sie erfahren hatte, eine außerordentlich ungewöhnliche Lieferung gewesen, maßgeschneidert nach den Anforderungen zweier Männer mit äußerst detaillierten Wünschen.

Sie erinnerte sich, wie Totenkopf und seine Leute mit einer Fotografie von Nason und ihr ins Dorf gekommen waren. Es hatte sich um eine Aufnahme gehandelt, die sie von Livias eigener Mutter erhalten und den Lones zur Begutachtung geschickt hatten. Wer hätte die nötigen Verbindungen gehabt, um zwei geeignete Lahu-Schwestern aufzutreiben und ein Foto von ihnen nach Washington und Llewellyn zu senden? Die Brüder hatten bestimmt nicht nur die eine Fotografie sehen, sondern eine entsprechende Auswahl vorgelegt bekommen wollen. Ursprünglich hatte Livia geglaubt, das Bild von Nason und ihr hätte den Männern nur dazu gedient, die richtigen Mädchen zu identifizieren. Heute war ihr klar, dass die Lones sicher eine ganze Sammlung angefordert hatten, um die Kandidatinnen aus einem möglichst umfangreichen Sortiment zu wählen.

Livia setzte ihre Nachforschungen fort. Gelegentlich speicherte sie den Bildschirminhalt ab, notierte sich Zusammenhänge, analysierte Muster und achtete nicht nur auf vorhandene Bindeglieder, sondern auch auf solche, die vielleicht fehlten.

Die Beziehung zum Senator war für das thailändische Verbrechersyndikat unglaublich wertvoll gewesen. Mit seiner Hilfe hatte es buchstäblich ein Monopol in Bezug auf den Menschenhandel in Thailand errichtet. Und es hatte natürlich gern die ungewöhnliche Bestellung ihres Gönners erfüllt.

Wer war der Mann im Hintergrund? An wen hatten sie sich wegen etwas gewandt, das über ihre Kernkompetenz, den massenhaften Handel mit Menschen, hinausging? Wer war die Spinne im Zentrum des Netzes?

Als das erste graue Licht sich draußen vor den Fenstern in den Himmel schlich, glaubte sie, es zu wissen. Es gab nur einen Mann, der schon so lange im Geschäft war. Dessen Kontakte derart umfassend waren. Der genügend Sprachen beherrschte und genügend Grenzbeamte kannte und genügend Geld investierte, um die Politiker vor Ort in der Hand zu haben.

Sein Name lautete Rithisak Sorm.

KAPITEL 6

Zwei Stunden nach dem ersten und hoffentlich letzten Schwertkampf seines Lebens aß Dox an einem Straßenstand beim Olympic Market zum Lunch eine Schale Kuy-Teav-Nudelsuppe. Er war weit und breit der einzige Ausländer – der russische Markt, so genannt wegen seiner Popularität bei den russischen Expats in den 1980er-Jahren, war als touristisches Ziel beliebter. Dox war klar, dass nicht jeder so genau wissen wollte, was in der Kuy-Teav-Version von Phnom Penh alles drin war – zum Beispiel geliertes Schweineblut und verschiedene zerhackte und durch den Wolf gedrehte Innereien. Aber er hatte einen starken Magen und war außerdem der Überzeugung, dass man sich in Bezug auf Nahrungsmittel den örtlichen Gepflogenheiten anpassen sollte. So war er nach einer halben Odyssee, um ganz sicherzugehen, dass er nicht verfolgt wurde, an diesem plastikgedeckten Tisch im Schatten einer zerfledderten grünen Markise angelangt und schlürfte seine Suppe. Die Hintergrundmelodie bestand aus den rhythmischen Klängen kambodschanischer Popmusik, die aus einem Mittelwellenradio in der Nähe drang, sowie dem Lärm der Marktschreier und der vorüberknatternden Motorräder und Tuk-Tuks.

Sein Telefon steckte ausgeschaltet in der abgeschirmten Hülle. Dox hatte sich außerordentlich umsichtig und vorsichtig bewegt, und trotzdem hatte er Mühe, sich so entspannt zu fühlen, wie er es normalerweise getan hätte. Dieser Zatichi, der wie ein Gespenst aus dem Nichts aufgetaucht war, hatte ihn entnervt. Er konnte sich einfach nicht vorstellen, wie der Typ ihn aufgespürt hatte. Denn das bedeutete, dass es anderen auf dieselbe Weise gelingen konnte.

Er hob die Schale an die Lippen und trank die letzten Reste der Brühe aus, bevor er das Einweghandy einschaltete, sich ins freie Internet einloggte und Kanezaki anrief. Der Gedanke an Zatichi jagte ihm kalte Schauer über den Rücken. Und obwohl ihm klar war, dass es zumindest theoretisch möglich war, dass Kanezaki hinter dem Angriff steckte, glaubte er es nicht ernsthaft. Als Dox ihn kennengelernt hatte, war Kanezaki ein absoluter Anfänger in der Firma gewesen, allerdings ein talentierter. Seit damals hatten sie eine Menge gemeinsam durchgemacht. Dox hatte miterlebt, wie Kanezaki zum ersten Mal einen Menschen tötete, und ihm danach seelischen Beistand geleistet. Sie hatten bei vielen Projekten zusammengearbeitet und eine Menge Gutes bewirkt. Sie waren mehrfach, wenn die Kacke am Dampfen war, füreinander eingestanden und hatten dabei erhebliche persönliche Risiken auf sich genommen. Dox konnte sich nicht vorstellen, dass dieser Mann sich gegen ihn stellen würde.

Zumindest wollte er es nicht glauben.

»Ich habe schon versucht, dich zu erreichen«, meldete sich Kanezaki, als die Verbindung zustande kam.

»Ja«, sagte Dox. Unwillkürlich war er erleichtert, Kanezakis vertraute Stimme zu hören. »Ich habe das Telefon ausgeschaltet gelassen. Du kannst dir nicht vorstellen, was für einen Tag ich hinter mir habe.«

Er berichtete von Zatichi. Kanezaki mochte ein guter Schauspieler sein, aber er klang ehrlich überrascht, besorgt – und verdattert. Auch er war der Ansicht, dass Dox schleunigst verschwinden musste. Weil die ganze Sache so übereilt, improvisiert und vor allem dilettantisch wirkte, kamen sie zu dem Schluss, dass es sich wohl um einen letzten verzweifelten Versuch handelte, den von Gant beauftragten Scharfschützen dem ursprünglichen Plan entsprechend zu eliminieren.

»Lass mich erst einmal erzählen, was ich herausgefunden habe«, sagte Kanezaki. »Vielleicht bringt das etwas Licht in die Angelegenheit.«

»Das wäre nett. Ich will nicht lügen, aber wenn du nie im Leben von einem Typen angegriffen wurdest, der sich einbildete, ein Samurai zu sein, dann kannst du auch nicht beurteilen, wie ein solches Erlebnis einen beeindruckt.«

»Meine Ahnung war richtig. Gant gehörte zur DIA.«

Aus irgendeinem Grund war Dox nicht sonderlich überrascht. Glücklich machte ihn die Neuigkeit allerdings nicht. Es hatte immer weniger den Anschein, als wäre Gant ein absoluter Niemand gewesen.

Er erhob sich und ging auf und ab, wobei er darauf achtete, die Grenzen der WiFi-Reichweite nicht zu überschreiten. »DIA?«, fragte er. »Denkst du, das Pentagon würde einen UN-Beamten ermorden, nur um einen verdammten Zuträger zu schützen?«

»Wir sollten vorsichtig sein, und das, was wir wissen und was wir glauben, sorgfältig voneinander trennen. Wir *wissen,* dass Gant dich angeheuert hat, um Vann zu töten, dir aber weismachte, Vann wäre Sorm. Wir *glauben,* dass es sich um eine DIA-Operation handelte. Nur könnte Gant auch ein Freischaffender oder Mitglied eines anderen Geheimdienstes gewesen sein. Und wir *glauben,* dass es dabei darum ging, Sorm zu schützen. Doch das beruht bis jetzt ausschließlich auf Gants Behauptung. Nichts stützt die Vermutung.«

»Klingt vernünftig. Aber mir fällt auf, dass der gute alte Gant gern eine Menge Wahrheit unter seine Lügen gemischt hat. Denk dran, er hat nicht erwartet, dass ich nach unserem Gespräch noch ein langes und glückliches Leben führen würde. Wenn man also davon ausgeht, dass es bei dieser Operation tatsächlich darum ging, Sorm zu schützen ...«

»Dann würde die Frage lauten, was Sorm der Defense Intelligence Agency anzubieten hatte, dass es sich lohnte, so weit zu gehen.«

Dox überlegte. »Vielleicht lautet die Frage nicht, was er ihnen liefert, sondern was er gegen sie in der Hand hat.«

»Oder beides.«

Dox verstummte und sah sich um. Über einem Gewirr von Telefon- und Stromleitungen hing der Himmel in wolkigem Pastellgrau. Er zupfte an seinem durchgeschwitzten Hemd und löste es vom Rücken. Das lag an der Schwüle und den Nachwirkungen des Schwertkampfes, aber die schlechten Neuigkeiten wirkten auch nicht gerade abkühlend.

»Tja«, sagte er, »da stecke ich schön im Schlamassel, würde ich sagen. Falls Gants Leute denken, dass er mir irgendetwas über seinen Auftraggeber oder Sorm erzählt hat, vielleicht sogar, dass es bei der Operation darum ging, ihn zu schützen, dann werden sie sich bemühen, die Kuh so schnell wie möglich vom Eis zu kriegen. Deshalb die hiesigen Rambos, die mir nach dem Anschlag im Dunkeln bei meinem Motorrad aufgelauert haben. Und aus demselben Grund bin ich gerade in einen verdammten Schwertkampf geraten. Mein Gott, im einundzwanzigsten Jahrhundert. Wer hätte sich so etwas vorstellen können?«

»Bei dem Typen mit dem Schwert könnte es sich auch um einen Mann gehandelt haben, den Gant noch selbst angeheuert hatte. Obwohl ich zugeben muss, es sieht eher so aus, als hätten seine Leute einen überhasteten Plan B in Gang gesetzt, weil es nicht gelang, dich unmittelbar nach dem Anschlag auszuschalten.«

»Richtig. Und du musst eines bedenken: Da der ursprüngliche Plan lautete, mich umzulegen, gleich nachdem ich Vann erschossen hatte, streben sie hier eine todsichere Lösung an. Wenn ich die Chance auf etwa fifty-fifty einschätze, dass Gants Hintermänner von mir wissen, rechnen sie vermutlich mit einem ähnlichen Risiko, dass Gant mir zu viel erzählt hat. Warum auch nicht? Gant hatte schließlich erwartet, dass ich fünf Minuten nach dem Anschlag tot sein würde. Glaubst du, dass solche Leute die Angelegenheit einfach auf sich beruhen lassen? Ernsthaft?«

Es gab eine lange Pause. Dann antwortete Kanezaki: »Nein.«

»Klar. Genauso wenig wie ich. Daher müssen wir mit dem Schlimmsten rechnen. Gants Leute wissen höchstwahrscheinlich von mir und vermuten, dass ich mehr weiß, als für sie gut ist. Vielleicht glauben sie sogar, dass ich den guten alten Gant umgebracht habe, weil ich Skrupel wegen der Operation bekommen hätte. Was ja zufällig gar nicht so weit von der Wahrheit entfernt ist. Die Sache wäre schon schlimm genug, wenn es nur um Vergeltung ginge. Aber so ist es nicht.«

»Du hast recht. Es geht ihnen darum, ihre Operation nicht auffliegen zu lassen.«

»So sehe ich das auch. Denn was immer das Ziel dieser Operation ist, sie ist wichtig genug, um einen UN-Beamten zu ermorden. Gants Leute könnten in Teufels Küche kommen, wenn das herauskommt. Es käme sie wesentlich billiger, mich einfach auszuschalten und einen neuen Mann anzuheuern, um Vann aus dem Weg zu räumen.«

»Was hast du jetzt vor?«

Dox überlegte. Er hatte größte Lust, erst einmal ein paar Leute umzulegen, von denen einige eine echte Bedrohung darstellten, um dem Rest die Botschaft zu schicken: *Haltet euch gottverdammt noch mal fern von mir, oder der nächste Schädel, der*

sich bei schlechtem Licht aus einer halben Meile Entfernung in rosa
Nebel auflöst, könnte dein eigener sein.

Aber Kanezaki hatte schon bei dem Gedanken, Dox könnte
das Kriegsbeil im Kopf der falschen Person begraben, die Krise
bekommen. Daher beschloss er, ein wenig subtiler vorzugehen.

»Bevor ich nicht genauer weiß, wer der Gegner ist, kann
ich nichts unternehmen. Und die geeignete Stelle, um mehr
in Erfahrung zu bringen, ist dieser UN-Typ. Mr Vannak Vann
persönlich. Er ist hier vor Ort, in Phnom Penh. Wenn du ihn
so gut kennst, wie du sagst, dann möchte ich, dass du mir einen
Termin bei ihm verschaffst. Und zwar pronto. Denn ich hänge
hier ungern länger herum als unbedingt nötig.«

KAPITEL 7

Am Morgen nach ihrer nächtlichen Erleuchtung saß Livia ihrer Vorgesetzten, Lieutenant Donna Strangeland, in deren Büro gegenüber. Livia hatte ihr erklärt, welche Chance ihr die Homeland Security bot und warum sie glaubte, es würde langfristig ihrer Effizienz als Polizistin und damit der Abteilung zugutekommen. Aber sie sagte auch, dass sie noch keine Entscheidung getroffen habe. Aus diesem Grund wolle sie für etwa eine Woche nach Bangkok fliegen, um sich einen Eindruck von dem Land zu verschaffen und zu sehen, ob ihr das sechsmonatige Projekt zusagte, von dem Little gesprochen hatte.

Strangeland war eine gute Zuhörerin – ihre Haltung, ihr Gesichtsausdruck, ihr Nicken und gelegentliche zustimmende Geräusche vermittelten das Gefühl von absoluter Aufmerksamkeit. Es war ein mächtiges Instrument, um Bewerbern und Verdächtigen Antworten zu entlocken. Denn es gab wenige Dinge, auf die die Menschen positiver reagierten als das Gefühl, dass ihnen jemand zuhörte, wirklich zuhörte. Livia merkte, dass es auf sie nicht ohne Wirkung blieb, also verstummte sie und wartete.

Die Sekunden tickten dahin, während Strangeland vor sich hin nickte, als würde sie sorgfältig alles bewerten, was sie gerade gehört hatte. Dann sagte sie: »Würden Sie mir jetzt verraten, worum es wirklich geht?«

Livia sah sie argwöhnisch an. »Das habe ich doch gesagt. Sich mit der Großhandelsseite des Menschenhandels zu befassen, der Beschaffung. Zu lernen, wie die Netzwerke auf der anderen Seite funktionieren. Dieses Wissen hier auf der Käuferseite mit einzubringen, im Einzelhandel sozusagen.«

Strangeland musterte sie mit leicht gerunzelter Stirn. Ihr Ausdruck war ein wenig skeptisch, als würde sie bereits alles wissen, was Livia wusste, und auch alles, was sie zu verheimlichen versuchte.

»Lieutenant«, sagte Livia. »Ich darf nicht mehr sagen.«

Strangeland schüttelte den Kopf. »Ich rede nicht davon, was Little von Ihnen will. Ich bin sicher, da gibt es verschiedene Ebenen. Die eine ist für die Öffentlichkeit bestimmt, die andere bleibt auf Geheimhaltungsebene. Ich habe auch schon mit Bundesagenten zusammengearbeitet. So funktionieren die. Aber Sie sollten keine Minute lang glauben, dass Little, als er Ihnen den angeblichen Zweck dieser gemeinsamen Operation nannte und anschließend den ›tatsächlichen‹ Grund enthüllte, wirklich offen zu Ihnen war.«

Nicht zum ersten Mal staunte Livia über die Treffsicherheit von Strangelands Instinkt. »Was meinen Sie damit?«

»Ich glaube, er verfolgt hier eine ganz eigene Agenda. Das konnte ich riechen. Warum bitte will er ausgerechnet Sie anwerben? Sie im Speziellen. Sicher, Sie sind eine hervorragende Polizistin, Livia, das weiß jeder. Doch es gibt noch andere. Cops, die Außergewöhnliches im Kampf gegen den Menschenhandel geleistet haben. Er hat bestimmt behauptet, es wäre ein Pluspunkt, dass Sie Asiatin sind, damit Sie mit dem Hintergrund verschmelzen können. Weil sie außerdem eine Frau für den Job haben wollen, blablabla. Nur kaufe ich ihm das nicht ab. Ich bin mir allerdings nicht darüber im Klaren, ob Sie es tun.«

Livia antwortete nicht. Tatsächlich hatte sie nicht gespürt, dass es noch einen weiteren Aspekt geben könnte. Weil sie ihn nicht hatte sehen wollen?

»Warum möchten Sie sofort fliegen?«, fuhr Strangeland fort. »Das sieht Ihnen gar nicht ähnlich. Sie sind klug. Sie sind niemals voreilig, selbst wenn es Sie dazu drängt. Und dieser Bundesagent will etwas von Ihnen. Wieso setzen Sie das nicht als Verhandlungsmasse ein? Stattdessen lassen Sie alles stehen und liegen, um nach Bangkok zu fliegen, und das sagt ihm, dass er Sie an der Angel hat. Er muss keine Zugeständnisse mehr machen.«

»Finden Sie, dass es so wirkt?«

»Ich weiß, dass es so ist. Und Sie auch. Die Frage ist: warum?«

Livia überlegte. Sie hatte keine Ahnung, wie viel ihr Lieutenant über ihre Vergangenheit wusste. Darüber hatten sie nie gesprochen. Vielleicht war es jetzt an der Zeit, diese Tür zu öffnen. Nur einen Spalt weit. Es gab nichts Besseres als einen Zuckerguss aus Wahrheit, um eine Lüge zu verbergen.

»Lieutenant, wissen Sie, wo ich herkomme?« Das Zaudern in ihrer Stimme war nicht gespielt.

»Sie meinen in den Vereinigten Staaten? Oder vorher?«

»Dann wissen Sie also Bescheid.«

»Ein bisschen. Sie wurden von Menschenhändlern nach Amerika verschleppt und bei einer Polizeirazzia befreit. Glauben Sie, die Leute wüssten das nicht?«

»Ich weiß nicht, was die Leute wissen.«

Strangeland lachte leise, nicht ohne Mitgefühl. »Livia, ehrlich gesagt, das ist eines der Dinge, die ich an Ihnen so schätze. Sie kommen nicht einmal auf die Idee, dass Sie eine Berühmtheit sein könnten.«

»Was soll das heißen?«

»Das ist alles im Jahr 2000 geschehen, nicht wahr? Die Artikel stehen im Internet. Sie wurden innerhalb von drei Jahren von einem von Menschenhändlern entführten Mädchen zur Einser-Studentin und Staatsmeisterin im Ringen. Die Menschen lieben solche Geschichten. Sie sind so etwas wie die Verkörperung des amerikanischen Traums.«

Es vermittelte Livia ein unbehagliches Gefühl zu hören, wie viel die Leute von ihr wussten. Es war wie ein Flashback in die Zeit als junges Mädchen im Haus der Lones, als sie noch nicht richtig Englisch gekonnt hatte und jeder Besucher ihr versicherte, wie »tapfer« sie sei und wie sehr er ihre »Leidenszeit« bedauere.

»Ich dachte nicht … Ich meine, wer würde sich schon mit diesen alten Artikeln befassen?«

»Nennen Sie es ein Paradoxon. Wenn man so wenig von sich preisgibt, wirkt man geheimnisvoll. Und Geheimnisse machen die Leute neugierig.«

Livia wurde klar, dass sie das selbst hätte erkennen können. Das Problem war, dass sie es einfach nicht hatte wahrhaben wollen.

»Ich schätze, ich spreche sehr ungern darüber.«

»Ich glaube, die Menschen spüren das. Und sie respektieren es.«

»Und Sie sind einer dieser Menschen. Dafür danke ich Ihnen.«

Strangeland schüttelte den Kopf, als hätte das nichts zu bedeuten.

»Sie wissen also, dass ich verschleppt wurde«, sagte Livia. »Aber wissen Sie auch woher?«

Strangeland nickte. »Thailand, nicht wahr?«

Livia begriff, dass sie sich Illusionen gemacht hatte. »Wieso stellen Sie mir dann überhaupt Fragen? Sie sind doch schon voll im Bilde.«

»Ich habe mehr als andere in Erfahrung gebracht, weil ich das für meine Pflicht halte. Und gerade deshalb frage ich mich, was der wahre Grund ist, warum Little Sie für diesen kleinen Ausflug rekrutieren will. Oder warum Sie sich darauf einlassen möchten.«

Eine lange Pause entstand. Schließlich fragte Livia: »Haben Sie persönliche Dämonen, Lieutenant?«

Strangeland zuckte mit den Schultern. »Die hat wohl jeder. Zumindest rede ich mir das ein.«

»Ich habe einige. Und ich muss herausfinden … ob ich mich ihnen stellen kann. Ob ich in der Lage bin, dorthin zurückzukehren.«

»Sind Sie sicher, dass das klug ist? Wenn Ihre Dämonen dort auf Sie lauern, warum bleiben Sie nicht lieber hier?«

»Die Dämonen bleiben nicht dort. Das haben sie nie getan.«

Strangeland seufzte. »Was ist mit Little? Er benutzt Sie. Ich weiß nicht wofür, aber er benutzt Sie.«

»Vielleicht beruht das auf Gegenseitigkeit.«

»Das macht es nicht besser.«

»Nein, aber es gleicht sich aus. Geben Sie mir eine Woche. Sieben Tage, um mir über alles klar zu werden, über meine Einstellung zu dieser Chance. Um mich zu entscheiden. Ach, kommen Sie, ich mache nie Urlaub. Er ist überfällig.«

»Ich wäre mit einem Urlaub wesentlich glücklicher als damit.«

Das klang ermutigend – wie der Auftakt zu einer widerwilligen Zustimmung. Livia sagte nichts. Ihr Täuschungsmanöver war subtil gewesen. Sie glaubte, dass es funktionieren würde. Sie brauchte diese Woche nicht, um sich über ihr Engagement in der Taskforce klar zu werden. Nicht direkt. Sie wollte herausfinden, wie viel sie mit den Geheimberichten der Homeland Security erreichen konnte. Ob sie es schaffen würde, Quadratschädel und Schmutzbart zu erledigen. Ob es ihr gelänge, dieses kleine

Mädchen zu finden. Ob es ihr möglich war, diesen Sorm aufzuspüren, den Mann, von dem sie mittlerweile sicher war, dass er hinter Nasons und ihrer Entführung steckte. Möglicherweise war das nicht in einer Woche machbar, nicht einmal mit dem Detailwissen, über das sie jetzt verfügte. Doch wenn es klappte, würde sie nie mehr nach Thailand zu gehen brauchen.

Natürlich konnte es auch sein, dass sie für sehr lange Zeit zurückkehren musste. Oder immer wieder. Es spielte keine Rolle. Wichtig war nur, vor Ort zu sein. Diese Monster zu jagen. Dieses Mädchen zu schützen. Die Wahrheit herauszufinden.

Strangeland seufzte. »Sie wissen, dass ich nicht ablehnen werde. Ich sage Ihnen nur, dass Sie vorsichtig sein müssen. Es gibt hier verborgene Tiefen. Das weiß ich. Ich sehe sie nicht, aber ich spüre sie. Und wenn ich sie nicht sehen kann, sind Sie auch nicht dazu in der Lage.«

»Ich komme zurecht, Lieutenant. Ehrlich.«

»Das sagen sie alle, Livia. Leider stimmt es nicht immer. Die Angelegenheit ist für Sie zu persönlich. Und Beruf und Persönliches zu vermischen, ist keine gute Idee. Für niemanden, vor allem nicht für Polizisten.«

Livia nickte mit gespielter Zustimmung. Sie wusste, dass Strangeland recht hatte. Andererseits hatte Livia von dem Moment an, in dem sie die Uniform anlegte, Privates und Berufliches vermischt. Im Job hatte sie Vergewaltigern insgesamt Hunderte von Jahren Gefängnis verschafft. Privat hatte sie sechs von ihnen getötet. Für die Verurteilungen hatte sie Lob und Anerkennung bekommen, von den anderen wusste niemand. Sie verstand sich gut darauf, Persönliches und Berufliches zu vermischen.

Sie wollte jetzt nicht damit aufhören. Und selbst wenn, wäre sie nicht sicher gewesen, ob sie es konnte.

KAPITEL 8

Man mochte von Kanezaki halten, was man wollte, aber der Junge war zuverlässig. Er hatte in Vanns Büro in Phnom Penh angerufen und ein Treffen noch für denselben Tag vereinbart. »Ich habe ihm gesagt, dass du einer Nichtregierungsorganisation angehörst«, hatte er Dox am Telefon erklärt. »Und über Kenntnisse verfügst, die für Vanns Arbeit bei der UN-Initiative zur Bekämpfung des globalen Menschenhandels außerordentlich wichtig sind.«

»Nun, ich bin definitiv nicht Regierung«, hatte Dox erwidert, »und meine Information ist sogar lebenswichtig, insofern musstest du nicht einmal lügen.«

»Ich habe ihm versichert, dass er dir vertrauen kann. Das wird dir den Weg ebnen. Aber sei vorsichtig, wie viel du ihm erzählst. Ich möchte nicht, dass die Geschichte auf mich zurückfällt.«

»Verstanden.«

»Und ruf mich an, sobald ihr fertig seid. Ich will wissen, was du erfahren hast.«

»Schläfst du eigentlich nie?«

»Lediglich Kraftnickerchen. Und nur dann, wenn ich sie brauche.«

Dox erreichte das Bürogebäude, das er zuvor nur ausgekundschaftet hatte, und wieder fielen ihm die Kameras auf. Halb rechnete er damit, von einem weiteren Schwertkämpfer überfallen zu werden, aber die Straße lag absolut verschlafen da. Er musste die Sache hinter sich bringen und dann zusehen, dass er schleunigst aus Phnom Penh verschwand.

Er ging zu einem vergitterten Schalter neben einer Metalltür in der Wand und legte dem uniformierten Wachposten drinnen den Pass vor, mit dem er diesmal reiste. »Mein Name ist Adam Johnson«, sagte er. »Mr Vannak Vann erwartet mich, soviel ich weiß.«

Der Wachmann begutachtete den Pass und sprach dann ein paar Worte auf Khmer in ein Festnetztelefon. Gleich darauf summte der Türöffner, und Dox trat ein. Ein anderer Posten erschien und führte ihn in das Gebäude. Er musste einen Metalldetektor passieren, was kein Problem war, weil er seine Messer und das Wegwerfhandy unter einem Gasbetonstein an einer Baustelle in der Nähe versteckt hatte. Ohne irgendetwas Scharfes am Körper fühlte er sich ein wenig nackt, vor allem nach seiner jüngsten gefährlichen Begegnung der schneidigen Art. Aber die Sorte Besteck, die er normalerweise zum täglichen Gebrauch mit sich führte, hätte dem durchschnittlichen Wachmann gewisse Sorgen bereitet, und Dox wäre ihm im Gedächtnis geblieben.

Im Gebäude war es warm. Die eingebaute Klimaanlage konnte mit der feuchten Hitze draußen nicht mithalten. Aber das machte Dox nichts aus. In seinem Haus in Bali schaltete er die Klimaanlage selten ein.

Sie fuhren in einem winzigen Aufzug ins vierte Geschoss empor, wo sie einen kurzen Gang entlanggingen. Vor der Bürotür an dessen Ende erwartete sie der Mann persönlich – Vannak Vann, trotz der Hitze elegant gekleidet im grauen Anzug, passend zu seinem üppigen Haupthaar.

Der Wachmann sagte ein paar Worte auf Khmer – die Vann mit einem dankenden *Sampeah* beantwortete – und ließ sie dann allein. Vann streckte die Hand aus. »Hallo, Mr Johnson«, begrüßte er Dox. Er sprach Englisch mit einem leichten Khmer-Akzent, und sein Lächeln war erfüllt von jener außergewöhnlichen Wärme, die Dox schon im Hotel *Raffles* aufgefallen war. Glücklicherweise. Durch ein AN/PVS-14 Nachtsicht-Zielfernrohr wäre sie nicht so einfach zu entdecken gewesen. Und dann hätte Dox den Unsinn vielleicht geglaubt, den Gant ihm aufgetischt hatte, und den Mann getötet.

»Hallo, Mr Vann«, sagte Dox und schüttelte ihm die Hand. »Hat Ihnen schon einmal jemand gesagt, dass Sie dem Dalai Lama ausgesprochen ähnlich sehen?«

Vann lachte. »Gelegentlich. Wenn mir die Haare ausgehen, wird man mich vermutlich um Autogramme bitten. Kommen Sie doch herein. Kann ich Ihnen etwas zu trinken anbieten? Ich weiß, wie heiß es draußen ist, und hier drinnen ist es nicht viel besser.«

»Nein danke«, antwortete Dox, während sie das Büro betraten. »Ich möchte Ihre Zeit nicht ungebührlich in Anspruch nehmen.«

Vann schloss die Tür hinter ihnen. Es war ein hübscher Raum – wesentlich einladender als das Äußere des Gebäudes. Der dunkle Holzschreibtisch und die Regale an den Wänden waren geschmückt mit Khmer-Kunst und Kunsthandwerk. Es gab reichlich Tageslicht – sodass Vann das Deckenlicht nicht eingeschaltet hatte –, und Dox hielt reflexartig nach Stellen Ausschau, wo sich ein Scharfschütze mit freier Sicht auf das Fenster postiert haben könnte. Er bemerkte nichts Besorgniserregendes und folgte Vanns einladender Geste, auf einem Holzstuhl Platz zu nehmen. Sein Gastgeber setzte sich auf den Stuhl direkt gegenüber, sodass nicht einmal ein Kaffeetischchen sie trennte. Es war nur eine Kleinigkeit, aber

Dox hatte bei dem Arrangement den Eindruck, dass dieser Mann es vorzog, Barrieren zwischen den Menschen zu vermeiden. Auch wenn das vielleicht ein dummer Gedanke war.

»Es ist mir ein Vergnügen, Sie kennenzulernen, Mr Johnson«, sagte Vann. »Sie kommen mit den wärmsten Empfehlungen unseres gemeinsamen Freundes Tomohisa Kanezaki.«

»Nun, Sir, das ist hohes Lob, denn Kanezaki ist ein guter Mann. Woher kennen Sie sich eigentlich?«

Vann lächelte, und seine Augenwinkel legten sich in zahllose Lachfältchen. »Oh, ich kenne Tom, seit er ein junger Mann war. Es ist eine große Freude, zu sehen, wie er sich entwickelt hat.«

Anscheinend war Vann ebenso diskret wie Kanezaki. Das musste man respektieren.

»Ja, das stimmt«, bestätigte Dox. »Und ich bin froh, dass er ein Treffen zwischen uns arrangieren konnte. Wissen Sie, ich verfüge über eine Information bezüglich des Mannes, der neulich Nacht erschossen wurde, und ich glaube, dass sie wichtig für Sie ist.«

Vann zog die Augenbrauen hoch. »Ja?«

»Die Sache ist die, Sir, dieser Mann war nicht das eigentliche Ziel. Das eigentliche Ziel, wie ich zu meinem Bedauern sagen muss, waren Sie.«

Vann runzelte die Stirn, allerdings eher verwirrt als besorgt. »Wie bitte?«

»Was ich Ihnen mitzuteilen versuche, ist, dass jemand vorhat, Sie umbringen zu lassen. Und der Tote, Gant, sollte den Anschlag organisieren. Wenn meine Information stimmt, beabsichtigen Sie, einen Kinderhändler namens Rithisak Sorm vor Gericht zu stellen. Gant versuchte, das zu verhindern, indem er Sie aus der Gleichung nahm, sozusagen.«

Ein ganz seltsamer Anflug von Mitgefühl glitt über Vanns Augen. *Verdammt, begriff der Mann denn nicht, in welcher Gefahr er schwebte?*

»Woher wissen Sie das?«, fragte er.

Die Frage hatte Dox erwartet. »Verzeihen Sie mir, Sir, aber es steht mir nicht zu, das zu sagen. Ich bin nur hier, weil ich Ihnen helfen will.«

Vann nickte langsam. »Dieser Mann, dieser Gant, hat mir dasselbe erzählt.«

»Das hat er?«

»Ja. Er sagte mir, dass er über eine Information verfüge, die für meine Ermittlungen von Bedeutung sei. Und es stimmte. Was er mir lieferte, war nützlich. Ich nahm an, das wäre der Grund, aus dem er umgebracht wurde.«

»Ich zweifle nicht daran, dass es kein Fake war, was er geliefert hat. Diese Vorgehensweise scheint sein Markenzeichen gewesen zu sein, soweit ich das sagen kann. Aber es diente nur dem Zweck, sich Ihr Vertrauen zu erschleichen. Sie dazu zu bringen, ihm Glauben zu schenken und jede Vorsicht fallen zu lassen. So konnte er Sie zu einer bestimmten Zeit an einen bestimmten Ort locken, wo er einen Mann postiert hatte, der Ihnen in der Dunkelheit auflauerte.«

Vann legte wieder die Stirn in Falten und nickte in sich hinein. Diesmal sah er eher trübsinnig aus. Dox wusste nicht, was er davon halten sollte. Er hatte erwartet, dass der Mann zumindest besorgt sein, vielleicht sogar in Panik geraten würde. Stattdessen wirkte er einfach nur … traurig.

Ein Augenblick verstrich, bevor Vann weitersprach: »Sie wollen mir also sagen, dass Mr Gant nicht vorhatte, meine Arbeit zu unterstützen. Sondern das Gegenteil zu tun.«

»Ja, Sir, so kann man es ausdrücken, schätze ich.«

»Es ist wohl meine eigene Schuld. Selbst nach all den Jahren fällt es mir schwer zu glauben, dass Menschen mit dem … Bösen gemeinsame Sache machen könnten. Ist ihnen denn nicht klar, dass sie die Wahl haben?«

Dox hatte beabsichtigt, über geheime Infos und Logistik zu reden. Er hatte nicht erwartet, dass das Gespräch eine philosophische Wendung nehmen würde. »Ich denke, das wissen die«, antwortete er. »Sie entscheiden sich einfach für die falsche Seite.«

Vann betrachtete ihn und fragte sanft: »Und was ist mit Ihnen?«

Verdammt, dieses Mitgefühl in den Augen des Mannes … Es war tatsächlich so, als würde der Dalai Lama zu einem sprechen. »Nun, Sir, ich schätze, ich habe in meinem Leben ein paar fragwürdige Dinge getan, aber ich habe immer versucht, einer von den Guten zu bleiben. Das ist der Grund, warum ich heute hier bin.«

Eine Pause entstand. Dann fragte Vann: »Waren Sie es?«

Dox wusste genau, was er meinte. »Sir, ich möchte Ihnen gern helfen, doch diese Frage kann ich nicht beantworten.«

»Das spielt keine Rolle. Bis man mich umbringt, werde ich meine Arbeit fortführen.«

»Sir, das ist ausgesprochen mutig und edel. Aber Sie müssen begreifen: Während Sie Sorm mit Paragrafen und dem Gesetz drohen – was ich bewundere und respektiere, wenn ich das sagen darf –, schlägt er auf sehr viel brutalere Weise zurück. Und Sie sollten sich nicht darauf verlassen, dass die nächste Person, die er anheuert, über meine ungewöhnliche Fähigkeit verfügt, menschliche Güte selbst aus der Distanz zu erkennen.«

Ihm wurde klar, dass er wahrscheinlich zu viel gesagt hatte, aber zum Teufel damit. Vann wusste im Grunde ohnehin schon Bescheid.

»Ist so etwas möglich?«

»Ja, natürlich. Können Sie es nicht bei mir spüren?«

»Tatsächlich glaube ich, dass ich das kann, ganz abgesehen von der Empfehlung durch unseren gemeinsamen Freund. Aber ich habe Bedenken, mich darauf zu verlassen.«

»Ja, es wäre dumm, sich darauf zu verlassen. Doch zum Glück gibt es deutliche Hinweise, selbst über diese wie in Stein gemeißelte Empfehlung Kanezakis hinaus. Ist Ihnen beispielsweise aufgefallen, dass ich keine einzige Frage danach gestellt habe, wo Sie wohnen, wo Sie hingehen oder wann Sie dorthin gehen? Nichts, was es mir ermöglichen würde, eine Zeit und einen Ort festzulegen.«

»Das ist wahr.«

»Und ich habe Sie nicht nach einer Telefonnummer gefragt. Hier, wissen Sie, was das ist?« Er zog die abgeschirmte Telefonhülle hervor.

»Nein, tut mir leid.«

»Es nennt sich eine Faraday'sche Hülle. Sie blockiert alles – WiFi, Bluetooth, GPS, RFID und Funk, jede Art von Mobilfunksignal. Sie schalten Ihr Telefon aus, schließen es da drinnen ein, und dann kann Sie niemand mehr mit seiner Hilfe verfolgen. Sie bekommen so ein Ding in jedem Elektronikladen. Noch sinnvoller wäre, wenn Sie vollständig auf Ihr Mobiltelefon verzichten. Das macht das Leben zwar komplizierter, ist aber besser, als tot zu sein. Ein Freund von mir hat mir das beigebracht. Ein sehr kluger Mann, der in einem äußerst gefährlichen Beruf länger als die meisten anderen überlebt hat, und das nur, weil er Sicherheit über Bequemlichkeit stellt.«

»Und falls Sie mich erreichen müssen?«

Gut. Der Mann begann, praktische Fragen zu stellen. Das bewies, dass er mitdachte. Es war ermutigend, dass er zumindest in Erwägung zog, dass es eine Art Zusammenarbeit geben würde.

»Wenn ich mit Ihnen in Kontakt treten will, rufe ich hier im Büro an. Sollte jemand auf der Straße aus einem Gebüsch springen und zu Ihnen sagen: ›Oh, ich habe da wichtige Informationen für Sie, treffen Sie mich um diese oder jene Zeit an diesem oder jenem Ort‹, oder ›geben Sie mir Ihre Handynummer und ich rufe Sie an‹, dann ist diese Person kein Freund von Ihnen, verstehen Sie? Und Sie sollten Termine und Abläufe variieren – auf welchem Weg Sie zur Arbeit kommen, wann Sie nach Hause fahren, diese Dinge. Sie müssen auf Nummer sicher gehen, bis alles vorbei ist.«

»Und wann wird das sein?«

»Ich habe die Geschichte noch nicht hundertprozentig durchdacht. Aber wo wir gerade davon sprechen: Die Art von Information, nach der ich Sie *nicht* gefragt habe und von der ich Ihnen empfehle, sie mit niemandem zu teilen – wenn Sie etwas dergleichen über Mr Sorm wüssten, wäre ich neugierig, es zu hören.«

»Und was würden Sie damit anfangen?«

»Ihnen Schutz bieten.«

»Wie?«

»Hören Sie, Mr Vann, wir stammen aus verschiedenen Welten. Aber wir wollen beide dasselbe.«

»Und das wäre?«

»Sorm ausschalten, würde ich sagen.«

»Ich kann mich bei etwas Derartigem nicht zum Komplizen machen.«

»Ich bitte Sie ja nicht, sich zu beteiligen. Ich möchte nur wissen, wo ich ihn finde. Und ich will Sie nicht anlügen, ich tue das nicht aus rein altruistischen Gründen. Ich glaube, seine Handlanger sind auch hinter mir her.«

»Es tut mir leid, das zu hören.«

»Ich kann es nicht leugnen, ich finde das selbst ein wenig besorgniserregend.«

»Leider weiß ich nicht, wo er sich aufhält. Bis vor einer Woche haben einige unserer Leute ihn noch in der Provinz

Pailin in Kambodscha beschattet. Aber dann haben wir die Spur verloren. Und bisher ist er nicht wieder aufgetaucht, jedenfalls nicht an den bekannten Orten.«

»Was, glauben Sie, geht da vor? Hat er Wind von Ihren Ermittlungen bekommen?«

»Das befürchte ich. Anscheinend wissen zu viele Menschen davon – sogar Sie.«

»Ich habe es von Gant gehört. Aber das ist Ihnen sicher kein Trost.«

»Sie scheinen sehr gut informiert zu sein, und Kanezaki meinte, ich könne Ihnen vertrauen. Darum erzähle ich Ihnen Folgendes: Kürzlich hat eine Grand Jury in New York beschlossen, Sorm anzuklagen. Die Anklageschrift ist versiegelt. Also geheim.«

»Trotzdem hat Sorm Lunte gerochen.«

Vann nickte. *Diese Traurigkeit in seinen Augen.* »Ich habe sehr viele Jahre daran gearbeitet, den Mann seiner gerechten Strafe zuzuführen. Aber letzten Endes wird er wohl gewinnen.«

»Was meinen Sie damit? Und Ihre Anklage?«

»Die Anklage ist wertlos, wenn Sorm nicht vor Gericht gestellt werden kann. Ich werde nicht ewig der Chef der GIFT sein. Nach mir kommt ein neuer Mann mit neuen Prioritäten. Vielleicht einer, der der Art von … Verlockungen weniger ablehnend gegenübersteht, mit denen Sorm und seine Gönner die Justiz manipulieren.«

»Möglicherweise kann ich ihn für Sie aufspüren. Sodass Sie ihn festnehmen können.« Das war nur so dahingesagt, ohne großes Nachdenken. Denn er hatte kein Interesse daran, Sorm lediglich zu finden. Es ging ihm darum, ihn zu stellen und auszulöschen.

Vann schüttelte unglücklich den Kopf. »Zu viele Leute halten die Hand über ihn. Selbst in der Grand Jury gab es Geschworene, die unter Druck gesetzt wurden, um nicht für eine Anklage zu stimmen. Kurioserweise hat Gant behauptet, gerade dabei könne er behilflich sein.«

»Nun ja, Gant ist Sorm keine Hilfe mehr, wenn ich mir diese unbescheidene Anmerkung erlauben darf.«

»Ja, aber wer steckt hinter Gant? Er sagte mir, dass er zum US-Geheimdienst gehöre.«

»Jetzt fangen Sie an, die richtigen Fragen zu stellen. Dabei könnte Ihnen Kanezaki weiterhelfen.« Er wollte nicht verraten, dass Kanezaki definitiv Bescheid wusste. Das musste der Mann selbst entscheiden.

»Ja, das stimmt.«

»Kommen Sie, schauen Sie nicht so trübsinnig drein. Wir mögen im letzten Spieldrittel sein, aber die Partie ist noch nicht vorbei. Sie haben mir gesagt, dass Sorms augenblickliches Verhalten ungewöhnlich ist. Sie sprechen von ihm, als hätte er alles unter Kontrolle, für mich klingt es jedoch so, als hätten Sie ihn aufgescheucht und er wäre auf der Flucht. Und auf der Flucht müssen die Leute mit alten Gewohnheiten brechen. Sie begehen Fehler und werden unaufmerksam.«

»Vielleicht.«

»Okay, analysieren wir die Sache gemeinsam. Gerade haben Sie seine ›üblichen Aufenthaltsorte‹ erwähnt.«

»Ja.«

»Sie haben Augen und Ohren an diesen Orten, aber niemand hat ihn gesehen?«

»So ist es.«

»Also gut. Sie sind diesem Kerl seit Jahren auf der Spur. Ich bezweifle, dass es jemanden gibt, der ihn besser kennt als Sie. Versetzen Sie sich in seine Lage. Wohin gehen Sie, wenn es Ihnen an den üblichen Orten zu heiß wird?«

»Ich weiß nicht.«

»Kambodscha?«

»Nein.«

»Wohin dann?«

Es entstand eine Pause; Vann dachte nach. Schließlich sagte er: »Die meiste Protektion, möglicherweise sogar mehr als hier in Kambodscha, genießt er in Thailand.«

»Gibt es irgendwelche ›üblichen Aufenthaltsorte‹ in Thailand?«

»Er besitzt Anteile an verschiedenen Unternehmungen in Bangkok. Und in Phuket.«

»Aber Sie sagen, dass er dort nicht gesehen wurde. Dass Sie ziemlich sicher sind, dass er sich anderswo aufhält. Wo könnte das sein?«

Vann nickte nachdenklich. »Da kommt mir eine Idee. Nur ... Die kann ich Ihnen nicht erzählen. Ich billige nicht, was Sie damit anfangen würden. Ich muss mich an die üblichen Kanäle halten.«

»Gerade eben haben Sie mir gesagt, dass jemand aus Ihren üblichen Kanälen Sorm vor der Anklage der Grand Jury gewarnt hat, was der Grund für sein Untertauchen war.«

Vann antwortete nicht.

»Außerdem«, fuhr Dox fort, »wie schon erwähnt, abgesehen von allem anderen stellt dieser Kerl eine echte Bedrohung für Sie dar.«

»Ich will ihn der Gerechtigkeit zuführen«, sagte Vann. »Meiner Gerechtigkeit. Nicht Ihrer.«

»Bei einem Typen wie Sorm würde ich sagen, das bleibt sich gleich.«

»Nein. Er ist ein furchtbarer Mensch. Aber immer noch ein Mensch. Eine Person. Mein eigenes Urteil über ihn darf mir nicht als Ausrede dienen, das Gesetz zu umgehen. Die unabdingbare Ordnung zu untergraben.«

Dox hatte eine spezielle, gut fundierte Meinung über das, was die »unabdingbare Ordnung« war. Aber verdammt noch mal, der Ausdruck im Gesicht dieses Mannes war so aufrichtig, dass man ihm praktisch nicht widerstehen konnte.

»Ich werde versuchen, ihn aufzuspüren«, sagte Dox. »Nur kann ich nicht versprechen …«

»Sehen Sie nicht, dass ich genau das brauche? Ihr Versprechen. Sonst sage ich Ihnen nicht, wo er, wie ich glaube, zu finden ist.«

Dox hätte den Mann als harten Verhandlungspartner bezeichnet, doch in Wahrheit strahlte er keine Spur von Härte aus. Seine Entschlossenheit war unübersehbar, aber vor allem brachte er mit seinem Blick Mitgefühl zum Ausdruck.

Vielleicht war er wirklich ein Dalai Lama, allerdings einer mit mehr Haaren. Denn er besaß eine Aura von Macht, einer sanften Macht, angesichts derer Dox sich beinahe … beschämt fühlte.

»Also schön«, willigte er ein. »Ich verspreche, wenn ich ihn finden sollte, werde ich ihm nicht meine Art von Gerechtigkeit angedeihen lassen. Sondern Ihre. Ich suche einen Weg, um ihn Ihnen auszuliefern.«

Vann sah Dox tief in die Augen. Es fühlte sich so an, als würde er ihm direkt in die Seele blicken.

»Ich hoffe, dass sich das jetzt nicht falsch anhört«, sagte er. »Aber … Ich bin stolz auf Sie. Ich hatte recht damit, dass Sie ein guter Mensch sind.«

Dox spürte, wie er vor Verwirrung und Beschämung errötete. »So weit wollen wir lieber nicht gehen. Ich bin sicher, ich werde mein Versprechen noch bereuen, falls es dazu führt, dass Sorm ein weiteres Mal davonkommt. Oder, was schlimmer wäre, Sie umbringt. Von mir ganz zu schweigen.«

»Nach den Maßstäben des Universums und der Gerechtigkeit ist mein Leben von geringer Bedeutung.«

»Ich weiß nicht, ob ich dem zustimmen kann.«

Vann lächelte. »Das sollen Sie auch nicht. Das ist eine Schlussfolgerung, die ein Mensch nur über sich selbst ziehen darf. Alle anderen Leben sind heilig.«

Dox schüttelte in widerwilliger Bewunderung den Kopf. »Sir, wenn das hier vorbei ist, würde ich mich gern zu einem langen Gespräch mit Ihnen zusammensetzen, vielleicht bei einem Bier, falls Ihnen das recht ist. Sie scheinen eine interessante und bewundernswerte Philosophie zu vertreten. Aber erst einmal habe ich einen Job zu erledigen, und dazu muss ich wissen, wo Sorm sich aufhält.«

Vann legte die Hände zu einem *Sampeah* zusammen. »Auf unser Gespräch freue ich mich schon. Was die Information angeht – nun, wie ich Ihnen gesagt habe, die üblichen Orte, die zu erwartenden Orte, aber … Jetzt komme ich mir dumm vor. Es wird mir immer klarer, dass es lediglich eine Art innere Stimme ist.«

»Glauben Sie mir, ich habe erst kürzlich etwas sehr Wertvolles von jemandem erfahren, der auf seine innere Stimme gehört hat. Denken Sie nicht lange nach. Sprechen Sie es einfach aus.«

»Na gut. Vor etwa sechs Monaten hat ein Firmenkonsortium in Pattaya ein Fünfsternehotel mit dem Namen *Ruby* gebaut, mit einem riesigen, angeschlossenen Nachtklub, der *Les Nuits* heißt. Das ist Teil der Bemühungen, Pattaya ein neues Image zu verleihen. Zunächst war es der reinste Sumpf, dann wollte man es als Region für ›den gesunden Familienurlaub‹ verkaufen, und jetzt versucht man, beides mit gehobenen Klubs wie dem *Les Nuits* aufzuwerten.«

Pattaya lag am Meer, etwa zwei Stunden Autofahrt südöstlich von Bangkok, und war bekannt für seine zahllosen Bierbars und Go-go-Klubs. Dox war zwar seit Jahren nicht mehr dort gewesen, kannte den Ort aber aus den alten Tagen recht gut.

»Sicher«, sagte er, »ein bisschen wie die Entwicklung in Las Vegas.«

»Ja, die amerikanische Stadt der Sünde. Sie diente den Stadtvätern von Pattaya als Modell. Wie dem auch sei, es gab Hinweise darauf, dass eine von Sorms Tarnfirmen an dem Projekt beteiligt war. Zweifellos zur Geldwäsche. Leider waren wir nie in der Lage, ihm konkret etwas nachzuweisen. Und irgendwann kam ich zu dem Schluss, dass wir falsch informiert waren, denn üblicherweise investiert Sorm in kleinere, weniger auffällige und eher ... zweitklassige Etablissements, vor allem in Bangkok und Phuket. Aber jetzt ...«

»Jetzt?«

»Jetzt bin ich mir da nicht mehr so sicher. Wenn Sorm untergetaucht ist, wäre das *Ruby* ein Ort, an den ich nicht sofort gedacht hätte. Jedenfalls kommt es in unserer Anklageschrift nicht vor. Er würde dort Protektion genießen – wahrscheinlich sogar eine Menge. Es ist ein angenehmer Aufenthaltsort. Es ... Nun, wie gesagt, es ist nur eine Ahnung. Ich bezweifle, dass viel dabei herauskommt.«

»Verdammt, Mr Vann, ich kenne viele Leute in wichtigen Stellungen und an ganz üblen Orten. Sie wären überrascht, was ich mit einer Ahnung wie der Ihren alles anfangen kann.«

KAPITEL 9

Am dritten Morgen nach ihrem Gespräch mit Lieutenant Strangeland saß Livia nordöstlich von Bangkok in einem Taxi. Sie war auf dem Weg zum Saint-Clare-Hospiz, einer Stiftung des Franziskanerordens in Thailand. Es war ein letzter Hafen für arme Leute, die im Endstadium einer Aids-Erkrankung lagen. Zu denen, wie es schien, auch Quadratschädel gehörte.

Ihr Entschluss, sich zuerst an ihn heranzumachen, basierte auf der Überlegung, dass es in der Datenbank der Homeland Security keine mobile Telefonnummer für Schmutzbart gab. Quadratschädels Handynummer jedoch war bekannt. Und Livia besaß immer noch den »Gossamer« Handytracker, den sie als Dauerleihgabe aus dem Inventar der Polizei von Seattle entwendet hatte. Damals hatte sie anstatt des entliehenen Geräts die in einer Hydraulikpresse zerquetschten Überreste eines Nachbaus zurückgegeben und behauptet, sie hätte es leider in einem Bahnhof im selben Moment auf die Schienen fallen lassen, als der Zug einfuhr. Ihre Abteilung besaß sechs solche Apparate, die mit einem Zuschuss der Homeland Security angeschafft worden waren. Aufgrund eines Vertrags mit dem Hersteller wurden diese sehr streng kontrolliert. Doch Alvin, der Lagerverwalter der Polizei, hatte eine Schwäche für Livia und war gern bereit gewesen, den entsprechenden Papierkram auszufüllen, die Sache als Unfall zu deklarieren und Ersatz zu beantragen.

Das bedeutete, dass Livia nun ihren eigenen mobilen Handytracker besaß und ein Telefon auf einen Meter genau orten und Gespräche überwachen konnte. Sie hatte das Gossamer schon einmal benutzt, um Senator Lone in seinem Hotelzimmer in Bangkok aufzuspüren. Diesmal hatte sie es gleich nach der Ankunft aus Seattle eingesetzt, um Quadratschädel zu lokalisieren, sobald sie in einem anonymen Hotel in Sathorn eingecheckt hatte. Es war ein außerordentlich befriedigender Gedanke, dass er langsam von der Krankheit zerfressen wurde. Weil er es verdiente, natürlich. Aber auch, weil es ihn mit ein wenig Glück besonders verwundbar machte. Wenn es ihr nicht gelang, ihn auszuquetschen, wusste sie nicht, wie sie an Schmutzbart herankommen sollte. Oder Sorm.

Und das kleine Mädchen.

Als sie das Stadtgebiet von Bangkok verließen, veränderte sich die Landschaft einschneidend. Die unübersichtlichen Betonschluchten, die verstopften Straßen mit ihren Tausenden von Autos und Tuk-Tuks und Motorrädern, das überall anzutreffende Gewirr von Stromkabeln, das alles verabschiedete sich praktisch schlagartig wie mit einem Seufzer. Die Stadt wurde abgelöst von einer flachen Landschaft mit grünen Reisfeldern unter einem endlosen, blassblauen Himmel. Die Fenster des Taxis waren geöffnet, und zum zweiten Mal innerhalb von ebenso vielen Monaten … der Geruch, die Farben der Erde und des Himmels, einfach alles hier löste Gefühle aus ihrer Kindheit aus. Nostalgie. Kummer. Trauer. Bedauern. Sie hatte ihr Leben in der Überzeugung verbracht, dass das Mädchen, das sie einmal gewesen war, für immer verloren und verschwunden war, aus ihr herausgeschnitten, eine ausgebrannte Narbe. Dieses Land schien ihr beweisen zu wollen, dass sie sich geirrt hatte.

Etwa eine Stunde außerhalb von Bangkok sah sie ein unauffälliges Straßenschild, so klein, dass es bewusst bescheiden wirkte. Auf Thai und Englisch stand darauf *Garten des himmlischen Friedens: Franziskanerbrüder 4 km*. Die Aufregung, die Livia verdrängt hatte, stürmte wieder auf sie ein, und sie spürte, wie ihr Herz unter einem Adrenalinstoß heftig zu schlagen begann. Sie schloss die Augen und atmete langsam und tief. Das war eine Technik, die sie vor Judo-Turnieren anzuwenden gelernt hatte und die ihr auch bei der Jagd auf Vergewaltiger gute Dienste leistete. Diesmal wirkte es kaum. Sie stand unmittelbar davor, einem Monster aus ihrer Kindheit gegenüberzutreten. Und alles andere, was sie zu erreichen versuchte, hing davon ab, dass sie Erfolg hatte.

Sie bogen von der zweispurigen, schwarz asphaltierten Straße ab und folgten einem älteren, ausgefahrenen Weg, der von der Sonne grau ausgebleicht war. Abgesehen von zwei Autos und einem einzigen Moped sahen sie nur Gras und im Wind schwankende Palmen. Es war eine ländliche Umgebung, abgeschieden, verträumt und idyllisch. Man konnte nachvollziehen, warum die Franziskaner sich von diesem Ort angezogen gefühlt hatten. Doch der Abgrund, der zwischen der friedlichen Atmosphäre und dem Grund für Livias Anwesenheit klaffte, vertiefte ihre Angst.

Nachdem sie ein paar Minuten über diese Straße gerumpelt waren, erreichten sie ein weiteres Schild, auch dieses in Thai und Englisch: *Kloster, Haus der Einkehr, St.-Clare-Hospiz*. Pfeile in verschiedene Richtungen wiesen zum Kloster auf der einen Seite, zum Haus der Einkehr und dem Hospiz auf der anderen.

Das Taxi folgte der Beschilderung zum Haus der Einkehr. Sie fuhren an einer *Sala* vorbei, einem kleinen thailändischen Pavillon, unter dem eine lebensgroße Statue des heiligen Franziskus stand, die eine Hand zum Willkommensgruß erhoben, in der anderen eine Taube haltend. Dahinter schloss sich ein schlichtes weißes Gebäude mit einem Dach aus roten Ziegeln an. Eine Tafel identifizierte es als *Haus der Einkehr.*

Livia bezahlte den Fahrer, schulterte ihren Rucksack, benutzte unauffällig ein Kopftuch, um den Türgriff zu betätigen, und stieg aus. Das feuchte Hemd klebte ihr am Rücken. Sie wartete eine Minute lang in der Vorhalle des Gebäudes, sah dem davonfahrenden Taxi nach und tauchte in ihre Rolle ein. Sie war eine Rucksacktouristin aus San Francisco, die Thailand bereiste. In Wahrheit war sie einunddreißig, konnte aber als wesentlich jünger durchgehen. Im Augenblick, mit ihren Cargo-Shorts, dem T-Shirt, den leichten Wanderstiefeln und dem Buschhut, sah sie aus wie eine Highschool-Absolventin, die für eine Weile mit wenig Geld in der Tasche durch die Welt reiste, während sie überlegte, was sie mit ihrem Leben anfangen sollte. Die Kleidung und der Rucksack waren brandneu, erst tags zuvor in Bangkok gekauft. Doch sie hatte dafür gesorgt, dass die Schuhe und der Rucksack abgewetzt und schmutzig aussahen. Der Rest wirkte getragen, sodass alles nur bei einer sehr sorgfältigen Inspektion auffallen würde. Die Fensterglasbrille mit Hornrahmen, die sie aufgesetzt hatte, veränderte ihr Erscheinungsbild beträchtlich.

Als das Taxi um eine Kurve verschwunden war und sie sich so fühlte wie die Person, die sie darstellen wollte, trat sie ein. Ein langer Raum erstreckte sich nach links und rechts, leer bis auf den Empfang und Dutzende von Stühlen entlang der Wände. Alles wirkte sehr schlicht, doch die Anlage machte einen sauberen und gepflegten Eindruck. Im Unterschied zur Schwüle und der grellen Sonne draußen war es hier angenehm kühl und trocken. Die einzige Beleuchtung kam von sanften Lichtstrahlen, die durch die Fenster fielen. An der Decke drehte sich träge ein Ventilator. Der Raum hatte die Atmosphäre eines Heiligtums.

Hinter einem funktionalen Holztisch saß, dem Eingang zugewandt, ein junger Thailänder in einer braunen Kutte. Als er Livia erblickte, legte er die Handflächen zu einem *Wai* zusammen und sagte auf Englisch mit thailändischem Akzent: »Willkommen im Garten des himmlischen Friedens.«

Livia schloss die Tür mit dem Absatz hinter sich, bevor sie den *Wai* erwiderte und an den Tisch trat. Ihre Schritte hallten auf dem gefliesten Boden wider. »Ich heiße Andrea«, stellte sie sich vor. »Andrea Brown. Ich habe online reserviert ...«

»Ach ja, Miss Brown. Ich bin Bruder Panit. Ich habe Ihre Reservierung vorliegen. Zwei Nächte, eine Person, eines der kleinen Zimmer mit Klimaanlage, ist das richtig?«

»Ja, genau.«

»Der halbe Preis ist beim Check-in fällig, die andere Hälfte am Tag vor dem Check-out – also morgen.«

»Natürlich. Kann ich gleich komplett bezahlen?« Sie hatte Tausende von Dollar in amerikanischem Geld und in Baht dabei. Sie rechnete damit, dass sie im Laufe der Woche beträchtliche Ausgaben haben würde, wollte aber anonym bleiben. Sie zog fünfzehnhundert Baht aus der Hosentasche und legte sie auf den Tisch. Etwa zweiundzwanzig Dollar pro Nacht. Ein Schnäppchen für die Gelegenheit, sich ein wenig Einsamkeit und stille Einkehr zu genehmigen.

Oder einen der Männer zu verhören und umzubringen, der sie selbst und ihre Schwester als Kinder vergewaltigt hatte.

»Vielen Dank, Miss Andrea«, sagte der Mann und legte die Scheine in eine Schreibtischschublade. Es war nur eine Lappalie. Aber auf angenehme Weise verblüffend für eine Polizistin aus Seattle, die sich plötzlich in einer Welt wiederfand, wo die Menschen Geld ohne nachzudenken in unverschlossenen Schubladen herumliegen ließen.

Bruder Panit begleitete sie über eine schmale Brücke, die einen Fischteich überspannte, dann einen steingepflasterten Pfad entlang durch einen Garten voller zwitschernder Vögel bis zu einem kleinen, frei stehenden Bungalow. Die Tür war unversperrt, und Livia achtete darauf, nichts zu berühren, während sie hineinging, genau wie sie es am Empfang getan hatte. Das Zimmer war spartanisch: verputzte Wände, zwei Feldbetten, ein Tisch zum Schreiben, ein schlichter Holzstuhl. Das Badezimmer reichte gerade für eine Duschkabine und eine Toilette. Bruder Panit schloss die Tür hinter ihnen, und plötzlich erfüllte tiefe Stille die Welt. Selbst das Zirpen der Insekten war verklungen.

»Es ist so ... ruhig«, bemerkte Livia.

Bruder Panit lächelte. »So ist es immer, aber vor allem jetzt, weil heiße Jahreszeit in Thailand bei Besuchern nicht so beliebt. Unser Haus ist gut für Spaziergänge und Meditation in Garten. Sie können Stunden unter tropischen Bäumen sein voller natürlicher Blumenschönheit. Ja, sehr ruhiger Ort. Friedlich.«

Und keine Überwachungskameras, dachte Livia. *Wozu auch, an einem Ort, wo sie die Türen unversperrt und Geld in Schreibtischschubladen herumliegen lassen?*

Sie bemerkte, dass Bruder Panits anfangs völlig korrekte Grammatik – vermutlich, weil die erste Unterhaltung am Empfang Routine gewesen war –, ihm im Laufe des Gesprächs ein wenig entglitt.

»Danke«, sagte Livia. »Und ... Sie haben hier doch auch ein Hospiz, nicht wahr?«

»Oh ja. Saint Clare, benannt nach Klara von Assisi, einer der ersten Nachfolgerinnen des heiligen Franziskus.«

»Wer sind Ihre Patienten?«

»Die Armen, die sich in den letzten Stadien von Aids befinden. Der heilige Franziskus fand den Weg zu Gott in seinem Mitleid für Leprakranke. Heute nehmen wir unsere Patienten mit derselben Liebe und Freude auf.«

Die Grammatik stimmte wieder, also befanden sie sich auf vertrautem Boden. Er war es gewohnt, mit Gästen über das Hospiz zu sprechen. Das hieß, dass ihre Fragen ihm nicht ungewöhnlich erscheinen würden. Oder erinnernswert.

»Ich hatte einen Freund, der an Aids gestorben ist«, sagte Livia. Das war genau genommen nicht wahr, sie hatte allerdings schon mit Opfern gearbeitet, die gezwungen waren, mit einer Aids-Erkrankung zu leben, infiziert von den Männern, die sie vergewaltigt hatten. »Ich danke Ihnen für alles, was Sie hier tun. Ich glaube, Sie lindern damit viel Leid.« Ihre erste Aussage mochte gelogen gewesen sein, aber das Gefühl, das sie begleitete, kam von Herzen.

Bruder Panit dankte ihr mit einem *Wai.* »Es tut mir leid um Ihren Freund. Wenn Sie möchten, steht es Ihnen frei, das Hospiz aufzusuchen. Nur wenige unserer Patienten bekommen Besuch. In den meisten Fällen grenzt die Welt sie aus, wie sie es früher mit den Leprakranken getan hat. Für solche Menschen kann es ein großer Trost sein, einen Ansprechpartner zu haben. Viele unserer Gäste empfinden einen Besuch im Hospiz als den befriedigendsten Teil ihres Aufenthalts. Wie wir gern sagen: ›Arbeit ist sichtbar gemachte Liebe.‹«

Abermals die korrekte Grammatik, als hätte er den Text aus einer Broschüre auswendig gelernt, weil er ihn häufig brauchte. »Natürlich«, sagte Livia. »Vielen Dank für den Vorschlag.«

Nachdem Bruder Panit sich verabschiedet hatte, öffnete Livia den Rucksack und machte Inventur. Größtenteils handelte es sich um Kleidung zum Wechseln und ein paar Toilettenartikel. Die wirklich wichtigen Gegenstände waren alle in eigenen Plastiktüten verschweißt: ein Sweatshirt mit langen Ärmeln, zwei alte Ausgaben von *Rider,* einem Magazin für Motorradfahrer. Eine Rolle Panzerband und ein Paar Motocross-Handschuhe mit Handgelenkschutz sowie Finger- und Knöcheleinlagen aus Carbonfaser. Nichts davon war verdächtig. Alles ließ sich durch ihren Enthusiasmus fürs Motorradfahren und den Plan erklären, während ihrer Reise eine Maschine zu mieten. Trotzdem nahm sie den Rucksack mit, nachdem sie in ihr Sweatshirt geschlüpft war. Sollten sich die Dinge unerwartet rasch entwickeln, wollte sie in der Lage sein, zu improvisieren, ohne erst in den Bungalow zurückzukehren, um ihre Ausrüstung zu holen. Und wenn etwas schiefging, musste sie ebenso schnell verschwinden können.

Sie überprüfte das Gossamer und vergewisserte sich, dass Quadratschädels Handy sich im Hospiz befand – weniger als hundert Meter von ihrem Standort entfernt. Sie wäre am liebsten direkt dorthin gegangen, aber das hätte merkwürdig aussehen können. Also zwang sie sich, am Buffet einen leichten Lunch zu essen, der im Zimmerpreis inbegriffen war. Den Buschhut ließ sie aufgesetzt – es war keine großartige Verkleidung, in Kombination mit der Brille allerdings auch nicht nutzlos. Eine Sonnenbrille wäre besser gewesen, doch die Grenze verlief fließend, ob man seine Gesichtszüge auf natürliche Weise veränderte oder mit übertriebenem Aufwand Aufmerksamkeit erregte.

Wie im Empfangsbereich gab es auch im Speisesaal nur das Tageslicht, das durch die Fenster hereinschien. Es waren noch drei andere Gäste anwesend – zwei Frauen, die zusammensaßen, und ein einzelner Mann. Sie waren jung, wahrscheinlich Australier oder Kiwis, und alle sahen wie Rucksacktouristen aus. Livia nickte grüßend und setzte sich mit einem Teller Reis und Gemüse und einer Flasche Wasser allein an einen Tisch. Sie hatte für den Notfall eine Tarngeschichte vorbereitet, aber es war besser, Kontakte so weit wie möglich zu vermeiden. Und an einem Ort, der der Einsamkeit und stillen Meditation diente, war es ganz normal, wenn man für sich blieb.

Nach dem Lunch spazierte sie eine Weile durch die Gärten. Es herrschte eine erstaunlich friedliche Atmosphäre. Es gab keinerlei Straßengeräusche, keinen Baulärm. Keine Gespräche oder andere menschliche Aktivitäten waren zu hören. Außer dem Summen der Insekten und dem Zwitschern der Vögel war es vollkommen still. Das Gezwitscher erinnerte sie an Nason, die als kleines Mädchen Vogelstimmen täuschend echt hatte nachahmen können. Und obwohl sie wusste, dass es dumm war, fand sie stets Trost in dem Gefühl, dass Nason irgendwie noch bei ihr war, ihren Glauben an sie nicht verloren hatte, sie immer noch brauchte. Vor allem jetzt.

Sie fragte sich, wie sie für einen zufälligen Beobachter aussehen mochte. Ein Gast der Anlage, der in Gedanken versunken einen Spaziergang machte. Damit war sie zufrieden. Sie begann, sich ihren Plan zurechtzulegen, ging jede denkbare Möglichkeit durch, wie etwas dazwischenkommen oder schiefgehen konnte, und entwickelte Improvisationsmöglichkeiten. Das hatte sie natürlich bereits zuvor getan, aber jeder Plan, der ausschließlich auf Theorie beruhte, blieb unvollkommen. Man musste die Details entsprechend den tatsächlichen Gegebenheiten vor Ort ausarbeiten.

Die Sonne hatte den Zenit schon weit überschritten, als sie aus dem Schatten der Bäume in den Gärten wieder hervorkam. Sie folgte einer Reihe von Hinweisschildern über gewundene Kiespfade zum Saint-Clare-Hospiz. Zu Quadratschädel.

Ich habe ihn gefunden, dachte sie und fügte den lange vergangenen Spitznamen für Nason hinzu. *Und ich werde ihn benutzen, um die anderen zu finden.*

Wenn überhaupt möglich, war das Hospiz noch naturnaher und friedlicher als die Ferienanlage. Es bestand aus einer Reihe von weißen Gebäuden mit roten Ziegeldächern, die allesamt durch von Topfblumen gesäumte Gartenwege miteinander verbunden waren. Dazwischen eingestreut lagen schimmernde Teiche und Palmenhaine. Livia sah Patienten in Krankenhaushemden, die Brettspiele spielten. Einige lauschten der Predigt eines Bruders in brauner Kutte, der aussah, als stammte er aus Indien oder Sri Lanka. Andere erhielten Physiotherapie von Pflegern in blauen Kitteln. Manche der Kranken saßen in Rollstühlen, abgemagert und zusammengesunken, und wurden von ihren noch gesünder wirkenden Leidensgefährten geschoben. Ein paar Leute nickten oder winkten Livia zu, aber keiner nahm groß Notiz von ihr. Wie es schien, hatte Bruder Panit recht gehabt – es war nicht unüblich, dass Gäste aus der Anlage das Hospiz besuchten.

In einem der Gärten grüßte sie ein müder Thailänder mit einem schwachen Lächeln. Er war vermutlich in ihrem Alter, sah aber doppelt so alt aus. Sein Gesicht war eingefallen, und seine Augen leuchteten fiebrig hell. »Hallo«, rief er ihr auf Englisch mit thailändischem Akzent zu. »Hallo. Wo kommen Sie her?«

Sogar in seinem geschwächten Zustand hatte er sie sofort als Ausländerin erkannt. Sie mochte die Gesichtszüge einer Einheimischen haben, doch ihre Haltung, ihr Gang, ihre gesamte Erscheinung ... das alles verriet sie. Nicht so sehr, als wenn sie eine hochgewachsene Blondine gewesen wäre, aber immerhin. Sie würde eine Menge Übung im Umgang mit Thailändern brauchen, um nicht aufzufallen.

Sie setzte sich zu dem Mann und erzählte ihm ihre Tarngeschichte. San Francisco, eine Reise nach dem Schulabschluss. Sein Englisch war schlecht, und sie spürte, dass er nur wenig von dem verstand, was sie sagte. Aber freundlich mit ihr zu plaudern schien ihn glücklich zu machen, wie Bruder Panit vorhergesagt hatte. Für eine Weile milderte das ihre Angst davor, Quadratschädel gegenüberzutreten. Außerdem konnte es nie schaden, eine Tarngeschichte auszuprobieren, vor allem bei jemandem, der sie vermutlich nicht richtig mitbekam und sich nicht an Details erinnern würde.

Nach einer Weile entschuldigte sie sich und suchte eine Toilette auf, wo sie das Sweatshirt auszog und die Motorradmagazine aus dem Rucksack holte. Sie klebte sie mit Isolierband um ihre nackten Unterarme herum und streifte dann das Shirt wieder darüber. Sie schulterte den Rucksack und machte sich auf den Weg zu einem der weißen Gebäude. Keine der Türen war geschlossen und schon gar nicht versperrt.

Tatsächlich gab es keine Spur von Sicherheitsvorkehrungen. Wozu auch? Welche Art von Sicherheit brauchte man in einer »Leprakolonie«?

Das Gebäude bestand aus einem einzigen rechteckigen Raum mit drei Krankenhausbetten auf jeder Längsseite. Trotz der offen stehenden Tür roch es stark nach Seife und Desinfektionsmittel. Aber nicht genug, um den Gestank nach Urin und Krankheit zu überdecken.

Alle Betten waren leer, bis auf zwei nebeneinander stehende ganz am Ende, links von ihr. Sie ging langsam den Durchgang entlang. Ihr Herz klopfte heftig. In dem näher gelegenen Bett sah sie eine Frau. Ein blaues Krankenhaushemd hing lose wie ein Betttuch über ihrem abgemagerten Körper. Die Augen waren geschlossen, und sie zuckte leicht. Ob sie träumte oder es an der Krankheit lag, konnte Livia nicht beurteilen.

Im nächsten Bett erblickte sie Quadratschädel.

Er lag auf dem Rücken, etwas von ihr weggedreht, beide Beine angewinkelt, eins auf dem Bett liegend, das andere aufgestellt. Sein Körper war nur ein Skelett unter dem formlosen blauen Kittel. Die Magerkeit betonte seinen Schädel mehr denn je. In seiner Nase steckte ein festgetapter Sauerstoffschlauch, und seine tief eingesunkenen Augen wirkten riesig. Knie und Knöchel waren nur noch dicke Knoten, verbunden von einem Schienbein ohne jede Muskelmasse. Unter dem Hemd zeichneten sich die Umrisse einer Windel ab. Anscheinend war er selbst für eine Bettpfanne schon zu weit weggetreten.

Einen Augenblick lang fühlte sie überraschenderweise … Sympathie. Mitgefühl. Doch dann setzte die Erinnerung an Nason wieder ein, wie sie blutend und katatonisch nach der Vergewaltigung in den Container zurückgestoßen worden war, in dem man sie beide gefangen gehalten hatte. Sie empfand ein heißes Aufwallen von Befriedigung, eine süße, grausame Freude an seinem Elend.

Sie zwang sich, diese Emotionen in sich zu verschließen. Um aus diesem Mann herauszubekommen, was sie haben wollte, brauchte sie ihre Cop-Persönlichkeit. Sie war hier, um ihn auszuquetschen. Sie verhörte einen Verdächtigen. Sie musste all ihre professionellen Fähigkeiten einsetzen und all seine Schwächen ausnutzen. Sie durfte keine Gefühle zulassen, bis sie erfahren hatte, was sie wissen musste.

Von diesem Punkt an würde sie kein Cop mehr sein. Sie konnte sich in etwas anderes verwandeln. In das Ding. Den Drachen.

Während sie sich dem Bett näherte, quietschten die Sohlen ihrer Wanderstiefel leise auf dem Linoleumboden. Bis auf das Summen einiger medizinischer Geräte und das Rauschen eines Ventilators neben der Tür war es still im Raum.

Sie blieb vor dem Bett stehen. Er wandte langsam den Kopf und sah sie an. Ein langer, pfeifender Laut entrang sich seiner Kehle, und sein abgemagerter Körper schien zu erschlaffen und tiefer in der Matratze zu versinken. Er stöhnte schwach etwas auf Thai.

»Englisch«, sagte Livia. »Ich weiß, dass du es sprichst. Du hast mit dem ›Hammerhead‹ verhandelt, der mich und Nason nach Portland brachte.«

Eine Pause entstand. Dann holte er Atem und flüsterte auf Englisch: »Ich wusste, dass du kommen würdest. Ich wusste es.«

Obwohl er gealtert und abgemagert und deformiert war, war noch genug von seinem Gesicht übrig, an das sie sich erinnerte, um sie in die Kälte und den Wind an Deck dieses Schiffs zurückzuversetzen. Künstlicher Rasen, der sich in ihre Knie grub, der Gestank von Curry, nach dem sie alle rochen, während sie sie einer nach dem anderen zwangen, diese abscheuliche Sache zu machen. Während sie sie glauben ließen, sie könnte Nason retten, wenn sie ihnen zu Willen war.

Sie spürte, wie der Drache sich regte und an die Oberfläche zu steigen versuchte, um sich zurückzuholen, was sie ihr gestohlen hatten.

Noch nicht. Noch nicht. NOCH NICHT.

Sie zwang sich, wieder in den Polizistenmodus zurückzufinden. Dieser Mann würde sich gleich selbst belasten. Möglicherweise sogar ein Geständnis ablegen. Es gab nichts Wichtigeres bei einer Vernehmung als eine saubere Dokumentation. Ihr wurde klar, dass sie das vielleicht ausnutzen konnte.

Sie zog das Wegwerfhandy, das sie in Bangkok gekauft hatte, aus den Cargo-Shorts, schaltete es auf Video und hielt es unauffällig neben das Bett. »Was meinst du damit?«, fragte sie.

Er schüttelte kraftlos den Kopf. »Es war falsch. Es tut mir leid. Alles, was ich getan habe. Schreckliche Dinge. Es tut mir leid.«

Einmal abgesehen von ihrer persönlichen Vorgeschichte, wusste sie genügend Bescheid über Bekehrungen im Gefängnis, vor allem von Todeskandidaten, um ungerührt zu bleiben.

Andererseits, wie viel Zeit blieb Quadratschädel? Tage? Höchstens Wochen? Was hatte er zu gewinnen, wenn er ihr etwas vorspielte?

Na schön. Gehe davon aus, dass es ihm ernst ist. Nutze es aus.

»Wenn das alles so schrecklich war«, fragte sie, »warum hast du es dann getan?«

»Chanchai. Es war Chanchai. Ich hatte große Angst vor ihm. Wir alle.«

Chanchai Vivavapit. Der Mann, der für sie immer Totenkopf heißen würde.

»Willst du jemand anderem die Schuld für das geben, was du getan hast?«, fragte sie. Sie hatte die Kontrolle wiedererlangt. Fühlte sich wie eine Polizistin. »Willst du das damit sagen, wenn du behauptest, dass es dir leid tut?«

»Nachdem du ihm ins Auge geschnitten hattest, da wurde er … verrückt. Wir hätten aufhören sollen. Hätten es nicht tun dürfen. Es tut mir leid. Ich wünschte …« Sein Kopf rollte einen Augenblick lang zur Seite, als ob er den Faden verloren hätte, doch dann hatte er sich wieder im Griff. »Ich wünschte, ich könnte noch einmal von vorn anfangen. Alles. Ich wollte, ich könnte ein besserer Mensch sein. Der Junge, der ich einmal war. Der Junge, den meine Eltern …«

Es war ein schwacher Ansatzpunkt, aber sie spürte eine Möglichkeit. »Wo sind deine Eltern jetzt? Kommen sie dich nicht besuchen?«

Er stöhnte. »Ich will nicht, dass sie mich so sehen. Mein schlechtes Karma.«

Das speicherte sie zur späteren Verwendung ab. »Wieso habt ihr mich und meine Schwester entführt? Warum ausgerechnet uns?«

»Chanchai wusste Bescheid. Chanchai befahl es uns.«

»Befahl euch was?«

»Wir … Senator wollte euch.«

Das passte zu dem, was sie bereits wusste. »Aber wie? Wie habt ihr uns gefunden? Ihr hattet ein Foto von mir und meiner Schwester. Wie seid ihr da rangekommen? Wer hat euch gesagt, dass der Senator uns haben wollte?«

»Ich weiß nicht. Chanchai schon. Chanchai ja.«

Verdammt. Es war zum Verrücktwerden – sie war so nah dran und dennoch nicht in der Lage, die Puzzleteile zusammenzusetzen, die sie brauchte.

»Was ist mit Sorm? Wo kann ich ihn finden?«

Plötzlich schien Furcht in seinen Augen aufzuleuchten. »Ich Sorm nie getroffen. Nicht einmal Chanchai weiß. Sorm ist … Teufel.«

»War er darin verwickelt? Hat er euch befohlen, meine Schwester und mich zu entführen?«

»Ich weiß nicht. Sorm nie gesehen. Schlechter Mensch. Teufel.«

Sie hätte schreien mögen. »Du hast behauptet, du hättest gewusst, dass ich kommen würde. Woher?«

»Chanchai. Der Senator. Und sein … Mann. Das Hotelzimmer. Juntasa … Er hat es mir erzählt. Er hat mir gesagt, dass du es warst.«

Schmutzbart. »Er war dort?«

»Ja.«

»Woher weißt du das?«

»Er … bringt … Mädchen. Für Senator. Und dann kommst du. Chanchai ihn gerufen. Hat befohlen, Mädchen abzuholen.«

Das deckte sich mit ihren eigenen Erinnerungen. Der Senator hatte angeordnet, dass Totenkopf das Mädchen wegschaffte. Totenkopf hatte jemanden angerufen. Anschließend hatte Matthias Redcroft, der Assistent des Senators, das Mädchen in die angrenzende Suite gebracht. Von Livia nicht zu sehen, war eine Person an die Tür gekommen. Das musste Schmutzbart gewesen sein. Und dann war Redcroft zurückgekehrt, während das Mädchen verschwunden blieb.

»Wohin?«, fragte sie, ihre Erregung mühsam unterdrückend. »Wohin hat Schmutzbart – Juntasa – das Mädchen gebracht?«

»Ich weiß es nicht.«

»Du musst doch irgendeine Vorstellung haben. Wohin?«

»Das weiß nur Juntasa. So viele Orte. So viele Mädchen. Es tut mir leid. Es tut mir leid.«

Sie zwang sich nachzudenken. Befand sie sich in Gefahr? Quadratschädel hatte behauptet, zu wissen, dass sie kommen würde. Bedeutete das, dass das auch für die anderen galt?

Nein. Denn sie werden nicht von den Schuldgefühlen eines Todgeweihten und dessen unliebsamen Einblicken gequält.

Trotzdem fragte sie: »Hast du Juntasa gesagt, du wüsstest, dass ich komme?«

»Ja.«

Scheiße, sie hatte sich getäuscht. »Wann? Wann hast du ihm gesagt, dass ich kommen würde?«

»Uns alle. Dass du uns alle holen würdest. Du bist … unser Karma.«

Okay, dann hatte sie doch recht gehabt – es ging nicht um eine präzise Voraussage, eher um eine allgemeine Prophezeiung des drohenden Untergangs. Schuldgefühle, nicht spezielle Erkenntnisse. Natürlich würde Schmutzbart Angst vor ihr haben – wie hätte es anders sein können, nachdem sie dieses Hotelzimmer in Bangkok in ein Schlachthaus verwandelt hatte? Aber er hatte sicher keine Ahnung davon, wie sie sie aufspüren wollte. Oder in welcher Reihenfolge sie sie sich vornehmen würde. Sie bezweifelte, dass er Wochen oder Monate lang Ressourcen an diesen gottverlassenen Ort verschwendete, nur auf die geringe Chance hin, dass sie hier auftauchte.

Aber es war eine ernüchternde Erkenntnis, dass sie womöglich schon erwartet wurde. Sie war es gewohnt, im Dunkeln zu jagen. Dieses Mal hatte sie jedoch nicht das Überraschungsmoment auf ihrer Seite. Und das hieß, dass sie von der Jägerin zur Gejagten werden konnte. Das durfte sie nicht zulassen. Sie musste ihre Taktik entsprechend abstimmen.

Sie warf einen Blick auf die Frau im Bett nebenan. Ihre Augen waren weiter geschlossen, sie zitterte immer noch.

»Wo finde ich Juntasa?«

»Bitte. Ich nehme mein Karma an. Ich weiß, wozu du hier bist. Ich bin bereit. Bitte.«

»Wo finde ich Juntasa?«

»Mein Karma. Bitte. Ich kann nicht mehr. Bitte.«

Es war schrecklich. Sie hatte überlegt, ob sie ihm damit drohen sollte, ihn zu töten. Und jetzt bettelte er darum. Es war so, als hätte sie zu einem Judowurf angesetzt und wäre von ihrem Gegner ausgekontert worden.

Sie bemühte sich, die Initiative zurückzugewinnen. »Ich werde dein Karma sein. Aber erst musst du mir sagen, wie ich Juntasa finde.«

»Ich weiß nicht. Bei der Arbeit. Im Hauptquartier.«

Das wusste sie bereits. Dort kam sie leider nicht an ihn heran.

»Juntasa«, sagte sie. »Du sagst, er hätte dir von Chanchai und dem Senator erzählt. Wie? Wie hat er dir davon berichtet?«

»Er hat mich angerufen.«

Der Gedanke, dass Schmutzbart Quadratschädel gewarnt und im Gegenzug ebenfalls eine Warnung erhalten haben könnte, beunruhigte sie.

»Wann?«

»Mit mir spricht keiner mehr. Sieh mich doch an. Sieh mein Karma.«

»Hat Juntasa ein Telefon? Ein Mobiltelefon? Kennst du seine Nummer?«

Quadratschädel stöhnte, und sein Blick glitt zu einem kleinen Regalbrett neben der Pritsche. Es lagen ein paar Bücher darauf, Kleidungsstücke. Ein altes Foto von ihm, als er noch jünger und gesund gewesen war, mit einem kleinen Mädchen in den Armen und einem älteren Paar daneben. *Eine Tochter,* dachte sie, *und seine Eltern.* Es hätte ihr schon früher auffallen müssen. Und wenn sie das alles nicht so persönlich genommen hätte, wäre es ihr nicht entgangen.

Dort neben den Büchern lag ein iPhone, nicht mehr neu. Sie stellte den Rucksack ab, langte über das Bett und schnappte es sich. Sie drückte die Einschalttaste, und auf dem Bildschirm leuchtete eine Meldung auf. Es war Thai, aber ihr war klar, was sie bedeutete.

»Das Passwort«, verlangte sie. »Sag es mir.«

Er schüttelte den Kopf. »Ich kann nicht. Bitte. Ich kann nur für mein eigenes Karma einstehen. Bitte.«

Sie warf einen Blick auf die Fotografie auf dem Regal und sah dann wieder ihn an. »Sag es mir, oder ich erzähle deinen Eltern, was du meiner Schwester und mir angetan hast. Und deiner Tochter auch, es sei denn, sie wüsste bereits Bescheid, weil du ihr dasselbe angetan hast. Ich werde ihnen sagen, was für ein Monster du bist.«

Er fuhr sich mit der Zunge über die Lippen und schüttelte krampfhaft den Kopf. »Bitte nicht.«

»Doch. Es sei denn, du gibst mir das Passwort. Und sagst mir, welche Telefonnummer zu Juntasa gehört.«

Er schüttelte abermals den Kopf. »Sie werden dir nicht glauben. Nein.«

»Du wirst nicht mehr da sein, um meiner Geschichte zu widersprechen. Sie werden sich fragen, warum ich etwas so Schreckliches erfinden sollte. Sie werden den Rest ihres Lebens im Zweifel leben. Es wird ihre Erinnerung an dich vergiften. Und ihren Seelenfrieden zerstören.«

Seine hervorquellenden Augen liefen über, und die Tränen rannen ihm übers Gesicht. Er tat ihr nicht leid. Sie fühlte nur Triumph.

Er krächzte vier Zahlen auf Thai. Sie gab sie über die Tastatur ein – und war drin. Doch auch der Bildschirm war thailändisch.

»Zeig es mir«, sagte sie. »Zeig mir seine Handynummer. Und wenn ich herausfinde, dass du mich angelogen hast, weißt du ja, was passiert.«

Die Tränen flossen weiter. »Bitte sag ihnen nichts. Bitte.«

»Welche ist es?«

Er streckte die Hand nach dem Telefon aus. Sie gab es ihm. Er tippte mehrmals auf das Display und deutete dann auf einen Namen und eine Nummer. Sie nahm ihm das Telefon weg und betrachtete den Bildschirm. Ja, Krit Juntasa. Ihr Thai war eingerostet, aber mit ein bisschen Hilfe konnte sie es lesen. Für eine Handynummer reichte es.

Mit ihrem Wegwerfhandy fertigte sie einen Schnappschuss von Schmutzbarts Kontaktseite an, dazu von dem Bildschirm mit den letzten Anrufen und dem Adressbuch. Es gab nicht viele Einträge. Für den Fall, dass das iPhone noch mehr wertvolle Informationen enthielt, hätte sie es gern mitgenommen. Aber vielleicht würde es jemand vermissen. Sie glaubte nicht, dass es das Risiko wert war. Außerdem hatte sie die Fotos.

Sie zog einen Ärmel über die Hand herunter, nahm damit das iPhone und wischte es an ihrem Sweatshirt ab. Dann gab sie es ihm wieder, um sicherzugehen, dass er seine Fingerabdrücke hinterließ. Es würde wohl niemand nachsehen, aber falls doch, wäre es seltsam gewesen, wenn sich überhaupt keine Abdrücke fanden. Er nahm es mit der rechten Hand, legte es dann in die linke und wieder ins Regal.

Sie schaltete das Wegwerfhandy auf Video. »Erzähle mir, was du getan hast«, sagte sie.

Er schüttelte den Kopf. »Bitte. Ich kann nicht mehr.«

»Du musst beichten. Das weißt du. Das spürst du. Sag mir nicht, dass es dir leid tut, wenn du nicht einmal gestehen willst.«

»Bitte.«

»Du hast kleine Mädchen entführt und vergewaltigt, nicht wahr?«

Sein Gesicht war tränenüberströmt. »Ja.«

»Und deine Komplizen waren Chanchai Vivavapit und Krit Juntasa?«

»Ja.«

»Hör auf, davor wegzulaufen. Steh dazu. Sag, was du getan hast.«

»Ich habe kleine Mädchen entführt und vergewaltigt. Zusammen mit Chanchai Vivavapit und Krit Juntasa. Es tut mir leid. Es tut mir leid.«

»Und jetzt auf Thai. Sag es auf Thai.«

Er gehorchte. Sie verstand genug davon, um zu wissen, dass es stimmte. Außerdem war er offensichtlich darüber hinaus, sie täuschen zu wollen.

Sie schaltete das Wegwerfhandy aus, ließ es in eine Tasche ihrer Shorts gleiten und sah sich um. Bis auf das Summen der Maschinen und das Brausen des Ventilators war immer noch alles ruhig. Die Frau bekam nichts mit. Sonst war niemand da.

Sie griff in den Rucksack und zog die Motocross-Handschuhe heraus. Erneut sah sie sich um. Kein Mensch da.

Neben Quadratschädels Oberkörper lagen ein Ersatzkissen und ein frisches Laken. Sie ergriff die Oberseite des Kissens mit dem Handschuh und deckte das Laken darüber, sodass ihre Hand zwischen Laken und Kissen steckte. Mit der anderen löste sie den Sauerstoffschlauch, der unter seiner Nase festgeklebt war. Trotz allem, was er über Karma gesagt hatte, riss er die Augen voller Panik weit auf und tastete nach dem Schlauch.

Zu spät. Sie ließ die Hand nach unten gleiten und hielt ihm die Arme vor dem Bauch fest. Mit der anderen schob sie ihm das Kissen übers Gesicht.

Seine knochigen Beine zuckten schwach. Sie ließ seine Arme los und benutzte beide Hände, um ihm das Kissen gegen das Gesicht zu pressen. Er versuchte, sie zu kratzen, aber seine Nägel glitten harmlos von dem Laken ab, unter dem die Carbonfaser der Handschuhe lag. Er begann am ganzen Körper zu zittern, fasste ihre Unterarme und wollte sie wegstoßen. Trotz seiner Hinfälligkeit war er im Todeskampf in der Lage, so fest zuzudrücken, dass es selbst durch die dicke Lage der Motorradmagazine hindurch spürbar war, die sie sich um die Unterarme geklebt hatte. Aber ein bisschen Druck durch die Magazine, sogar eine ganze Menge, spielte keine Rolle. Es würden keine Quetschungen an ihr und an ihm keine DNA-Spuren zurückbleiben. Sie bezweifelte, dass sie Fasern von ihrem Sweatshirt hinterlassen oder jemand danach suchen würde. Doch für den Fall, dass sie sich irrte, hatte sie das Kleidungsstück erst am Tag zuvor gekauft und es in einer Plastikhülle abseits von ihren übrigen Habseligkeiten aufbewahrt. Sie musste es so schnell wie möglich loswerden.

Quadratschädels Gegenwehr hielt nur ein paar Sekunden lang an. Dann entspannte sich sein Körper, und die Arme fielen ihm an den Seiten herab. Seine angezogenen Knie, die zur Decke gezeigt hatten, öffneten sich, sodass ein Spalt in seiner Windel entstand und Livia riechen konnte, dass er die Kontrolle über seine Gedärme verloren hatte.

Sie ließ eine Hand fest auf das Kissen gedrückt. Mit der anderen zog sie das Laken wieder weg. Sie benutzte die Zähne, um sich nacheinander die Handschuhe auszuziehen. Sie schob sie einzeln einhändig zurück in den Rucksack, während sie den Druck aufrechterhielt.

Als sie sicher war, dass niemand ihn mehr wiederbeleben konnte, legte sie das Kissen zu dem Laken. Gewiss befand sich ein wenig Speichel darauf, aber das hatte nichts zu bedeuten.

Quadratschädels Kopf hing ihm im Nacken, und sein Mund stand weit offen, eine Pantomime seines verzweifelten Ringens nach Luft. Seine vor Entsetzen und Verzweiflung weit aufgerissenen Augen waren erstarrt. Vielleicht hatte er in den letzten Sekunden erkannt, dass es in dieser Welt noch etwas Schlimmeres als Karma gab. Vielleicht hatte er einen Vorgeschmack auf die Hölle bekommen.

Livia warf einen letzten Blick in die Runde. Die Frau im Bett nebenan hatte sich nicht gerührt. Durch die offene Tür am anderen Ende der Baracke wehte ein leises Lüftchen herein, aber abgesehen davon war alles still. Sie brachte den

Sauerstoffschlauch wieder an, wischte die Stelle, die sie berührt hatte, mit dem Betttuch ab, schulterte ihren Rucksack und ging auf dem Weg hinaus, auf dem sie gekommen war.

Sie fühlte sich seltsam leer. Der Anblick seines Gesichts hatte in ihr den Wunsch geweckt, ihn in Stücke zu reißen, so, wie sie es mit Totenkopf gemacht hatte. Aber als sie ihn am Ende erledigt hatte, war das kaum mehr als Sterbehilfe gewesen.

Es war die richtige Entscheidung. Es durfte nicht aussehen wie ein Mord. Dann wärst du eine Verdächtige. Schmutzbart wüsste, dass du hier bist. Du würdest nicht mehr an Sorm herankommen, den Hintermann all dessen, was dir und Nason zugestoßen ist. Und du könntest dieses kleine Mädchen niemals finden. Du hast ihn umgebracht. Nach all den Jahren hast du ihn umgebracht. Lass es gut sein damit.

Aber was, wenn es nicht genug ist?

Sie hatte sechzehn Jahre – beinahe ihr halbes Leben – nach Rache gedürstet. Und den Senator, seinen Assistenten, und vor allem Totenkopf umzubringen, hatte süß geschmeckt. Und wie.

Das alles war erst zwei Monate her, und schon war sie wieder hier. Und … Es tat ihr nicht mehr so gut wie beim ersten Mal.

Was, wenn es niemals genug ist?

Das muss es. Das muss es.

Aber plötzlich glaubte sie nicht mehr so recht daran. Und sie hatte keine Ahnung, was das bedeutete. Oder wie sie damit umgehen sollte.

KAPITEL 10

Dox wachte im ersten Morgenlicht in dem kleinen Zimmer auf, das er sich im *Blue Bat Hotel* in Battambang genommen hatte. In Riel kostete es das Äquivalent von etwa zwanzig Dollar pro Nacht, außerdem war die Absteige so bescheiden, dass man dort Bargeld akzeptierte und ihm eine Geschichte über einen verlorenen Pass abgekauft hatte. Trotzdem war das Hotel anspruchsvoll genug, um massive Türen und Schlösser zu besitzen. Alles in allem eine bequeme Unterkunft. Das Bett war schön weich, genau wie er es gern hatte – er hatte zu viele Nächte in beengten Scharfschützennestern verbracht und wusste eine gute Matratze und ein Federkissen zu schätzen. Doch trotz aller Annehmlichkeiten hatte er schlecht geschlafen. Ihm setzte das Gefühl zu, dass er schleunigst aus Kambodscha raus musste. Wenn Rain gewusst hätte, dass Dox sich nach einem Job nicht augenblicklich abgesetzt hatte, hätte er ihm geraten, sich den Kopf untersuchen zu lassen. Und Dox hätte nicht viel dagegen einwenden können. Außerdem, von wegen Job, verdammt, es war ja viel schlimmer. Er hatte den Typen umgelegt, der ihn angeheuert hatte, einen Typen, der sich – *Hoppla!* – als DIA-Agent entpuppt hatte, der bis zum Hals in nicht näher bezeichneten üblen Machenschaften steckte. Und unmittelbar danach seine drei Handlanger. Und jetzt kam noch der Mistkerl mit dem Schwert dazu.

Das Problem war, dass zumindest die Chance bestand, Sorm würde in Kambodscha auftauchen, und Dox wollte keine Grenze überqueren, nur um gleich anschließend zu erfahren, dass er wieder zurückmusste. Andererseits hielt sich Sorm, wenn Vanns Vermutung zutraf – die Dox an Kanezaki weitergeleitet hatte –, wahrscheinlich in Pattaya auf. Deshalb hatte er einen Kompromiss geschlossen und den Nachtbus nach Battambang genommen, einer Stadt nordwestlich von Phnom Penh. Sie hatte etwas Altmodisches an sich, einige bemerkenswert gut erhaltene Bauwerke im französischen Kolonialstil, und einen Namen, der Dox insgeheim immer gefallen hatte. Von Battambang aus war Pailin, Sorms Heimatprovinz, einigermaßen leicht erreichbar, ebenso wie verschiedene Grenzübergänge nach Thailand. Dort war er sozusagen in Schussweite von Pattaya, jedenfalls im übertragenen Sinn, falls sich Vanns Ahnung bestätigen sollte.

Er ging hinunter ins Hotelrestaurant. Für die Trekking-Touristen, bei denen die Unterkunft beliebt war, war es noch zu früh. Daher konnte er sein Frühstück aus Rühreiern, tropischen Früchten und schwarzem Kaffee ganz allein in dem in Pastelltönen gehaltenen Raum einnehmen. Als er fertig war, benutzte er ein frisches Wegwerfhandy, um Kanezaki anzurufen.

»Neues Telefon?«, fragte dieser.

»Ich versuche nur, weitere unliebsame Überraschungen zu vermeiden.«

Sie vergewisserten sich rasch, dass die Signal-IDs übereinstimmten. »Und, war was dran am Bauchgefühl des guten alten Vann?«, erkundigte sich Dox. »Und an deinem?«

»Eine ganze Menge, wie es aussieht.«

Es wäre Dox schwergefallen, sein Lächeln zu unterdrücken. »Was du nicht sagst.«

»Ich will seinen Beitrag nicht überbewerten, aber er hat meinen Blick in die richtige Richtung gelenkt. So konnte ich ein paar falsch-positive Diagnosen ausschließen, was uns insgesamt vermutlich eine Menge Zeit gespart hat.«

»Das ist gut. Ich würde diese unerfreuliche Angelegenheit wirklich lieber früher als später hinter mich bringen.«

»Versteh das nicht falsch. Es war nicht einfach. Überhaupt nicht.«

Dox lachte. Kanezaki konnte es nicht lassen – er musste einen immer daran erinnern, wie schwierig eine Aufgabe gewesen war, um im Gegenzug größere Zugeständnisse zu erreichen.

»Wenn das hier vorbei ist, schicke ich dir einen Strauß Rosen und gebe dir einen dicken feuchten Kuss. Aber könntest du mir fürs Erste bitte nur sagen, was du herausgefunden hast?«

»Also gut. Entscheidend war Vanns Eindruck, dass Sorms Deckfirma in dieses Luxushotel in Pattaya investiert hatte. Ich habe ein paar unserer Finanzexperten darauf angesetzt, und sie haben Verbindungen aufgedeckt, die Vann entgangen waren.«

»Und dann?«

»Jetzt kommt's. Innerhalb der letzten Woche – seit Sorm laut Vanns Aussage abgetaucht ist – wurden aus dem Nachtklub des Hotels ein Dutzend Anrufe von einem Dutzend Wegwerfhandys getätigt, und alle gingen an Verbindungsleute von Sorm.«

»Mein Sohn, es ist nicht so, dass ich dich einfach nur mag. Ich glaube, ich liebe dich.«

»Warte, das war nur der gute Teil. Jetzt kommt der beste. Das Mobiltelefon von einem der besagten Verbindungsleute ist dreimal in dieser Woche im Klub aufgetaucht. Das ist kein eindeutiger Beweis, aber in unserem Geschäft eine handfeste Spur. Sorm ist dort. Und er trifft sich mit Leuten.«

Dox nippte an seinem Kaffee und wurde plötzlich misstrauisch. »Ja, das klingt einleuchtend. Ein bisschen zu einleuchtend, findest du nicht?«

»Der Gedanke ist mir auch gekommen. Allerdings musste ich wirklich viele Hebel in Bewegung setzen, um an diese Information zu gelangen. Sorm kennt nicht alle Mittel, die uns zur Verfügung stehen. Du würdest staunen, wie viele der bösen Jungs da draußen sehr vorsichtig mit ihren eigenen Telefonen umgehen, dabei aber die Muster völlig außer Acht lassen, die durch die Handys ihrer Kontaktleute erzeugt werden. Sicher, Sorm handelt überlegt, doch er weiß auch, dass er Protektion genießt. Vielleicht ist er deshalb selbstgefälliger, als ihm guttut.«

Das klang durchaus nachvollziehbar. Es machte Dox nur kribbelig, wenn es ein bisschen zu einfach wirkte, einer Spur zu folgen. »Na schön«, antwortete er schließlich. »Du hast mich überzeugt.«

»Jetzt hör zu«, sagte Kanezaki. »Die Info ist zuverlässig, aber du musst vorsichtig sein. Sorm ist nicht nur ein Monster. Er ist ein Überlebenskünstler. Er hat mit Sicherheit von der Sache mit Gant gehört. Ich bezweifle, dass er sich eine Blöße geben wird. Und ich nehme an, er wird sich mit Leibwächtern umgeben.«

»Das denke ich auch«, antwortete Dox. »Dabei fällt mir ein, dass ich leider die SR-25 entsorgen musste, die Gant mir besorgt hatte, nachdem ich ihn damit in die ewigen Jagdgründe befördert hatte. Daher fühle ich mich im Augenblick mit Arbeitsgerät ein wenig unterversorgt, abgesehen von meiner üblichen Sammlung an exotischen scharfen und spitzen Teilen.«

»Dabei kann ich dir nicht helfen, nein. Was immer da vorgeht, Sorm ist und bleibt ein DIA-Informant. Du darfst ihn nicht umbringen. Damit will ich nichts zu tun haben. Das ist eine rote Linie.«

»Hör zu, ich habe Vann versprochen, den Mann nicht zu töten. Aber ich muss zumindest ein Wörtchen mit ihm reden.

Und es wäre mir lieber, wenn dieses Wörtchen, sagen wir einmal: *Glock* lautet, oder im Idealfall *Wilson Combat*. Und ja, ich weiß, dass das zwei Worte sind, nicht nur eines. Nur um das richtige Gesprächsklima zu erzeugen, verstehst du? Du willst doch, dass er offen mit mir spricht, nicht wahr?«

Eine Pause entstand. Schließlich seufzte Kanezaki. »Na schön. Ich besorge dir etwas in Pattaya. Ich muss mit einem Kontaktmann in der Gegend reden, dann nenne ich dir Zeit und Treffpunkt.«

»Gut. Und wo wir schon beim Thema sind, ich bevorzuge die Tactical Supergrade in der .45 ACP-Version.«

»Wofür hältst du mich? Den Weihnachtsmann?«

»Nun, ihr tut beide Wunder, nicht wahr? Ach ja, und gegen ein Bauchbinden-Holster hätte ich auch nichts einzuwenden.«

Kanezaki lachte. »Ich schwöre es, eines Tages bringst du mich noch in die Bredouille.«

»Schon möglich, aber du weißt, dass ich immer da bin, um dir wieder herauszuhelfen.«

»Ja, stimmt. Ganz im Ernst – vielen Dank.«

Damit hatte Dox nicht gerechnet, und zu seiner Überraschung war er gerührt. »Nun, gleichfalls, *Amigo*. Seit wir uns kennen, ist eine Menge Wasser den Bach runtergeflossen. Es freut mich, wenn du weißt, dass ich dir den Rücken freihalte. Und es ist ein gutes Gefühl, dass du dasselbe für mich tust. Der einzige Weg, in dieser verrückten Welt zurechtzukommen, ist, unsere wahren Freunde zu erkennen.«

Kanezaki lachte wieder, und der ungewohnte emotionale Augenblick war vorüber. »Vergiss nicht, ich muss erfahren, was Sorm der DIA geliefert hat. Die Grundlage für die Verbindung. Und warum sie versucht haben, Vann umzubringen.«

»Ich weiß, ich weiß.«

»Also leg ihn nicht um, verdammt noch mal.«

»Keine Sorge. Aber ich kann nicht versprechen, dass ich seine Gefühle nicht verletzen werde.«

Er legte auf, schaltete das Telefon aus und schob es in die Faraday'sche Hülle.

Ja, er würde Sorm nicht töten. Es sei denn, es ginge nicht anders. Im Augenblick war er nicht die wahre Bedrohung. Das waren seine Hintermänner. Und obwohl er persönlich Sorm gern umgebracht hätte, ergab das nicht viel Sinn, wenn er nicht zuerst herausfand, warum die DIA ihn unterstützte.

Aber er hatte nicht versprochen, keine Leibwächter umzulegen, oder? Nein, hatte er bestimmt nicht. Das musste ihm entfallen sein.

KAPITEL 11

Livia verbrachte die nächsten zwei Nächte in der Ferienanlage der Franziskaner. Am Tatort zu bleiben, lief all ihren Instinkten zuwider, doch sie hatte für zwei Nächte reserviert, und eine überstürzte Abreise hätte seltsam gewirkt.

Es gab keinerlei Grund dafür, aber sie rechnete halb damit, dass die Polizei auftauchen würde. Dazu kam es nicht. Stattdessen gab es in der Kapelle eine kleine und würdevolle Zeremonie für einen kürzlich verstorbenen Patienten. Die Leiche war in rotes Tuch gehüllt, Räucherstäbchen brannten, und einer der Brüder sprach ein paar letzte Worte. Soweit Livia sehen konnte, waren die einzigen Trauergäste Angestellte des Hospizes und andere Patienten. Alles an der schlichten Abschiedszeremonie wirkte geübt und routiniert. Warum auch nicht? Dies war ein Hospiz für Todkranke, die an Aids litten. Was konnte hier unwahrscheinlicher sein als ein Mord? Und was wäre normaler, als dass ein weiterer ausgezehrter Patient der Krankheit erlag?

Immerhin nutzte sie die Zeit. Mit dem Gossamer verfolgte sie Schmutzbarts Bewegungen. In einem Zeitraum von nicht ganz achtundvierzig Stunden waren seine Hauptanlaufstellen das Hauptquartier der Royal Thai Police in Pathum Wan und ein Gebäude in einem nahe gelegenen Viertel namens Ekamai. Wie sie herausfand, war es für teure Wohnungen bekannt.

Nicht gerade die Umgebung, die sich ein thailändischer Cop von seinem Gehalt leisten konnte. Sie fragte sich, ob das sein Hauptwohnsitz war oder ob er ihn über Mittelsleute erworben hatte. In den Staaten hätte ein Polizist, der so offensichtlich über seine Verhältnisse lebte, sofort Alarmsignale ausgelöst. Vielleicht waren die Lamettaträger hier nachsichtiger.

Solange sie ihren Anteil bekamen.

Sie schnitt das Videogeständnis direkt auf dem Wegwerfhandy auf die wesentlichen Teile zusammen, bevor sie die Fotos und das Video mittels des »Tails«-Betriebssystems und einem verschlüsselten USB-Stick übertrug, damit ihr Laptop unberührt blieb. Danach durchstöberte sie das Internet hinter einer VPN-Adresse verborgen, erforschte Örtlichkeiten, machte sich mit Routen und Entfernungen vertraut, wog potenzielle Risiken gegen den Nutzen ab. Sie entdeckte keine Stelle, an der sie Schmutzbart überraschen konnte. Und sie hatte keine Zeit, auf einen Glücksfall zu warten. Ihr blieb nur übrig, ihn dazu zu zwingen, zu ihr zu kommen. Leider war hier nicht Seattle, das sie beruflich und von zahllosen Wochenendausflügen wie ihre Westentasche kannte. In Bangkok waren die anderen Cops im Vorteil. Das ließ sich nur durch sorgfältige Vorbereitung ausgleichen. Sie musste Möglichkeiten finden, sie in Bewegung zu halten, ihnen die Initiative zu nehmen, sie aus dem Gleichgewicht zu bringen, wie sie es auf der Judomatte mit einem größeren und stärkeren Gegner getan hätte. Falls es ihr gelang, ihnen den Boden unter den Füßen wegzuziehen, würde ihr Heimvorteil nichts mehr wert sein.

Falls.

In ihrer zweiten Nacht in der Ferienanlage spürte sie Schmutzbarts Telefon bis zum Nachtmarkt *Rot Fai* in Srinakarin nach, östlich des Stadtzentrums. Sie überprüfte das Gelände online und sah ein dichtes, labyrinthisches Geflecht von Verkaufsständen und Garküchen, wo von Büchern über

Essen, Kleidung, Elektronik und alle möglichen geheimnisvollen, undefinierbaren Dinge so gut wie alles angeboten wurde. Vom Nachtmarkt aus fuhr Schmutzbart nach Süden bis Pattaya an der Ostküste des Golfs von Thailand weiter, wo er eine neue Hotelanlage namens *Ruby* aufsuchte. Es waren beinahe zwei Stunden Fahrt von Bangkok aus, und sie nahm an, dass er über Nacht bleiben würde. Doch als sie am folgenden Morgen beim Aufwachen nachsah, bemerkte sie überrascht, dass er schon nach ungefähr einer Stunde wieder zurückgefahren war. Es war ihr nicht klar, was das zu bedeuten hatte, aber es konnte sich als nützlich erweisen, zwei seiner Anlaufstellen zu kennen, wenn sie ihn verhörte.

Später am Morgen reiste sie ab, nachdem sie Bruder Panit für die wundervolle Erfahrung gedankt hatte, die es ihr gestattet hatte, ihre Gedanken zumindest zeitweise von alltäglichen Sorgen zu befreien.

»Sie müssen unbedingt wiederkommen«, sagte er, während sie auf das Taxi warteten, das er ihr gerufen hatte. »Zwei Tage sind gut für die Seele. Zwei Wochen sind besser. Oder länger. Manche Leute sind als Freiwillige bei uns geblieben, um sich um die Sterbenden zu kümmern. Wie den heiligen Franziskus hat die meisten von ihnen dieses Erlebnis verwandelt.«

Sie lächelte und erkannte an der stimmigen Grammatik, dass er diese Ansprache eingeübt hatte. Was nicht hieß, dass sie an seiner Ernsthaftigkeit gezweifelt hätte.

»Das kann ich mir vorstellen«, antwortete sie. »Ach übrigens, was war das für eine Trauerfeier, die ich gestern gesehen habe?«

»Ach ja, Mr Sakda. Er kam vor drei Monaten zu uns. Er sprach wenig und hatte sehr viel Traurigkeit in sich, glaube ich. Aber jetzt ruht er in Frieden.«

Das hoffe ich nicht, dachte Livia. Sie hätte gern noch mehr Fragen gestellt, vor allem über Mr Sakdas Besucher, wusste jedoch, dass ein zu großes Interesse merkwürdig ausgesehen und sich ins Gedächtnis eingeprägt hätte.

Zwei Stunden später war sie zurück in Bangkok. Sie hatte das Zimmer in dem Geschäftshotel in Sathorn behalten, das sie gleich nach der Ankunft aus Seattle genommen hatte. Da sie praktisch in offizieller Mission in der Stadt war, hatte sie beim Check-in ihren richtigen Namen benutzt und per Kreditkarte bezahlt. Alles andere hätte verdächtig gewirkt. Aus demselben Grund war es sinnvoll gewesen, das Zimmer nicht aufzugeben. Falls man sie überprüfte, würde es so aussehen, als hätte sie sich durchgehend in Bangkok aufgehalten, sodass sie keine Erklärung für die zwei Nächte abgeben musste, die sie bei den Franziskanern verbracht hatte.

Sie hatte ihr persönliches Mobiltelefon abgeschaltet im Hotel zurückgelassen. Sofern es überwacht wurde, würde es seltsam wirken, dass sie es zwei Tage lang nicht benutzt hatte. Aber immer noch besser, als mit seiner Hilfe am Schauplatz von Quadratschädels Abgang geortet zu werden.

Sie hatte ein paar Nachrichten von der Arbeit. Und eine von B. D. Little vom Vorabend mit der Bitte, ihn zurückzurufen.

Vor der Abreise hatte sie einen internationalen Mobilfunktarif abgeschlossen – so konnte sie jedermann von überallher für dreißig Cent pro Minute anrufen. Sie wusste nicht, wo Little sich aufhielt, aber falls er in den Staaten war, war es dort jetzt mitten in der Nacht. Das kümmerte sie nicht. Sie drückte auf »Rückruf«.

Sie wartete, bis die Verbindung sich aufbaute. Er meldete sich: »B. D. hier.«

Sie hatte so etwas wie *Hallo Livia* erwartet. Er kannte ihre Nummer nicht? Das kaufte sie ihm nicht ab. »Sie haben angerufen.«

»Allerdings. Sie sind schwer zu erreichen.«

Das gefiel ihr nicht. »Was meinen Sie damit?«

»Ich vermute, Ihr Telefon war ausgeschaltet.«

Sie hatte genügend Verdächtige verhört, um zu erkennen, wann ein Cop ihr einen Köder hinwarf. Und sie wusste es besser, als ihm irgendetwas zu liefern, was er später gegen sie verwenden konnte.

»Es ist ein neuer Ort für mich. Jede Menge Unbekanntes.« Damit bestätigte sie weder, dass das Telefon abgeschaltet gewesen war, noch leugnete sie es. Im Grunde hatte sie überhaupt nichts gesagt.

»Oh, das verstehe ich. Mir geht es auf Reisen auch so. Aber ich bin froh, dass wir jetzt miteinander sprechen.«

Sie antwortete nicht. Je weniger man sagte, desto weniger musste man erklären.

»Okay«, fuhr er nach einem Augenblick fort. »Wie läuft es bei Ihnen? Haben Sie nicht schon den Wunsch, sich dem Team anzuschließen?«

»Ich bin nicht sicher. Ich bin erst seit zwei Tagen hier.«

»Selbstverständlich. Ich würde nur sehr gern Ihre ersten Eindrücke hören.«

»Ich möchte das lieber noch eine Weile auf mich wirken lassen und Ihnen dann einen abschließenden Bericht geben. Um Ihnen keine vorschnellen Hoffnungen zu machen.«

Er lachte. »Klar, das geht in Ordnung. Nur vergessen Sie nicht, sich von Zeit zu Zeit zu melden, ja? Ich bin gern in der Lage, die Leute zu erreichen, mit denen ich zusammenarbeite.«

»Sie arbeiten nicht mit mir zusammen. Jedenfalls noch nicht.«

Er lachte wieder. Er ließ sich eine Menge gefallen. Entweder war er ein außergewöhnlich nachsichtiger Mensch, oder er wollte sie wirklich unbedingt haben. Nur wofür?

»Sie sind nicht leicht zu knacken. Aber okay, Sie haben recht. Danke für den Anruf, und ich hoffe, dass die Reise ein Erfolg wird.« Er legte auf.

Der Satz *Ich bin gern in der Lage, die Leute zu erreichen, mit denen ich zusammenarbeite* hatte nicht stimmig geklungen. Hätte sie es nicht besser gewusst, hätte sie vielleicht gedacht, dass er ihr suggerieren wollte, Telefonanrufe wären seine einzige Möglichkeit, sie zu finden.

Wenn er selbst ein Gossamer besaß, was natürlich der Fall war, konnte er den Bewegungen ihres Mobiltelefons folgen. Ach was, ein Gossamer. Wahrscheinlich hatte er Leute, die in der Lage waren, die Datenbank der Mobilfunkgesellschaft direkt zu hacken. Oder diese Daten von der Gesellschaft auf dem Silbertablett serviert bekamen.

Okay, das war kein Problem, weil sie das Telefon vorsichtshalber im Hotelzimmer zurückgelassen hatte.

Ja, nur weiß er jetzt genau, in welchem Hotel du abgestiegen bist.

Ihr wurde klar, dass sie das Handy schon vor der Ankunft im Hotel hätte ausschalten sollen.

Dann fiel ihr noch etwas ein. War es denkbar, dass er mitten in der Nacht im Hotel angerufen und jemanden gebeten hatte, den Anruf in ihr Zimmer durchzustellen? *Es tut mir leid, Sir, aber der Gast geht nicht an den Apparat.*

Durchaus erklärbar. *Ich habe Ohrenstöpsel getragen. Konnte das Telefon nicht hören.*

Little würde allerdings nicht nach einer Erklärung fragen. Er sammelte stillschweigend die Puzzleteile und zog dann seine eigenen Schlüsse.

Sie musste an Lieutenant Strangelands Warnung denken: *Es gibt hier verborgene Tiefen. Das weiß ich. Ich sehe sie nicht, aber ich spüre sie. Und wenn ich sie nicht sehen kann, sind Sie auch nicht dazu in der Lage.*

Verdammt, sie war zu selbstgefällig geworden. Sie überlegte, was sie noch alles übersehen hatte.

Ist es möglich, dass jemand hier ist, um dich zu observieren?

Das war ein ernüchternder Gedanke. Aber unwahrscheinlich. Allerdings … wie hatte Little es ausgedrückt? *Wir haben sehr viele Ressourcen zum Verschwenden.*

Niemand war ihr zum Hospiz der Franziskaner gefolgt. Dessen war sie sich sicher. Es hatte lange freie Strecken auf diesen Nebenstraßen gegeben, auf denen kein einziges anderes Auto zu sehen gewesen war.

Trotzdem, sie musste vorsichtiger sein. Und davon ausgehen, dass sie beobachtet wurde.

Als sie aus dem Haus ging, ließ sie das Telefon wieder zurück. Nachdem sie eine Stunde lang mit Tuk-Tuks herumgefahren war, mehrfach den BTS Skytrain gewechselt und zweimal den Fluss überquert hatte, war sie sicher, dass sie nicht beschattet wurde. Vielleicht wurde sie paranoid. Trotzdem würde es klug sein, ein anderes Hotel zu nehmen. Das erste Zimmer behalten, im zweiten übernachten. Nur für alle Fälle.

Sie suchte einen Händler, um ein neues Wegwerfhandy zu kaufen. In einem Lokal namens *Rocket Coffeebar* lud sie das Foto von Quadratschädels Handykontakten und das Video von seinem Geständnis vom alten auf das neue. Das alte löschte sie und warf es in einen Gulli, als sie sich wieder auf den Weg machte. Später buchte sie sich mit dem neuen ins Mobilfunknetz ein und ging ins Internet, zeitlich und räumlich weit weg von der Stelle, wo das alte Telefon seine letzte Ruhestätte gefunden hatte.

Sie hielt inne, um das Gossamer zu überprüfen. Schmutzbart befand sich im Hauptquartier der Polizei, nur ein paar Kilometer von ihrem Standort entfernt. Sie überlegte, ob er schon von Quadratschädels Tod gehört hatte, und falls ja, ob er sie im Verdacht hatte.

Sie wusste, dass er das leicht herausfinden konnte. Als Polizist, der in der Ferienanlage der Franziskaner anrief und

Bruder Panit fragte, ob kürzlich eine Amerikanerin thailändischer Abstammung zu Besuch gewesen sei.

Es spielt keine Rolle. Du wirst es ihm persönlich sagen.

Gleich neben dem Hotel gab es eine Motorradhandlung, wo sie eine Suzuki Nex mietete – im Vergleich zu ihrer Streetfighter ein Spielzeug, aber perfekt geeignet, um sich durch den berüchtigten Verkehr von Bangkok zu schlängeln. Den Rest des Nachmittags verbrachte sie mit Aufklärung. Als die Sonne im schmutzigen Nebel des westlichen Himmels versank, fuhr sie zum Nachtmarkt *Rot Fai*. Die abendliche Brise fühlte sich angenehm kühl auf ihrem verschwitzten T-Shirt an. Natürlich war sie neugierig, was Schmutzbart auf dem Markt zu suchen hatte. Aber ihr Hauptziel war, ein Fahrzeug zu beschaffen.

Der Markt hatte erst vor etwa einer Stunde eröffnet, und auf dem Parkplatz war noch nicht viel los. Sie stellte die kleine Maschine ab und ging hinein. Die Fülle an Angeboten erschlug sie fast. Es mussten an die zweitausend bunte Zelte sein, zusammengedrängt auf einer Fläche von mehreren Morgen, umgeben von Schiffscontainern und Lastwagen und Gebäuden aus blankem Ziegelstein und Wellblech. Sie sah sich mehr als eine Stunde lang um. Der Duft nach gebratenem Reis und geschmortem Schweinefleisch hing in der Nachtluft wie eine gestaltlose Erinnerung an eine Kindheit, die sich aus der wiederbelebten Vergangenheit meldete.

Als sie glaubte, genug gesehen zu haben, kehrte sie zum Parkplatz zurück. Am Straßenrand standen zahlreiche kleine Lieferwagen. Sie sah mehrere mögliche Kandidaten, aber sie suchte etwas, das genau zu ihren Vorstellungen passte, und ließ sich Zeit, es zu finden. Dann sah sie den Wagen, in zweiter Reihe geparkt, alt und heruntergekommen, zwei Vordersitze, heruntergekurbelte Fenster, hinten ein fensterloser Ladebereich. Die Heckklappe war weit geöffnet, und obwohl die Innenbeleuchtung anscheinend nicht funktionierte, sah sie, dass die Ladefläche zur Hälfte voller Obstkisten stand. Ein Thailänder ohne Hemd, mit langen, sehnigen Armen, hastete zwischen dem Transporter und dem Eingang zum Nachtmarkt hin und her. Dort verschwand er um die Ecke und kehrte ein paar Augenblicke später zurück. Er bewegte sich schnell und atmete schwer. Schweißtropfen rannen ihm über Brust und Rücken. Offensichtlich belieferte er einen Gemüsestand. Livia warf im Vorübergehen einen Blick in den Wagen und sah, was sie gehofft hatte: Der Schlüssel steckte.

Da sie die Ladung gesehen hatte, schätzte sie, dass der Mann noch ein Dutzend Gänge vor sich hatte. Er war bereits jetzt außer Atem. Vermutlich würde er immer langsamer werden.

Und so war es. Sie beobachtete ihn aus dem Dunkel jenseits des Lichtkegels einer Straßenlampe, verborgen vor der vorbeiströmenden Menge, während der Mann hin und her lief. Mit jedem Gang schwitzte er stärker und keuchte lauter. Sie brauchte keine Stoppuhr, um zu merken, dass die Intervalle länger wurden. Als er zum achten Mal um die Ecke verschwand, huschte sie aus dem Dunkel heran, schloss die Heckklappe, setzte sich ans Steuer und drehte den Zündschlüssel.

Der Anlasser hustete ein paar Mal und gab auf.

Mist.

Abermals betätigte sie den Anlasser. Diesmal klang er erst ein wenig lebhafter, würgte dann und blieb stehen. *Scheiße.*

Aber der Typ war doch mit dem verdammten Ding hergefahren! Und wenn der Anlasser derartig kaputt war, hätte er bestimmt den Motor laufen lassen. Wahrscheinlich lag es nur an einem schadhaften Relais. Wieder drehte sie den Schlüssel. Der Anlasser hustete, erstarb.

Sie stellte den Seitenspiegel ein. Noch keine Spur von dem Typen. Ihr blieben nur Sekunden.

Abbrechen. Raus hier. Such dir einen anderen Wagen.

126

Stattdessen drehte sie abermals den Schlüssel. Der Anlasser hustete, keuchte, lief weiter ... und der Motor sprang brummend an.

Sie legte den Rückwärtsgang ein, widerstand dem Impuls, aufs Gas zu treten, und stieß vorsichtig zurück, um Platz zu schaffen zwischen ihr und dem nächsten Wagen, der vor ihr in zweiter Reihe geparkt stand. Sie blickte in den Rückspiegel und sah den Typen um die Ecke biegen. Er schrie etwas auf Thai und stürmte los.

Livia wirbelte das Lenkrad nach rechts und schoss knapp an dem Wagen vor ihr vorbei. Der Typ musste einen Adrenalinschub bekommen haben, denn obwohl er völlig fertig aussah, holte er sie schneller ein, als sie vorausgesehen hatte. Er kam auf gleiche Höhe und legte eine Hand auf die Tür. In seinem Blick lag Verzweiflung, fast so etwas wie Todesangst. Er brüllte: »*Mai! Mai!*« *Nein! Nein!* Aber es war zu spät. Sie gab weiter Gas, und der Mann fiel zurück. Sie überholte zwei Autos vor ihr und wäre beinahe in der falschen Richtung auf die Hauptstraße eingebogen, bevor sie sich im letzten Moment daran erinnerte, dass in Thailand Linksverkehr galt. Sie zog nach links, ließ ein paar Autos hinter sich, und dann war sie weg, nur noch ein Fahrzeug unter Tausenden oder Zehntausenden von gleichartigen.

Eine ganze Sekunde lang war sie von Triumph erfüllt. Das war verrückt und riskant gewesen. Wegen des kaputten Anlassers war sie nur knapp davongekommen, aber sie hatte es geschafft. Sie hatte das Fahrzeug, das sie brauchte. Ihr Plan war gut. Er konnte funktionieren. Sie würde sich Schmutzbart schnappen, und dann, und dann ...

Ein scharfes Bild überlagerte schlagartig ihren Überschwang: die Augen dieses Mannes. Seine Verzweiflung. Sein Entsetzen.

Erst jetzt wurde ihr klar, dass er nicht einfach ein Lieferwagenfahrer gewesen war, der seinen Lohn von einer Firma erhielt, die gegen den Verlust versichert war. Dieser Mann arbeitete auf eigene Rechnung. Und der Wagen war vermutlich sein ganzes Vermögen. Seine Familie, sein Lebensunterhalt hingen davon ab. Wenn er es sich nicht leisten konnte, ein defektes Anlasserrelais zu ersetzen, wie standen dann die Chancen dafür, dass er irgendeine Art von Versicherung besaß?

Das ist nicht dein Problem. Fahr weiter. Nur darauf kommt es an. Schnapp dir Schmutzbart.

Sie versuchte, auf diesen Teil ihres Verstands zu hören. Das Bild dieser weit aufgerissenen, entsetzten Augen zu verdrängen.

Sie schaffte es nicht.

Sie umrundete den Nachtmarkt einmal und parkte in zweiter Reihe etwa fünfzig Meter weiter hinten von der Stelle, an der sie den Lieferwagen gestohlen hatte. Sie stieg aus, zog den Schlüssel ab und hielt Ausschau nach dem Besitzer. Wenn sie ihn sah, wollte sie ihm den Schlüssel zuwerfen und davonrennen. Sie war gut in Form, er dagegen außer Atem. Sie zweifelte nicht daran, dass er sich mit dem Schlüssel zufriedengeben und seinen Wagen suchen würde, vermutlich sogar ohne sie zu verfolgen. Sie musste sich etwas anderes einfallen lassen, um an das Fahrzeug zu kommen, das sie brauchte.

Nach zehn Schritten erblickte sie ihn. Das war nicht schwierig. Er saß am Rinnstein, hatte das Gesicht in die Hände gelegt und schluchzte. Viele Leute warfen ihm im Vorübergehen einen Blick zu, aber keiner hielt an, um ihm zu helfen oder nachzufragen.

Ihre Entschlossenheit kam ins Wanken. Ohne nachzudenken, ging sie weiter, blieb direkt vor ihm stehen und reichte ihm den Schlüssel zu seinem Lieferwagen. Sie raffte ihr bisschen Thai zusammen und sagte: »Khor thot ka. Khor thot ka.« Es tut mir leid. Es tut mir leid.

Der Mann blickte auf. Er sah sie. Er erkannte sie. Sie befürchtete, er würde einen Wutanfall bekommen, und war darauf gefasst, ihm den Schlüssel hinzuwerfen und die Flucht ergreifen zu müssen. Aber das tat er nicht. Er kam nur schwankend auf die Füße, sah sie an und weinte noch heftiger.

Sie ertrug es nicht. »Es tut mir leid«, wiederholte sie auf Thai. »Es tut mir leid.« Sie hielt ihm den Schlüssel hin.

Er schüttelte den Kopf und wischte sich übers Gesicht. »Warum?«, fragte er auf Thai. »Warum haben Sie das getan?«

Sie rang einen Augenblick lang nach Worten. Es war schwierig, weil sie mehr Thai verstand als sprach. »Hier. Bitte. Es tut mir leid.«

Der Mann schüttelte den Kopf und wirkte ratlos.

»Bitte«, wiederholte sie und deutete auf den Lieferwagen. »Bitte.«

Immer noch kopfschüttelnd nahm der Mann den Schlüssel und folgte ihr zu dem Wagen, während ihm der Unterkiefer herunterhing, vielleicht vor Schock und Erleichterung. Sie bedeutete ihm, die Motorhaube zu öffnen. Er langte in den Wagen und gehorchte.

Es war ein älterer Motor – alles gut sichtbar und zugänglich. Sie deutete auf den Anlasser.

»Kaputt«, sagte sie. »Kaputt.« Sie zeigte auf sich selbst. »Ich repariere.«

Der Mann erwiderte nichts. Er wirkte wie vor den Kopf geschlagen.

Sie brauchte weniger als drei Minuten, um die korrodierten Kabel zu finden, die für das Problem verantwortlich waren. Sie kratzte sie mit dem Messer sauber, das sie bei sich trug, einem Benchmade 3300 Infidel mit zehn Zentimeter langer, mattschwarzer Klinge, und brachte sie fachgerecht wieder an. »Los«, sagte sie und wies auf den Fahrersitz. »Los. Starten. Versuchen.«

Die Miene des Mannes schwankte besorgt zwischen Misstrauen und Verwirrung, doch er stieg ein. Er drehte den Zündschlüssel, und der Motor sprang sofort problemlos an.

Der Mann lachte entzückt auf und sah sie an. Sie lächelte ihm zu. Er stellte den Motor ab und stieg wieder aus.

»Es tut mir leid«, wiederholte sie.

Er lächelte und schüttelte den Kopf. Anscheinend war er so erleichtert, seinen Lieferwagen wiederzuhaben, und gleichzeitig so verwirrt, dass ihm alles egal war.

Sie war immer noch erschrocken, dass sie sich von ihrem Rachedurst derart hatte blenden lassen, dass sie das Leben dieses Mannes beinahe ruiniert hätte. Dass sie einen Moment lang vergessen hatte, wer sie war.

Oder wer sie zu sein glaubte.

Sie hatte eine Idee. Vielleicht hätte sie schon vorher funktioniert. Möglicherweise auch nicht. Denn zuvor hatten sie sich, so seltsam das klingen mochte, nicht gekannt. Oder vertraut.

Sie wies auf den Lieferwagen. »Wie viel?«

Er schüttelte den Kopf. »Wie viel was?«

»Geld. Sie verkaufen, ich kaufe.«

Der Mann lachte. »Jetzt wollen Sie ihn plötzlich kaufen?«

»Ja. Es tut mir leid. Wie viel?«

»Ich kann ihn nicht verkaufen. Ich brauche ihn. Darum war ich so zornig.«

Er hatte nicht wütend ausgesehen. Sondern hilflos und verloren. Aber es fiel einem Mann schwer, das zuzugeben.

»Ich gebe ... zweitausend Dollar. Amerikanische Dollar. Okay?«

Der Mann machte große Augen. »Was? Nein, ich kann nicht ...«

»Zweitausend. Amerikanische Dollar. Jetzt sofort. Okay?«

Der Mann schüttelte wie betäubt den Kopf.

Sie griff in eine Tasche ihrer Cargohose und zog eine Rolle Banknoten hervor. Sie zählte zwanzig Scheine ab, wobei sie dafür sorgte, dass er jeden einzelnen sehen konnte.

Sie hielt ihm das Geld hin. »Okay? Ich gebe Geld. Sie geben Wagen.«

»Warum?«

»Ich brauche Lieferwagen.«

»Das müssen Sie nicht tun. Es ist schon okay.«

»Ich will es. Bitte.«

Er starrte einen Augenblick länger auf das Geld. Dann verzog sich sein Gesicht zu einem breiten Grinsen, und er nickte. »Okay. Okay. Vielen Dank. Okay.« Er nahm die Scheine, reichte ihr den Schlüssel und stand strahlend da, als hätte er plötzlich durch eine unglaubliche Wendung des Schicksals in der Lotterie gewonnen. Was, wie sie annahm, so ziemlich der Wahrheit entsprach.

Sie deutete in den Laderaum und zögerte, während sie versuchte, das thailändische Wort zu finden. »Gemüse«, erinnerte sie sich nach einem Augenblick. »Gemüse.«

Der Mann lachte, hob die restlichen Kisten heraus und stellte sie auf dem Gehsteig ab. »Vielen Dank«, sagte er auf Englisch und legte die Handflächen zu einem hohen *Wai* zusammen.

Sie schüttelte den Kopf und erwiderte den *Wai*. »Ich danke *Ihnen.*«

Sie stieg ein. Der Lieferwagen sprang problemlos an, und sie fuhr davon. Bevor sie sich in den Verkehr einfädelte, winkte sie dem Mann ein letztes Mal zu.

Sie war glücklich. Erleichtert. Es hatte geklappt. Sie hatte alles, was sie brauchte. Das Brennholz war gesammelt. Jetzt musste sie es nur noch zusammenschlichten. Und ein Streichholz dranhalten.

Aber gleichzeitig fühlte sie sich unwohl. Sie erinnerte sich daran, wie sie auf dem College auf ein Nietzsche-Zitat gestoßen war: *Wer mit Ungeheuern kämpft, mag zusehn, dass er nicht dabei zum Ungeheuer wird.* Es hatte sich angefühlt, als würde er eine persönliche Warnung für sie aussprechen.

Sie hatte sich immer geschworen, diese Grenze nicht zu überschreiten. Doch nun wurde ihr klar, dass die Linie schwerer zu erkennen war, als sie geahnt hatte.

Sie schüttelte das Gefühl ab. Darüber konnte sie später nachdenken. Jetzt musste sie sich konzentrieren.

Sie stellte fest, dass ihr ein Bild im Kopf herumschwirrte, über das sie online gestolpert war. Ein Flugzeugfriedhof in Bang Kapi, einer Vorstadt von Bangkok, ungefähr zwanzig Kilometer östlich des Stadtzentrums. Ungewöhnlich. Weitgehend unbekannt, selbst unter den Einheimischen. Und abgelegen.

Sie beschloss, sich dort einmal umzusehen. Ein Friedhof klang passend für das, was sie im Sinn hatte.

Kapitel 12

Am nächsten Tag besuchte Livia alle Örtlichkeiten, mit denen sie sich vertraut machen musste. Vor allem den Flugzeugfriedhof. Sie war mit der Suzuki Nex unterwegs, und ihr gefiel sofort, was sie vorfand: ein freies, überwuchertes, rechteckiges Feld von vielleicht vier Morgen Größe mit einer Betonmauer an einer Längsseite. An der anderen lagen Bäume, Unterholz und ein Drainagekanal. Davor verlief eine sechsspurige Straße, und am rückwärtigen Ende ein weiterer Kanal. Dazwischen standen aus Gründen, die anscheinend niemandem so recht klar waren, die ausgeschlachteten Überreste von zwei mächtigen Passagierjets.

Sie umrundete das Gelände einige Male, um sein Layout und die Gegebenheiten kennenzulernen. Sie befand sich immer noch in der Stadt, daran bestand kein Zweifel, aber hier war es bei Weitem nicht mehr so belebt oder laut wie in den Geschäftsvierteln. Die Gebäude wirkten kleiner, und die wenigen Wohnhochhäuser dazwischen fielen auf. Die Straßen waren nicht übermäßig verstopft. Und obwohl es jede Menge städtischen Hintergrundlärm gab, war das nichts gegen den Geräuschpegel der Baustellen, des Verkehrs und des Kommerzes im Zentrum von Bangkok.

Neben der Mauer an der Westseite des Geländes verlief eine lange Zufahrt, auf der sie zu einem Restaurant namens *Green View Chill Cuisine* gelangte. Auf einem Schild stand, dass ab fünf Uhr nachmittags Dinner serviert wurde. Das war in Ordnung. Sie parkte die Nex am hintersten Ende der Straße, hart am Rand des Kanals.

Sie stellte fest, dass es hier eine Lücke in der Mauer gab. Und obwohl das rückwärtige Ende des Flugzeugfriedhofs dicht mit Bäumen bestanden war, schlängelte sich eine Fahrspur hindurch. Sie folgte ihr. Sie war schmal, tief ausgefahren und wurde nicht mehr genutzt, aber sie glaubte, dass ihr neu erworbener Lieferwagen damit zurechtkommen würde.

Das grüne Feld sah aus wie der Schauplatz eines Absturzes – als wären zwei weiße Flugzeuge in niedriger Höhe zusammengestoßen und hätten beim Aufprall all ihre Innereien ausgespuckt. Hier lag ein riesiger, skelettierter Rumpf. Dort ein gewaltiger amputierter Flügel. Ein abgeschnittenes Heck. Trümmer der kommerziellen Luftfahrt übersäten das ganze Gelände. Sitze und Sauerstoffmasken. Handgepäckfächer, eine Seite geschlossen und versperrt, die andere zum Himmel hin geöffnet. Eine Instrumentenflugtafel mit einem Stück Boden, an dem immer noch der Pilotensitz hing. Unkraut, tote Blätter und wuchernde Schlingpflanzen ergriffen langsam wieder Besitz von der Stätte.

Sie ging umher, während ein Teil ihres Verstands die taktischen Möglichkeiten des Geländes analysierte und überlegte, wie sie sie sich zunutze machen konnte. Ein anderer Teil bestaunte die schiere Besonderheit dieses Orts. Die sechsspurige Ramkhamhaeng Road lag nur etwas mehr als hundert oder zweihundert Meter weit entfernt, doch der Verkehrslärm klang gedämpft, und überall auf dem Feld ertönte Vogelgezwitscher. Es war ein seltsames, rätselhaftes Mahnmal der Großstadt.

Innen an der Längsseite des Platzes verlief eine staubige Fahrspur. Sie sah einen mageren Hund auf sie zutrotten. Ein paar Meter entfernt blieb er stehen und starrte sie an. Ihre Hand senkte sich zu dem Infidel-Messer, das sie in eine Tasche ihrer

Shorts geklipst hatte, und sie fletschte die Zähne. Der Hund beschloss, kein Interesse an ihr zu haben, und trollte sich.

Sie stellte sich vor, wie es hier bei Nacht aussehen mochte. Nun gut, sie würde bald zurückkommen und es mit eigenen Augen sehen. Sie dachte an ein Nachtsichtgerät. In den Staaten konnte man sie einfach so kaufen. Vielleicht gab es auch in Bangkok ein entsprechendes Geschäft. Sie hatte jedoch nirgendwo eines gesehen, als sie den Rest ihrer Ausrüstung besorgte.

Was, wenn du keines in die Hände bekommst, aber Schmutzbart schon?

Das war ein beunruhigender Gedanke, und plötzlich war sie wütend auf sich selbst, weil ihr das nicht früher eingefallen war.

Alles okay. Du bist überlastet. Unvertrautes Terrain. Alles hier wühlt die Vergangenheit wieder auf. Aber besser spät als nie. Nichts passiert.

Richtig. Die Hauptsache war, dass sie das potenzielle Problem rechtzeitig erkannt hatte, solange es noch entschärft werden konnte. Dazu hatte sie schon eine Idee.

Nachdem sie das Innere der abgewrackten Rümpfe und die gesamte Fläche gründlich besichtigt hatte, schritt sie die Außengrenzen ab. Sie suchte nach den wahrscheinlichsten Zugangswegen und dem taktisch am besten geeigneten Versteck. Sie entschied sich für die östliche Grenze des Felds, eine dichte Baumreihe, von der aus Farne und Gebüsch sich bis zu einem Ufer des Drainagekanals hinabsenkten. Ungefähr zwölf Meter vom hinteren Teil des Flugzeugrumpfs entfernt war der Bodenbewuchs besonders undurchdringlich und unübersichtlich. Die Erde war locker, und mithilfe des Infidel-Messers grub sie eine Vertiefung von etwa der Länge ihres Körpers in den abschüssigen Boden. Es war ein Verbrechen, eine so gute Klinge dazu zu missbrauchen, ein Loch in den Dreck zu wühlen, aber sie hatte nicht daran gedacht, eine Schaufel mitzubringen. Das Messer konnte sie später wieder schärfen und einölen.

135

Als sie mit den Vorbereitungen fertig war, war sie schweißgebadet und von Schmutz verschmiert. Das kümmerte sie nicht. Es fühlte sich großartig an. Zielgerichtet. Methodisch. Effektiv. Sie wischte sich mit dem Hemdsärmel das Gesicht ab und ging die Strecke zum Flugzeugrumpf und zurück ab. Unterwegs räumte sie Trümmer aus dem Weg, damit sie in der Dunkelheit hier freie Bahn hatte, ohne sich wegen Stolperfallen Gedanken machen zu müssen.

Noch einmal wischte sie sich übers Gesicht und warf einen letzten Blick in die Runde. Alles wirkte perfekt. Der Plan. Die Vorbereitungen. Das Ziel.

Es wird funktionieren, mein kleiner Vogel. Ich kriege ihn. Ich werde ihn büßen lassen.

Sie kehrte zu ihrer Nex zurück und fuhr davon. Auf dem Weg ins Stadtzentrum hielt sie mehrfach an, um ein paar Gegenstände zu kaufen, die sie brauchen würde. In einem Baumarkt erwarb sie einen Propangasbrenner, einen Satz Stahlfeilen, einen Schraubenzieher mit auswechselbaren Einsätzen, Isolierband und ein Zippo-Sturmfeuerzeug. An einem fahrbaren Kiosk besorgte sie sich ein zweites iPhone-Einweghandy. In einem Fotogeschäft erstand sie zwei Sechshundert-Watt-Stroboskoplampen mit Fernbedienung und Stativen, außerdem einen FLIR-Zusatz – eine Wärmebildkamera – für das iPhone. In einem Sportgeschäft kaufte sie einen Tagesrucksack, Talkumpuder, ein Mikrofaser-Handtuch, eine Schachtel mit chemischen Wärmepackungen, ein paar Laufhandschuhe mit Touchscreen-Zeigefingerspitzen, dazu einen einteiligen, fünf Millimeter dicken Taucheranzug für Kaltwasser mit passenden Schuhen und Handschuhen. In einem Laden für ausgemusterte Armee- und Polizeibestände folgten ein ausziehbarer, sechzig Zentimeter langer stählerner ASP-Schlagstock und ein paar Smith&Wesson-Handschellen. Beide waren original, beide waren im Vergleich zu den Preisen in den USA unverschämt teuer, und beide waren ihr Geld wert.

Ihr letzter Zwischenstopp war ein Parkplatz. Nachdem sie sich nach Überwachungskameras umgesehen und keine entdeckt hatte, montierte sie mit dem Schraubenzieher die Nummernschilder eines Vans ab, steckte sie in den Rucksack und fuhr ins Hotel zurück. Sie versuchte zu schlafen, aber es wollte ihr nicht gelingen. Zu viel hing von der heutigen Nacht ab.

Als es dunkel geworden war, verließ sie das Hotel wieder. Sie checkte in einem anderen ein, das von Trekking-Touristen bevorzugt wurde, und zahlte in bar. Für den Fall, dass Little sie beobachtete, wäre heute eine schlechte Nacht gewesen, um sich eine Blöße zu geben. Sie ließ ihre Ausrüstung im Zimmer zurück und ging mit dem Propangasbrenner und dem Metallfeilen-Set hinaus zum Lieferwagen. Sie fuhr herum, bis sie eine dunkle Gasse gefunden hatte, wo sie die Seriennummer am Motorblock wegfeilen konnte. Sie erhitzte das Metall ein paarmal gründlich mit dem Brenner, um sicherzugehen, dass keine Spuren zurückblieben. Sie untersuchte alle anderen Stellen, wo sich eine Fahrgestellnummer verbergen konnte – vorn am Rahmen, unter dem hinteren Radkasten –, fand aber nichts. Die Nummer am Armaturenbrett auf der Fahrerseite war aus Aluminium und die am Türrahmen nur ein Aufkleber. Die spielten keine Rolle.

Als sie mit ihrer Arbeit zufrieden war, hielt sie an einer Tankstelle, tankte voll, kaufte zwei Zehn-Liter-Kanister, füllte diese ebenfalls auf und stellte sie auf die Ladefläche. An einer Garküche nahm sie Wasser und eine Portion Som Tam mit – einen Salat aus grünen Papayas –, bevor sie zum Essen ins Hotel zurückfuhr. Stündlich prüfte sie das Gossamer aus der irrationalen Furcht heraus, Schmutzbart könnte irgendwie verschwinden – in ein Flugzeug steigen, sein Handy ausschalten oder sonst etwas, das ihren Plan vereitelte. Aber das tat er nicht. Er war bei der Arbeit. Sie musste ruhig bleiben. Auf den richtigen Augenblick warten. Ihn dazu bringen, zu ihr zu kommen, ohne ihm Zeit zu lassen, sich vorzubereiten.

Um 21 Uhr überprüfte sie das Gossamer erneut. Mist – in den zwanzig Minuten seit dem letzten Mal hatte er Feierabend gemacht. Aber er fuhr seine übliche Strecke zu der Wohnung in Ekamai. Nein, Moment mal, das tat er nicht. Sein Ziel lag weiter im Osten. Es war der Nachtmarkt.

Wenn er auch heute nach Süden bis Pattaya weiterfuhr, würde das alles verderben. Sie atmete langsam und tief, um sich zu beruhigen.

Nicht verderben. Nur verzögern. Warte.

Also wartete sie ab. Und sah, wie er sich wieder westlich Richtung Ekamai wandte, nachdem er dem Markt einen kurzen Besuch abgestattet hatte.

Irgendetwas Seltsames ging da vor. Und sie würde herausfinden, was das war.

Sie schnappte sich den Rucksack, in dem ihre Ausrüstung steckte, und trat hinaus auf die Gasse, wo sie den Lieferwagen geparkt hatte. Sie tauschte die Nummernschilder aus, behielt aber die echten für den Fall, dass die Dinge sich nicht so entwickelten, wie sie es geplant hatte, und sie den Wagen noch einmal brauchte.

Der schlimmste Feierabendverkehr war vorüber, und sie benötigte nur vierzig Minuten, um den Flugzeugfriedhof zu erreichen. Sie nahm dieselbe Zufahrt wie beim ersten Mal, vorbei an der *Green View Chill Cuisine.* Dort herrschte Hochbetrieb, anscheinend eine Hochzeitsgesellschaft. Neben dem Lokal war eine Tanzfläche aufgebaut, und eine Band spielte. Der Parkplatz war voll – oder besser überfüllt, denn mehrere Autos hatten ins Gras ausweichen müssen. Sie ließ den Lieferwagen am hinteren Ende unter ein paar Bäumen zurück, nahm ihre Ausrüstung und ging zu Fuß weiter.

Jenseits der Begrenzungsmauer war es finster bis auf gedämpftes Streulicht aus der Umgebung. Zwischen den Bäumen hielt sie inne und wartete, bis ihre Augen sich an die Dunkelheit gewöhnt hatten, bevor sie weiterging zu den Flugzeugwracks am anderen Ende. Irgendwo in den Trümmern bellte ein Hund, vielleicht derselbe, den sie früher am Tag gesehen hatte. Sie blieb nicht stehen. Der Hund kläffte noch ein weiteres Mal. Der Verkehrslärm war bald verklungen, und es wurde unheimlich still auf dem Feld.

Sie erreichte die klaffende, runde Höhle des Rumpfs, der am nächsten an der Ramkhamhaeng Road lag, und blickte hinein. Es war zu finster, um etwas zu erkennen, obwohl ihre Augen sich inzwischen voll an das schwache Licht gewöhnt hatten. *Gut.*

Sie zog die Laufhandschuhe an und benutzte eine SureFire-Minitaschenlampe, die sie immer bei sich hatte, um sich in dem Wrack umzusehen. Alles war genauso, wie sie es vor wenigen Stunden zurückgelassen hatte.

Sie trug den Rucksack hinein und setzte sich einen Augenblick lang mit ausgeschalteter Taschenlampe auf den Boden. Zum wiederholten Male überprüfte sie das Gossamer. Schmutzbart hatte Ekamai erreicht und glaubte wahrscheinlich, dass eine ruhige Nacht vor ihm lag. Falsch gedacht.

Das Gefühl, so nahe dran zu sein, einen weiteren der Männer zu töten, die Nason und sie missbraucht hatten, einen Mann, der dasselbe zweifellos jahrzehntelang zahllosen anderen Mädchen angetan hatte, brachte den Drachen dazu, Feuer zu speien. Das durfte sie nicht zulassen. Noch nicht.

Mit pochendem Herzen schrieb sie auf dem Wegwerfhandy eine Nachricht, an die sie Quadratschädels Geständnis anhängte. Der Text enthielt die Namen und Mobiltelefonnummern von mehreren von Schmutzbarts Vorgesetzten, die sie aus Littles Akten hatte. Dann tippte sie Schmutzbarts Nummer ein. Sie hielt einen Moment lang inne und betrachtete den Bildschirm.

Genug nachgedacht. Es ist ein guter Plan. Du bist bereit. Du kannst das. Für Nason. Für dieses kleine Mädchen.

Sie holte tief Luft und sendete die Nachricht.

KAPITEL 13

Livia saß im Dunkeln. Ihre Augen passten sich langsam wieder an, und sie atmete gleichmäßig, während sie sich darauf konzentrierte, ihren rasenden Pulsschlag zu verlangsamen.

Es funktionierte. Ein bisschen.

Schmutzbart war ein Cop, und ein korrupter dazu. Sie musste sich keine Sorgen machen – sie wusste, dass sein Telefon immer eingeschaltet sein würde. Trotzdem spielte ihr Verstand *Was-wäre-wenn*-Spielchen. Sie musste sich ins Gedächtnis rufen, wer sie war. Eine Polizistin, kein kleines Mädchen mehr. Eine Kriegerin, kein Opfer. Sie dachte nicht in Kategorien von »Was wäre wenn«. Für sie galt »Wenn-dann«.

Es kam ihr länger vor, doch laut der Handyuhr waren erst drei Minuten vergangen, als eine Antwort kam. Sie war auf Thai, aber einfach genug, dass sie sie lesen konnte. *Was soll das?*

Sie rief ihn an. Sie konzentrierte sich weiter darauf, tief und langsam zu atmen. Ihre Lunge fühlte sich heiß an. Der Atem des Drachens.

Er ging sofort ran. »Du«, sagte er auf Englisch.

Als sie diese Stimme hörte – die Stimme vom Deck des Schiffs vor sechzehn Jahren –, begann ihr Herz wieder zu hämmern. »Nenn mir einen guten Grund, warum ich das Video nicht an jeden hochladen sollte, den ich in meinem Text genannt habe«, antwortete sie.

»Ich bezahle.«

Sie hatte schon gedacht, dass er das sagen würde. »Du hast verdammt recht, dass du bezahlen wirst. Denn du weißt so gut wie ich, dass diese Leute niemals zulassen werden, dass du für deine Verbrechen vor Gericht kommst. Vorher bringen sie dich um.«

»Eine Million Baht«, sagte er.

Sie lachte barsch. »Dreißigtausend Dollar? Das reicht nicht einmal für ein Erste-Klasse-Ticket nach Hause. Zehn Millionen.«

»Okay. Zehn Millionen.«

»Sofort«, sagte sie. »In bar, in einer Tasche, nach meinen Anweisungen.«

»Du sagst, wo.«

Er mochte durch und durch korrupt sein, doch sie bezweifelte, dass er den Gegenwert von dreihunderttausend Dollar in Baht einfach so herumliegen hatte. Sie hätte annehmen können, dass er in Panik geraten war. Aber das tat sie nicht. Seine Reaktion wirkte geplant. Und warum auch nicht? Er wusste, dass sie Totenkopf getötet hatte. Und den Senator. Er hatte sogar Quadratschädel gewarnt. Er hatte gewusst, dass sie hinter ihm her war. Nur wie sie es anstellen würde, war ihm nicht klar gewesen.

»Der Flugzeugfriedhof.«

»Was?«

»In Bang Kapi.«

»Den kenne ich nicht.«

»Du kennst Bang Kapi nicht?«

»Ich kenne Bang Kapi. Aber nicht den Flugzeugfriedhof.«

Sie grinste. Das mochte sogar stimmen. Welchen Grund hätte er haben sollen, hierherzukommen? Und nach allem, was sie online herausgefunden hatte, war der Friedhof eine Kuriosität, von der nicht einmal viele Einheimische wussten.

»An der Ramkhamhaeng Road, Soi 101. Gleich bei der Thanombutra-Schule.«

»Okay.«

»Wir treffen uns hinter dem Flugzeug, das der Ramkhamhaeng Road am nächsten liegt.«

»Okay.«

»Solltest du nicht innerhalb einer Stunde mit dem Geld da sein, lade ich das Video hoch.«

»Ich werde da sein. Mit Geld.«

»Wenn du nicht allein kommst, lade ich das Video hoch.«

»Ich komme allein.«

Von wegen, dachte sie und legte auf.

In weniger als zehn Minuten hatte sie die Stroboskoplampen auf ihren Stativen im Rumpf aufgebaut. Sie testete sie mit der Fernbedienung, wobei sie ihnen den Rücken zukehrte, um ihre Nachtsicht nicht zu gefährden. Sie funktionierten perfekt, wie ein Blitzgewitter in einem Raum. Sie überprüfte den Rest ihrer Ausrüstung. Alles war genau da, wo sie es brauchte.

Sie ließ das Wegwerfhandy eingeschaltet unter einem herausgerissenen Sitz ganz am Eingang des Rumpfs zurück. Sie musste damit rechnen, dass Schmutzbart ein eigenes Gossamer besaß. Falls ja, würde ihr Handy der Köder sein. Daneben legte sie das Isolierband und die Handschellen.

Tief im Flugzeugrumpf öffnete sie die Schachtel mit den Wärmekissen und quetschte sie zusammen, sodass die Chemikalien darin sich vermischten und Hitze erzeugten. Dann arrangierte sie sie hinter den Eingeweiden eines herausgerissenen Sitzes. Wieder zurück am Eingang überprüfte sie das Bild mit der Wärmebildkamera des zweiten Wegwerfhandys. Der Eindruck war perfekt. Wenn sie es nicht besser gewusst hätte, hätte sie geglaubt, die Wärmestrahlung eines Menschen vor sich zu haben, der sich hinter dem Sitz versteckte.

Sie checkte ihr Gossamer. Schmutzbart war unterwegs. Ein heißer Adrenalinstoß dehnte sich von ihrem Bauch bis in die Gliedmaßen aus.

Langsam, langsam. Es ist noch viel Zeit.

Sie schulterte den Rucksack, verließ den Rumpf und machte sich auf den Weg zu der Stelle, die sie für sich vorbereitet hatte. Dabei überprüfte sie die zuvor gesäuberte Strecke. Sie war hindernisfrei.

Aufgrund des dichten Bewuchses war die östliche Seite der unwahrscheinlichste Zugang zum Feld. Sie rechnete damit, dass Schmutzbart und wer immer ihn begleitete, an der Vorderseite auftauchen würde, oder von hinten, wie sie. Aber wenn sie sich irrte, bot das Buschwerk genügend Schutz, selbst vor Nachtsichtgeräten. Eine Wärmebildkamera, die sie über ihre eigene Körperwärme identifizierte, war ein größeres Problem. Daher der Taucheranzug.

Es war keineswegs eine perfekte Lösung. Denn mit der Zeit würde ihre Körperwärme die Neoprenisolierung durchdringen. Das hieß, je länger sie das Ding trug, umso weniger unsichtbar wurde sie. Aber für eine kurze Zeit, in dieser Umgebung, und wenn Schmutzbart von der anderen Seite kam und sich auf den Rumpf konzentrierte, wie sie es erwartete … Dafür reichte es.

Ein weiteres Mal überprüfte sie das Gossamer. Vorausgesetzt, Schmutzbart legte keinen Zwischenstopp ein, schätzte sie, dass ihr noch dreißig Minuten bis zu seiner Ankunft blieben.

Sie zog Stiefel und Kleidung aus und breitete sie aus, damit die Temperatur sich schneller an die des Bodens anglich. Es war Baumwollkleidung, die ihre Wärme rasch abgab. Die Innenseiten der Stiefel waren heißer und würden länger brauchen, doch im Rucksack versteckt sollte das kein Problem sein.

Sie stand auf und schloss für einen Moment die Augen. Die Nachtluft war immer noch schwül, aber es wehte eine leichte Brise, die sie auf der nackten Haut spürte. Sie würde sie nicht besonders stark abkühlen, doch jedes bisschen half.

Sie hielt ein Auge geschlossen, um sich die Nachtsichtigkeit zu bewahren, während sie abermals die Fernbedienung für die Stroboskoplampen drückte, obwohl sie sich bereits im Hotel vergewissert hatte, dass sie auch aus dieser Entfernung funktionierte. Die Lampen blitzten wie ein Gewitter im Rumpf auf. Sie stellte sie auf einen dreisekündigen Stoß ein – das war mehr als genug Zeit, um die Strecke zurückzulegen.

Sie nahm den Taucheranzug aus dem Rucksack und breitete ihn auf dem Boden aus. Es war zu früh, um hineinzuschlüpfen. Außerdem wollte sie, dass das Neopren die Temperatur des Bodens annahm, nicht die der Luft. Wahrscheinlich war das übertriebene Vorsicht, aber auch hier galt, dass jedes bisschen half.

Sie scannte das Feld mit der Wärmebildkamera. Kein Mensch war zu sehen, nur die Hitze des Verkehrs von der Straße zu ihrer Linken und ein kleiner leuchtender Fleck neben ein paar entfernten Trümmern, von dem sie annahm, es sei der Hund. Sie überprüfte das Gossamer. Noch zehn Minuten, vielleicht weniger. Sie holte tief Luft und nickte sich selbst ermutigend zu. Es war ein guter Plan. Eine gute Falle. Sie würde es schaffen.

Sie schaltete die Wärmebildkamera ab. Das Gerät strahlte seine eigene Signatur aus. Wenn sie es benutzte, nachdem Schmutzbart aufgetaucht war, konnte es ihre Position verraten. Sie legte es in eine Mulde in der Erde. Sobald sie sich darüber ausstreckte, war es unsichtbar, selbst für den Fall, dass es noch nicht vollständig abgekühlt war.

Sie schwitzte, also trocknete sie sich mit dem Handtuch ab und rieb sich mit Talkumpuder ein. Trotzdem dauerte es länger, den Taucheranzug überzustreifen, als in dem klimatisierten

Laden, in dem sie ihn anprobiert hatte. Als sie fertig war, ließ sie die Arme kreisen, drehte den Oberkörper nach links und rechts und probierte ein paar schnelle Ausfallschritte. Für fünf Millimeter Neopren war das Ding unglaublich elastisch. Doch in der Hitze Bangkoks war es erdrückend. Sie stülpte sich die integrierte Haube über und straffte die Zugschnur. Dann folgten die Neopren-Stiefel und -Handschuhe. Der zusammengeschobene ASP-Schlagstock passte genau in die Bauchtasche mit Reißverschluss, zusammen mit der Fernbedienung.

Abermals kontrollierte sie das Gossamer. Weniger als fünf Minuten. Zeit, in Stellung zu gehen.

Sie streckte sich in der Mulde aus, die sie zuvor ausgehoben hatte, und deckte sich mit Blättern und Schlingpflanzen zu. Die Wärmebildkamera lag unter ihrem Bauch, und ihr Kopf ragte gerade weit genug hervor, um den Flugzeugrumpf und die möglichen Zugänge zum Feld im Blick zu haben. Sie schloss die Augen und lauschte. Die dicke Haube dämpfte die Laute. Sie hatte in Erwägung gezogen, kleine Ohrlöcher hineinzuschneiden, doch sie wusste nicht, wie viel Wärme dadurch hinausdringen konnte, und hatte beschlossen, dass der Schutz vor Infrarotkameras Vorrang hatte.

Nach einigen Minuten glaubte sie, einen ausreichend guten Eindruck von den Hintergrundgeräuschen der Umgebung gewonnen zu haben. Ein Eindringling würde diese verändern.

Ein paar weitere Minuten vergingen. Sie hätte gedacht, dass Schmutzbart inzwischen angekommen sein müsste. Die Warterei machte ihr keine Sorgen – schließlich hatte sie sechzehn Jahre gewartet –, aber in dem Taucheranzug war es heiß wie in einer Sauna. Selbst fünf Millimeter Neopren konnten eine derartige Hitze nicht viel länger verbergen.

Alles okay. Du liegst halb begraben in der Erde und bist vom Unterholz geschützt. Hier hat es sowieso über dreißig Grad. Der Kontrast wird minimal sein. Und es ist feucht wie in einem

Dampfbad, vor allem an diesem Drainagekanal. Auch das verringert die Sichtbarkeit. Alles okay.

Der Hund bellte. Sie blickte sich um, indem sie nur die Augen bewegte. Sie sah nichts. Der Hund bellte wieder.

Genau wie bei ihrer Ankunft. Und seither nicht mehr.

Es kam jemand. Aber woher?

Sie widerstand der Versuchung, die Wärmebildkamera hervorzuziehen. Stattdessen schloss sie wieder die Augen und lauschte intensiv. Es machte sie wahnsinnig, dass die Laute vom Neopren so gedämpft wurden. Einen Augenblick lang bereute sie die Entscheidung, keine Ohrlöcher hineinzuschneiden, und hätte am liebsten die Haube heruntergezogen.

Links hinter sich hörte sie einen Ast knacken. Sie erstarrte.

Langsame Schritte knirschten durchs Unterholz. Sie stammten von mehr als einem Paar Füße. Das Geräusch konnte keine drei Meter weit entfernt sein. Sie waren praktisch über sie gestolpert.

KAPITEL 14

Wenn sie über Wärmebildtechnik verfügten, würde sich der exponierte Bereich um ihre Augen herum am deutlichsten abzeichnen. Aus dieser Nähe reichte das völlig.

Langsam senkte sie den Kopf, drückte das Gesicht gegen den Boden und atmete flach, um die Wärmesignatur ihrer eigenen Atemluft zu minimieren. Sie lag absolut still, zog alle Energie in sich selbst zurück, bis sie das Gefühl hatte, gar nicht mehr vorhanden zu sein, dass sie aufgehört hatte, zu existieren. Falls sie sie sahen, war sie tot.

Die Schritte kamen näher. Verlangsamten sich. Hielten an.

Sie fühlte nicht. Sie dachte nicht. Sie war nicht.

Die Schritte setzten sich wieder in Bewegung und gingen an ihr vorbei. Sie brauchte einen Augenblick, um das zu begreifen, als wäre sie ein Computer, der aus dem Stand-by-Modus erwachte. Sie wartete, und als sie nichts mehr hörte, hob sie den Kopf und blickte nach rechts.

Da waren sie. Drei Personen. Alle mit Pistolen bewaffnet. Im gedämpften Licht konnte sie sehen, dass sie klobige Nachtsichtbrillen aufgesetzt hatten. Genau wie befürchtet.

Sie fragte sich, von welcher Qualität sie waren. Billiger Ausschuss oder hochmoderne Geräte, zur Verfügung gestellt mittels einer offiziellen Exportlizenz der US-Regierung? Vielleicht dritte Generation mit Doppelsensoren – Restlichtverstärker und Wärmebild kombiniert. Die Abteilung zur Bandenbekämpfung war damit ausgerüstet. Diese Jungs hier möglicherweise auch. Und was sonst? Vermutlich schusssichere Westen. Noch etwas, das es zu beachten galt.

Sie beobachtete, wie sie sich behutsam aus der Baumreihe lösten und dem hinteren Teil des Flugzeugs näherten. Sie drehten Köpfe und Oberkörper von einer Seite zur anderen, während sie die Pistolen in der jeweiligen Blickrichtung mitschwenkten. Livia hatte Glück. Alle waren Rechtshänder. Sie würde sich ihnen von rechts hinten nähern, und das hieß, dass sie gezwungen waren, sich im Uhrzeigersinn zu drehen, um sich ihr zuzuwenden. Aus technischen Gründen war das eine unglückliche Ausgangsposition für einen Rechtshänder, weil er kaum eine Chance hatte, die linke Hand ins Spiel zu bringen, während er mit der rechten feuerte.

Als die Männer das hintere Ende des Flugzeugrumpfs erreicht hatten, sicherten sie das Gelände mit einem letzten Rundumcheck. Livia wusste, dass es das jetzt gewesen war – ab sofort würden sie sich auf das Innere konzentrieren.

Und so kam es. Sobald sie ihr den Rücken zugewandt hatten, riss sie sich die Neopren-Handschuhe herunter und zog die Wärmebildkamera unter sich hervor. Mit einem geschlossenen Auge, um sich die Nachtsichtfähigkeit zu erhalten, vergewisserte sie sich rasch, dass sich auf dem Gelände keine weiteren menschlichen Signaturen befanden – nur diese drei. Der ihr zunächst Stehende und der in der Mitte waren groß gewachsen. Der am weitesten Entfernte eher klein. Das war Schmutzbart. Anscheinend fühlte er sich sicherer mit einem Paar Gorillas im Rücken.

Er hob warnend die Hand und deutete in den Rumpf hinein. Er hatte die Signatur der chemischen Wärmekissen erblickt. Sie glaubten, sie entdeckt zu haben.

Livia legte die Wärmebildkamera in den Rucksack, zog die Knie an die Brust und ging elegant in die geduckte Startposition eines Sprinters über. Mit der linken Hand nahm sie die Stroboskop-Fernbedienung aus der Bauchtasche, mit der rechten zog sie den Schlagstock hervor. Anderthalb Pfund Stahl, die sich beruhigend tödlich anfühlten.

Sie tat einen tiefen Atemzug. Stieß ihn aus. Inhalierte wieder. Spannte sich. Und drückte den Knopf der Fernbedienung.

Das Innere des Rumpfs verwandelte sich in ein Blitzlichtgewitter. Im grellen weißen Licht zeichneten sich die Silhouetten der drei Männer im Stakkato ab, und alles, was ihre Nachtsichtausrüstung vielleicht an Auto-Unterdrückung für überhelles Licht aufwies, war wertlos. Livia sprang aus ihrer geduckten Haltung vorwärts und überwand die Distanz wie im Flug, mit wirbelnden Armen und Beinen, ein Auge gegen das blendende Stroboskoplicht geschlossen. Die drei Männer waren vor den Blitzlichtlampen zurückgeprallt. Mit der freien Hand schützten sie ihre Augen, schwenkten die Läufe ihrer Pistolen hektisch hin und her und deckten damit die Öffnung zum Inneren des Rumpfs ab, während sie ein Ziel zu entdecken versuchten, das sie nicht sehen konnten und das nicht vorhanden war.

Livia fuhr den Teleskopschlagstock mit einem Ruck nach rechts auf seine vollen sechzig Zentimeter aus, als sie den ersten Mann erreichte, und stemmte den linken Fuß knapp vor ihm ein. Mit einem Schwung wie von einem Kriegshammer schnellte sie den Schlagstock herum. Die Stroboskoplampen erloschen, und plötzlich war alles wieder schwarz, aber mit dem Auge, das sie geschlossen gehalten hatte, konnte sie noch genug sehen. Der Mann musste eine Bewegung wahrgenommen haben, denn er fuhr zusammen und begann, sich zu ihr umzudrehen. Ein Fehler. Die Stahlstange erwischte ihn knapp über den Zähnen und zerschmetterte ihm den Oberkiefer.

Irgendwie behielt er das Nachtsichtgerät auf dem Kopf, selbst als der Schock durch seinen Körper zuckte und die Pistole ihm aus der Hand flog. Dann gaben seine Knie unter ihm nach und er sackte zusammen.

Noch bevor er auf dem Boden aufgeschlagen war, hatte sie den zweiten Mann erreicht. Wie der erste drehte er sich im Uhrzeigersinn und war zumindest teilweise geblendet. Er versuchte, seine Pistole in die Richtung zu schwenken, aus der Gefahr drohte. Der Schlagstock lag ihr quer vor dem Körper, da sie nach dem ersten Schlag nicht erneut hatte ausholen können, also schmetterte sie ihm eine Rückhand an den Unterarm, sodass seine Elle brach. Er ließ die Pistole fallen und heulte auf. Sie schwang den ASP zurück und donnerte ihn ihm gegen die Luftröhre. Er warf die Arme in die Höhe, und sein Kinn zuckte so fest herunter, dass sie Mühe hatte, den Schlagstock wieder freizubekommen. Sie stürmte an dem Mann vorüber auf Schmutzbart zu, während dieser im Uhrzeigersinn zu ihr herumfuhr und gleichzeitig mit scharrenden Füßen versuchte, von ihr wegzukommen und Zeit zu gewinnen. Seine Pistole kam hoch, der Lauf schwenkte auf sie zu, näher, immer näher …

Da der Schlagstock sich am Hals des zweiten Mannes verhakt hatte, befand er sich nun in ungünstiger Position. Ihre Hand hing weit hinter dem Körper zurück, und wenn sie Schmutzbarts Arm aus dieser Richtung traf, würde sie die Mündung seiner Pistole zu sich herumschlagen, nicht weg von sich. Ohne nachzudenken, ließ sie den Knüppel fallen und warf sich schräg nach vorn, sodass sie mit der linken Schulter gegen seine rechte krachte und sich dabei knapp außerhalb der Reichweite der Waffe hielt. Bevor er nach hinten geworfen wurde, bekam sie das Handgelenk mit der Waffe zu fassen, packte die Riemen seines Nachtsichtgeräts und ein Büschel Haare mit der anderen Hand und trat sein rechtes Bein mit ihrem linken in einem unorthodoxen De Ashi Barai unter ihm weg – einem Judo-Fußfeger. Seine Beine flogen nach rechts, Kopf und Oberkörper kippten nach links, und während sie ihn auf den Rücken schleuderte, hielt sie seine Waffenhand fest, warf ihre Beine über seine Brust und sein Gesicht und riss ihm den Arm in einem klassischen Juji Gatame zurück – einem Kreuzstreckhebel. Er kreischte, als sein Ellbogen brach. Sie schnappte ihm die Waffe weg, versetzte ihm einen Eselstritt ins Gesicht, kam auf die Beine und wirbelte gerade rechtzeitig nach links, als die Pistole des ersten Mannes knallte. Durch die Neoprenhaube und den Adrenalinstoß klang es nicht viel lauter als ein Sektkorken, aber sie sah das Mündungsfeuer und spürte die Kugel heiß an ihrer Schulter vorbeizischen. Sie rollte sich ab, hob Schmutzbarts Pistole und richtete sie dahin, woher der Schuss gekommen war. Sie sah den Mann im düsteren Licht stehen. Er zitterte vor Schmerzen und versuchte, sie mit seiner Nachtsichtbrille wieder in den Blick zu bekommen …

Sie drückte den Abzug. Die Waffe war ein 45er Kaliber, größer, als sie es gewohnt war, und die Kugel ging zu hoch. Der Typ feuerte noch einmal. Das Geschoss pfiff links von ihr vorbei. Sie korrigierte, umklammerte den Griff fest und schoss dreimal. Sein Körper zuckte unter dem Einschlag der Kugeln – zwei in den Bauch, eine in die Brust. Vielleicht trug er eine Weste. Es spielte keine Rolle. Sie hielt inne, zielte sorgfältig und jagte ihm das vierte Projektil mitten ins Gesicht. Sein Kopf flog nach hinten, sein Körper erzitterte, und sie wusste, dass er erledigt war.

Sie rollte sich auf die Füße und näherte sich rasch dem zweiten Typen. Er wand sich zuckend auf der Erde, umklammerte seine Kehle und rang durch die zerquetschte Luftröhre nach Atem. Die Nachtsichtbrille baumelte ihm vor dem Mund. Sie schoss ihm zweimal in den Kopf.

Dann sah sie sich nach Schmutzbart um. Er hatte sich auf die Knie hochgerappelt. Sein rechter Arm hing unbrauchbar herab, aber er versuchte, mit der Linken etwas in der rechten Hosentasche zu erreichen. Wahrscheinlich ein Messer. Sie sprang vor und trat ihm so fest in die Hoden, dass er beinahe vom Boden abgehoben hätte. Er gab würgende Geräusche von sich und kippte zur Seite.

Sie löste die Zugschnur der Haube und zog sie sich vom Kopf. Die Nachtluft fühlte sich herrlich an auf ihrem feuchten Hals. Sie trat hinter Schmutzbart, riss ihm die Nachtsichtbrille vom Kopf und setzte sie auf. Die Röhren funktionierten noch, anscheinend unbeschädigt von den Stroboskoplampen. Das Gerät war tatsächlich von bester Qualität – sowohl Restlichtverstärker als auch Wärmebild. Und jetzt lag der Vorteil auf ihrer Seite.

Sie ließ den Blick über den Boden gleiten. Jedes Detail war klar und deutlich zu erkennen, und sie sah sofort, wo die ersten beiden Pistolen gelandet waren. Außer Reichweite von Schmutzbart, selbst ohne seine Verletzung. Die anderen Männer lagen reglos da, und die Erde um sie herum glühte von weißen Lachen heißen Blutes.

Sie sammelte die Waffen ein, deponierte sie im Flugzeugrumpf und wandte sich Schmutzbart zu. Sie brauchte nur eine Sekunde, um in die rechte Tasche seiner Cargohose zu greifen und das Klappmesser herauszuholen, das er zu erreichen versucht hatte. Sie legte es neben die Pistolen und griff nach den Handschellen und dem Isolierband. Er hatte es geschafft, sich wieder auf die Knie aufzurappeln. Sie versetzte ihm einen Tritt in den Bauch, kniete sich auf seinen Rücken und fesselte ihn mit den Handschellen, wie sie es schon mit vielen Verdächtigen getan hatte, als sie noch Streife gegangen war. Er schrie auf, als sie seinen gebrochenen Ellbogen verdrehte. Obwohl sie voll auf ihren Plan konzentriert war und versuchte, rein taktisch und leidenschaftslos vorzugehen, konnte sie nicht anders, als bei diesem Laut tiefe Befriedigung zu empfinden.

Sobald er keine Gefahr mehr darstellte, wickelte sie ihm das Panzerband um den Mund, wobei sie darauf achtete, nicht die Nasenlöcher zu verschließen. Dann klebte sie ihm auch noch die Handgelenke über den Handschellen damit zusammen. Sie hatte keine Zeit, ihn nach einem Schlüssel dafür zu durchsuchen, und selbst für den Fall, dass er einen bei sich hatte, war es ihm kaum möglich, sich mit einem gebrochenen Arm zu befreien. Jetzt war die Chance gleich null. Anschließend fesselte sie ihm auch noch die Fußgelenke mit dem Klebeband, obwohl das höchstwahrscheinlich überflüssig war.

Sie rannte zu der Stelle, an der sie sich versteckt hatte, um ihren Rucksack, die Handschuhe und die Wärmebildkamera zu holen. Dann kehrte sie in den Flugzeugrumpf zurück, wo sie die Wärmekissen, das zweite Wegwerfhandy, die Stroboskoplampen, das Messer und die Pistolen einsammelte. Plötzlich merkte sie, dass der Hund bellte. Sie ließ den Blick über das Feld gleiten, sah aber niemanden. Das Tier musste auf den Lärm reagiert haben, auf die Gewalt. Vielleicht auf den Geruch von Blut.

Es drängte sie, aus dem Neoprenanzug herauszukommen, doch sie konnte nicht riskieren, sich die Zeit dafür zu nehmen. Sie rannte zurück zu ihrem Lieferwagen, warf den Rucksack auf den Beifahrersitz, ließ den Motor an und fuhr den schmalen Fahrweg entlang. Sie schaltete die Scheinwerfer nicht ein und navigierte mit dem Nachtsichtgerät. Es war eine holprige Fahrt, und die Federung schlug in den tiefen Rinnen mehrfach durch. Es spielte keine Rolle. Wenn alles gut ging, war das heute Nacht die letzte Reise des Wagens.

Neben dem Flugzeugrumpf hielt sie an. Die Innenseite des Taucheranzugs war nassgeschwitzt, und ihr war ein wenig schwindelig.

Beinahe geschafft, Mädchen. Beinahe geschafft.

Sie ließ den Motor laufen – zwar war das Anlasserrelais jetzt repariert, aber sie wollte nichts riskieren. Sie öffnete die

Heckklappe, zerrte Schmutzbart auf die Füße und stieß ihn auf die Ladefläche. Dann hievte sie die zwei Toten hinein. Sie waren schwer zu bewegen, wie Leichen es immer sind, doch die Ladekante war niedrig, und sie kam zurecht. Sie ließ den Blick über das Feld schweifen und sah, dass zwei Leute von der Ramkhamhaeng Road her hereinspähten. Sie mussten die Schüsse oder die Schreie gehört haben. Vielleicht hatte sie auch das Blitzlichtgewitter aufmerksam gemacht. Einen genauen Eindruck von den Vorgängen konnten sie allerdings nicht gewonnen haben.

Sie knallte die Heckklappe zu und warf einen letzten Blick in die Runde, ob sie etwas übersehen hatte. Es lagen ein paar Patronenhülsen von der Schießerei herum, die noch heiß waren, aber selbst wenn sie gefunden wurden, spielte das keine Rolle. Bis auf das abkühlende Blut, das in der Erde versickerte, gab es kein Anzeichen dafür, dass hier überhaupt etwas passiert war. Sie hatte nichts von Bedeutung zurückgelassen.

Sie verließ das Gelände mithilfe der Nachtsichtbrille über die Fahrspur, auf der sie hereingekommen war. Sie lächelte grimmig, als sie hörte, wie Schmutzbart hinter dem Panzerband aufschrie, das seinen Mund verschloss, während die Federung in den tiefen Schlaglöchern mehrfach durchschlug. Die Hochzeitsfeier im Restaurant war jetzt in vollem Gang – eine junge Thailänderin im weißen Kleid tanzte auf der Bühne, umringt von Partygästen. Falls sie etwas gehört hatten, hatten sie keine Lust gehabt nachzusehen. Der Klang von Schüssen ließ sich leicht verdrängen. Die Menschen in Seattle machten das ständig.

Als sie die Straße erreichte, schaltete sie die Scheinwerfer ein und setzte die Brille ab. Es herrschte nur wenig Verkehr, und sie unternahm keine Überholversuche, um nicht eine Verkehrsstreife auf sich aufmerksam zu machen. Außerdem hatte sie jetzt keine Eile mehr. Wenn sie wollte, konnte sie sich die ganze Nacht Zeit lassen. Und sie dachte, dass sie das vielleicht tun würde.

Sie schraubte die Kappe von einer kleinen Wasserflasche, nahm zwei Schlucke und zwang sich dann, sie wieder wegzustellen. Sie hatte im Wettkampf gelernt, dass kleine Schlucke besser waren als große.

Ich habe ihn, mein kleiner Vogel. Ich habe ihn. Jetzt wird er bezahlen.

In einer dunklen Ecke des Parkplatzes eines Einkaufszentrums, das schon geschlossen hatte, schälte sie sich aus dem Neoprenanzug. Irgendwie hatte sie sich an das Gefühl gewöhnt, aber sobald sie ihn ausgezogen hatte, war es, als könnte sie endlich wieder atmen. Mein Gott, sie war schweißgebadet. Sie trocknete sich mit dem Handtuch ab, warf den Taucheranzug in den Fußraum auf der Beifahrerseite und schlüpfte in ihre normale Kleidung. Während sie sich umzog, hörte sie, wie Schmutzbart versuchte, durch das Klebeband hindurch zu ihr zu sprechen. Die gedämpften Wortfetzen klangen drängend und voller Panik. Sie nickte zufrieden.

Oh ja, du wirst reden, dachte sie. Das garantiere ich dir.

KAPITEL 15

Ungefähr sieben Kilometer westlich des Flugzeugfriedhofs bog Livia auf einen Feldweg ab, schaltete die Scheinwerfer aus und streifte die Nachtsichtbrille über. Etwas mehr als fünfhundert Meter weiter lag ein kleiner Steinbruch, den sie zuvor ausgekundschaftet hatte. Um diese Zeit war er, wie erwartet, verwaist. Nur ein paar Lampen beleuchteten die Maschinen hinter einem Maschendrahtzaun, ansonsten war alles menschenleer.

Gegenüber dem Hauptgebäude auf der anderen Seite des Fahrwegs lag eine leere, geschotterte Fläche, die mit Stacheldraht umzäunt war. Vielleicht ein Zusatzparkplatz, vielleicht eine zukünftige Fördergrube. Oder beides. Der Platz lag verlassen da, genau wie am Tag.

Sie lenkte nach rechts und gab kurz Gas. Einen Moment lang leistete der Stacheldraht Widerstand, bevor er zerriss und sie hindurch war. Sie fuhr bis zur Mitte des freien Platzes und parkte so, dass die Heckklappe der Baumreihe zugewandt stand und nicht der Straße. Dann stellte sie den Motor ab, nahm ihren Rucksack und stieg aus. Es lag ein leicht stechender Geruch in der Nachtluft – Steinstaub, Eisenfeilspäne und Maschinenöl. Sie hörte das Summen der Insekten und entfernte Verkehrsgeräusche. Sonst herrschte Stille. Sie trank ihre Wasserflasche leer, warf sie zurück auf den Sitz, nahm die

Nachtsichtbrille ab und steckte sie in den Rucksack. Dann wartete sie darauf, dass ihre Augen sich an die Dunkelheit gewöhnten, bevor sie zur Rückseite des Lieferwagens ging und die Heckklappe öffnete.

Schmutzbart lag in der einen Hälfte auf dem Bauch und wurde von den Leichen seiner Partner eingeklemmt. Er versuchte immer noch, durch das Klebeband hindurch zu sprechen, aber mittlerweile klang es so, als wäre er über die Panik hinaus, eher erschöpft als voller Angst. Der Laderaum, der zuvor schwach und angenehm nach Obst und Gemüse gerochen hatte, stank jetzt nach Blut, Urin und Schweiß.

Livia drehte die SureFire-Taschenlampe auf fünfzehn Lumen herunter und platzierte sie auf der Ladefläche. Das Licht, das von Wänden und Decke reflektiert wurde, reichte aus, war jedoch aus der Entfernung durch die offene Heckklappe kaum zu sehen. Sie bezweifelte allerdings, dass durch die abgelegene Baumreihe hindurch überhaupt etwas zu erkennen war.

Sie nahm den Rucksack und überprüfte die Waffen. Es waren alles Glock 21 – mit .45 ACP-Munition. Sie würde die Magazine und die Patronen aus den Kammern behalten, aber nur eine der Pistolen. Sie konnte sie später mit Bleichlauge bearbeiten, um sicherzustellen, dass keine Spuren zurückblieben. Wenn es allerdings so weit kam, dass sie zu erklären hatte, wie sie in den Besitz der Waffe eines ermordeten Polizisten gelangt war, würden ein paar Blutspuren ihre geringste Sorge sein. Sie brauchte auch einen Satz neue Kleidung und Schuhe und musste die wegwerfen, die sie jetzt trug. Wahrscheinlich war das übertrieben – der Taucheranzug hatte sie vor Blutspritzern geschützt, als sie dem Typen den Schlagstock ins Gesicht geschmettert und später die Leichen zum Auto geschleift hatte. Aber es war besser, auf Nummer sicher zu gehen.

Sie zog das Infidel-Messer, ließ die Klinge herausspringen und kniete sich neben Schmutzbart. »Keine Bewegung«, sagte sie und zeigte ihm das Messer. »Ich werde das Klebeband durchschneiden, und dabei möchte ich ja nichts Falsches aufschlitzen.«

Sie trennte das breite Band unter einem seiner Ohren durch. Er hielt sehr still, und sie schaffte es, nicht danebenzuschneiden. Er wimmerte, als sie ihm den Streifen vom Mund riss. Seine Hautfarbe sah nicht gut aus – grünlich verfärbt, als hätte er gegen den Drang ankämpfen müssen, sich zu erbrechen. Das hätte sie bedenken sollen. Wenn er sich hinter dem Panzerband übergeben und sie es nicht rechtzeitig gemerkt hätte, hätte er daran ersticken können. Tja, manchmal brauchte man eben ein bisschen Glück.

»Ich kann dir Geld besorgen«, sagte er keuchend. »Ich …«

Bevor er ausreden konnte, musste er den Kopf abwenden und erbrach sich. Sie spürte eine seltsam losgelöste Befriedigung angesichts der poetischen Gerechtigkeit. Sie hatte sich auf dem Deck dieses Schiffs öfter übergeben müssen, nachdem sie mit dem fertig gewesen war, wozu er und die beiden anderen sie gezwungen hatten.

»Mein Arm«, stöhnte er. »Mein Arm.«

»Du solltest Geld mitbringen. Hast du das vergessen?«

»Ich kann Geld besorgen.«

»Es ist nicht so, dass ich das Geld nicht gern gehabt hätte. Ich hätte es dem Saint-Clare-Hospiz gespendet.«

Sein kränklicher Hautton verschlimmerte sich.

»Ich habe ihn nicht leiden lassen«, sagte sie und spürte, wie der Drache sich regte. »Er hat dich auch so verraten. Aber wenn du mir nicht sagst, was ich wissen will, und wenn es nicht mit dem übereinstimmt, was ich schon weiß, wirst du finden, dass das, was ich deinem Partner Vivavapit und dem Senator angetan habe, *gar nichts* war.« Sie drückte ihm die Spitze des Infidel dicht unter dem linken Auge in die Haut. Er jaulte auf und versuchte, den Kopf wegzuziehen, aber er war gegen den Radkasten gepresst und konnte nicht ausweichen.

»Ich sage dir alles«, sagte er und atmete schwer. »Was immer du willst. Nur … bitte. Mein Arm. Ich kann nicht richtig denken. Es tut so weh.«

Da war etwas dran. Der Zustand seines gebrochenen Ellbogens hatte sich durch die Handschellen und die Schlaglöcher auf dem Weg nicht gebessert. Es musste furchtbar schmerzhaft sein. Und starke Schmerzen brachten Leute manchmal nicht nur dazu, Dinge zu erfinden. Es brachte sie auch dazu, sich selbst einzureden, dass sie tatsächlich stimmten. Aber trotzdem.

»Das ist es ja«, sagte sie. »Ich will, dass es wehtut. Denn egal, was ich mit dir mache, es wird nichts sein gegen das, was du mir angetan hast. Was du meiner Schwester Nason angetan hast.«

»Es tut mir leid.«

Nein, tut es nicht, dachte sie. *Aber bald.*

»Ich habe drei Fragen. Alle sehr einfach. Und ich kenne schon die meisten der Antworten. Wenn du also lügst, werde ich es wissen. Hast du verstanden?«

»Ich sage die Wahrheit. Und dann lässt du mich gehen.«

Sie fragte sich, wie er sich einreden konnte, dass eine solche Entwicklung auch nur im Entferntesten denkbar war. Vermutlich die Verzweiflung. Aber egal. Entscheidend war nur, dass er ihr damit einen Punkt lieferte, an dem sie den Hebel ansetzen konnte.

»Wenn du die Wahrheit sagst«, antwortete sie und versuchte, ein leichtes Widerstreben in ihren Tonfall zu legen.

Er schüttelte den Kopf, als wüsste er, dass sie es nicht ernst meinte. »Denk doch nach«, sagte er. »Ich kann niemandem etwas erzählen. Du hast Sakdas Geständnis. Wie könnte ich irgendetwas davon rechtfertigen?«

»Informationen sind alles, was ich will.«

Er schüttelte wieder den Kopf. Anscheinend kaufte er ihr das nicht ab. »Es tut mir leid«, sagte er. »Alles, was wir getan haben. Es war Vivavapit. Wir hatten Angst vor ihm.«

Quadratschädel hatte dasselbe behauptet. Und wer weiß? Vielleicht stimmte es sogar.

»Wer hat euch befohlen, Nason und mich zu entführen?«, fragte sie. »Wer hat euch das Foto gegeben? Wer hat euch gesagt, wo ihr uns findet? Wohin ihr uns bringen sollt? Wer?«

»Vivavapit«, erwiderte er rasch.

»Unsinn«, sagte sie. Sie spürte, wie der Drache sich in ihr aufrichtete, heiß und ungeduldig und zornig. »Du wirst nicht alles den Toten in die Schuhe schieben. Vielleicht wurde der Befehl durch Vivavapit übermittelt, aber versuch gar nicht erst, mir weiszumachen, du wüsstest nicht, woher er kam. Ihr zwei habt eine lange gemeinsame Vergangenheit. Zuerst bei der Grenzpatrouille, dann beim Drogendezernat und endlich in der Zentrale. Ihr habt Geheimnisse geteilt. Ihr habt euch Schwestern geteilt. Ihr habt alles geteilt. Erzähl mir verdammt noch mal nicht, dass du nicht weißt, wo die Information herkam.«

Sie atmete tief durch und versuchte, sich wieder zu beruhigen. Was sie zu einer so erfolgreichen Vernehmungsbeamtin machte, lag teilweise an der Fähigkeit, sich von ihren Gefühlen abzuschotten und leidenschaftslos vorzugehen. Aber Schmutzbart endlich in ihrer Gewalt zu haben, nachdem sie so viele Jahre darüber fantasiert hatte, was sie ihm antun würde, wenn der Augenblick kam … es war einfach zu viel. Es lenkte sie vom eigentlichen Ziel ab und höhlte ihre Taktik aus.

Immerhin hatte sie seine langjährige Verbindung zu Totenkopf ins Spiel gebracht. Damit hatte sie angedeutet, dass sie noch mehr wusste und ihn bei jeder Lüge ertappen würde. Wenigstens das war ihr gelungen.

Ein Augenblick verstrich, in dem sie nur seinen Schweiß roch und sein Atmen hörte. Dann flüsterte er: »Sorm.«

Ja.

»Rithisak Sorm?«

Seine Augen wurden groß, als sie den Namen nannte. Sie nickte bestätigend und zufrieden mit sich selbst. Ihre Taktik begann, sich auszuzahlen.

»Sorm hat euch befohlen, Nason und mich mitzunehmen?«

»Ja.«

»Und woher wusste er, wo er uns finden würde?«

»Er ... wusste einfach. Er weiß alles. Kennt alle.«

Sie merkte, dass sein Englisch sich vor Angst und Schmerz und Erschöpfung verschlechterte. Sie musste vorsichtig sein. Er durfte nicht den Punkt erreichen, an dem er anfing, um seine Qualen zu lindern, Dinge zu erfinden, weil er glaubte, es wäre das, was sie hören wollte.

»Für wen arbeitete Sorm?«

»Sorm ... arbeitet für jeden. Jeder arbeitet für Sorm.«

Seine Gedanken begannen zu zerfasern, seine Antworten wurden bruchstückhaft. Sie musste dafür sorgen, dass er sich konzentrierte.

»Wer gab ihm den Befehl? War es der Senator?«

Er schüttelte den Kopf. »Ich weiß nicht. Vielleicht Senator. Vielleicht Thai-Bosse. Senator ... er kennt auch jeden.«

Also gut, es spielte keine große Rolle. Letzten Endes war der Senator verantwortlich gewesen, egal, ob er sich direkt oder über Mittelsmänner an Sorm gewandt hatte.

»Zweite Frage. Pass genau auf. In der Nacht, als ich Vivavapit und Redcroft und den Senator getötet habe ... Die Nacht, in der ich sie abgeschlachtet habe, ja? Da war ein Mädchen im Hotel. Ein Mädchen, das du dem Senator geliefert hattest, damit er es vergewaltigen konnte. Wo hattest du sie her?«

»Ich wollte nicht. Senator, er ...«

Sie stieß ihm die Spitze des Infidel wieder unter dem Auge gegen die Haut. Abermals jaulte er auf und versuchte erfolglos, zurückzuweichen.

»Woher. Hattest du. Dieses Mädchen?«

»Sorm. Ich hatte von Sorm.«

»Sorm hat dir das Mädchen beschafft?«

»Ja. Er kann immer besorgen. Alles. Alles besorgen.«

»Nein. Ich habe dir gesagt, dass ich mich auf dieses Spielchen nicht einlassen werde. Das Spielchen, in dem alle anderen schuld sind, nur du nicht. Vielleicht hat Sorm sie besorgt, aber versuche nicht, mir weiszumachen, er hätte das Mädchen persönlich übergeben. Darum hast du dich gekümmert. Du hast es ins Zimmer gebracht, und du hast es an der Tür wieder von Redcroft übernommen, als der Senator mit ihr fertig war.«

Sie wusste nicht mit Gewissheit, dass es Schmutzbart gewesen war, war sich aber sicher genug, um ihn dessen zu beschuldigen. Es war ein Schachzug, den sie zahllose Male bei Verhören eingesetzt hatte. Wenn sie jetzt Glück hatte, würde er das Gefühl haben, dass nichts dabei war, den Rest auch noch einzugestehen, da sie ohnehin schon alles zu wissen schien.

Seine Augen weiteten sich, und da war ihr klar, dass sie recht gehabt hatte. Er schüttelte den Kopf, doch es war zu spät – seine Augen hatten ihn verraten, und sie hatte es gesehen.

»Nein!« Er verhaspelte sich. »Ich habe nicht, ich würde nicht …«

Sie drückte fester zu mit dem Infidel. Die Spitze durchstieß die Haut unter seinem Auge, und er heulte auf.

»Willst du mir weismachen, dass sie durch Magie aufgetaucht und wieder verschwunden ist?« Sie erhob die Stimme. »So eine Scheiße willst du mir einreden?«

Sein Kopf vibrierte – er hatte offenbar Angst, ihn zu schütteln.

»Also, wo hattest du sie her?«, schrie sie, und Speicheltröpfchen spritzten ihm ins Gesicht. »Wo hast du sie hingebracht? Wo? Wo?«

Der Drache hatte sie jetzt in seiner Gewalt. Sie konnte ihn nicht länger zurückhalten. Sie fasste den Griff des Infidel fester, packte den Kerl mit der freien Hand an den Haaren …

»Nachtmarkt«, plärrte er. »Srinakarin. Nachtmarkt.«

Ihr Herz schlug heftig. Das passte zu dem, was sie mit dem Gossamer beobachtet hatte. Dem Drachen war das egal. Er schickte ihr ein Bild von einem aufgespießten Auge.

Aufhören aufhören aufhören

»Wo du vor zwei Nächten hingegangen bist?«

Er warf ihr einen Blick zu. Diesen Ausdruck hatte sie schon oft gesehen, wenn sie erfolgreich einen solchen Versuchsballon gestartet hatte: eine Mischung aus Entsetzen angesichts des Ausmaßes ihrer Kenntnis und Resignation darüber, dass alle Fluchtwege, auf die er gehofft hatte, nun versperrt waren.

Er nickte. »Ja.«

»Und wo du auch heute Nacht warst?«

Er antwortete nicht. Das war nicht nötig. Sein Gesicht verriet ihr alles, was sie wissen musste.

»Wen hast du dort getroffen?«

»Leekpai. Ich treffe Leekpai.«

»Sag seinen vollen Namen.«

»Udom Leekpai.«

»Sprich weiter.«

»Leekpai … Er ist derjenige. Der mir Mädchen für den Senator gibt.«

Sie kämpfte mit dem Drachen. »Wo hat Leekpai die Mädchen her?«

»Ich weiß nicht. Vielleicht Dörfer. Ich weiß nicht. Wenn Senator Mädchen will, ich gehe zu Leekpai.«

»Warum hast du dich vor zwei Nächten mit ihm getroffen und heute wieder? Hast du noch mehr Mädchen abgeholt, die du irgendwo abliefern solltest?«

»Nein. Er gibt mir Geld.«

»Geld wofür?«

»Weil ... ich Polizist.«

»Dein Anteil am Gewinn. Vom Verkauf der Kinder an Vergewaltiger.«

Er antwortete nicht. Das war überflüssig.

»Warum dann zwei Nächte hintereinander? Erzähl mir nicht, dass du die Bestechungsgelder jeden Tag abholst.«

»Leekpai hat beim ersten Mal nicht alles Geld. Manchmal kommt vor. Also komme ich wieder.«

Das konnte sogar stimmen. Sie wusste zu wenig, um das beurteilen zu können.

»Wo auf dem Nachtmarkt? Und bevor du mich anlügst, die Methode, mit der ich deinen Weg verfolgt habe, ist bis auf ungefähr einen Meter genau. Was immer du mir sagst, ich kann es überprüfen.«

»Er hat Stände. Viele Stände. Er sagt mir, wo treffen.«

»Er hält bestimmt keine Sklaven in einem Stand. Wo sperrt er die Kinder ein?«

»Container. Frachtcontainer. Die Stände kommen wieder zurück in Container, sobald Markt zu Ende ist. Wenn ich Mädchen brauche, er führt mich zu Container.«

Sie kämpfte abermals darum, Zorn und Erregung niederzuringen. »Wo ist dieser Container?«

»Er ... draußen. Außerhalb von Markt. Aber so viele Container. Er bringt mich hin.«

Sie wusste nicht, ob er es nicht genauer beschreiben konnte oder wollte. Und wenn sie ihm wehtat, würde er sich auch nicht klarer ausdrücken. Er würde anfangen zu schreien, im Osten, im

Westen, der blaue oder der gestreifte oder Container Nummer dreiunddreißig oder was auch immer.

Aber sie glaubte, eine andere Möglichkeit zu sehen.

Sie wischte die paar Tropfen Blut auf dem Infidel an seinem Hemdsärmel ab, schloss es und klipste es wieder an ihre Hose. Sie durchsuchte seine Taschen. Sie brauchte nur Sekunden, um sein Handy zu finden. Sie drückte den Einschaltknopf und war nicht überrascht, als sie auf eine Passwortsperre stieß.

»Wie lautet das Passwort?«, fragte sie.

»Wenn ich es dir sage, lässt du mich gehen?«

»Da musst du mir schon ein bisschen mehr erzählen. Immerhin, es wäre ein Schritt in die richtige Richtung.«

Er nickte und nannte ihr vier Zahlen. Sie gab sie ein, und das Telefon war entsperrt. Natürlich war das Menü auf Thai. Aber die Symbole waren unschwer zu erkennen, und sie ging ins Adressbuch. Sie hielt das Handy so, dass er es sehen konnte.

»Ich werde es jetzt durchscrollen. Wenn ich zu Leekpai komme, sagst du es mir.«

Er gehorchte. Sie sah einen Eintrag mit nur einem Namen, den sie den Schriftzeichen nach als *Udom* entziffern konnte. Die anderen Kontakte bestanden aus zwei Namen. In diesem Fall hatte er es also anscheinend vorgezogen, den Nachnamen wegzulassen. Das war vielversprechend. Sie schoss mit ihrem eigenen Smartphone ein Foto des Eintrags.

»Und jetzt Sorm«, sagte sie.

Bei Sorm war es genauso – nur ein Vorname, *Rithisak*. Sie machte noch eine Aufnahme.

Sie scrollte die Liste der letzten Anrufe durch und sah für beide Nächte, in denen Schmutzbart auf dem Nachtmarkt gewesen war, Gespräche mit »Udom«. Also gut. Anscheinend sprach er die Wahrheit. Jedenfalls was Leekpai betraf. Aber es gab keine Telefonate mit »Rithisak«. Darauf musste sie später zurückkommen.

»Und jetzt«, fuhr sie fort, »erzähle mir, was du vor zwei Nächten in Pattaya gemacht hast.«

Diesmal blieb das Entsetzen in seinen Augen angesichts des Ausmaßes ihres Wissens aus. Da war nur noch Resignation.

»Sorm ruft mich an. Er braucht Geld. Darum gehe ich zum Nachtmarkt. Geld von Leekpai. Und ich gebe es Sorm.«

»Wozu braucht Sorm Geld? Hat er keine Scheckkarte?«

»Das sagt er nicht. Ich bringe ihm, was Leekpai mir gibt. Und komme wieder, wenn Leekpai mehr besorgt. Mein … meine Rolle.«

»Du meinst, Leekpai war knapp bei Kasse, aber du hast alles, was er bei sich hatte, bei Sorm abgeliefert. Und bist später zurückgekommen, um deinen eigenen Anteil abzuholen.«

»Ja. Das.«

Sie fragte sich, ob das stimmen konnte. Falls ja, wozu sollte jemand wie Sorm so dringend Bargeld benötigen?

Sie hielt das Handy in die Höhe. »Da sind keine Anrufe von oder an ›Rithisak‹«, stellte sie fest.

»Sorm ruft nicht mit altem Telefon an. Hat neues.«

Sie sah nach und bemerkte zwei Nummern, die mit keinem Namen verknüpft waren, jedenfalls nicht mit einem aus der Kontaktliste.

»Warum benutzt er ein neues Handy?«

»Das weiß ich nicht. Ich frage nicht.«

»Ruft er normalerweise mit seinem eigenen Telefon an?«

»Ja.«

Das war interessant, falls es stimmte. Sorm brauchte anscheinend schnell Bargeld. Und hatte plötzlich Angst, sein Handy zu benutzen. Irgendetwas ging da vor. Sie wusste nur nicht was.

»Du hast Sorm also in Pattaya getroffen. Um ihm Geld zu geben.«

»Ja.«

»Wo in Pattaya?«

»Sein Klub. *Les Nuits.* Hotel *Ruby.*«

Das stimmte mit dem überein, was sie auf dem Gossamer beobachtet hatte. Anscheinend sprach er die Wahrheit. Zumindest was die entscheidenden Dinge anging.

Wo man an Sorm herankommen konnte.

Und wo – vielleicht – dieses kleine Mädchen zu finden war.

»Okay?«, fragte er und sah zu ihr hoch. »Ich sage dir alles. Okay?«

Sie kauerte sich neben ihn hin und sah ihm ins Gesicht. Im schwachen Widerschein der SureFire-Taschenlampe war sein Teint immer noch kränklich grün, und seine Augen standen vor Hoffnung und Furcht weit aufgerissen.

»Erinnerst du dich daran, wozu du mich gezwungen hast?«, fragte sie nach einem Augenblick der Stille ruhig. »An Deck dieses Schiffs. Als ich dreizehn war.«

»Bitte. Chanchai. Wir hatten Angst.«

»Du hast nicht ängstlich gewirkt. Nicht einmal ein kleines bisschen. Du hast so ausgesehen, als würde es dir großen Spaß machen. Nacht für Nacht für Nacht.«

»Bitte.«

»Und erinnerst du dich noch, was du mit meiner Schwester getan hast?«

»Bitte.«

»Ich schon. Denn das, was du ihr zugefügt hast, war für mich schlimmer als alles, was du mir antun konntest.«

»Es tut mir leid. Bitte.«

»Und dann wusste ich sechzehn Jahre lang nicht einmal, was aus ihr geworden war. Ob sie noch am Leben war. Oder tot. Ob irgendein krankes, degeneriertes, sadistisches Monster wie du sie Nacht für Nacht für Nacht vergewaltigte.«

»Bitte. Bitte.«

»Weißt du, dein Partner Sakda hat eine Menge von Karma gesprochen, unmittelbar bevor ich ihn tötete. Glaubst du an Karma?«

»Ja. Aber ich glaube auch ... Gnade.«

»Ich bin nicht sicher, ob ich an das Karma glaube. Manchmal schon. Die Dinge, die man als Kind erlebt hat ... die lassen einen nicht mehr los.«

»Bitte.«

»Aber nachdem du und Sakda und Vivavapit Nason und mich entführt und vergewaltigt und verkauft hattet, wuchs ich im Westen auf. Und im Westen glauben sie nicht an das Karma. Im Westen glauben sie an die Hölle.«

»Nein. Bitte.«

»Du hast Glück«, sagte sie. »Für dich wird es in ein paar Minuten vorbei sein. Für mich dauert es mein ganzes Leben. Und es wird niemals vergehen. Das wird mir langsam klar. Ich tue Dinge, die den Schmerz lindern. Aber nur für eine Weile. Und dann gibt es immer nur ... mehr Schmerz. Für alle Zeit.«

»Bitte.«

»Außer es gäbe wirklich eine Hölle«, fuhr sie fort. »In dem Fall werden dir die nächsten paar Minuten lediglich einen Vorgeschmack bieten. Ich weiß es nicht. Und du wirst es mir nicht erzählen können. Es sei denn, wir sähen uns eines Tages in der Hölle wieder.«

Sie richtete sich auf, griff nach den Benzinkanistern und schob sie zur Heckklappe. Dann sprang sie hinaus, beugte sich in den Laderaum und schraubte sie auf. In dem engen Raum war der Gestank nach Benzin überwältigend.

Er kämpfte mit den Handschellen und dem Klebeband. »Nein!«, schrie er. »Nein, ich habe dir alles gesagt, nein, es tut mir leid, es tut mir leid, nein, bitte, bitte!« Sie nahm einen der Behälter und entleerte ihn über die Motorhaube und das Dach des Lieferwagens, während sie um diesen herumging. Als der Kanister leer war, warf sie ihn hinein.

»Nein!«, schrie er immer wieder. »Bitte, aufhören, nein!«

Sie griff in den Wagen, um die Taschenlampe an sich zu nehmen. Dann stieß sie den zweiten Kanister um. Das Benzin gluckerte heraus, floss über die Ladefläche und tränkte Schmutzbarts Kleidung.

»*Mai!*«, schrie er auf Thai. Seine Stimme klang jetzt schrill und hysterisch, und er warf sich in der Benzinlache hin und her. »*Mai, mai, mai, mai, mai!*«

Dann brach seine Stimme und er verstummte. Im Inneren des Lieferwagens war es plötzlich merkwürdig still. Sie richtete die Taschenlampe auf sein Gesicht und musterte ihn einen Moment lang, während er sie mit vor Todesangst gefletschten Zähnen und hervorquellenden Augen anstarrte und hyperventilierte.

»Das ist komisch«, sagte sie. »So habe ich auch immer gebettelt. Weißt du noch?«

Dieses Mal antwortete er nicht. Er legte den Kopf in den Nacken und stieß ein Heulen aus.

Sie trat einen Schritt nach hinten, holte das Zippo heraus, klickte es an und warf es in den Lieferwagen. Augenblicklich explodierte das Innere in einem Ball von orangefarbenem Feuer. Sie wich ein Stück von dem Inferno zurück, und dann noch weiter, als die Hitze immer intensiver wurde. Drinnen konnte sie undeutlich Schmutzbart erkennen, der sich aufbäumte, wand und hin und her warf. Nicht einmal das Brausen der Flammen konnte seine kreischenden Schmerzensschreie übertönen.

Innerhalb von Sekunden war das Fahrzeug ein einziges Flammenmeer – alles brannte lichterloh, die Reifen, der Lack. Sie trat immer weiter zurück, während die Hitze anstieg. Aus sechs Metern Entfernung hörte sie Schmutzbart nicht länger, entweder weil das Donnern der Flammen zu laut geworden war, oder weil er nicht mehr schreien konnte.

Sie vermutete, dass man die Leichen anhand von zahnärztlichen Unterlagen identifizieren würde. Aber jedes Zeichen ihrer Anwesenheit im Lieferwagen war inzwischen zu Asche verbrannt. Und obwohl der ehemalige Besitzer sicher eine brauchbare Beschreibung von ihr abgeben könnte, fänden sie ihn bestimmt nicht. Die Fahrgestellnummer auf dem Aluminiumschild unter der Windschutzscheibe würde schmelzen. Von dem Aufkleber am Rahmen der Fahrertür blieb nichts übrig. Den Rest hatte sie weggefeilt. Der Wagen war für jeden nutzlos, der in dem Fall ermittelte. Er war nur noch ein Scheiterhaufen.

Sie wandte sich ab, setzte die Nachtsichtbrille auf und machte sich auf den Weg zu der Baumreihe im Hintergrund. Dahinter lag eine Straße. Morgen musste sie die überzähligen Waffen und die verdächtige Kleidung loswerden. Aber jetzt brauchte sie erst einmal ein Tuk-Tuk oder ein Taxi. Etwas zu essen. Eine Flasche Wasser. Ihr Hotelzimmer. Eine kochend heiße Dusche. Ein Bett. Alles, was gerade geschehen war, würde sich in ihrem Kopf wie ein Film wieder und wieder abspulen. Sie glaubte nicht, dass sie schlafen konnte, jedenfalls lange Zeit nicht.

Es spielte keine Rolle. Morgen würde sie nach Pattaya fahren, um sich mit Sorm zu befassen. Sie hatte schon eine Idee, wie sich das anstellen ließe. Sie hielt sie für machbar. Aber sie gefiel ihr trotzdem nicht.

KAPITEL 16

Dox schlenderte die Beach Road in Pattaya entlang. Der Strand, der der Straße ihren Namen gab, lag zu seiner Linken, rechts von ihm erstreckte sich eine lange Reihe von billigen Restaurants, Läden und Bars. Unten am Wasser schwankten die Palmen, und obwohl die Mittagssonne teilweise wolkenverhangen war, fühlte es sich an, als würde man sich durch ein Open-Air-Dampfbad bewegen. Selbst die streunenden Hunde hatten das Betteln und die Futtersuche eingestellt und lagen reglos in jedem schattigen Fleckchen, das sie hatten finden können. Dox machte das Klima nichts aus. Er mochte Hitze und Feuchtigkeit. Für Kälte dagegen hatte er nicht viel übrig. In alten Zeiten hatte er mit den Seals auf Kodiak Island in Alaska eine Winterkampfausbildung absolviert, und die Bedingungen dort als »kaltes Wetter« zu bezeichnen, wäre so ähnlich gewesen, als würde man die Beulenpest mit einer laufenden Nase vergleichen. Und dann waren da noch die Bergkampfausbildung in Bridgeport, Kalifornien, und ein Einsatz in Norwegen, also praktisch am Nordpol, um Himmels willen. Wenn er nie wieder Schnee zu Gesicht bekam – verdammt, sofern er nie mehr den Hauch seines eigenen Atems sehen musste –, würde er als glücklicher Mann sterben.

Er hatte ein Motorrad gemietet – eine Kawasaki Z800, weil nichts Kleineres mehr da gewesen war. Nicht, dass er Einwände gegen eine große Maschine gehabt hätte, allerdings fiel sie hier in Pattaya ein wenig auf. Er hatte es für besser gehalten, ein Stück abseits zu parken und den Rest des Weges zum Treffen mit Kanezakis Kontaktmann zu Fuß zu gehen. Kanezaki war vertrauenswürdig. Andererseits war dieser Schwertkämpfer in Phnom Penh auch nicht einfach aus heiterem Himmel aufgetaucht.

Es herrschte nicht allzu viel Verkehr. Pattaya wäre nicht Pattaya gewesen ohne das ständige Knattern von Zweitaktermotoren als Hintergrundgeräusch, aber zu dieser Tageszeit war es relativ ruhig. Die Partylöwen schliefen ihren Rausch aus, die Klubs machten frühestens in sechs Stunden wieder auf, und welcher Mensch, der halbwegs bei Verstand war, ging schon in der größten Hitze und Schwüle nach draußen?

Okay, ein paar Leute waren unterwegs. Zum Beispiel die Expats, die in der Stadt am Meer ihren Lebensabend verbringen wollten. Sie stammten hauptsächlich aus Australien und Großbritannien und hatten dünne Arme und Bierbäuche. Es waren hauptsächlich geschiedene alte Männer mit trüben Augen im Alter von sechzig aufwärts. Sie kamen mit ihrer Pension gerade so zurande und versuchten sich einzureden, dass Pattaya das Paradies war. Hier tranken sie den ganzen Tag lang unter freiem Himmel eiskaltes Singha-Bier für sechzig Baht aus der Flasche, und bei Nacht hingen haufenweise hübsche braunhäutige Prostituierte vor den Go-go-Bars herum und warben um ihre Gunst. Hier stellten sie noch etwas dar und kriegten etwas geboten für ihr Geld. Nicht wie zu Hause, wo man es sich schon kaum leisten konnte, den Nachmittag im Pub mit einem Pint oder drei oder vier ausklingen zu lassen. Schlimmer noch, wo man sich so erbärmlich fühlte wie die alten Knacker, die man als junger Mann beim Saufen beobachtet hatte. Nein, so einer war man nicht. Auf gar keinen Fall. Pattaya war das Paradies, jawohl!

Er ging weiter und fragte sich, seit wann er so zynisch war. Das sah ihm gar nicht ähnlich. Er versuchte, das Gefühl abzuschütteln.

Kanezaki hatte ihm gesagt, dass seine Jungs im Labor über Pläne des Nachtklubs *Les Nuits* verfügten, sogar für das gesamte Hotel *Ruby*. Und sie hatten ihre »staatlich-technischen Mittel« eingesetzt, um die Wegwerfhandys, die Sorm benutzte, bis zu einem VIP-Raum im hinteren Teil des Klubs zu verfolgen. Anscheinend diente der VIP-Raum auch als Sicherheitsbereich, denn Vorder- und Hintertür waren verstärkt. Die eine ging auf den Klub hinaus, die andere führte zu einem Treppenhaus mit Notausgang an der Rückseite des Gebäudes. Dox hätte eine altmodische und simple Methode bevorzugt, beispielsweise mit Gewalt einzudringen, dem Kerl zwei Kugeln in die Brust und eine in den Kopf zu jagen und sich dann schleunigst zu verdrücken. Doch Kanezaki bestand darauf, Sorm lebend zu ergreifen und vor Gericht zu bringen. Daher fiel Dox eine ungewohnte Rolle zu. Er sollte die Leibwächter umlegen, eine Multi-Blendgranate in den Raum werfen, damit Sorm und seine Leute die Orientierung verloren. Anschließend würde er Sorm die Treppe hinuntertreiben oder ihn hinausschleifen, während hinter dem Haus eine Abteilung Freiberufler wartete, um ihn zu übernehmen, einzutüten und seinen jämmerlichen Arsch zur Verhandlung nach New York zu verfrachten.

Der Haken dabei war, dass die Pforte des Klubs von einer Gruppe ehemaliger Royal Thai Marines bewacht wurde, die mit Metalldetektoren, Pistolen und wenig Humor ausgestattet waren. Sie würden sich allerdings darauf konzentrieren, wer den Klub betrat, und nicht auf Leute achten, die auf der anderen Seite die Treppe hinunterrannten. Der Fluchtweg war also nicht das Problem. Das Problem bestand darin, Feuerwaffen und Blendgranaten hineinzuschaffen, da solche Gegenstände die Tendenz hatten, Metalldetektoren auszulösen und ehemaligen Royal Thai Marines, die Wache standen, die gute Laune zu verderben. Das hieß, er musste eine Möglichkeit finden, tagsüber in den Klub zu gelangen, damit die Sachen schon an Ort und Stelle bereit lagen, wenn abends die Tore geöffnet wurden. Glücklicherweise waren das Hotel und der Klub mit hochmodernen Sicherheitseinrichtungen ausgestattet. Das mochte gegenüber einem durchschnittlichen Einbrecher durchaus seine Vorteile haben. Kanezakis Eierköpfen aber ermöglichte es, sich in den Hotelserver zu hacken und die Türen per Fernbedienung zu öffnen und zu schließen, wann immer Dox es wünschte.

»Wenn das so ist, könnt ihr mir vielleicht noch ein paar Pornokanäle mit asiatischem Zwergensex umsonst beschaffen?«, hatte Dox gefragt, als er von der Verwundbarkeit des Klubs erfuhr.

»Sicher«, hatte Kanezaki in seiner trockenen Art erwidert. »Und die Kosten für die Minibar löschen wir selbstverständlich auch.«

»Hurra, ich wusste doch, dass ich einen Grund hatte, diesen Job anzunehmen.«

Kanezaki lachte. »Hör zu, wir wissen aus dem Log des Servers, wann die Schlösser aktiviert oder deaktiviert sind. Ab sechs Uhr abends halten sich Angestellte im *Les Nuits* auf, um den Klub zur Öffnung vorzubereiten. Ab neun Uhr ist Einlass, und um vier Uhr morgens schließt er wieder. Danach sind bis acht Uhr die Putztrupps unterwegs. Ich kann dir also ein Zehn-Stunden-Fenster verschaffen, in dem du den Klub ganz für dich allein hast. Allerdings sind überall Überwachungskameras.«

»Wenn du mir die Türen aufschließen kannst, kannst du nicht auch die Kameras abstellen?«

»Das wäre machbar, aber es gibt keine Garantie dafür, dass nicht irgendein Sicherheitsmann die eingespeisten Bilder kontrolliert. Vermutlich nicht – schließlich ist es nur ein leerer Klub, keine Bank oder militärische Einrichtung. Wir wissen es einfach nicht. Sorms Anwesenheit könnte ihre Einstellung zu Sicherheitsfragen verändert haben.«

»Du magst mich jetzt altmodisch nennen, trotzdem muss ich noch einmal bei allem Respekt sagen: Ich glaube, es wäre für mich wesentlich leichter, den Drecksack einfach abzuknallen und die Fliege zu machen. Weniger fehleranfällige Bestandteile und so weiter. Aber verdammt, ich habe Mr Vann versprochen, es nicht zu tun.«

»Außerdem hätten meine Jungs, wenn du ihn umbringst, keine Chance, ihn auf dem Weg nach New York zu verhören.«

»Mein Gott, was du alles anstellst, um deine Neugier zu befriedigen.«

Kanezaki lachte. »Es geht um mehr als das. Sorm ist schon seit Ewigkeiten im Spiel, erst für die CIA, und jetzt für die DIA. Er war immer dreckig, so dreckig, wie man nur sein kann. Und dadurch ist er eine Giftpille für jeden, der mit ihm zu tun hat. Wenn es je zu einer Aussage käme, Scheiße, wie sollten wir erklären, dass wir mit einem solchen Kerl zusammengearbeitet und ihn geschützt haben? Einen ehemaligen Roten Khmer? Einen Menschenhändler?«

»Du willst in Erfahrung bringen, warum die DIA bereit war, ein solches Risiko einzugehen. Vor allem angesichts der Anklage gegen Sorm.«

»Genau. Welchen Nutzeffekt hat er für sie?«

»Und kannst du diesen Nutzeffekt für dich verwerten?«

»Vielleicht. Das hängt vom Preis-Leistungs-Verhältnis ab. Aber was deine Perspektive angeht: Sobald Sorm in einer Zelle steckt und vor Gericht kommt, ist niemand mehr daran interessiert, Vann zu töten. Vann meint, dass es bei dem Anschlag auf ihn darum ging, die Ermittlungen gegen Sorm so lange zu verzögern, bis sein Nachfolger bei der GIFT sein Amt angetreten hat. Dann ließe sich die ganze Sache unter den Teppich kehren. Aber wenn das Verfahren erst einmal angelaufen ist, entfällt dieser Grund. Es brächte keinen Vorteil mehr, Vann umzubringen.«

»Nun, ich mag Mr Vann, vor allem, weil er mich an den Dalai Lama erinnert. Nur kannst du mir kurz sagen, inwiefern das für mich hilfreich sein soll?«

»Wenn wir Sorm vernehmen und herausfinden, wer bei der DIA hinter ihm steht, sollte es nicht mehr allzu schwierig sein, die Sicherheitszäune wieder aufzurichten. Vielleicht haben sie es ein bisschen persönlich genommen, was du mit Gant angestellt hast, aber sicher nicht übermäßig. Schließlich hast du ihn erst umgelegt, nachdem du herausgefunden hattest, dass er dir an die Gurgel wollte. Richtig?«

»Stimmt.«

»Ich denke, sie werden Verständnis haben. Und bei Gants Handlangern und dem Typen mit dem Schwert erst recht. Du hast dich immer äußerst professionell verhalten. Aber egal, im Moment bereitest du ihnen vielleicht noch Kopfzerbrechen. Doch sobald Sorm in Gewahrsam ist, ist *er* ihr großes Problem. Er wird einen Deal abschließen wollen, gegen Straffreiheit oder zumindest Strafmilderung. Er wird damit drohen, auszupacken. Und von diesem Punkt an stehst du nicht mehr im Fadenkreuz.«

»Es soll ja nicht so klingen, als würde ich an deinem guten Willen zweifeln, aber ich bräuchte schon etwas Längerfristiges als ein ›von diesem Punkt an‹.«

»An diesem Punkt – und danach – sollten wir jede Menge Möglichkeiten haben, die Spannungen abzubauen. Die Sache kann nur auf zwei Arten enden. Entweder Sorm packt aus, was er all die Jahre im Dienste von Uncle Sam so getrieben hat, und was die DIA Vann seinetwegen anzutun versuchte. In dem Fall sind deine Kenntnisse über das geplante Attentat auf Vann überholt. Oder …«

»Oder Sorm erhängt sich in seiner Gefängniszelle.«

»Dann würde ich jedem, den es betrifft, erklären, dass du, wenn das in deiner Absicht gelegen hätte, schon längst eine entsprechende Indiskretion begangen hättest. Das war jedoch nicht der Fall, weil du im Großen und Ganzen ein Typ bist, der nach dem Motto ›Leben und leben lassen‹ handelt.«

Dox hätte das erste Szenario mit Sorms Geständnis bevorzugt, es schien aber eher auf das zweite hinauszulaufen. Er wusste, dass Kanezaki ihn ein bisschen zappeln ließ. Seiner Erfahrung nach hatte der Mann immer eine geheime Agenda, wenn er in den Ring stieg. Doch bisher hatte es nie einen Konflikt zwischen dieser Agenda und seinem Verhalten Dox gegenüber gegeben.

Bisher.

Sie beließen es dabei. Der Plan war nicht perfekt und schon gar keine Lösung, aber natürlich war der Rückweg zur »Normalität« gewunden und steinig, wenn man einem DIA-Agenten das Gehirn herausgepustet hatte.

Dox schlenderte weiter, vorbei an Patio-Bars mit noch mehr alten weißen Männern mit trüben Augen. Ihre Allgegenwart ließ die Stadt wie ein gottverfluchtes Hospiz aussehen. Was war bloß mit seiner Stimmung los? Früher hatte es ihm in Pattaya doch gefallen. Vielleicht war der Grund, dass er selbst älter wurde. Beim Anblick all dieser Rentner musste man unwillkürlich daran denken, dass man bald zu ihnen gehören würde, und dass dieser Prozess möglicherweise schleichend schon eine ganze Weile in Gang war. Schließlich hatten diese Expats auch nie erwartet, dass es mit ihnen einmal so weit kommen würde, nicht wahr? Und dann stellte man eines Tages fest, dass man im Patio seiner Stammkneipe saß, den gestrigen Kater mit dem vierten mittäglichen Bier bekämpfte und zu begreifen versuchte, wie man so tief hatte sinken können. Wie all das Schöne, das man sich immer vom Leben erhofft hatte, sich spurlos in Luft aufgelöst hatte, ohne dass es einem aufgefallen wäre, bis es zu spät war.

Herrgott, Mann, was ist denn los mit dir?

Er schüttelte das Gefühl ab. Es gab eine Zeit zum Philosophieren und, okay, vielleicht sollte er dem ein bisschen mehr Platz einräumen. Aber jetzt steckte er mitten im Einsatz. Es war besser, die Dinge in der richtigen Reihenfolge zu erledigen.

Er erreichte die Stelle, die Kanezaki ihm beschrieben hatte – eine Gasse zwischen einem winzigen Laden namens *Siam Silver* und einem Freiluftrestaurant namens *Best Foods*. Er bog rechts ab und gelangte unmittelbar zu einer heruntergekommenen Bar mit dem Namen *Best Friend Bar 10*. Vinylgepolsterte Hocker standen unter einem Wellblechvordach aufgereiht. Es schien nur einen Gast zu geben, einen etwa sechzig Jahre alten Weißen mit beigen Cargo-Shorts und blauem T-Shirt. Er saß so, dass er die Gasse und die Straße dahinter im Blick hatte. Vor sich hatte er eine halb geleerte Flasche Singha-Bier stehen. Der Typ trug eine graue Pilotenbrille, aber trotzdem wusste Dox, dass er ihn genau im Auge behielt. Er machte das ziemlich unauffällig und drehte den Kopf noch ein Stück weiter, als würde er sich nur angelegentlich umschauen. Im Unterschied zu den typischen Rentnern in der Gegend wirkte der Mann durchtrainiert – nicht direkt wie ein Fitnessfanatiker, aber auch keiner, dessen einziger Sport darin bestand, den ganzen Tag Bier zu stemmen. Außerdem trug der Bursche Trekkingsandalen – tatsächlich sogar dieselben wie Dox. Sie waren leicht genug, um hierherzupassen, dabei jedoch wesentlich kräftiger, Schutz bietender und zuverlässiger als die Flipflops, die die Expats von Pattaya bevorzugten. Er hatte die Füße nicht hinten um den Barhocker gelegt, und seine Zehen berührten den Boden, was in der Eile nützlich sein konnte, falls es Probleme gab. Vor ihm stand eine khakifarbene Messenger-Tasche, deren Riemen er sich übers Knie geschlungen hatte.

Dox sorgte dafür, dass der Typ deutlich sah, dass seine Hände leer waren, und ging langsam an ihm vorbei. Ein paar Hocker weiter setzte er sich, sodass der Mann sich links von ihm befand und er ihn aus dem Augenwinkel beobachten konnte. Er hatte sich inzwischen der Bar zugewandt und behielt Dox scharf im Auge, genau wie umgekehrt. Seine Hände lagen auf dem Tresen wie die eines Profis, der seinem Kontaktmann zu verstehen gab, dass er keine Bedrohung darstellte. Jedenfalls keine unmittelbare.

Ein junger Thailänder saß hinter der Bar, las in einem Magazin und ließ sich von einem Ventilator, der neben den im Hintergrund aufgereihten Flaschen stand, heiße Luft über den Rücken blasen. »Hey, Sie da«, rief Dox ihm zu. »Was muss ein Mann tun, um hier ein eiskaltes Bier zu bekommen?«

Der Barkeeper erhob sich. »Singha sechzig Baht.«

»Mir ist Chang lieber. Haben Sie das?«

»Chang fünfundsechzig Baht.«

»Den Aufpreis ist es allemal wert, würde ich meinen. Ich nehme eines, vielen Dank. Und es kann gar nicht kalt genug sein.«

Dox zog einen zerknitterten Hundert-Baht-Schein hervor und glättete ihn auf dem Tresen. Einen Augenblick später stellte der Barkeeper eine geeiste Flasche Chang vor ihn hin, entfernte den Kronkorken und kehrte zu seiner Lektüre zurück.

Dox warf dem Typen zu seiner Linken einen Blick zu, hob die Flasche, trank lange und genussvoll und rülpste. »Und, wie geht's, wie steht's?«

»Kann mich nicht beschweren.«

Der Typ hatte eine raue Stimme. Vielleicht ein Raucher. Irgendwie hatte Dox das Gefühl, dass es sich um einen Ex-Marine handelte. Er hätte den Grund nicht genau benennen können – es war einfach so eine Sache, die einem auffiel, wie zum Beispiel, wenn eine schöne Frau tatsächlich ein Ladyboy war. *Nein, streich das.* Einmal in Bangkok hatte er es nicht gemerkt und wäre fast mit einem umwerfenden Geschöpf namens Tiara ins Bett gestiegen, sofern John Rain nicht – allerdings viel zu halbherzig – dazwischengegangen wäre. Rain zog Dox immer noch wegen des Vorfalls oder Beinahe-Vorfalls auf, und es stimmte, dass Dox damals am liebsten im Boden versunken wäre. Aber irgendwann war er zu dem Schluss gelangt, zum Teufel, wenn er mit Tiara im Bett gelandet wäre, wäre die Welt davon nicht untergegangen. Es wäre einfach eines von vielen seltsamen Dingen gewesen, die ihm auf seinem verrückten Ritt durchs Leben begegnet waren.

»Ich vermute, Sie sind von hier?«, sagte Dox und wich damit ein wenig von der Losung ab, die Kanezaki ihm genannt hatte. Einfach zu jemandem hinzugehen und zu sagen ›Der Mond ist blau‹ oder wie auch immer, kam ihm so albern vor. »Darf ich Ihnen eine Frage stellen?«

Der Typ nippte an seinem Bier. »Nur zu.«

»Was, glauben Sie, ist die beste Go-go-Bar in Pattaya?«

»Die Go-go-Bars in Pattaya werden überschätzt. Versuchen Sie es lieber in Phuket. Oder noch besser auf der Soi Cowboy in Bangkok.«

Bingo.

Das Drehbuch verlangte, dass der Typ nun seinen Abgang machte und die Tasche zurückließ. Aus irgendeinem Grund musste Dox bei dieser Vorstellung plötzlich mit den Zähnen knirschen. Er stand auf und setzte sich neben den Mann. Der Typ beobachtete ihn und runzelte ein wenig die Stirn, als wäre er von dieser Abweichung vom Drehbuch verblüfft und irritiert, ebenso wie von der handwerklich unsauberen Arbeitsweise. Aber Dox sah das anders. Drehbücher, Handwerk und all das waren Richtlinien, keine Regel. Man ermutigte Marines dazu, sich den Umständen anzupassen und zu improvisieren. Und außerdem war sein Kampfname eine Abkürzung für »unorthodox«. Es wäre doch ein Jammer gewesen, dem Namen keine Ehre zu machen.

»Hübsche Tasche«, meinte Dox und deutete mit dem Zeigefinger, womit er die Aufmerksamkeit auf den Gegenstand lenkte, der in dieser Interaktion am unauffälligsten bleiben sollte. »Hatte mal genauso eine, lange her, aus dem J.-Peterman-Katalog, aber eine langfingrige Lady hat sich damit mitten in der Nacht davongemacht, zusammen mit meinem Herzen.«

»Traurige Geschichte«, sagte der Typ nicht besonders beeindruckt.

Dox hob zustimmend sein Bier, nippte daran und setzte es wieder ab. »Ja, nicht wahr? Obwohl mir inzwischen klar ist, dass die Tasche in meinem Kopf untrennbar mit ihr verbunden bleiben wird. Eigenartig. Wären Sie wohl so freundlich, mich einen Blick auf Ihre Tasche werfen zu lassen? Für mich ist das wie eine Reise in die Vergangenheit. Ich wäre Ihnen wirklich sehr dankbar.«

Der Typ warf einen unauffälligen Blick in die Runde. Es wirkte nicht so, als ob er nach Zeugen Ausschau hielte. Eher wie: *Wo ist hier die versteckte Kamera?*

Er zog sich den Riemen vom Knie und reichte ihn Dox. »Bedienen Sie sich.«

Dox nahm die Umhängetasche auf den Schoß. Falls eine Bombe darin war, würde sie ihm die Eier wegblasen, aber da dann vom Rest auch nicht viel übrig bleiben konnte, war das kein großer Verlust. Er dachte nicht ernsthaft an eine Bombe – Kanezaki war zuverlässig. Nur hatte ihn die Scheiße mit Gant und dem Schwertkämpfer ein wenig mürbe gemacht. Der Gedanke gefiel ihm gar nicht, dass ein Fremder ihm ein Paket übergab und sich eventuell schon in sicherer Entfernung befand, wenn das Ding *Bumm!* machte. Das Risiko war zu groß. Die Tatsache, dass Mr

Raue Stimme unbekümmert zu bleiben schien, als Dox unmittelbar neben ihm mit der Tasche hantierte, war zwar keine Garantie, aber einigermaßen beruhigend.

Er öffnete die Klappe und warf einen Blick hinein. Sofort sah er die Combat Tactical Supergrade mit zwei Ersatzmagazinen, die er angefordert hatte. Außerdem einen faustgroßen Metallbehälter mit der Aufschrift CTS MODEL 7290-9 FLASH BANG. 1.5 SECOND DELAY. Die Blendgranate.

Er hätte hineingreifen können, aber das hätte seinen neuen Freund vielleicht aus nachvollziehbaren Gründen nervös gemacht. Erfahrungsgemäß liefen solche Begegnungen besser, wenn jeder sich bemühte, dass der andere entspannt blieb. Also schüttelte er stattdessen die Tasche gründlich durch. Der Typ runzelte ein wenig die Stirn, als wäre er verdutzt oder ungeduldig. Gut, verdutzt und ungeduldig war okay, denn es handelte sich nicht um die typische Reaktion eines Mannes, neben dem jemand eine Umhängetasche mit einer Bombe drin schüttelte.

Es war denkbar, dass man den Typen selbst hereingelegt hatte und er gar nicht wusste, dass das, was er für eine Blendgranate gehalten hatte, tatsächlich ein unkonventioneller Sprengkörper war. Aber diese ›Was-wäre-wenn‹-Szenarios wurden immer unwahrscheinlicher. Rain hätte vermutlich ein Röntgengerät mitgebracht oder spezielle Wischtücher zum Aufspüren von Sprengstoff, vielleicht sogar einen Bombenräumroboter, bevor er das Paket an sich nahm. Dox war auch so zufrieden.

Er trank einen Schluck von seinem kalten Chang, sah sich um, schulterte die Tasche und stand auf. »Nun, Sir, ich würde ja gern noch bleiben und ein bisschen plaudern, aber ich muss weg und ein paar Leute treffen. Wenn ich das so sagen darf, Sir, Ihr Stil gefällt mir, und damit meine ich nicht nur unseren gemeinsamen Geschmack, was Umhängetaschen angeht.«

»Ihrer ist auch nicht uninteressant.« Der Typ schien Mühe zu haben, ein Grinsen zu unterdrücken.

»Nun, vielen Dank jedenfalls. Die Leute sagen, Stil sei erworben, aber ich finde, anspruchsvollere Menschen wissen ihn instinktiv zu würdigen. Ich hoffe, dass unsere Wege sich irgendwann wieder kreuzen.«

Der Typ musterte ihn, als versuchte er, sich über etwas klar zu werden. Dann griff er in die Tasche und brachte eine Visitenkarte zum Vorschein. Dox nahm sie entgegen. Mark Fallon. *Tipps, Trips & Touren.* Mit Adresse, E-Mail und Telefonnummer. Auf der anderen Seite standen dieselben Informationen auf Thai.

»Sie sprechen Thai?«, wollte Dox wissen, während er die Karte einsteckte.

»Ich lebe schon eine ganze Weile hier. Glauben Sie, Sie wären der Einzige mit einer traurigen Geschichte und einem gestohlenen Herzen?«

Dox lachte leise. »Nein, leider schlägt das Elend des Lebens überall zu.« Er streckte die Hand aus. »Nennen Sie mich Dox.«

Sie schüttelten sich die Hand. »Fallon.«

»Hat mich gefreut, Ihre Bekanntschaft zu machen, Sir.«

Fallon hob sein Bier. »Viel Glück.«

»Ihnen auch. Semper fi.«

Bei dieser Formulierung grinste Fallon, und da wusste Dox, dass er recht gehabt hatte, als er in ihm einen Kollegen von den Marines vermutete. Er nickte ihm zu, ging zur Hauptstraße zurück und nahm sich ein Tuk-Tuk. Es war an der Zeit, dem weltberühmten Hotel *Ruby* einen Besuch abzustatten.

KAPITEL 17

Livia warf sich lange im Bett herum, aufgeputscht vom Adrenalin, während sie in Gedanken immer wieder die Szenen vom Flugzeugfriedhof und im Steinbruch durchspielte. Schmutzbart umzubringen, zu wissen, dass er endlich tot war, sich an seinem Entsetzen, seiner Hilflosigkeit und seinen Todesschreien zu weiden ... das erfüllte sie in gewissem Maß mit Ruhe. Genugtuung. Einem Grad von Befriedigung bei dem Gefühl, dass es inmitten von so viel Schrecken und Grausamkeit ein winziges bisschen Gerechtigkeit gab.

Zugleich war sie besorgt, dass die Empfindung nicht von Dauer sein würde. Sie spürte nicht dieselbe Leere wie vor ein paar Tagen, als sie Quadratschädel umgebracht hatte. Aber sie erkannte, dass sie sich ankündigte. Sie wusste nicht, wie das möglich war. Sie ließ sie alle bezahlen. Einen nach dem anderen. Es war genau das, wonach sie sich gesehnt, wovon sie sechzehn verdammte Jahre lang geträumt hatte, wovon sie besessen gewesen war. Es war nicht richtig, dass es den Schmerz nur vorübergehend linderte, wenn sie die Kerle umbrachte. Das war nicht fair.

Sie versuchte, sich abzulenken. Daran zu denken, wie sie an Sorm herankommen konnte. Ja. Das schien zu helfen. Sie brauchte eine Möglichkeit, die Little nicht mit einschloss. Sie fand keine. Selbst ihre besten Ideen minderten nur das Risiko, sie eliminierten es nicht.

Doch wer nicht wagt, der nicht gewinnt.

Sie rief Little an. In Thailand war es mitten in der Nacht, in den Vereinigten Staaten also am Nachmittag des vergangenen Tages.

»Livia«, meldete er sich. »Das ist ja eine nette Überraschung.«

»Oder wenigstens eine Überraschung.«

»Gibt es ein Problem?«

»Eher eine Gelegenheit.«

»Was kann ich tun?«

»Kennen Sie jemanden namens Sorm? Rithisak Sorm?«

Eine Pause entstand. »Das wissen Sie doch«, antwortete er. »Sein Name steht in den Akten, die ich Ihnen gegeben habe.«

»Und können Sie mir sagen, wo er sich aufhält?«

»Wenn Sie die Akten gelesen haben, dann muss Ihnen klar sein, dass das nicht der Fall ist.«

»Ich weiß es aber, glaube ich.«

Es gab eine weitere Pause. »Nehmen Sie es mir nicht übel, wenn ich da skeptisch bin«, sagte er. »Doch ich lasse seit langer Zeit nach Rithisak Sorm suchen. Der Mann ist ein Geist. Sind Sie sicher, dass Sie ihn aufgespürt haben?«

»Nein. Allerdings habe ich eine handfeste Spur.«

»Welche Art von Spur?«

»Einfach eine Spur. Doch um ihr zu folgen, brauche ich Ihre Hilfe.«

»Und Sie bitten nicht gern um Hilfe, nicht wahr?«

»Wollen Sie mich weiter psychoanalysieren? Oder möchten Sie Sorm schnappen?«

»Geht nicht auch beides?«

Das ignorierte sie, denn sie hatte ihren Standpunkt klargemacht. »Ich glaube, er befindet sich in einem Klub in Pattaya. *Les Nuits.* Im Hotel *Ruby.*«

185

»Okay.«

»Ich denke, er nutzt den Klub in Verbindung mit seinem Menschenhandel.« Das war nicht ganz wahr, aber auch nicht gelogen. Es konnte durchaus sein, dass Sorm den Klub auf diese Art und Weise nutzte, und die Andeutung verschleierte den wahren Grund, aus dem sie Little um Hilfe bat. »Ich will ihn mir näher ansehen.«

»Und wozu brauchen Sie da mich?«

»Weil ich in Bereiche eindringen möchte, die für Gäste normalerweise nicht zugänglich sind.«

»Livia, ich mag Ihren Stil.«

»Ich dagegen kenne Ihre Möglichkeiten nicht«, fuhr sie fort. »Sie sagten, Sie hätten eine Menge Ressourcen zu verschwenden. Okay, können Sie mir Pläne des Klubs besorgen? Sicherheitslücken identifizieren? Sie ausnutzen?«

»Ja, ja, und vielleicht.«

»Ich brauche drei Ja, wenn die Sache funktionieren soll.«

»Geben Sie mir ein paar Stunden Zeit.«

Sie legte auf und versuchte mit wenig Erfolg zu schlafen. Und dann, als die Sonne gerade aufging und sie endlich anfing einzudösen, klingelte das Telefon. Little.

»Gute Nachrichten«, verkündete er. »Dreimal Ja.«

»Schießen Sie los.«

»Das Hotel und der Klub sind brandneu. Hochmoderne Systeme, beide komplett zentral gesteuert – Licht, Türschlösser, Heizung, Lüftung, Klima, Alarmanlage, alles. Und ich habe Leute, die die Kontrolle darüber erlangen können.«

Das war genau das, wovon sie geträumt hatte, obwohl sie versucht hatte, sich keine großen Hoffnungen zu machen. Sie schob ihre Erregung beiseite und konzentrierte sich auf den Plan. »Heißt das, Sie können mir unter Tag Eintritt in den Klub verschaffen, wenn er leer ist?«

»So ist es.«

Der nächste Punkt erforderte ein wenig mehr ... Ausführlichkeit. »Was ist mit der Zeit, während er geöffnet ist? Könnten Sie da das Licht ausschalten?«

Eine Pause entstand. »Ja, bis auf die Toiletten vielleicht, die anscheinend manuell geschaltet werden. Warum wollen Sie, dass ich das tue?«

»Ich möchte mich umsehen, solange der Klub geschlossen ist. In Erfahrung bringen, was machbar ist. Ich fürchte nur, dass das, wonach ich suche, tagsüber nicht dort sein wird. Also muss ich in der Nacht wiederkommen.«

»Aber dann ist der Klub geöffnet.«

»Der Klub schon. Die Teile, die mich interessieren, allerdings nicht. Ich möchte, dass Sie sie aufschließen. Und gleichzeitig das Licht löschen. Nur für eine Minute. Lange genug, dass ich an Stellen hineinschlüpfen kann, an denen ich nichts zu suchen habe.«

»Ich glaube, so weit habe ich verstanden. Und wenn das Licht aus ist, wie wollen Sie etwas sehen?«

Auf die Frage war sie vorbereitet. Sie hätte ihm sagen können, dass sie vorhatte, eine Taschenlampe zu benutzen. Aber das hätte er ihr nicht abgekauft, weil die Leute im Dunkeln eine Taschenlampe sehen würden. Also sagte sie ihm die Wahrheit. Zumindest einen Teil davon. »Ich habe ein Nachtsichtgerät.«

»Nachtsicht? Wie zum Teufel sind Sie in Bangkok an ein Nachtsichtgerät gekommen?«

»Wollen Sie mich weiter aushorchen, wie ich arbeite, oder helfen Sie mir, diese Arbeit zu tun?«

»Ich bin lediglich beeindruckt, das ist alles.«

»Ich werde das Nachtsichtgerät während des Tages hineinschaffen, sobald Sie die Schlösser geknackt haben. Ich suche eine Stelle, an der ich es verstecken kann. Ich kehre bei Nacht zurück, hole mir die Brille und gebe Ihnen ein Zeichen, wenn ich bereit bin. Dann schalten Sie das Licht aus, öffnen die

Schlösser, und ich sehe mich gründlich um, überall dort, wo ich eigentlich nicht sein dürfte. Klingt das wie ein Plan?«

»Ich wusste, dass das der Beginn einer wunderbaren Freundschaft ist.«

»Überschlagen Sie sich mal nicht. Und kochen Sie sich Kaffee. Wenn ich das erste Mal nach Geschäftsschluss reingehe, ist es bei Ihnen mitten in der Nacht. Vorausgesetzt, Sie befinden sich in den Staaten.«

»Machen Sie sich um mich keine Sorgen. Ich werde viel zu aufgeregt sein, um zu schlafen.«

Sie stellte sich vor, wie sie in den Klub eindrang und nicht nur die Nachtsichtbrille versteckte, sondern auch die Glock, die sie Schmutzbart abgenommen hatte.

Ja, dachte sie. *Geht mir genauso.*

KAPITEL 18

Dox fuhr mit der Kawasaki zum *Bali Hai* Pier – im südlichen Teil der Stadt, am westlichen Ende von Pattayas berühmter Walking Street. Von hier aus startete man zu den umliegenden Inseln im Golf von Thailand. Am Tag war jede Menge Betrieb. Fähren, Schnellboote, Charterfischer und Taucherstützpunkte. Hunderte von Menschen kamen und gingen in der Zeit, in der Dox sich dort aufzuhalten beabsichtigte. Er fiel nicht auf, und niemand würde sich an ihn erinnern. Er war nur einer von vielen Touristen beim Sightseeing.

Er parkte das Motorrad, schloss den Helm daran fest, streifte sich die Umhängetasche über und schlenderte los. Wo es möglich war, hielt er sich im Schatten, ließ die Atmosphäre auf sich wirken und verschaffte sich einen Eindruck von der Umgebung. Es war gerammelt voll, schlimmer, als er es in Erinnerung hatte, und definitiv hektischer. Doch im Grunde hatte sich Pattaya nicht verändert – ein aus den Nähten platzender Badeort in Südostasien, der Sonne, Strand und Sex versprach. Das große, orangefarbene Schild mit der Aufschrift *Pattaya City* existierte noch, weit oben an einem grünen Hügel, die Antwort der Stadt auf das *Hollywood*-Schild jenseits des Pazifiks. Die größte Veränderung fiel unmittelbar links von diesem Schild ins Auge: ein massives graues Gebäude, fünfzig Stockwerke hoch, in der

Form eines kleinen »h«. Das war das Hotel *Ruby*. Der Klub *Les Nuits* nahm laut der Website des Hotels den gesamten fünfzehnten Stock ein und verlief an der horizontalen Linie des »h«.

Dox trottete eine Stunde lang herum, ließ sich im Strom der Menge mittreiben und hielt Ausschau nach den besten Fluchtwegen für den Fall, dass die Kacke zu dampfen anfing. Als er mit seinem Aufklärungsgang zufrieden war, ging er weiter zum Hotel. Das Gebäude war von halb Pattaya aus zu sehen, doch den Haupteingang bekam man erst zu Gesicht, nachdem man einem gewundenen Plattenweg durch ein Bambusgehölz gefolgt war. Und was für ein Eingang das war! Glas und Stahl schwangen sich fünfzehn Meter hoch empor, und drei gewaltige Springbrunnen aus Granit feuerten synchronisierte Wasserbögen vom einen zum anderen ab. Ein Publikum aus Dutzenden von Menschen hatte sich zusammengefunden, um die Show zu verfolgen. Das Geräusch von Gelächter und Gesprächen übertönte immer wieder das Platschen der unter hohem Druck ausgestoßenen Wasserstrahlen, wenn sie in den Becken landeten. Die meisten Zuschauer hielten Mobiltelefone in die Höhe und machten Fotos, vielleicht auch Videos. Dox war froh, dass er eine Sonnenbrille und eine Baseballkappe trug – nicht die ideale Verkleidung, aber besser als gar nichts.

Er kam an einer Schlange von teuren Autos und hektischen Hoteldienern vorbei, an einem Bataillon von Pagen in Westen und Krawatten, bevor er eintrat. Kein Zweifel, die Lobby war eindrucksvoll, Glas und Bäume, die bis zu den hohen Decken reichten. Bestimmt hundert Leute hielten sich hier auf, tranken Kaffee in der Lounge, checkten an der Rezeption ein oder sahen sich einfach nur staunend um. Das ständige Kommen und Gehen hallte in dem riesigen Raum wider. Dox hatte nicht viel übrig für Örtlichkeiten, die einen mit ihrer Opulenz erschlugen, und diese gehörte zweifellos dazu.

In der Lobby gab es kostenloses WiFi. Er rief Kanezaki mit der Signal-App an. »Hey, *Amigo.* Bist du bereit, mich an Orte zu bringen, an denen ich nichts verloren habe?«

»Bin startklar.«

»Okay. Exakt fünf Minuten nach Ende dieses Gesprächs schaltest du die Überwachungskameras aus und öffnest die Türschlösser des Klubs. Ich steige jetzt in den Aufzug und könnte den WiFi-Empfang verlieren. Obwohl, so wie das hier aussieht, haben die bestimmt überall WiFi, wahrscheinlich sogar in den Swimmingpools.«

»Haben sie. Nicht in den Pools, aber sonst schon.«

»Okay, gut zu wissen. Falls ein Problem auftaucht, gebe ich Laut. Wenn nicht, melde ich mich wieder, sobald die Ausrüstung an Ort und Stelle ist. Solltest du nichts mehr von mir hören, verständige den Präsidenten.«

»Er hält sich bereit.«

Dox lachte leise in sich hinein und legte auf. Er sah auf die Uhr und machte sich dann auf den Weg zur fünfzehnten Etage, während er das Gefühl, im Einsatz zu sein, abschüttelte und sich in seine Rolle einlebte.

Der Aufzug war mit Holz und Leder getäfelt und so schnell, dass es ihm in den Ohren knackte. Im fünfzehnten Geschoss stieg er aus. Er stand in einem langen und erfreulicherweise leeren Korridor, der links und rechts vom Boden bis zur Decke verglast war und einen guten Blick auf den Hafen bot. Am Ende des Gangs lag eine massive, schwarz lackierte Doppeltür, deren beide Hälften je ein erhabenes Schild mit der Aufschrift *Les Nuits* in goldenen Lettern zierte.

Oberhalb der Tür befand sich eine Kamera – keine Überraschung, aber auch kein Problem. Dox glotzte aus den Fenstern wie ein Tourist, bis ihm seine innere Uhr sagte, dass die fünf Minuten so gut wie verstrichen waren. Dann ging er langsam den Korridor entlang, ein Besucher ohne bestimmtes Ziel, vom

Ausblick überwältigt. Vor der massiven schwarzen Doppeltür blieb er stehen und starrte einen Moment wie staunend nach oben, nur für den Fall, dass es ein Problem gegeben hatte und es Kanezaki nicht gelungen war, die Überwachungskameras stillzulegen. Dann streckte er die Hand aus, packte einen der überdimensionalen Bronzegriffe. Eine Sekunde lang dachte er, die Tür wäre noch versperrt – aber nein, es lag nur daran, dass sie so schwer war wie ein verdammter Berg. Er zog fester, und sie schwang auf. Er grinste und trat ein. Der Türflügel schloss sich langsam hinter ihm.

Das Innere des Klubs wirkte extravagant – als hätten die Designer die glamouröseren Vorbilder in Las Vegas studiert und sich entschieden, sie alle zu einer Parodie zu verschmelzen. Im Licht, das durch die nicht ganz zugezogenen Vorhänge drang, sah er gigantische Kronleuchter aus mundgeblasenem Glas, Gemälde im Renaissancestil mit goldenen Rahmen, und hohe Gewölbedecken, die denen der Sixtinischen Kapelle ähnelten. Die Wände waren in Goldlamé tapeziert, der Teppich leuchtete tiefgrün und war üppig genug, um darauf zu schlafen, Tische und Stühle bestanden aus Mahagoni mit Goldkanten. Er blieb einen Augenblick lang stehen, ließ den Raum auf sich wirken und staunte, dass die Leute sich immer einbildeten, Hillbillys wie er wären diejenigen mit dem schlechten Geschmack.

Er vermutete, die beste Stelle, um die Pistole und die Blendgranate zu verstecken, wäre in einer Toilette, also suchte er eine, ging hinein und schaltete das Licht an. Doch statt des erwarteten Porzellans, das ihm eine leichte Möglichkeit verschafft hätte, seine Ausrüstung dahinter oder darin zu verbergen, sah er sich dem minimalistischsten Unsinn gegenüber, der ihm je untergekommen war. Anstelle von Urinalen gab es nur winzige Metallbecken, die aus verspiegelten Wänden herausragten. Herrgott, bildeten die sich wirklich ein, dass ein Betrunkener seinen Urinstrahl mit derartiger Präzision lenken konnte?

Dox war Scharfschütze, und nicht einmal er war sicher, ob er es nach drei Bombay-Sapphire-Martinis schaffen würde. Und die Kabinen waren noch schlimmer – nur eine Schüssel an der Wand. Keine Chance, sein Päckchen irgendwo außer Sichtweite festzukleben, kein Spülkasten, in dem er etwas hätte verstecken können. Himmel, vor langer Zeit hatte John Rain sich sogar mittels einer Kletterausrüstung unter einem Waschtisch in einer Toilette verborgen. Hier konnte man nicht einmal einen neugeborenen Hamster unterbringen.

Also gut, Improvisation war angesagt. Er löschte das Licht und ging wieder hinaus in den Klub. Er stellte sich vor, wie es später hier aussehen würde – laut, überfüllt, düster. Er musste immer eine Wand im Rücken haben, damit er nur aus einer Richtung gesehen werden konnte.

Er ging rasch weiter, entdeckte aber nichts, was seinen Vorstellungen entsprach. Es war ihm klar, dass ihm möglicherweise nur noch Minuten blieben, falls einem Sicherheitsmann aufgefallen war, dass etwas mit den Überwachungskameras nicht stimmte. Die Räume schienen nach verschiedenen Themen gestaltet zu sein – hier irgendwelches griechisch-römisches Zeugs, dort Michelangelo auf LSD, Ludwig XIV. auf obszön ... Halt mal, was war das? Karaokeräume! Keine Schlösser an den Türen, sie ließen sich einfach aufstoßen.

Drinnen war es finster. Er wollte kein Licht machen, um nicht aufzufallen, falls ein Wachposten kam, deshalb zog er eine mit Isolierband umwickelte Mini-Taschenlampe aus seinen Cargo-Shorts und benutzte diese. Der Raum war in Gold und schwarzem Velours gehalten. Es gab einen riesigen Flachbildschirm, eine lange, fest montierte Polsterbank, verschiedene Ledersessel und – *Volltreffer!* – eine gewaltige lederne Ottomane.

Er nahm die Taschenlampe zwischen die Zähne, kippte die Ottomane um und ließ die Finger über den unteren Bezug gleiten. Es fühlte sich so an, als befände sich darunter Sperrholz. Er klopfte drauf, und ja, nur dünnes Holz, um die Füllung festzuhalten. Okay, alles klar.

Er öffnete sein zuverlässiges Messer, ein Emerson Commander, und hackte neben einem der Füße auf das Sperrholz ein. Wenig später lag ein Stapel Sperrholzstücke auf dem Boden, und die Unterseite der Ottomane hatte ein quadratisches Loch mit etwa fünfzehn Zentimeter Seitenlänge. Er griff hinein und tastete herum. Nur die Füllung. Gut. Er nahm die Pistole, die Ersatzmagazine und die Blendgranate aus der Umhängetasche und schob sie hinein. Nach kurzem Nachdenken ließ er das Emerson folgen. Er bezweifelte, dass er es in nächster Zeit vermissen würde – als Ersatz für den Notfall baumelte wie immer ein Fred Perrin La Griffe an einem Band um seinen Hals. Und er würde ja nicht lange unbewaffnet sein, bevor er sich die Ausrüstung zurückholte.

Er steckte die Sperrholzstücke ebenfalls in die Ottomane und richtete das Möbelstück wieder auf, wobei er darauf achtete, dass die Füße in den Abdrücken zu stehen kamen, die sie im Teppich hinterlassen hatten. Er nahm die Taschenlampe in die Hand und schwenkte sie herum. Perfekt. Selbst wenn ein paar Holzsplitter oder Sägemehl zurückgeblieben sein sollten, waren sie unter der massigen Ottomane verborgen.

Er richtete sich auf, ließ die Halswirbel knacken, steckte die Lampe ein und verließ den Raum durch die Schwingtüren. Die idiotischen Toiletten hatten ihn kurz aus dem Konzept gebracht, aber so hatte er etwas noch Besseres gefunden. Rasch machte er sich auf den Rückweg zum Eingang. Die schwere Doppeltür war nur noch sechs Meter entfernt. Weit und breit kein Posten in Sicht. Mission erfüll…

Ein Flügel der Eingangstür schwang auf. Doch wer hereinkam, war kein Sicherheitsmann – sondern eine hübsche Frau mit thailändischen Gesichtszügen, aber einer Gangart, die ihm amerikanisch vorkam. War sie einfach so herumspaziert, hatte zufällig die Tür probiert und sie unversperrt gefunden? Zu spät wurde ihm klar, dass er dafür hätte sorgen sollen, dass Kanezaki ihn einschloss, solange er sich im Klub aufhielt. Natürlich hatte er erwartet, dass er nur ein paar Minuten bleiben würde.

Eine unangenehme Sekunde lang blitzte das Bild des Schwertkämpfers vor seinem geistigen Auge auf. War das die nächste Falle? Wenn ja, war die einzige Erklärung dafür Kanezaki.

So oder so, er hatte keine Wahl. Er ging weiter auf die Frau zu, verfiel automatisch in seine Rolle und rief ihr zu: »Ah, hallo. Ich hatte schon das Gefühl, dass ich zu früh dran bin, aber anscheinend können wir doch langsam anfangen, Party zu machen.«

Sie war leger gekleidet. Shorts, ein T-Shirt und Trekkingsandalen wie er. Sie beobachtete ihn. Der Riemen ihrer Ledertasche verlief von links über ihre rechte Schulter und spannte sich zwischen ihren Brüsten. Verdammt, sie war wirklich attraktiv, hatte jedoch zugleich etwas absolut Nüchternes an sich. Er blieb ein Stück entfernt stehen – ursprünglich hatte er vorgehabt, sich ihr weiter zu nähern, spürte aber, dass sie nicht gerade freundlich darauf reagieren würde, wenn er ihr den Freiraum nahm.

»Ich suche nur nach der Toilette«, gab sie gleichmütig zurück.

Er war nicht sicher, was sie hier wollte, doch um ihn ging es anscheinend nicht. Er nahm nichts von der Aggressivität wahr, die Zatichi ausgestrahlt hatte. Sie wirkte ebenso überrascht davon, ihn zu sehen, wie umgekehrt, und außerdem erstaunter als er. Er kam auf den Gedanken, dass er ihrer Geschichte ein wenig auf den Zahn fühlen sollte. Wenn sie irgendeine Art von Agentin war, wäre es von Vorteil, das zu wissen. Und falls nicht ... Auf jeden

Fall war sie hübsch. Mehr als hübsch. Und auf eine Art faszinierend, die er nicht genau definieren konnte.

»Da komme ich gerade her«, sagte er. »Habe noch nie eine so seltsame Ausstattung gesehen – nur Design, keine Funktion. Nur meine unmaßgebliche Ansicht. Aber egal, in einem Sturm ist jeder Hafen recht, wie ich immer sage.«

Sie sah ihn an, als versuchte sie sich darüber klar zu werden, was er im Schilde führte. Das war okay. Ihm ging es ja mit ihr genauso, obwohl er es hoffentlich besser verbarg.

»Schön«, sagte sie. »Vielen Dank für die Toiletten-Philosophie. Ich werde sie jetzt einfach nur benutzen. Ich wünsche Ihnen noch einen schönen Tag.«

»Wollen Sie wissen, was mir den Tag wirklich verschönern könnte?«

Sie starrte ihn an, und er spürte, dass sie die Geduld verlor. Ob es daran lag, dass er ihr bei irgendeiner Operation in die Quere gekommen war, oder weil sie ständig von Männern angemacht wurde, konnte er nicht sagen. Seltsamerweise hoffte er, dass es Ersteres war. Das war spannender, und, wenn er ehrlich war, viel reizvoller.

Er wartete einen Augenblick lang auf eine Antwort, und als keine kam, fuhr er fort. »Ein Drink mit Ihnen. Natürlich nicht hier in diesem fabelhaften Klub *Les Nuits,* der offenbar nicht auf unser Eintreffen vorbereitet war. Das haben sie jetzt davon. Vielleicht in einem anderen Lokal in der Nähe? Was meinen Sie?«

»Ich meine, es ist sehr nett von Ihnen, mich einzuladen. Aber nein, ich bin mit ein paar Freunden verabredet.«

»Bringen Sie sie mit. Es heißt, ich sei ein umgänglicher Mensch.«

»Das merke ich. Vielleicht laufen wir uns in Pattaya ja noch einmal über den Weg. Nur nicht heute, okay?« Sie warf ihm einen kühlen Blick zu und ging an ihm vorbei.

»Da geht sie hin«, rief er ihr nach. »Und mein Herz ist gebrochen.«

Sie betrat die Damentoilette, ohne sich umzusehen.

Einen Moment lang blieb er unentschlossen stehen. Diese Trekkingsandalen wollten ihm nicht aus dem Sinn. Und auch nicht die Ledertasche, die groß genug war, um eine Pistole und Gott weiß was zu verstecken. War es möglich, dass sie hergekommen war, um etwas zu deponieren, genau wie er? Falls ja, würden ihr die Toiletten gar nicht gefallen.

Vielleicht sollte er noch eine Minute abwarten, was passierte, wenn sie wieder auftauchte. Sofern sie eine Waffe besaß – oder auch ein Schwert, zum Teufel – und vorgehabt hätte, sie gegen ihn einzusetzen, dann wäre das bereits geschehen. Sie hätte ihn glatt abknallen können, während er auf sie zuging, und ihm wäre nichts anderes übrig geblieben, als zu sterben. Ja, er würde noch ein Weilchen bleiben. Um ein besseres Gefühl dafür zu bekommen, womit er es zu tun hatte. Oder sich sogar darauf einzulassen. Da bis jetzt kein Wachpersonal aufgetaucht war, schien es unwahrscheinlich, dass aus dieser Richtung etwas zu be…

Die Klubtüren schwangen auf, und zwei uniformierte Wachmänner des Hotels kamen hereinmarschiert. Dox hatte seine Überraschung im Nu abgeschüttelt und ging erfreut winkend auf sie zu.

»Na Gott sei Dank«, rief er so laut, dass die Frau in der Toilette es hören musste. »Was muss ein Mann tun, um hier was zu trinken zu bekommen?«

Die Wachposten wechselten einen Blick und sahen dann wieder ihn an. »Sir«, sagte der zur Linken, »Sie dürfen nicht hier sein.«

»Nicht hier sein? Sind Sie nicht die Barkeeper?«

Sie warfen sich erneut einen Blick zu, und abermals ergriff der Linke das Wort. »Nein. Klub geschlossen. Öffnet um neun. Wie Sie hereingekommen?«

Vielleicht verstand der Mann zur Rechten kein Englisch. Egal. »Ich bin einfach reingegangen. Soll das heißen, dass ich zu früh dran bin? Kein Wunder, dass hier tote Hose ist.«

»Ja, Klub zu. Türen versperrt.«

»Versperrt? Das glaube ich nicht. Ich musste nur ziehen, und die Tür ist aufgegangen. War ein Klacks.«

Abermals tauschten sie einen Blick. Der Wortführer sagte etwas auf Thai zu seinem Partner, und eine lebhafte Diskussion entspann sich. Dann sah der des Englischen Kundige wieder Dox an. »Türen sollen versperrt sein. Klub geschlossen. Sie dürfen nicht hier sein. Bitte, Sir. Sie müssen gehen.«

»Warten Sie, wollen Sie mir sagen, dass diese Türen irrtümlich nicht verschlossen waren? Also das macht mir jetzt wirklich Sorgen. Verstehen Sie, wenn Türen eigentlich versperrt sein sollen, aber unverschlossen bleiben, stellt das ein großes Problem dar. Ich war schon oft in Etablissements wie diesem zu Besuch, und ich garantiere Ihnen, Sir, das ist niemals gut. Es besteht die Gefahr von Plünderungen und Gott weiß was allem. Ich leiste gern Hilfestellung, sofern Sie eine offizielle schriftliche Beschwerde einreichen wollen, entweder bei Ihrem Ombudsmann oder einer anderen zuständigen Stelle, um die Versäumnisse bei der Hotelsicherheit darzulegen.«

»Bitte gehen Sie. Gehen. Klub zu.«

»Nun, Sir, wenn Sie wirklich davon überzeugt sind, dass die Räume geschützt sind, na gut, dann – ich möchte ja keine Schwierigkeiten machen, aber ich würde Ihnen raten ...«

»Bitte, Sir. Bitte. Ist okay. Klub geschlossen. Einfach gehen. Alles okay.«

»Na schön, sofern Sie ganz sicher sind, dass alles in Ordnung ist. Ich bin nur froh, dass es uns gelungen ist, das Problem mit den Türen festzustellen. Selbst wenn ich zu Anfang gehofft hatte, dass Sie Barkeeper wären und zu meiner Enttäuschung erfahren musste, dass ich mich geirrt hatte. Gentlemen, ich bedanke mich für Ihre Höflichkeit und Professionalität.«

»Vielen Dank, Sir. Bitte gehen jetzt.«

Er warf den beiden einen strammen Gruß zu und ging hinaus. Er hoffte, dass sie nicht vorhatten, den Klub zu durchsuchen – falls ja, entdeckten sie vielleicht diese hübsche Lady, wer immer sie sein mochte. Und die Anwesenheit eines weiteren Eindringlings würde nur ihr Misstrauen neu entfachen.

Er glaubte kaum, dass sie sich die Mühe machen würden. Wären sie von der vorsichtigen Sorte gewesen, hätten sie ihn nicht einfach so laufen lassen. Er hatte das Gefühl, dass sie sich eher Gedanken machten, wie sie sich bedeckt halten und lästigen Papierkram vermeiden konnten, als den Klub zu sichern. Außerdem, wie Kanezaki gesagt hatte, das *Les Nuits* war ja keine Bank oder militärische Einrichtung. Dieser Sorm brachte vermutlich seine eigenen Leibwächter mit, und das waren schwerere Kaliber als ein paar Mietcops aus dem Hotel. Er hatte das Gefühl, dass fürs Erste alles in Butter war.

Er überlegte, sich eine Weile in der Lobby aufzuhalten, befand es dann jedoch für klüger, einfach zu gehen. Auch wenn es ihn interessierte, was die hübsche Lady im Sinn hatte. Und er sie gern ein wenig besser kennengelernt hätte.

Aber die Welt war klein und diese Stadt noch kleiner. Es wirkte zwar wie ein verrückter Zufall, doch vielleicht war sie sogar ein Profi wie er und ebenfalls hinter Sorm her. Sie hatte etwas Undefinierbares an sich, das er nicht in Worte fassen konnte. Er nahm sich vor, später nach ihr Ausschau zu halten, nur für alle Fälle.

Vermutlich täuschte er sich. Bestimmt hatte es sich nur um ein zufälliges Zusammentreffen gehandelt, und er würde sie nie wiedersehen. Der Gedanke machte ihn traurig. Er lachte über seine eigene Torheit und trat wieder hinaus in den Tag von Pattaya.

KAPITEL 19

Livia kauerte auf der Toilettenschüssel in einer der Kabinen der Damentoilette und lauschte. Der große Typ mit dem texanischen Akzent, über den sie beim Hereinkommen gestolpert war, redete wieder lautstark – mit einem Wachmann, vielleicht auch mehreren, wie es klang. War etwas schiefgegangen? Little hatte ihr gesagt, dass es eine Anomalie in den Überwachungskameras gegeben hatte, als seine Leute versuchten, sie auszuschalten – eine Art von Interferenz. Hatte man sie oder diesen Typen entdeckt? Oder forschten sie nur wegen der Anomalie nach?

Einen Augenblick lang fragte sie sich, ob es möglich war, dass der Kerl hier eine eigene Operation durchführte, doch dann dachte sie: *Nein.* Er sah gut aus, und sein übersteigertes Selbstbewusstsein und seine Gesprächsbereitschaft wirkten in gewissem Sinne anziehend. Es war schwer vorstellbar, dass er etwas anderes war als ein Tourist und Partylöwe, der sich verlaufen hatte und nur zufällig im selben Augenblick an den Türen des Klubs gerüttelt hatte, als Littles Leute sie entsperrten. Es war nicht auszuschließen, dass er nur eine Rolle gespielt hatte, aber sie kannte viele Kriminelle, die gute Schauspieler waren, und sie besaß eine gute Nase dafür. Bei diesem Texaner hatte sie nichts gerochen.

Dennoch, so laut, wie er da redete, klang es fast so, als wollte er ihr ein Zeichen geben. Nur warum? Er musste doch denken, dass sie nur ein Gast war, der eine Toilette suchte, wie sie ihm gesagt hatte. Selbst für den Fall, dass er ein Profi war und sie aus irgendeinem Grund ebenfalls dafür hielt, wieso sollte er sie warnen wollen?

Weil sie Verdacht gegen ihn schöpfen werden, falls sie dich finden.

Denkbar. Doch wahrscheinlich war er nur ein Hillbilly mit einem netten Lächeln.

Die Unterhaltung draußen endete, die Eingangstüren öffneten und schlossen sich. Texas war anscheinend gegangen. Aber die Wachmänner hörte sie noch. Sie diskutierten auf Thai miteinander. Vermutlich überlegten sie, wie es weitergehen sollte.

Vielleicht hätte sie das Licht in der Toilette besser nicht eingeschaltet – sie könnten es bemerken. Andererseits wäre nur schwer zu erklären gewesen, warum sie in der Dunkelheit herumsaß. Ein Kompromiss war am besten.

Sie stieg von der Schüssel, zog Shorts und Slip ein wenig herunter, und setzte sich. Sobald die Wachleute hereinkamen, würden sie ihre Füße sehen, und es musste echt wirken, wenn sie vorschützte, dass sie zur Toilette gemusst hatte. Sie überlegte, wie sie die Situation zu ihrem Vorteil wenden konnte. Sie zog die Tür der Kabine auf. Der Klub war verlassen, nicht wahr? Also musste sie auch nicht damit rechnen, dass jemand kam, und hatte deshalb die Tür offen gelassen. Ihr Anblick, teilweise entkleidet auf der Toilette, würde die Wachmänner aus dem Gleichgewicht bringen. Das veränderte die Dynamik der Situation – die Wachen, die eine Entschuldigung und eine Geschichte von ihr erwartet hätten, würden sich plötzlich selbst schuldig und verunsichert fühlen, weil sie ungebeten eingedrungen waren.

Ähnlich wie das, was der Texaner versucht hat, mit diesem Unsinn über eine Beschwerde bei einem Ombudsmann?

Ja, ein bisschen. Vielleicht. Hm.

Nach einer Weile verstummten die Stimmen im Korridor. Die Eingangstüren öffneten und schlossen sich wieder. Mit einem lauten metallischen Klacken rastete der Riegel ein. Sie wartete, und nachdem ein paar weitere Minuten alles still geblieben war, stand sie auf, zog Höschen und Shorts hoch und sah sich um.

Sie hatte gehofft, eine normale Toilette vorzufinden, mit einem Spülkasten, in dem sie ihre Sachen verstecken konnte. Aber hier gab es lediglich Stahlschüsseln, die an der Wand festgenietet waren. Vermutlich sollte das nach einer Art minimalistischem Schick aussehen. Auf sie wirkte es wie eine Gefängnisinstallation.

Texas hatte doch vom eigentümlichen Dekor der Toiletten gesprochen. War es möglich, dass er selbst beabsichtigt hatte, hier etwas zu verstecken? Aber nein, wahrscheinlich war es nur belangloses Geplauder gewesen, er hatte einfach ihr Stichwort aufgenommen. Das schien sein Ding zu sein. Anmache mit einer Menge Improvisation.

Sie überlegte. Wenn es nicht hinter der Wand einen zugänglichen Wartungsraum gab, was sie in einem Nachtklub bezweifelte, musste man von hier aus an die Installation herankommen, falls etwas kaputtging.

Die Wand war mit kleinen Stahlscheiben »tapeziert«, jede ungefähr so groß wie ein Silberdollar. Vor einem schwarzen Hintergrund berührten ihre Ränder sich fast. Sie konnte nichts sehen, aber …

Sie ließ die Fingerspitzen über die Zwischenräume der Scheiben gleiten. Sekunden später spürte sie eine Vertiefung, die direkt oberhalb und rechts von der Toilette in einer senkrechten Linie verlief. Geschickt gemacht – unsichtbar, doch fühlbar.

Sie drückte zu und vernahm ein Klicken. Als sie die Hand zurückzog, klappte ein sechzig Zentimeter großes Quadrat aus der Wand heraus, dessen Magnetverschluss gerade aufgeschnappt war.

Sie lächelte, holte die SureFire-Taschenlampe hervor und spähte in den Hohlraum. *Perfekt.* Hinter der Wand war das normale Zubehör eines Spülkastens verborgen. Und die Fläche, auf der der Wassertank ruhte, war nahe genug, um sie erreichen zu können.

Sie zog die Glock und die Nachtsichtbrille aus der Ledertasche, beugte sich in die Öffnung und legte sie auf den Boden. Dann klickte sie die Abdeckung wieder zu. *Perfekt.*

Sie schickte Little eine Textnachricht. *Sie müssen die Klubtüren noch einmal öffnen. So schnell wie möglich. Und die Kamera ausschalten. Für dreißig Sekunden.*

Einen Augenblick später kam die Antwort. *Erledigt. Los.*

Sie ging hinaus. Diesmal nahm sie die Treppe. Sie war sich nicht sicher, was Texas vorhatte. Selbst wenn er lediglich ein Tourist war, dann offensichtlich ein ausgesprochen hartnäckiger. Sie wäre nicht überrascht gewesen, ihn in der Lobby anzutreffen, wo er mit diesem breiten Lächeln und einem Spruch über Toiletten oder gebrochene Herzen oder was auch immer auf sie wartete.

Sein Aussehen und sein Selbstvertrauen waren definitiv ... anziehend. Doch es war weder der richtige Ort noch der richtige Augenblick. Für einen Moment empfand sie eine seltsame Enttäuschung. Dann ließ sie die Empfindung vorüberziehen und ging hinunter in die Tiefgarage. Das war der Weg, auf dem sie das Hotel verlassen wollte.

Und auf demselben würde sie in der Nacht zurückkommen.

KAPITEL 20

Dox verschlief den Rest des Nachmittags und den Abend in seinem Trekking-Hotel. Um 23 Uhr wachte er auf. Er brauchte nie einen Wecker, nicht einmal bei jenen glücklichen Gelegenheiten, wenn er die ganze Nacht damit zugebracht hatte, eine hübsche Lady zu lieben, oder den weniger glücklichen, an denen er mit einem Riesenkater aufwachte. Heute hatte er sich durch ein paar Stunden Schlaf erfrischen wollen, um im *Les Nuits* zu dem Zeitpunkt anzukommen, an dem der größte Betrieb herrschte. Das war sicher ab Mitternacht. Daher hatte er seinen internen Wecker auf elf Uhr gestellt und erholsam geschlummert. Jetzt war Showtime. Er ging ins Bad, erleichterte sich und duschte lange, bevor er sich einige Minuten nackt aufs Bett setzte und sich mit geschlossenen Augen von der Luft trocknen ließ. Im Geiste rekapitulierte er den Plan und rüstete sich für das, was ihn erwartete.

Er rief bei Kanezaki an. Der bestätigte ihm, dass die Freischaffenden in Stellung waren und es losgehen konnte. Dann zog Dox sich an, legte das Bauchbinden-Holster um, schlüpfte in eine Designerjeans und ein kurzärmeliges schwarzes Seidenhemd, das die Beule der Supergrade problemlos verdecken würde. Dazu trug er ein paar elegante, aber bequeme Schuhe, die er speziell für den Anlass ausgewählt hatte. Er betrachtete sich im Spiegel und entschied, dass es für die heutige Rolle perfekt war. Dann ging er hinaus, warf die Kawasaki an und fuhr zum *Bali Hai* Pier.

Er fand einen unbefestigten Parkplatz für Roller und Motorräder, stellte seine Maschine ab und fädelte die Kette durch den Helm. Wie schon früher am Tag unternahm er einen Rundgang und machte sich mit dem nächtlichen Rhythmus der Gegend vertraut. Die berühmte – oder berüchtigte – Walking Street war zu vollem Leben erwacht. Überall blinkten Neonreklamen. Elektronische Tanzmusik strömte aus den Go-go-Klubs. Bargirls in knappen Uniformen standen an den Eingängen aufgereiht, wiegten sich zu den Klängen und angelten sich Kunden. Die Händler mit ihren Karren zogen herum und verkauften alle Arten von Streetfood. Die Luft war gesättigt mit den Gerüchen von Schweinefleischbällchen und gebratenem Reis und Fischsauce. Ströme von Touristen, hauptsächlich junge Männer aus dem Westen, liefen in ärmellosen Hemden und Flipflops auf und ab und hin und her. Sie beäugten die Mädchen, erlagen gelegentlich ihrem Charme und gingen in anderen Fällen weiter wie Hunde, die sich nicht für einen Leckerbissen entscheiden konnten.

Vor gar nicht langer Zeit hätte er diese Art von Szenerie genossen, ihre Verlockungen und Verheißungen. All die hübschen Bargirls, die mit ihm flirteten, wären ihm wie ein harmloses Vergnügen erschienen. Aber nun … seine Wahrnehmung hatte sich verändert. Einige der Mädchen, die ihm aus den Eingängen der Bars etwas zuriefen und ihn anflirteten, schienen sich durchaus zu amüsieren. Die meisten sahen gelangweilt aus. Eher traurig sogar. Genau, das war es. Es wirkte alles so trist. Das war kein Leben, das man freiwillig auf sich nahm, oder? Nicht wenn man irgendwelche besseren Aussichten in der Welt hatte. Er hatte nie groß darüber nachgedacht, doch seit er Chantrea kannte, seit seiner Ankunft in Phnom Penh wegen des Gant-Sorm-Vann-Auftrags, sah er die Dinge mit anderen Augen. Chantrea war ein nettes Mädchen aus guter Familie. Sie lebte am Rande der Armut, während sie versuchte, einen Studienabschluss in Psychologie zu machen und sich nebenher ein bisschen Geld zu verdienen, indem sie in der Bar-Szene arbeitete. Konnte man das freiwillig nennen? Und hatte Dox ihr geholfen oder sie nicht vielmehr ausgenutzt?

Und wie viele von diesen Mädchen hatten überhaupt keine Wahl, sondern wurden zu diesem Leben gezwungen? Gezwungen von Leuten wie Sorm?

Weil Leute wie du diese Lage ausnutzen?

Konnte man das so sehen? War er etwa, nun ja, nicht besser als ein Dealer, der einem Süchtigen seinen Fix verkaufte? Das erschien ihm übermäßig vereinfacht. Oder redete er sich das nur ein, weil es leichter war, die Wirklichkeit zu ignorieren?

Mann, was ist los mit dir?

Er wusste es nicht. Vielleicht würden die Erlebnisse in Kambodscha und nun in Thailand ihn zu einem anderen Menschen machen. Insgeheim hoffte er das sogar. Aber als Toter hätte er dabei schlechte Karten. Und wenn er nicht seinen Verstand zusammennahm, bevor er in dieses Hotel ging und sich ums Geschäft kümmerte, stiegen seine Überlebenschancen nicht direkt.

Alles okay, Amigo. Schüttele es ab. Du musst dich konzentrieren.

Richtig. Er stieß einen langen Atemzug aus und schickte Kanezaki eine Textnachricht.

Gehe jetzt gleich zu dem Meeting. Ist unser Freund da?

Ja. Sag Bescheid, dann sorge ich dafür, dass die Tür geöffnet ist.

Verstanden. Ich melde mich innerhalb der nächsten Stunde.

Er löschte die Nachrichten, schaltete das Handy aus, steckte es in seine Hülle, und machte sich auf den Weg ins Hotel *Ruby.*

Als er ankam, war es nach Mitternacht. Und wenn ihm das Hotel tagsüber schon lebhaft erschienen war – kein Vergleich zu jetzt! In der Lobby herrschte doppelt so viel Betrieb, eine Kakofonie von Gesprächen hallte von der Decke wider, und als er aus dem Aufzug die Klubebene betrat, standen die Leute vor dem Eingang Schlange. Im Schwarzlicht war es ein gespenstisches Bild. Musik pulsierte hinter den Türen hervor, und drei Wachmänner mit Handfeuerwaffen scannten jeden Einzelnen, bevor sie ihn hineinließen. Sie sahen nicht so aus, als ob mit ihnen zu spaßen wäre – das waren die ehemaligen Royal Thai Marines, vor denen Kanezaki ihn gewarnt hatte. Ja, die machten allerdings den Eindruck von harten *Hombres*. Fit, nicht der Hauch eines Lächelns, äußerst geschäftsmäßig. Die Art von Männern, die ihren Job erledigen, und zwar gut, egal, ob es dabei darum ging, jemanden mit einem Metalldetektor zu überprüfen oder ihn totzuschießen.

Während er sich in die Schlange einreihte, blickte er sich um und hoffte törichterweise, die hübsche Lady zu sehen. Natürlich ohne Erfolg. Obwohl sie auch schon drinnen sein konnte.

Als er näher kam, setzte er ein Grinsen auf und begann, ein wenig zu der Tanzmusik zu grooven. Bei den Wachmännern angekommen, legte er sein Handy auf ein Plastiktablett und sagte: »Na, wie geht's, wie steht's?«

Einer von ihnen nickte ihm kurz zu, eine Geste, die besagte, dass der Typ schon alles gesehen und gehört hatte und nichts davon interessant fand. Er bewegte den Scanner methodisch von Dox' Scheitel bis zu den Fußsohlen. Er untersuchte das Mobiltelefon, gab es Dox zurück und nickte abermals.

Dox legte die Handflächen zu einem *Wai* zusammen. »Vielen Dank, Sir, für das Vertrauen, das Sie mir entgegenbringen, und für die wichtige Arbeit, die Sie hier tun.« Dann tauchte er ein in ein tobendes Meer aus Laserstrahlen und geschmeidigen Körpern, die zu pulsierender House-Musik tanzten. Ein durchdringender Geruch nach Aftershave, Tanzschweiß und

Fruchtcocktails hing in der Luft. Es liefen Nebelmaschinen oder Dunstmaschinen oder wie immer die Dinger hießen, jedenfalls erfüllten wogende Wolken die Tanzfläche, durchschnitten von farbigen Verfolgerstrahlern. Dox schob sich durch die Menge, drehte eine komplette Runde und versuchte, sich nicht ablenken zu lassen. *Meine Güte, wenn ein paar von diesen Frauen nicht glatte Zehner auf einer Zehnerskala sind, dann gibt es überhaupt keine Zehn.* Natürlich hoffte er, seine Lady zu sehen, die faszinierende Gestalt vom Nachmittag, aber sie war nirgends zu entdecken. Er redete sich ein, dass das gut so war – ihre Anwesenheit hätte nur bedeuten können, dass sie ein Profi war, und das hätte die Dinge möglicherweise verkompliziert. Trotzdem wünschte er sich, sie zu sehen. *Schiffe, die des Nachts vorüberziehen,* dachte er. Vermutlich war es besser so.

Er sorgte dafür, hinter einer vernünftigen Anzahl von Leuten abgeschirmt zu bleiben, als er Sorms VIP-Raum erreichte. Okay. Drei Kerle in Schwarz, die sich im Halbkreis vor einer großen, massiv wirkenden Tür aufgebaut hatten. Eine Seilabsperrung aus rotem Samt hielt die Menge zurück. Die Männer behielten den Klub scharf im Auge und wirkten mindestens so hart wie die Thai-Marines am Einlass. Ohrhörer, Kampfstiefel und Panzerwesten. Er konnte keine Handfeuerwaffen erkennen, aber wenn diese Burschen keine Knarren in Gürtelholstern am Rücken trugen, hieß er Fred Feuerstein.

Er ließ sich vorübertreiben, schwamm mit der Menge mit und gelangte schließlich zu dem Karaokeraum, in dem er seine Ausrüstung hinterlassen hatte. Er hatte gehofft, ihn leer vorzufinden, doch Murphys Gesetz sorgte natürlich dafür, dass er nicht so viel Glück hatte. Als er durch das Fenster in der Tür hineinspähte, sah er eine Gruppe von einem halben Dutzend junger Amerikaner – Studenten und Studentinnen, wie es aussah –, glücklich und wohlhabend, Getränke in der Hand, die Füße auf die Ottomane gelegt. Einer der Jungs sang in ein Mikrofon, und sein Gesichtsausdruck deutete darauf hin, dass er es voller Inbrunst tat.

Es wäre einfacher gewesen, wenn Dox über eine Art von Hoteluniform verfügt hätte. Andererseits war seiner Erfahrung nach in solchen Angelegenheiten entscheidend, dass man so tat, als ob. Und er war noch nie jemandem begegnet, der das Als-ob-Spielchen besser beherrscht hätte als er. *Okay,* dachte er. *Los geht's.*

Er stieß die Tür auf und marschierte zielstrebig hinein. Der Typ am Mikrofon sang gerade »Don't Let the Sun Go Down on Me«, und zwar gar nicht mal schlecht. Er war so konzentriert auf seinen musikalischen Vortrag, dass er Dox gar nicht bemerkte. Die anderen blickten auf.

»Ich bitte um Verzeihung«, sagte er laut. »Ich entschuldige mich im Namen des Hotelmanagements für die Unterbrechung, aber es sind uns unsichere Möbel in diesem Raum gemeldet worden.« Die Tür hinter ihm schwang zu und schnitt die Tanzmusik aus dem Klub weitgehend ab.

Sie sahen ihn alle mit einem mehr oder weniger identischen Gesichtsausdruck an. *Was zum Teufel soll das?* Nur der Knabe mit dem Mikrofon machte eine Ausnahme, er wirkte richtiggehend geknickt. Dox verstand ihn – er war gerade an dem Punkt angelangt, an dem er davon sang, dass seine Verletzungen Liebe brauchten, um zu heilen, und das war so ungefähr die beste Stelle im ganzen Song. Der Sänger senkte das Mikrofon, und einen Augenblick lang war der Raum erfüllt vom Klang der wortlosen Band.

Eines der Mädchen war eine hübsche kleine Blondine in einem silbernen Cocktailkleid, das so figurbetont war, dass Dox sich fragte, wie sie überhaupt Luft bekam, es sei denn, das Kleid wäre aufgemalt. Sie fragte: »Was?«

»Vielen Dank, Ma'am, wenn ich Sie bitten dürfte, die Musik ganz kurz zu unterbrechen. Ich muss diese Ottomane kontrollieren.«

Die jungen Leute sahen sich gegenseitig an.

Die Blondine schüttelte den Kopf, als würde sie nicht begreifen. »Was?«, wiederholte sie.

»Bitte, Ma'am, es dauert nicht länger als eine Minute. Wir haben einen Bericht erhalten, dass die Ottomane in diesem Raum statische Schäden aufweist, ob aufgrund eines Herstellungsfehlers oder wegen missbräuchlicher Verwendung, konnten wir noch nicht feststellen. Das Hotel nimmt seine Verantwortung für die Sicherheit aller Gäste und Klubbesucher sehr ernst. Also entschuldigen Sie, Sir. Ich weiß, es ist ein wunderbarer Song und Sie haben ihn großartig interpretiert, aber würden Sie Elton John bitte dennoch eine kleine Pause gönnen?«

Das Mädchen blickte verdattert drein und schüttelte abermals den Kopf, doch es griff nach der Fernbedienung und drückte nach kurzer Suche einen Knopf. Bis auf die wummernden Bässe der Tanzmusik aus dem Klub war es plötzlich still im Raum.

»Vielen Dank, Ma'am, das ist ausgesprochen hilfreich. Ich muss diese Ottomane kontrollieren, und aus meiner dreißigjährigen Erfahrung in der Möbelinspektion weiß ich, dass Musik und Sicherheit wie Öl und Wasser sind. Wenn diejenigen von Ihnen, die die Füße auf der Ottomane haben, sie jetzt bitte langsam anheben würden – langsam bitte, Sir! Ich möchte nicht riskieren, dass Sie sich verletzen –, ja, und jetzt bitte auf den Fußboden stellen. Und nun Ihre Drinks – Sie dürfen gern weitertrinken, aber wir müssen die Gläser von der unsicheren Ottomane entfernen, nur für einen Moment.«

Sie nahmen alle die Füße herunter, griffen nach ihren Getränken und starrten ihn an, als könnten sie sich nicht so recht entscheiden, ob er tatsächlich eine Autoritätsperson war oder einfach nur verrückt. Vielleicht beides. Bis jetzt hatte er Glück gehabt – Alkohol war unberechenbar, manchmal machte er die Leute anfällig für ein wenig soziale Manipulation, gelegentlich war das Gegenteil der Fall.

Er trat an die Ottomane, packte die Unterkante und kippte sie so auf die Seite, dass sie zwischen ihm und den jungen Studenten stand.

»Mein Gott«, sagte er. »Das ist ja furchtbar. Noch viel schlimmer, als ich befürchtet hatte. Da hätte sich jemand schwer verletzen können.«

Er griff in das Loch, das er hineingestemmt hatte, ertastete die Supergrade, holte sie schnell heraus und steckte sie in die Bauchbinde unter seinem Hemd. Dann ließ er die Ersatzmagazine, das Emerson-Messer und die Blendgranate folgen.

Als er fertig war, hievte er die Ottomane in ihre normale Position zurück, richtete sich auf und hielt die zerbrochenen Sperrholzstücke in die Höhe. »Sie würden staunen, wenn Sie wüssten, wie viele Unfälle jedes Jahr durch defekte Ottomanen verursacht werden«, sagte er und musterte sie einen nach dem anderen. »Ich bin sehr erleichtert, dass heute Nacht niemand zu Schaden gekommen ist. Sie können sich jetzt wieder Ihrem Vergnügen zuwenden, und Ma'am, wenn ich das hinzufügen darf, das ist ein absolut umwerfendes Kleid. Silber steht Ihnen. Genießen Sie die Party, und machen Sie sich keine Sorgen mehr wegen dieses Möbelstücks. Aus Sicherheitsgründen würde ich jedoch davon abraten, dass Sie die Füße noch einmal darauflegen, bevor wir entsprechende Reparaturen durchführen konnten.«

Der Sänger schüttelte den Kopf. »Was zum … Sie meinen, die Ottomane hat eine Gefahr für uns dargestellt?«

»Wie groß die Gefahr war, ist in solchen Angelegenheiten schwer einzuschätzen. Aber es ist auf jeden Fall besser, kein Risiko einzugehen. Die Hauptsache ist, Sie müssen sich jetzt keinerlei Sorgen mehr machen, die Ottomane wurde entschärft. Ich danke Ihnen nochmals für Ihre Mitarbeit. Bitte genießen Sie Ihren weiteren Aufenthalt im Klub *Les Nuits.*«

Ohne sich noch einmal umzusehen, ging er hinaus. Durch den Nebel und die Laser und die sich windende Menge auf der Tanzfläche arbeitete er sich zur anderen Seite des Klubs vor und betrat die Toilette, die Sorms VIP-Raum am nächsten lag. Die Wachmänner flankierten weiterhin die Tür und musterten die Umgebung, aber er befand sich jetzt im Unsichtbarkeits-Modus, und sie nahmen keine Notiz von ihm.

In der Toilette herrschte Hochbetrieb – die meisten der Urinale waren besetzt, und vor den Spiegeln richteten ein Dutzend junge Thais und Weiße ihre gegelten Haare und gezupften Augenbrauen. Die Musik war laut, beinahe so laut wie draußen auf der Tanzfläche. Dox warf die Sperrholzreste in einen Mülleimer, der auf einer spiralförmigen, stählernen Basis stand, und betrat eine Kabine. Dort überprüfte er gründlich die Supergrade – volles Magazin, Patrone in der Kammer, alles bereit. Er schob die Waffe wieder in die Bauchbinde und ließ das Hemd darüberfallen.

Okay. Showtime.

Er verließ die Kabine und wusch sich der Form halber die Hände. Er trocknete sie unter einem Gebläse, das laut wie eine Düsenmaschine klang, und wandte sich zur Tür.

Einer der betrunkenen Amerikaner – der Sänger – kam herein, erblickte ihn und blieb stehen. Verdammter Mist. Das hatte man davon, wenn man sich den Rücken nicht freihielt. Er hatte nicht erwartet, dass ihm eine Bande von Studenten Schwierigkeiten bereiten würde. Natürlich mochte das auch ein zufälliges Zusammentreffen sein. Egal, an der Art, wie die Lippen des jungen Mannes zu einer dünnen, entschlossenen Linie wurden, erkannte er, dass er sich mit ihm befassen musste.

»Bruder«, sagte der Junge. »Was sollte das? Sie sind nicht wirklich vom Hotelpersonal.«

»Undankbarkeit ist eine der Kehrseiten meines Berufs, mein Sohn«, erwiderte Dox und rieb seine gesäuberten Hände. »Ich rette die Menschen vor potenziellen Gefahren, und sie danken es mir, indem sie meine Integrität infrage stellen.«

»Apropos Vertrauenswürdigkeit, dürfte ich Ihren Ausweis sehen?«

»Es steht Ihnen selbstverständlich zu, sich bei meinem Vorgesetzten über mich zu beschweren, wenn Sie sich dann besser fühlen. Aber ich habe Pflichten zu erfüllen.«

Als er sich an dem Knaben vorbeischieben wollte, packte ihn der Idiot tatsächlich am Arm. Dox griff mit der freien Hand nach seinem Handgelenk, löste es von seinem Arm und drückte so fest zu, dass es wehtat. Mit der Schnelligkeit und Leichtigkeit der Bewegung signalisierte er dem Jungen, dass der Schmerz, den er jetzt spürte, nur ein Vorgeschmack war, sollte er dumm genug sein, sich den Film bis zum Ende ansehen zu wollen.

Er starrte dem Burschen in die Augen. »Mein Sohn«, knurrte er, »wenn du deinen bescheuerten Arsch nicht auf der Stelle zu Elton John zurück verfrachtest, reiße ich dir die Leber zum Mund heraus und schlage dich damit tot. *Comprendes?*«

Der Knabe versuchte nicht einmal, sich loszureißen – er wurde nur ein bisschen blass und nickte rasch zweimal.

Dox sah, dass ein paar Leute sie beobachteten. *Mist.*

Er ließ den Jungen los. »Und sieh zu, dass du dir die Hände wäschst, wenn du hier fertig bist. Mangelnde Toilettenhygiene können wir nicht dulden.«

Er ging hinaus, mied Sorms VIP-Raum und blieb erst so weit entfernt von der Toilette stehen, dass genügend Leute dazwischenstanden und der Knabe ihn beim Herauskommen nicht gleich sehen konnte. Er entspannte sich und zog sich in sich selbst zurück, so wie er es tat, wenn er in einem Scharfschützennest lag. Er verschwand einfach und wurde in voller Sicht nicht mehr wahrnehmbar. Eine Minute später kam der Junge heraus und entfernte sich in Richtung des Karaoke-Raums. Er wirkte immer noch ein wenig blass um die Nase.

Okay, Sorm, dachte Dox. *Ich komme.*

Er holte tief Luft und schlüpfte wieder in seine Rolle. Auf indirektem Weg näherte er sich über die Tanzfläche dem VIP-Raum. Die herumwirbelnden Tänzer teilten sich vor ihm, und ihre Bewegungen wirkten im pulsierenden Licht seltsam roboterhaft. Er wiegte sich im Rhythmus der Musik wie jemand, der eine ganze Menge zu viel getrunken hat. Hier und da hielt er inne, um mit einer der Ladys zu tanzen, an denen er vorbeikam, manchmal zu deren offensichtlicher Verärgerung, in anderen Fällen zu ihrem scheinbaren Entzücken. Vor Jahren war er mit einer Tänzerin zusammen gewesen, und sie hatte darauf bestanden, ihm die Grundlagen beizubringen, Chachacha und Rumba und Tango. Das war der einzige Tanz, der ihm wirklich gefiel. Der Unterricht hatte ihm Spaß gemacht, denn er mochte alles, was man als eine Art Vorspiel interpretieren konnte. Allerdings hatte er nie damit gerechnet, dass er ihm im Einsatz einmal zugutekommen würde. Und jetzt sehe man sich das an!

Er verließ das Parkett, tanzte jedoch weiter. Die Wachmänner waren nur noch sechs Meter entfernt, zwischen ihnen befanden sich noch eine Handvoll Leute und eine Nebelbank von den Maschinen.

Viereinhalb Meter.

Er wiegte sich in den Hüften, ließ Schultern und Arme kreisen und legte als i-Tüpfelchen eine Pirouette hin.

Die Wachen behielten jetzt nicht mehr den Raum im Auge. Sie starrten ihn an. Und ihre Blicke waren alles andere als freundlich.

Drei Meter.

»Hey«, rief er ihnen zu und legte einen kleinen Standardschritt ein. »Das ist der VIP-Raum, nicht wahr? Was kostet ein Tänzchen da drin?«

KAPITEL 21

Livia saß auf einem Hocker am hinteren Ende der Bar, die Sorms VIP-Raum am nächsten lag, und nippte an einem Martini-Glas mit Cosmopolitan. Sie hatte die Glock aus ihrem Versteck geholt, und jetzt konnte sie sie bequem mit einem Cross-Draw aus der Tasche ziehen, die an ihrer linken Seite hing. Sie hatte sich den Riemen über die rechte Schulter geschlungen, und sie war ein bisschen groß für ihr knappes schwarzes Cocktailkleid. Aber eine Menge Frauen im Klub trugen übergroße Taschen. Einige waren Professionelle, die das Handwerkszeug ihres Berufs mit sich führten. Andere machten einfach begeistert Party und hatten Kleider zum Wechseln für den nächsten Morgen dabei für den Fall, dass es ihnen gelang, jemanden abzuschleppen. Livias eigener Grund war natürlich, abgesehen von der Glock, das Nachtsichtgerät.

Das einzige weitere Accessoire, das leicht deplatziert wirkte, waren ihre flachen Absätze. Stilettos hätten besser zu einem Nachtklub gepasst, andererseits hatte Bequemlichkeit ebenfalls Priorität für eine durchtanzte Nacht. In ihrem Fall ging es um Schnelligkeit und Beweglichkeit. Nichts davon war wirklich auffällig. Wenn das Kleid nur kurz und eng genug war, achteten Männer nicht auf Accessoires. Auch ihre platinblonde Perücke und die übergroße Hornbrille waren vermutlich nicht direkt

215

hochmodern, aber besser als nichts gegen die Aufzeichnungen von Überwachungskameras.

Sie hatte kurz mit einem Australier geplaudert, der sie anzubaggern versuchte. Sie hatten die Köpfe nahe zusammenstecken müssen, um sich über die laute Musik des Klubs verstehen zu können. Aber als sie sein Angebot ablehnte, ihr einen Drink zu spendieren, und ihm gesagt hatte, dass sie auf einen Freund wartete, war er weitergezogen. Das war gut so. Sie hatte den Klub für eine Weile ungestört aus dieser Position beobachten wollen, um ein Gefühl für das Verhalten der Wachmänner vor Sorms VIP-Raum zu bekommen. Die paar Minuten waren jetzt um. Sie war bereit.

Sie wischte den Stiel des Martiniglases mit einer Serviette ab und zog ihr Telefon heraus. Ihr Herz begann zu hämmern, und sie atmete eine Minute lang tief und langsam, bis sie sich ruhiger fühlte. Dann rief sie Little an.

»Können Sie mich verstehen?«, fragte sie und wandte den Kopf von den Leuten neben ihr ab, denn sie musste schreien, um den Lärm zu übertönen.

»Sehr schlecht. Klingt so, als wäre da eine große Party.«

Sie sah sich um. »So ist es. Sind Sie bereit?«

»Ein Wort von Ihnen, und ich lösche das Licht. Und öffne die Türen.«

Sie stand auf, öffnete den Reißverschluss ihrer Tasche und umrundete die Tanzfläche in Richtung auf den VIP-Raum. Ihr Herz hämmerte wieder heftig. »Zehn Sekunden«, sagte sie.

»Verstanden.«

Sie ging weiter. Inzwischen war sie nur noch zwölf Meter entfernt. Die Musik dröhnte laut und pulsierend. Laserstrahlen zuckten über den Boden. Die Tanzfläche war gefüllt mit sich wiegenden Körpern, die Arme in die Luft gereckt, ständig in Bewegung, umwabert vom Nebel, der aus unsichtbaren Maschinen aufstieg.

Sie zog die Nachtsichtbrille aus der Tasche und schaltete sie ein. »Acht Sekunden.«

»Ich höre. Auf Ihr Zeichen.«

Neun Meter. Jetzt befanden sich noch etwa fünfzig Personen zwischen ihr und den Wachleuten. Die Deckung wurde dünner.

Sie ließ das Nachtsichtgerät dicht am Boden baumeln, wobei sie es am Riemen hielt, sodass sie es augenblicklich überstreifen konnte.

Sechs Meter. Nur noch ein kleines Stück. Sie wollte, dass es schnell ging. Dass niemand Zeit hatte zu reagieren.

»Fünf«, sagte sie. »Vier. Drei …«

Ein großer Typ tauchte links von ihr aus der Menge auf der Tanzfläche auf und rief den Wachmännern etwas zu. »Das ist der VIP-Raum, nicht wahr? Was kostet ein Tänzchen da drin?«

Selbst wenn sie ihn nicht gesehen hätte, hätte sie ihn an der Stimme erkannt. Texas.

Was zum Teufel soll das?

»Stopp«, sagte sie ins Telefon. »Noch nicht.«

»Bleibe auf Stand-by.«

Was zum Teufel soll das?, dachte sie abermals.

Die Wachleute starrten Texas an. Durchbohrten ihn mit Blicken. Was immer er vorhatte, sie schätzte, dass ihm vielleicht noch drei Sekunden Zeit blieben, bevor sie in Aktion traten.

»Ist das Seil dort hinter euch aus korinthischem Velours?«, rief Texas, ohne langsamer zu werden. »Prachtvoller korinthischer Velours, genau wie im Haus meiner Vorväter in Abilene.«

Dann vollführte er einen seltsamen kleinen Tanzschritt und drehte eine Pirouette. Als er dabei den Wachen den Rücken zukehrte, tauchte wie durch Zauberhand eine Pistole unter seinem Hemd auf …

Einer der Wachmänner bemerkte die Bewegung oder erkannte zumindest, dass Texas schon viel zu nah heran war und

217

man seine Hände im Moment nicht sehen konnte. Der Posten griff hinter seinen Rücken …

Texas beendete die Pirouette, während er die Waffe hob, und …

Der Wachmann stieß auf Thai einen Warnruf aus – vielleicht hieß er: »Waffe!« Aber Texas brachte ihn mit einem Schuss in die Stirn zum Schweigen. Einen Augenblick später feuerte er dem Posten direkt daneben eine Kugel in den Kopf und dann dem dritten, so schnell und zielsicher, dass alle drei tot waren, noch bevor der erste zu Boden gegangen war.

Trotz der dröhnenden Musik war das laute Knallen von Schüssen unverkennbar. Sie hörte Schreie von der Tanzfläche, das Geräusch verwirrter Diskussionen.

Texas trat über die Leichen hinweg, ohne das Absperrseil aus Velours zu beachten, wirbelte herum, sodass er mit dem Rücken zur Tür stand, und ließ den Fuß direkt unter den Griff mit einem Eselstritt dagegenkrachen. Die Tür flog auf …

Unmittelbar dahinter warteten drei Männer in schwarzen Uniformen mit Ganzkörperpanzerung und gezogenen Waffen. Texas, der von dem Tritt noch tief gebückt dastand, stieß hervor: »Ach du Scheiße!« Gleichzeitig tauchte er weg und warf etwas nach hinten in den Raum. Die Männer sahen es. Einer von ihnen brüllte auf Englisch: »Granate!«

Ohne nachzudenken, wirbelte Livia herum und schrie ins Telefon: »Licht aus!«

Augenblicklich war der Klub in tiefe Dunkelheit gehüllt. Es gab einen gigantischen Knall und ein Lichtblitz drang aus dem VIP-Raum. Dann folgten ein weiterer Knall und ein Blitz, und noch einer. Und mehr. Keine Handgranate. Eine Schockgranate.

Sie setzte die Nachtsichtbrille auf und riss die Glock heraus. Hinter ihr tobte ein Pandämonium. Menschen schrien und rannten fluchtartig in alle Richtungen davon. Nur das Licht in Sorms VIP-Raum brannte. Es musste seine eigene

Stromversorgung haben, als Teil einer Art Schutzraum. Das Zimmer war jetzt leer. Die drei Soldaten, oder was immer sie waren, waren in den Klub vorgedrungen, und zwar offensichtlich, bevor die Blendgranate losgegangen war. Sie konnten offenbar noch sehen. Sie schwangen die Waffen auf der Suche nach einem Ziel in einem beidhändigen Griff herum.

Einer von ihnen feuerte zwei Schüsse ab. Die Kugeln schlugen links von Texas in den Boden ein. Texas rollte sich in die andere Richtung weg und schoss zweimal auf dem Rücken liegend. Er traf den Soldaten in die Brust. Der Mann drehte sich weg. Vielleicht war er verletzt, doch mit seiner Panzerung definitiv nicht ausgeschaltet.

Ein zweiter Soldat bewegte sich nach rechts. Sie wollten Texas in die Zange nehmen. Obwohl sie noch sehen konnten, bemerkte Livia, dass der Knall der Schockgranate ihre Koordination beeinträchtigt hatte. Doch selbst wenn es Texas gelang, Kopfschüsse zu setzen und so die Körperpanzerung zu umgehen, hatte er keine Chance bei drei gegen einen.

Er rollte sich zur Seite weg und schoss zweimal. Der Typ, der ihm in die Flanke fallen wollte, zuckte unter dem Einschlag der Kugeln. Aber auch dies waren Brustschüsse. Im schwachen Licht aus dem VIP-Raum erkannte Texas vielleicht die Panzerung nicht. Oder es gelangen ihm beim Herumrollen auf dem Boden lediglich Körpertreffer. Oder beides.

Der dritte Typ bewegte sich in der anderen Richtung dicht an der Wand entlang. Der erste brachte die Pistole in Anschlag, und Texas schoss abermals auf ihn. Die Kugel pfiff am Gesicht des Mannes vorbei. Texas hatte das Problem erkannt, doch zu viel passierte gleichzeitig, und er befand sich in ungünstiger Position …

Noch einmal drückte er ab. Diesmal traf die Kugel den Typen ins Gesicht, und er ging zu Boden. Aber während Texas sich um ihn kümmerte, hatte sich der dritte Mann an der Wand entlanggeschlichen und hob jetzt die Waffe …

Livia legte an und feuerte. Der erste Schuss erwischte den Typen unmittelbar unterhalb der Kehle. Sie bewegte sich auf ihn zu und schoss weiter, hob den Lauf dabei ein wenig an. Ihre zweite und dritte Kugel waren Kopftreffer. Der Mann fiel um.

Texas' Kopf zuckte in ihre Richtung, während er die Pistole mitschwenkte. Doch dann wirbelte er wieder zurück. Selbst in diesem Tohuwabohu musste er gespürt haben, dass die Schüsse nicht für ihn bestimmt gewesen waren. »Was zum Henker …?«, stieß er hervor.

Er rollte sich zur Seite und kam mit knapper Not davon, denn der zweite Typ feuerte zwei Kugeln genau an der Stelle in den Teppich, an der Texas eben noch gelegen hatte. Als er sah, dass er ihn verfehlt hatte, schwang er die Pistole herum, um Livia ins Visier zu nehmen. Er war zu weit entfernt, um einen Kopfschuss zu riskieren, daher nahm er ihren Körperschwerpunkt aufs Korn, krümmte den Finger am Abzug und bewegte sich auf sie zu, während sie auf ihn feuerte. Einmal. Zweimal. Ein dritter Schuss. Er zuckte nur unter den Einschlägen. Sie hob die Mündung ein wenig höher und zielte …

Rechts von ihr donnerte eine Pistole, und eine Blutfontäne spritzte seitlich aus dem Kopf des Typen hervor. Während der Mann mit Livia beschäftigt war, hatte Texas den Fangschuss angebracht.

Livia blickte wild um sich. Menschen rannten schreiend und kreischend in alle Richtungen davon. Die Laser zuckten immer noch durch die Dunkelheit, und die Musik wummerte in unverminderter Lautstärke. Sie konnte keine weiteren Gegner erkennen.

Sie warf Texas einen Blick zu. Er lag auf dem Rücken und hob den Kopf, während er nach links und rechts blickte, die Pistole in einem beidhändigen Griff vor sich ausgestreckt.

»Was zum Henker?«, stieß er abermals hervor, ohne sie auch nur anzusehen.

»Wo ist Sorm?«, schrie sie. »Er war nicht in diesem Raum!«

»Sorm ist überhaupt nicht da! Begreifen Sie nicht? Es war eine Falle! Wir müssen hier weg!«

Er zog die Beine an und schnellte mit einer Bodenkippe auf die Füße. Für einen großen Mann war er außerordentlich beweglich.

»Wo ist er?«, brüllte sie, während ihre Blicke nach links und rechts zuckten.

»Keine Ahnung! So wie ich das sehe, war er nie hier! Los jetzt, wir müssen verduften!«

Er sprang zu ihr und drehte sich so, dass sie Rücken an Rücken standen und einen Rundumblick auf den Raum hatten.

»Woher wollen Sie wissen, dass er nicht hier war?«, schrie sie.

»Ich weiß es nicht! Aber ich weiß, *wer* hier war – drei professionelle Killer mit Körperpanzerung, die mich höchstwahrscheinlich abserviert hätten, wenn Sie nicht dazwischengegangen wären. Kapieren Sie nicht? Sorm wusste, dass wir kommen würden. Oder dass ich kommen würde oder Sie kommen würden oder was auch immer. Herrgott noch mal, können wir bitte unsere Theorien darüber, was zum Teufel hier gerade passiert ist, erst dann austauschen, wenn wir in Sicherheit sind?«

»Und wenn er durch diesen Raum verschwunden ist? Es gibt einen Hinterausgang!«

»Das weiß ich, aber …«

»Falls er hier war, ist er auf diesem Weg abgehauen. Ich muss ihm nach.«

Sie sah, dass sich vom Eingang her drei Männer einen Weg durch die Menge bahnten und auf sie zukamen. »Scheiße«, sagte sie. »Die Sicherheitsleute. Vom Einlass.«

»Bringen Sie sie nicht um«, erwiderte Texas. »Die machen nur ihren Job. Sie haben mit Sorm nichts zu schaffen.«

Sie wusste, dass das stimmte. Aber sie war so nah dran, und wenn diese Männer versuchen sollten, sie aufzuhalten …

»Lassen Sie mich das machen«, sagte Texas. »Okay? Nehmen Sie die Brille ab und stecken Sie die Pistole weg. Vertrauen Sie mir. Sonst gibt es hier noch eine Schießerei, und so wahr mir Gott helfe, zwei pro Tag sind mein absolutes Limit.«

Sie zögerte.

»Ich schicke sie in die andere Richtung weg, in Ordnung? Tun Sie einfach, was ich sage!«

In der Gewissheit, dass sie einen fatalen Fehler beging, streifte sie die Brille ab und ließ sie, gefolgt von der Glock, in ihre Tasche gleiten.

Texas sagte kein weiteres Wort. Er schob seine Waffe wieder unters Hemd, nahm Livia an der Hand und winkte den näherkommenden Wachleuten mit dem anderen Arm wild zu.

»Gott sei Dank!«, rief er. »Gott sei Dank, dass Sie hier sind! Oh Himmel, sie erschießen die Leute da drüben im Karaoke-Raum! Und singen dabei Elton John!« Er deutete in eine Richtung, die vom Eingang und zugleich von Sorms VIP-Raum wegführte.

»Da, dort drüben, verstehen Sie mich? Um der Liebe Gottes willen, bitte beeilen Sie sich! Ich habe Angst! Ich habe Angst!«

Die Sicherheitsmänner machten sich davon. Livia schüttelte den Kopf und war überrascht, dass es funktioniert hatte. Die Leute fielen tatsächlich auf die Hinterwäldler-Masche dieses Mannes herein. Ohne ein weiteres Wort zog sie die Glock und lief direkt auf Sorms sicheren Raum zu.

»Verdammt noch mal, nicht!«, schrie Texas ihr nach, doch sie kümmerte sich nicht darum – wenn auch nur die geringste Möglichkeit bestand, dass Sorm hier war, würde sie ihn umbringen.

Sie setzte über die Leichen der thailändischen Wachleute hinweg in den Raum, der von beißendem Rauch erfüllt war. Die Hintertür stand offen und dahinter lag im kalten Licht von Leuchtstoffröhren eine Feuertreppe. Sie rannte darauf zu.

»Warten Sie!« Sie hörte, wie Texas ihr nachlief, zögerte jedoch keine Sekunde und sprang, vier Stufen auf einmal nehmend, die Treppe hinunter. Texas' Schritte hallten direkt hinter ihr im Treppenhaus wider.

»Das ist genau das, was sie vielleicht erreichen wollen, verdammt noch mal!«, schrie er. Es war ihr egal. Sie durfte Sorm nicht davonkommen lassen. Das konnte sie nicht.

Sie hörte Texas dicht hinter sich, und dann war er plötzlich irgendwie an ihr vorbei. Er bewegte sich so schnell, dass er mit wirbelnden Armen das Gleichgewicht halten musste. Er schlang ihr den Arm um die Taille und hielt sie fest. Sie wollte ihn von den Beinen fegen und weiter die Treppe hinunterrennen, aber aus irgendeinem Grund bremste sie sich.

»Hören Sie mir zu!«, sagte er. »Hören Sie einfach nur zu. Der Typ, der das hier für mich arrangiert hat. Die Infos geliefert hat. Das Sicherheitssystem gehackt. Alles. Er hat ein paar Freiberufler angeheuert, die im Erdgeschoss vor dem Notausgang warten. Wenn an der Sache nichts faul war und Sorm da rauswollte, haben sie ihn schon erwischt. Und falls etwas faul ist, dann bin *ich* der Typ, auf den die Kerle dort unten warten. Wir können da nicht raus. Es bringt keine Vorteile, nur Gefahr. Bitte, hören Sie mir zu. Wir schnappen uns Sorm auf andere Art.«

Auf einer gewissen Ebene begriff sie, dass das, was er sagte, einen Sinn ergab. Aber sie konnte nicht. Sie konnte nicht.

»Nein!«, antwortete sie. »Er war hier. Er war …«

»Verdammt, wir können da nicht raus. Möglicherweise warten da noch mehr böse Jungs auf uns, kapieren Sie denn nicht? Bitte. Sie wirken wie eine nette Lady, und ich möchte nicht, dass Sie direkt in einen verfluchten Hinterhalt laufen. Ich sehe schon, dass Sie es ernst meinen mit Sorm. Aber ich auch. Vertrauen Sie mir, okay? Wir kriegen ihn.«

Er hatte recht. Es widerstrebte ihr, doch er hatte recht. Sie schüttelte seinen Arm ab. »Die Stockwerke mit den Hotelzimmern sind alle abgeriegelt«, sagte sie. »Wir können nur auf der Lobbyebene hinaus. Oder über den Parkplatz, durch den Notausgang.«

»Ich kann meinen Typen dazu bringen, die Schlösser zu öffnen.«

»Derselbe Typ, von dem Sie befürchten, er hätte Sie in die Falle gelockt?«

»Ich verstehe, was Sie damit sagen wollen. Aber wenn ich die Sache ganz allgemein halte, sollte es keine Probleme geben. Einen Moment.«

Er zückte ein Handy und wählte eine Nummer. »Nein«, sagte er. »Nein, ich habe ihn nicht erwischt. Ich glaube nicht einmal, dass er hier war. Es gab allerdings drei Killer, die ich mit knapper Not überlebt habe. Was nicht dir zu verdanken ist, wie ich hinzufügen möchte.« Eine Pause entstand. »Darüber unterhalten wir uns später. Im Moment muss ich mich schleunigst verdrücken. Kann dein Team die Türen auf jedem Stockwerk zur Feuerleiter hin öffnen?« Wieder Stille. »Mach dir keine Gedanken über die Etage, deine Jungs müssen einfach alle knacken.« Pause. »Wann? Vor fünf Minuten wäre nett, aber ich gebe mich mit jetzt auf der Stelle zufrieden, vielen herzlichen Dank auch.«

Eine Sekunde später ertönte ein lautes metallisches Klacken von der Tür hinter ihnen. Livia zog daran. Sie ging auf.

»Startbereit«, sagte Texas ins Telefon. »Ich melde mich wieder. Und du solltest dich besser darum kümmern, was an dieser Geschichte so verdammt schiefgelaufen ist. Da wusste nämlich jemand genau, dass ich komme, das ist mal sicher.«

Er legte auf, schaltete das Handy ab und steckte es in ein abgeschirmtes Gehäuse.

»Wir sollten Ihres auch dazutun«, schlug er vor. »Besser nichts riskieren.«

Sie erkannte, dass es sich um einen Faraday'schen Käfig handelte. Und dass ihr Telefon noch eingeschaltet war. In der Hektik hatte sie vergessen, es auszumachen.

Es gefiel ihr nicht, ihr Telefon abzugeben, doch unter den Umständen war eine Faraday'sche Hülle sinnvoll. Eigentlich hätte sie selbst eine verwenden sollen. Die Polizei von Seattle konnte kein ausgeschaltetes Handy orten. Aber sie wusste nicht, wozu die Homeland Security in der Lage war. Sie schaltete das Gerät ab und reichte es Texas, der es in die Hülle steckte. Zu ihrer Überraschung übergab er sie ihr.

»Hier«, sagte er. »Stecken Sie das in Ihre Tasche. Zwei Telefone tragen etwas auf in einer Bauchbinde, und ich möchte nicht, dass meine Pistole irgendwo hakt.«

Auch das klang sinnvoll. Sie steckte die Hülle in ihre Tasche, bevor sie Brille und Perücke abnahm und ebenfalls hineinstopfte. Sie wollte anders aussehen, als mögliche Zeugen sie beschreiben konnten. Sie ordnete alles so an, dass die Glock leicht zugänglich obenauf lag.

Sie gingen durch die Tür und folgten einem langen, breiten Korridor, von dem die Türen zu den Hotelzimmern abgingen. Der dicke Teppich und die hohe Decke erzeugten eine Stille, die sich nach dem physisch spürbaren Wummern der elektronischen Musik im Klub unwirklich anfühlte.

»Hey«, sagte Texas. »Schön langsam. Nicht vergessen, wir sind jetzt Hotelgäste. Vielleicht auf dem Rückweg in unser Zimmer auf einen erotischen Schlummertrunk.«

Sie sah ihn an. Sie war immer noch wütend, dass ihr Sorm so knapp durch die Lappen gegangen war.

»Ich sage ja nicht, dass es dazu kommen wird«, fuhr er fort. »Sie müssen nur so tun, als ob.«

»Ich weiß, wie man so tut, als ob.«

»Tja, das nehme ich an. Das merke ich. Aber im Augenblick verhalten Sie sich so, als hätten wir Streit. Und genau das wird jeder bemerken, dem wir begegnen. Ich kann damit leben, falls Sie es so wollen. Nur fände ich es weniger ungewöhnlich und deshalb unauffälliger, wenn wir für eine Weile so tun könnten, als würden wir uns verstehen. Wenigstens bis wir aus dem Hotel raus sind.«

»Wir kommen bestens miteinander aus.«

»Sehen Sie, genau das meine ich. Wie Sie das sagen, klingt es einfach nicht so, als wären Sie mit dem Herzen dabei.«

Etwa fünfzehn Meter weiter hörten sie das Klingeln des ankommenden Aufzugs. »Mist«, sagte Texas. »Immer mit der Ruhe jetzt. Wir erschießen keinen, bis wir das Weiße in seinen Augen sehen, okay?«

»Hören Sie auf, mir zu sagen, was ich tun soll.«

»Es war mehr als Vorschlag gemeint. Und hier ist noch einer. Legen Sie den Arm um mich. Tun Sie einfach so, als ob.« Er legte ihr den Arm um die Taille und zog sie an sich. Sie spannte sich und hätte ihn am liebsten von den Füßen geholt und liegen lassen, während sie allein weitermachte.

»Hier auf Erden«, sagte er, »ist es üblich, sich bei dieser Art von menschlichem Kontakt zu entspannen und ihn zu genießen. Wenn Sie es nicht tun, kriegen die Leute das mit.«

Sie hörte die Aufzugtüren aufgleiten. Eine Sekunde später bogen zwei uniformierte Mietcops des Hotels in den Gang ein und kamen auf sie zu. Sie wirkten entspannt – nur eine Routinepatrouille, kein Notfall. Trotzdem versteifte sie sich.

Texas zog sie enger an sich. »Ganz locker, Darling«, flüsterte er ihr ins Ohr. »Kein Problem. Nur ein eng umschlungenes Liebespaar, tief versunken und verloren in seinem Begehren …«

Er winkte den Wachleuten zu, und sie sah, wie er einem von ihnen im Vorübergehen zuzwinkerte.

Das alles gefiel ihr nicht. Es schien jedoch zu funktionieren. Und ihr war klar, dass der Zweck rein einsatztechnisch war. Oder zumindest teilweise. Bei diesem Typen konnte man sich nicht sicher sein.

Sie fuhren mit dem Aufzug in die Parkgarage hinunter und verließen das Hotel durch einen Nebenausgang, wobei sie beide scharf nach möglichen Problemen Ausschau hielten. Um das Hotel herum standen ein Dutzend Streifenwagen geparkt, und sich nähernde Sirenen kündigten weitere an. Eine Menge aus Schaulustigen hatte sich versammelt und versuchte zu ergründen, was passiert war. Sie gingen einfach Arm in Arm durch die warme Nacht von Pattaya davon, bis sie das Hotelgelände hinter sich gelassen hatten. Niemand beachtete sie.

»Ich habe mein Motorrad am Pier geparkt«, sagte Texas. »Gehen wir da lang. Keine Sorge. Wir schnappen uns Sorm. Nur nicht heute Nacht.«

Wenn Little so etwas abzog, wirkte es wie erzwungenes Teaming. Bei Texas war das irgendwie anders. Außerdem war er offenkundig kein Freund von Sorm. Gemeinsam konnten sie mehr erreichen als allein. Es war besser, als sich in die Quere zu kommen.

Aber das bedeutete nicht, dass sie ihm vertraute. Sie traute niemandem.

KAPITEL 22

Nach wenigen Minuten hatten sie den Pier erreicht. Dox wurde nicht schlau aus dieser Lady. Sie war offensichtlich ein Profi, obwohl ihm nicht klar war, von welcher Sorte. Ein Profi wusste, dass es besser war, Arm in Arm zu gehen wie ein Liebespaar, statt wie zwei Fremde, die sich nicht trauten und einander nicht leiden konnten. Ihr musste doch klar sein, dass es für ihn nicht real war, dass er nur eine Rolle spielte. Okay, vielleicht nicht ausschließlich, denn sie war zweifellos hübsch und besaß diese besondere Ausstrahlung. Und außerdem, wollte nicht jeder nach einer Schießerei ein bisschen in den Arm genommen werden?

Er sah das Motorrad auf dem Parkplatz stehen – leicht zu erkennen an seiner Größe –, und plötzlich fiel ihm etwas ein, woran er früher hätte denken sollen. »Warten Sie«, sagte er. »Ich habe meinen Helm an die Maschine gekettet, aber wir brauchen auch für Sie einen. Sie legen hier nicht so viel Wert auf die Einhaltung der Helmpflicht, nur möchte ich nicht riskieren, dass wir auf einen Cop stoßen, der scharf auf ein Bestechungsgeld ist. Außerdem kann mit Helm niemand unsere Gesichter erkennen.«

Es dauerte nicht lange, bis er jemanden sah, der gerade den Helm absetzte, nachdem er seine Maschine abgestellt hatte. »Hey«, sagte Dox, zauberte einen Benjamin-Franklin hervor und deutete auf den Helm. »Hundert Dollar für den Helm. Abgemacht?«

Der Typ starrte ihn an, als würde er nicht begreifen. Was er vermutlich auch nicht tat.

Es war immer ein Fehler, die Stimme zu erheben, bloß weil jemand der eigenen Sprache nicht mächtig war, aber vielleicht verhielt sich das mit Geld ja anders. Er zog einen weiteren Schein hervor und streckte die Hand mit dem Geld aus, während er mit der anderen auf den Helm zeigte. »Zweihundert Dollar, Sir. Das ist mein letztes Angebot. Nehmen Sie es an, oder bereuen Sie es für den Rest Ihres Lebens.«

Der Typ schenkte ihm einen tiefen *Wai* und ein breites Lächeln. Er nahm das Geld, gab Dox den Helm und machte sich davon, vermutlich um sich eine neue Kopfbedeckung zu kaufen und mit dem Überschuss in Pattaya Orgien zu feiern. Dox reichte der Frau den Helm, und sie gingen weiter.

An seiner Maschine angekommen, schloss Dox die Kette auf und schulterte sie, griff nach dem Helm und wollte sich auf das Motorrad schwingen.

Die Frau legte ihm fest die Hand auf die Schulter und hielt ihn auf. »Ich sitze vorn«, sagte sie. Sie hätte ihm genauso gut sagen können, dass sie zum Mond fliegen würden. »Hören Sie«, erwiderte er verdattert, »das ist eine Kawasaki Z800, ein bisschen groß für eine Lady wie …«

»Vielleicht bin ich nicht so schwach, wie Sie glauben. Oder Sie sind nicht so stark.«

»Oh, das hat jetzt wehgetan. Ich lüge nicht.«

»Sitzen Sie hinten auf.«

»Hören Sie, in der ganzen zivilisierten Welt ist es üblich, dass der Mann vorn fährt. Andersrum fallen wir nur auf.« Er hätte auch sagen können: *Dann sterben wir bei einem Unfall.* Allerdings wollte er unter den gegebenen Umständen kein Öl ins Feuer gießen.

»Sie vergeuden nur Zeit.«

Er wollte widersprechen, aber sie wirkte vollkommen entschlossen. Außerdem fiel ihm nichts mehr ein.

»Schön«, antwortete er. »Ich hoffe, Sie können fahren.« Er hoffte inständig, niemand, vor allem nicht Rain, würde je davon erfahren.

Sie setzte den Helm auf und streckte die Hand aus. Er verzog das Gesicht, kam sich irgendwie hilflos vor. »Schön«, wiederholte er. Er reichte ihr den Schlüssel. Sie schwang sich auf die Maschine. Er setzte den eigenen Helm auf und nahm hinter ihr Platz.

Sie startete den Motor, ließ ihn aufheulen und drehte den Kopf zu ihm um. »Festhalten«, sagte sie.

»Schön«, erwiderte er noch einmal. Langsam kam er sich vor wie ein Idiot. Er legte ihr die Hände auf die Hüften.

»Fester«, befahl sie.

»Also gut, ja.« Er verschränkte die Finger vor ihrem Bauch. Verdammt, sie hatte einen festen und flachen Bauch. Sie war in Hochform.

Und verflixt noch mal, gut, dass er auf sie gehört hatte, als sie sagte, er solle sich festhalten. Sie ließ die Kupplung hart und schnell kommen. Das Hinterrad der Maschine schwänzelte auf der unbefestigten Oberfläche, als sie Gas gab, doch sie glich geschickt mit einer Verlagerung ihres Körpergewichts aus, erst in die eine, dann die andere Richtung. Sie schien die Maschine vollkommen unter Kontrolle zu haben. Als sie den Rand des Parkplatzes erreichten und auf die Straße abbogen, beschleunigte sie weiter, legte sich in die Kurve und bewies ein feines Händchen am Gasgriff. Sie schoss auf die nächste Kreuzung zu und nahm beim Abbiegen eine Menge Tempo mit. Dox klammerte sich an sie, während ihm unter dem Helm die Augen hervortraten und er sich fragte, was zum Teufel er sich da eingebrockt hatte.

In weniger als drei Minuten hatten sie die Route 7 erreicht, die Hauptstrecke nach Bangkok, und fuhren Richtung Nordosten. »Warten Sie«, schrie Dox, um das Dröhnen des Motors zu übertönen. »Wir wollen nicht nach Bangkok. Biegen Sie da vorn rechts auf die 36 ab.«

Sie ging nicht einmal vom Gas. »Ich habe noch eine Spur zu Sorm. In Bangkok.«

»Hören Sie, wenn fremde Männer unerwartet auftauchen und mich zu töten versuchen, dann habe ich zumindest in meinem bisherigen Leben versucht, fürs Erste alles zu vermeiden, was vorhersehbar sein könnte. Also bitte, tun Sie mir den Gefallen – nach Bangkok können wir später immer noch fahren. Nur nicht gerade jetzt. Biegen Sie auf die 36 in Richtung Südosten ab – auf dem Weg erreichen wir Rayong und Saeng Chan Beach. Da übernachten wir und nehmen morgen eine andere Strecke nach Bangkok.«

Er wusste, dass das ein guter Vorschlag war – besser konnte er gar nicht sein. Und sie war offensichtlich ein Profi, also musste sie wissen, dass er recht hatte. Dennoch merkte er, dass sie Mühe damit hatte.

»Ich weiß, dass Sie Sorm unbedingt haben wollen«, fügte er hinzu. »Aber doch auf clevere Art.«

Schon während er das aussprach, wurde ihm klar, dass er sich in eine potenzielle Zwickmühle begab. Schließlich sollte er Sorm nicht töten. Das hatte er Vann und Kanezaki versprochen. Er wusste jedoch, dass diese Frau Sorm umbringen wollte, das war so sicher wie das Amen in der Kirche, oder sie würde bei dem Versuch dazu sterben. Und jetzt bot er ihr praktisch seine Hilfe an. Okay, damit konnte er sich später befassen. Erst einmal mussten sie sich in Sicherheit bringen.

Er wusste nicht, was er tun sollte, wenn sie ihn ignorierte und auf der Route 7 blieb. Es war ja nicht so, dass er ihr ins Lenkrad hätte greifen können. Glücklicherweise kam es nicht so weit. Sie bremste, als sie das Hinweisschild für die 36 sah, und bog elegant ab.

Eine Stunde später erreichten sie Rayong. Dox war bestimmt ein Jahrzehnt lang nicht mehr hier gewesen, aber selbst um drei Uhr morgens sah er, dass sich nicht viel verändert hatte. Palmen, niedrige Gebäude und weit und breit keine Walking-Street-Partymeile in Sicht, wo die ganze Nacht durchgefeiert wurde. Anscheinend hatte dieser Ort, der von Bangkok aus eine Stunde weiter südlich als Pattaya lag, nicht dieselbe Fehlentwicklung durchmachen müssen wie sein bekannterer Vetter.

Sie rollten langsam in östlicher Richtung am Strand entlang. Die Stadt lag still und verschlafen unter einer tief stehenden Mondsichel, während die Wellen des Golfs von Thailand sich rechts von ihnen auf dem Sandstrand brachen.

»Da, sehen Sie, der ganze Strand ist mit diesen Halbkreisen aus Sand und Steinen gestaltet«, sagte er. »Wie Halbmonde. Daher kommt auch der Name. *Saeng chan* heißt *Mondlicht.*«

Sie wandte leicht den Kopf. »Wo wollen wir hin?«

»Na gut, ich merke schon, dass meine Versuche, den Reiseleiter zu spielen, nicht funktionieren. Fahren Sie einfach weiter am Strand entlang. Es gibt da ein kleines Hotel, wo ich früher mal abgestiegen bin. Ich wette, es existiert noch.«

Und so war es. Der Name lautete *Paradise Cottages and Spa* – es war eine Ansammlung von grasgedeckten Bungalows, die sich an der Südseite der Straße hinzogen, direkt an den Halbkreisen vom Strand entlang.

Die Frau parkte die Kawasaki, und Dox stieg ab. Er war froh, dass der geschotterte Parkplatz dunkel und menschenleer war, sodass niemand Zeuge seiner Schande wurde, als er sich vom Sozius der Maschine schwang. Allerdings musste er zugeben, dass sie fahren konnte. Und wie. Er setzte den Helm ab. Vom Meer her wehte eine sanfte Brise, und die Nachtluft war angenehm kühl. Er roch den Duft des Ozeans – ein sauberer, salziger Geruch, der in Pattaya unter Dieselqualm und Beton verschüttet lag.

Und da war noch ein anderes Aroma – Durian-Früchte. Ganz in der Nähe musste ein Baum stehen. Die meisten Menschen aus dem Westen verabscheuten den Duft, aber für ihn repräsentierte er einen der großen Genüsse des Lebens in Südostasien.

Die Frau stellte den Motor ab und nahm den Helm ab. Er streckte rasch die Hand aus. »Den Schlüssel bitte.« Er hatte halb erwartet, dass sie sich widersetzen würde, doch sie tat es nicht. Schließlich war es sein Motorrad. Sie gab ihm den Schlüssel.

»Und nun?«, fragte sie.

Er war froh, wieder auf vertrautem Terrain zu sein und in gewisser Hinsicht die Führung zu übernehmen. »Wir nehmen uns ein Zimmer. Nur ein Zimmer, weil es eine Menge zu besprechen gibt. Ganz zu schweigen davon, dass …«

»Dass wir so tun sollten, als ob.«

»Nur Schauspielerei. Ich habe nicht vor, die Situation auszunutzen.«

Er glaubte, dass sie Einwände erheben würde, doch sie sagte lediglich: »Ich weiß.«

Das warf ihn richtiggehend um. Er kapierte nicht, was sie kooperativ machte und wann sie widerspenstig wurde.

»Oh«, antwortete er. »Okay, gut. Und rechnen Sie damit, dass ich vor dem Nachtportier oder wer immer da ist, eine kleine Show abziehen werde, einverstanden?«

Sie schwang sich von der Maschine und stieg ab. »Ja, das habe ich inzwischen mitgekriegt.«

»Nun, es ist nur Show. Ich habe zwei Arten, mich zu verstecken – die eine ist, unsichtbar zu werden, und die andere, ein Spektakel zu veranstalten. Jede hat ihre Vor- und Nachteile.«

Sie lachte. Es war nur eine Kleinigkeit, aber es war das erste Mal, dass er ihr Lachen gesehen hatte. Es gefiel ihm. Es machte ihn seltsam glücklich, zu wissen, dass es möglich war und dass er wohl der Anlass dazu gewesen war.

»Sie und unsichtbar?«, fragte sie. »Das möchte ich sehen.«

Er lächelte. »Das ist es ja – Sie würden es nicht bemerken. Das ist der Zweck der Übung.«

»Okay, dann sagen Sie einfach Bescheid, wenn es geschieht.«

»Abgemacht. Aber fürs Erste ist mehr Spektakel angesagt. Sobald wir den Rezeptionsbungalow da drüben betreten, werde ich meinen Arm um Sie legen. Weil wir ein Pärchen halbgeiler Homo sapiens sind, deren Pheromone sich vor einer Weile in einer Bar vermischt haben und die jetzt beabsichtigen, die gegenseitige Anziehungskraft im *Paradise Cottages and Spa* aufeinander wirken zu lassen.«

Er hatte versucht, sie damit wieder zum Lachen zu bringen. Doch stattdessen runzelte sie die Stirn. »Sie müssen nicht so mit mir reden«, sagte sie. »Ich bin kein Alien.«

Das warf ihn aus der Bahn. »Okay, verdammt, das weiß ich. Tut mir leid. Eigentlich wollte ich Sie nur zum Lachen bringen. Es hat mir gefallen gerade eben. Sie haben ein nettes Lachen, und es war das erste Mal, dass ich es gehört habe.«

Einen Augenblick lang blieb sie stumm. Dann nickte sie und sagte: »Gehen wir. Ich bin müde.«

Er wurde einfach nicht schlau aus ihr. Nur eines wusste er sicher, nämlich dass sie eine gewaltige Last mit sich herumschleppte und keine Möglichkeit fand, sich ihrer zu entledigen.

Sie gingen hinein. Er legte den Arm um sie, wie versprochen beziehungsweise angekündigt, und ohne dass er sie dazu auffordern musste, folgte sie seinem Beispiel. Unter anderen Umständen hätte er sich darüber gefreut – dass sie zuhörte, dass sie ihm traute, verflixt, dass sie vielleicht sogar anfing, ihn zu mögen. Doch die Art, wie sie es tat, wirkte so unwillig. Und irgendwie traurig. Fast hätte er wieder einen Kommentar abgegeben, dass es besser sei, so zu tun, als ob. Er ließ es bleiben. Es lohnte sich nicht. In Rayong war es drei Uhr morgens. Niemand würde so eine Kleinigkeit bemerken, wie dass eine asiatische Frau es nicht besonders mochte, dass ein großer weißer Kerl den Arm um sie legte.

Zum Teufel, dachte er. Das ist wahrscheinlich nicht einmal eine Unstimmigkeit. Es ist die verdammte Normalität.

Dem Teenager an der Rezeption, der mit den Kopf auf dem Schreibtisch im Tiefschlaf gelegen hatte, schien es piepegal zu sein. Er wischte sich den Schlaf aus den Augen, nahm Dox' Geld in Empfang und gab ihm den Schlüssel. Dox bedankte sich, und dann folgten sie einem kiesbedeckten, von schwachen Bodenleuchten erhellten Pfad bis zu ihrem Bungalow.

Es war ein hübsches Zimmer, genau wie Dox es im Gedächtnis hatte. Einfach, aber gemütlich, mit poliertem Holzboden, weißen Laken und Glastüren, die direkt auf den Strand hinausgingen. Das Licht war dimmbar, und er drehte es so weit wie möglich herunter, um keine Insekten anzulocken. Er öffnete die Türen – Rain hätte das als einen unverzeihlichen Bruch der Sicherheitsmaßnahmen betrachtet, aber um Himmels willen, bis vor zehn Minuten hatte ja nicht einmal Dox selbst gewusst, dass sie hier landen würden. Augenblicklich war der Raum erfüllt vom Rauschen des Meeres, das keine fünfzehn Meter entfernt lag.

Abermals konnte er die Durian-Frucht riechen. »Mmm«, sagte er. »Ich liebe diesen Duft.«

»Durian?«, fragte sie aus dem Hintergrund.

Er stand einen Augenblick lang mit geschlossenen Augen da und erfreute sich am Aroma der Früchte und dem Klang der Wellen. »Ja. Sie mögen es seltsam finden, aber es gibt wenig, das ich lieber mag.«

Sie antwortete nicht. Er drehte den Kopf zu ihr um und sah, dass sie ihn mit einem ganz merkwürdigen Ausdruck betrachtete.

Unterwegs hatten sie bei einem Laden haltgemacht, um Sandwiches, Chips und Wasserflaschen zu kaufen. Jetzt griff die Frau nach der Tüte, riss sie auf und begann, eines der Sandwiches zu verschlingen. Er trat zu ihr und nahm sich auch eines. Nach einer Schießerei hatte man einen Bärenhunger. Tatsächlich heizte sie alle Gelüste an. Er musste sich im Zaum halten. Sie war hübsch, und er mochte sie, und er war durchdrungen von jenem unglaublich lebendigen Gefühl, das man nur hatte, wenn man einen Anschlag überlebt und zugleich den Angreifer getötet hatte. Aber sie schien definitiv kein Fan von menschlichem Kontakt zu sein.

Sie aßen wortlos im Stehen, und in wenigen Minuten waren die Sandwiches und die Hälfte des Wassers verschwunden. »Puh«, sagte er und unterdrückte ein Rülpsen. »Das hatte ich nötig.«

Sie nickte.

»Ich denke, wir sollten unsere Notizen vergleichen«, meinte er. »Aber ich könnte eine Dusche vertragen. Wenn Sie auch möchten, dürfen Sie gern zuerst.«

Sie schüttelte den Kopf. »Nein danke.«

»Sind Sie sicher?«

Sie nickte abermals.

»Hey, wenn ich aus dem Badezimmer wieder rauskomme, sind Sie doch noch da, oder?«

Sie sah ihn an. »Warum sagen Sie das?«

»Ich weiß nicht. Ich werde einfach nicht schlau aus Ihnen.«

»Ich gehe nicht weg. Lassen Sie mir nur eine Minute Zeit.«

Sie ging ins Badezimmer, und als sie nach kurzer Zeit wieder herauskam, sah sie anders aus. Er begriff, dass sie Make-up getragen und es abgewaschen hatte. So gefiel sie ihm besser. Er hätte es beinahe laut ausgesprochen, fand jedoch, dass es missverständlich klingen könnte.

Die Dusche war himmlisch – geräumig, sauber, reichlich Wasserdruck –, und er wäre gern länger darunter geblieben, um sich in Dampf und Hitze zu entspannen. Aber sie hatten eine Menge zu besprechen. Und obwohl er ihr geglaubt hatte, als sie sagte, sie würde noch da sein, wenn er wieder herauskam, wollte er ihr lieber nicht zu viel Zeit lassen, es sich anders zu überlegen.

Er trocknete sich ab und bürstete sich mit dem Zahnputzset vom Hotel die Zähne. Es gab ein ganzes Sortiment von Toilettenartikeln – Kamm, Haarbürste, Wattebäusche, sogar Ohrenstöpsel. Wer brauchte an einem verschlafenen Ort wie diesem eigentlich Ohrenstöpsel? Höchstens ein Spinner, dem das Meeresrauschen am Strand nicht gefiel. Oder jemand, der das Pech hatte, dass der Partner schnarchte. Oder ein Ohrenstöpsel-Fetischist. So ziemlich das Einzige, was das Hotel nicht zur Verfügung stellte, war ein Kondom. Das fand er ungewöhnlich, denn seiner Erfahrung nach galt in solchen Etablissements – früher sogar in exakt diesem Etablissement – ein vom Hotel zur Verfügung gestelltes Kondom als chic, ein absolutes Muss.

Er betrachtete seine Klamotten, die in einem Haufen am Boden lagen. Der Gedanke daran, nach einer schönen Dusche wieder in die schweißgetränkte und von der Fahrt verdreckte Kleidung zu schlüpfen, war nicht angenehm. Daher streifte er einen der Hotel-Bademäntel über und hängte die Kleider zum Auslüften an die Duschstange. Er konnte morgen neue kaufen.

Als er aus dem Bad kam, saß sie auf der Couch. Ihre Pistole lag in Reichweite auf dem Kaffeetisch. Eine Glock einundzwanzig, wie er sah. Ziemlich schwere Waffe für jemanden von ihrer Größe. Andererseits hatte sie ja auch die Kawasaki wie ein Profi gefahren.

Sie wirkte so angespannt wie zuvor, und er wünschte, sie hätte ebenfalls geduscht. Vielleicht hätte sie das ein wenig aufgelockert. Bei ihm hatte es definitiv funktioniert.

»Es gibt noch einen zweiten Bademantel«, sagte er, und setzte sich ihr zugewandt ans andere Ende der Couch. Er legte seine Supergrade neben die Glock auf den Kaffeetisch. »Das ist vielleicht ein bisschen bequemer als ein Cocktailkleid. Obwohl Sie fabelhaft darin aussehen, das muss ich zugeben, vor allem, nachdem Sie eine Schießerei überlebt und eine Flucht per Motorrad durch die Schwüle der thailändischen Nacht hinter sich haben.«

Sie lächelte abermals. Es war ein sehr nettes Lächeln. Er war betrübt, dass es so schwierig war, es hervorzulocken.

»Hey«, sagte sie. »Vorhin, auf der Feuertreppe. Sie haben behauptet, Ihr ›Typ‹ hätte ein paar Freiberufler am Notausgang postiert, um Sorm in Empfang zu nehmen. Und dass sie ihn ›erwischt haben würden‹, falls er diesen Fluchtweg genommen hätte.«

Verflixt, sie hatte den Finger genau auf den Widerspruch gelegt, mit dem er sich leider auseinandersetzen musste.

»Das ist richtig«, sagte er.

»Was haben Sie damit gemeint? Welche Freiberufler? Wieso ›ihn erwischen‹? Sie haben die Wachmänner umgelegt. Wollten Sie Sorm selbst nicht töten? Nach der Blendgranate wäre er hilflos gewesen.«

»Tja, an dem Punkt wird es ein wenig kompliziert, das muss ich zugeben. Und ich hoffe, Sie können mir helfen, eine Entscheidung zu treffen.« Er räusperte sich. »Okay, es ist folgendermaßen. Ein paar Leute hatten mich angeheuert, sozusagen ein offenes Gespräch mit Sorm zu führen. Aber das entpuppte sich als Falle, denn sie versuchten, mich durch einen Trick dazu zu verleiten, mir vielmehr Sorms Erzfeind vorzunehmen. Deshalb stecke ich jetzt tief im Schlamassel, und der beste Ausweg für mich ist, dieses geplante Gespräch zu Ende zu führen, falls Sie wissen, was ich meine. Doch gleichzeitig bin ich durch die Umstände in meiner Handlungsfähigkeit eingeschränkt.«

Indem er ein paar Namen verschwieg und nicht allzu sehr ins Detail ging, berichtete er ihr von Gant und Vann und Kanezaki und der Anklage der UN in New York. Und davon, dass Sorm ein Informant der CIA und DIA war. Außerdem erzählte er von Zatichi und seinem Versprechen, Sorm nur dingfest zu machen und nicht umzubringen. Rain hätte Zustände bekommen, wenn er gewusst hätte, wie viel er ihr anvertraute. Aber was sollte es, sie war offensichtlich kein Fan von Sorm! Obwohl er bei aller Fairness zugeben musste, dass seine Bereitschaft, ihr zu vertrauen, nicht nur daran lag.

»Ich hatte das Gefühl, dass er auf der Flucht ist«, bemerkte sie, als er ihr von der Anklage berichtete. »Einer meiner Informanten erzählte mir, dass er nur noch Wegwerfhandys benutzt und dringend Bargeld brauchte.«

Das deckte sich mit dem, was er von Vann erfahren hatte. »Ja, wegen diesem Typen von der UN. Vann. Vann sagte mir, dass Sorm Wind von der Sache bekommen haben muss und deshalb Fersengeld gegeben hat.«

Er erzählte ihr noch mehr, zum Beispiel davon, wie der Typ, mit dem er zusammenarbeitete, Sorm bis Pattaya nachgespürt hatte, und von dem Plan, ihn gefangen zu nehmen.

»Selbst wenn Sorm dort gewesen sein sollte«, meinte sie, »und sogar, falls er durch die Hintertür des sicheren Raums geflohen wäre. Es konnte doch niemand wissen, dass er die Treppe bis zum Erdgeschoss hinunterlaufen und durch den Notausgang kommen würde, wo diese Freiberufler angeblich warteten.«

Mann, sie hatte wirklich ein Näschen für Unstimmigkeiten. »Richtig«, sagte er. »Wie gesagt, der ursprüngliche Plan lautete, dass ich ihm bis zu dieser Etage dicht auf den Fersen sein, oder besser noch, ihn am Kragen hinausschleifen würde. Aber wie es dann gelaufen ist ... Ja, selbst wenn er da gewesen sein sollte, was ich ernsthaft bezweifle, und selbst wenn er durch die Hintertür seines kleinen VIP-Raums verschwunden wäre ... Er hätte das Treppenhaus auf jeder beliebigen Etage verlassen können, sofern er einen Zimmerschlüssel vom Hotel hatte.«

Das schien sie zufriedenzustellen. Jedenfalls forschte sie nicht weiter nach anderen Widersprüchen.

Als er geendet hatte, rechnete er damit, sie würde darauf bestehen, es wäre Unsinn, Sorm festzunehmen, und dass sie ihn töten müssten. Was für ihn, so wie er die Sache zusammengefasst hatte, nach einem brauchbaren Kompromiss klang – er würde Sorm ja nicht persönlich umbringen, sondern ihr lediglich dabei helfen. Schließlich hatte er nicht versprochen, Sorm zu beschützen. Nur, ihn nicht zu töten. Also konnte die Lady hier ihm den Gnadenstoß versetzen. So hielt Dox sein Versprechen, und trotzdem würde die Welt zu einem besseren Ort werden.

Stattdessen fragte sie: »Warum erzählen Sie mir so viel?«

»Rede ich zu viel von mir selbst?«

Sie schenkte ihm wieder dieses leise Auflachen, das ihm so gefiel.

»Es ist mehr als das, was *ich* Ihnen erzählt hätte.«

»Es ist mehr als das, was Sie mir erzählt *haben.*«

»Was wollen Sie denn wissen?«

»Sie sind ein Cop, nicht wahr? Oder zumindest waren Sie mal einer.«

Sie zuckte nicht zusammen. Sie zeigte überhaupt keine Regung. Aber ... irgendetwas drang bis nach außen durch. In ihr Gesicht, in ihre Augen. Es war zu subtil, um es zu beschreiben. Doch es genügte.

»Wie kommen Sie darauf?«, fragte sie.

»Zum einen verfügen Sie über eine exzellente Verhörtechnik. Sie stürzen sich auf Ungereimtheiten wie ein Bluthund auf die Fährte. Okay, das spricht für eine Polizistin, könnte aber auch einen anderen Vernehmungsexperten bedeuten, vielleicht von der Air Force. Wäre denkbar. Sie haben allerdings gesagt, Sie hätten eine Spur zu Sorm. Und dass einer Ihrer Informanten Ihnen mitgeteilt hätte, dass Sorm Wegwerfhandys benutzt. Das klingt für mich mehr nach Polizei, nicht Militär.«

Sie antwortete nicht.

»Und außerdem«, fuhr er fort, »ich kenne keinen Vernehmungsexperten, der ein Scheunentor mit einer Pistole treffen könnte. Vielleicht beim Scheibenschießen, aber nicht, wenn die Kugeln auch in die andere Richtung pfeifen. Wo haben Sie gelernt, so zu schießen?«

»Von meinem Onkel.«

»Und wer war Ihr Onkel? Wyatt Earp?«

»Wo haben Sie es denn gelernt?«

»Beim US Marine Corps. Ich bin allerdings von Temperament und Ausbildung her eher Scharfschütze und vermeide Schießereien nach Möglichkeit. Okay, Sie sind dran.«

Sie antwortete nicht.

»Die Sache ist die«, sagte er, »selbst wenn ich auf dem Holzweg bin, und das glaube ich nicht, so stimmt zumindest die Richtung. Sie sind ein Profi, das ist klar. Aber gleichzeitig ist nicht zu übersehen, dass es für Sie nicht nur eine berufliche Angelegenheit ist wie für mich.«

»Für Sie ist es rein beruflich?«

Er dachte einen Augenblick lang nach. »Tja, komisch, dass Sie das fragen. Als ich losgezogen bin, war es das. Aber dann traf ich diese nette Lady in Phnom Penh, Chantrea. Ich habe sie besser kennengelernt und ein paar Dinge erlebt, und … Ich weiß nicht. Ich schätze, ab da wurde es persönlich, und nicht nur, weil ich zur Verärgerung neige, wenn Leute mich unter Vortäuschung falscher Tatsachen anheuern und darüber hinaus versuchen, mich umzulegen.«

»Wie kann es für Sie persönlich sein?«

Ihre gute Verhörtechnik lag nicht nur daran, dass sie nicht viel sprach, das merkte er langsam. Sie verstand sich auch darauf, den anderen reden zu lassen. Okay, das störte ihn nicht. Er redete gern. Vielleicht horchte sie ihn nur aus, aber er hoffte, sie würde sich selbst öffnen, wenn er nur weitersprach.

»Da, wo ich herkomme, haben wir ein Sprichwort. Nein, wir haben eine Menge Sprichwörter, zum Beispiel das von der Schildkröte, die nicht aus eigener Kraft aufs Bücherregal kommt. Das schätze ich besonders. Aber das, was ich gerade meine, lautet: Es gibt Leute, die müssen einfach getötet werden. Und ich finde, dieser Sorm gehört zu den Menschen, für die dieser Spruch erfunden wurde. Wie denken Sie darüber?«

Eine Pause entstand. Sie sagte: »Ich habe eine Menge solcher Menschen gekannt.«

Er betrachtete sie und fühlte eine merkwürdige Mischung von Empfindungen. Verständnis. Bewunderung. Mitgefühl.

Und Dankbarkeit, denn plötzlich wurde ihm klar, dass sie nicht mit ihm spielte. Er wusste, was es sie gekostet haben musste, auch nur dieses bisschen von sich preiszugeben. Und das gegenüber einem Fremden.

»Tut mir leid«, sagte er. »Mir sind ebenfalls schon ein paar von der Sorte über den Weg gelaufen. Aber … wohl nicht auf die Art, wie ich glaube, dass es bei Ihnen der Fall war. Das tut mir leid. Was mich betrifft, so bin ich froh, Ihre Bekanntschaft gemacht zu haben. Und nicht nur, weil Sie mir vorhin im *Les Nuits* den Arsch gerettet haben.«

Sie sah ihn an. Sie wirkte angespannter denn je, als würde sie irgendwie mit sich selbst ringen. Gleichzeitig glaubte er, etwas Neues in ihrem Blick zu entdecken. Er war nicht sicher, was es war. Angst oder Verwundbarkeit vielleicht. Es war, als hätte er ihr wehgetan, indem er sagte, dass er froh sei, sie zu kennen.

»Warum dann?«, fragte sie.

Er überlegte einen Moment lang. »Hm, möglicherweise, neben anderen Gründen, weil wir gemeinsam getötet haben. Eine Menge Leute würden das für eine merkwürdige Methode halten, um ein Band zwischen zwei Menschen zu knüpfen, doch meiner Erfahrung nach funktioniert es überraschend effektiv.«

Sie schenkte ihm dieses zögernde Lächeln, aber der Ausdruck in ihren Augen veränderte sich nicht. Er begriff, wie viel Schmerz sich hinter ihrem gelegentlich aufblitzenden Lächeln verbergen musste. Und er fragte sich, warum ihm das bis jetzt nicht aufgefallen war.

»Wie heißen Sie eigentlich?«, erkundigte er sich.

»Und Sie?«

»Ach ja, das habe ich vergessen. Ich muss immer vorlegen, und Sie legen dann nicht nach. Okay. Die Leute nennen mich Dox. Kurz für *unorthodox*. Aber mein richtiger Name, mit dem mich so gut wie niemand außerhalb der Familie anspricht, lautet Carl.«

Eine weitere lange Pause entstand. Sie sagte: »Ich bin … Labee.«

»Das ist ein hübscher Name.«

Sie sah weg.

Verdammt, dabei hatte er es ernst gemeint. »Was denn, glauben Sie, ich sage das zu allen Mädchen?«

Aber es war so, als hätte sie ihn gar nicht gehört. »Mich nennt auch niemand so«, sagte sie leise.

»Nun, mir wäre es ein Vergnügen, wenn Sie möchten.« Er streckte die Hand aus. »Labee, freut mich, Sie kennenzulernen. Ich bin Carl.«

Sie starrte seine Hand an, griff aber nicht danach. Sie schüttelte den Kopf und ballte die Fäuste. Sie sah ihm ins Gesicht, und einen Augenblick lang wirkte es fast so, als wollte sie ihn anfallen. Plötzlich gefiel ihm gar nicht, wie nah ihre Glock lag. Ganz und gar nicht.

Sie langte nicht nach der Waffe. Sie nahm seine Hand, doch statt sie zu schütteln, benutzte sie sie, um ihn zu sich zu ziehen. Nicht unvermittelt oder ruckartig, aber kräftig, mit erheblich mehr Stärke und Nachdruck, als er bei ihrer Größe erwartet hätte.

Er war verwirrt und fragte sich vage, ob sie irgendeine Kampfsportausbildung hatte – Rain war dazu fähig, Leute so herumzuhieven, scheinbar mühelos. Bevor er darüber nachdenken konnte, hatte sie ihn irgendwie gedreht und herumgewirbelt, sodass er auf der Couch lag und sie rittlings hoch aufgerichtet auf ihm saß. Eine Hand hatte sie eng um seine Kehle geschlossen, die andere zur Faust geballt und erhoben, als wollte sie ihn schlagen. Er war so überrascht, dass er regelrecht erstarrte, ein Luxus, den er sich möglicherweise gestattete, weil ihre Hände leer waren. Und obwohl der Griff an seiner Kehle kein Vergnügen war, wirkte es nicht direkt so, als wollte sie ihn gleich umbringen.

In dieser Haltung verharrte sie einen Moment lang und starrte ihm in die Augen, als wäre sie wütend oder verzweifelt oder was auch immer. Er wusste es nicht. Und dann bewegte sie sich ein wenig, rieb sich an ihm. Er riss die Augen auf und dachte: *Was zum Teufel soll denn das werden?*

Okay, sein Gehirn mochte sich diese Frage stellen, aber Nessie hatte überhaupt keine Fragen mehr, sondern reagierte augenblicklich und spürbar auf den Druck und die Reibung. Die Frau merkte es – wie hätte es anders sein können? Schließlich war das Nessie, und außerdem war ihr das knappe Kleid hochgerutscht, als sie ihn auf den Rücken warf, sodass sie nichts mehr trennte als sein Bademantel und ihr Höschen. Der Gedanke erregte ihn, und sie begann, sich fester an ihm zu reiben, ritt richtiggehend auf und ab, bis es sich selbst durch den Frotteestoff des Morgenmantels so gut anfühlte, dass es ihn wahnsinnig machte.

Er legte ihr die Hände auf die Hüften, doch sie schüttelte ihn wütend ab und drückte ihm die Kehle enger zu. Abermals dachte er: *Was zum Teufel wird das denn?* Aber dann wurde ihm klar, dass das die Art war, wie diese Frau es haben wollte, nach allem, was sie wohl durchgemacht hatte. Vielleicht sogar die einzige Art, wie sie es tun konnte. Also ließ er die Arme sinken und blieb passiv, obwohl ihn der Griff an seinem Kehlkopf und die Nähe der Glock nervös machten. Das schien ihr zu gefallen, möglicherweise, weil es ihr das Gefühl gab, ihn unterworfen zu haben. Jedenfalls lockerte sie den Griff so weit, dass er ein wenig leichter atmen konnte.

Und dann, ohne dass er mitbekommen hatte wie, hielt sie plötzlich ein Kondom in der Hand. Das musste das aus dem Badezimmer sein. Sie hatte es wohl für den Fall an sich genommen, dass das hier passierte. Wenn sie es nicht sogar geplant hatte. Inzwischen war er so durcheinander, dass er sich nicht rührte, als sie die Hülle aufriss, sich auf seinem Bauch nach oben schob und nach hinten griff, um seinen Morgenmantel aufzuschlagen. Sie keuchte, während sie ihm das Kondom überstreifte. Dann zog sie die Knie an, schlüpfte aus dem Slip, brachte sich wieder in Position und senkte sich auf ihn. Es fühlte sich so gut und innig an, dass er unwillkürlich die Hände nach ihr ausstreckte. Abermals drückte sie ihm die Kehle zu, bis er sich wieder unter Kontrolle hatte und die Arme sinken ließ. Von da an blieb er starr und regungslos liegen und sah nur zu, wie sie ihn immer heftiger ritt, während ihr Keuchen lauter und intensiver wurde. Endlich verzerrte sich ihr Gesicht und sie stieß einen Schrei aus, doch sie schloss niemals die Augen. Sogar als sie zum Höhepunkt kam, starrte sie ihn unverwandt an. Und da sah er, dass sie weinte.

Er war auf ganz seltsame Weise erregt und gleichzeitig zu angespannt, um selbst zu kommen. Das war in Ordnung – nicht, dass er etwas dagegen gehabt hätte, doch für ihn war immer die Hauptsache, dass die Lady kam. Aber dann hatte er den Eindruck, als wollte sie ihn zum Orgasmus bringen. Sie ließ seinen Hals los, stemmte die Hände neben seinem Kopf auf die Couch, sah ihm in die Augen und begann, ihn noch heftiger zu reiten. Ihr Gesichtsausdruck war gequält, ihre Wangen mit Tränen gestreift, und es war seltsam, sie nicht küssen oder mit den Händen berühren zu dürfen, nur mit ihr in Verbindung zu treten, indem er ihr in die Augen sah. Sie ritt ihn härter, so fest, dass es wehtat, und dem Himmel sei Dank, das war es, das war es, was er brauchte, und er stöhnte, als die Lust immer intensiver wurde, und dann kam auch er, die Arme flach an die Seiten gelegt, während ihre Blicke sich in seine Augen bohrten.

Als es vorbei war und sie beide wieder ein wenig ruhiger atmeten, griff sie nach hinten, hielt das Kondom fest und glitt von ihm herunter. Sie wich ans andere Ende der Couch zurück und blickte schweigend zu Boden.

Ein Augenblick verstrich. Er fühlte sich ein bisschen wie im Taumel.

»Vielen Dank«, sagte er. »Das war schön.«

Sie nickte, sah ihn dabei aber nicht an.

»Ich würde es sogar noch einmal machen, wenn du versprichst, mir die Kehle dieses Mal nicht zu fest zuzudrücken.«

Sie warf ihm einen Blick zu und schenkte ihm dieses verhaltene Auflachen. Verflixt, er könnte sich dran gewöhnen, sie zum Lachen zu bringen. Ganz ernsthaft.

»Weißt du«, sagte er, während er das Kondom abstreifte und den Morgenmantel schloss, damit er mit ihr sprechen konnte, ohne dass jemand von einem großen, schlaff werdenden Schwanz abgelenkt wurde, »im Allgemeinen mag ich es, den Menschen in den Arm zu nehmen, den ich gerade geliebt habe. Aber ich sehe, dass das für dich anders ist, und ich möchte keine unwillkommenen Annäherungsversuche machen, selbst wenn mir dieses Konzept im Moment leicht paradox erscheinen will.«

Sie senkte wieder den Blick. »Es tut mir leid.«

»Leid? Was denn?«

»Dass ich nicht ... Die Art, wie ich bin.«

»Wage es ja nicht, dich dafür zu entschuldigen. Es gibt nicht das Geringste, was ich an dir ändern wollte.«

Sie wischte sich über die Augen. Er fand, dass sie erschöpft aussah. Wahrscheinlich galt das auch für ihn.

»Hör mal zu«, sagte er. »Ich habe verstanden, dass du nicht angefasst werden willst. Aber was ist mit meinen Bedürfnissen? Ich möchte nach dem Liebesakt in den Arm genommen werden.«

Sie schüttelte den Kopf und lachte.

Verdammt, dieses Lachen gefiel ihm sehr. »Okay, wie wär's damit – du hältst mich fest, aber ich dich nicht.«

Eigentlich hatte er nur versucht, sie wieder zum Lachen zu bringen, doch sie stand auf, kam zu ihm und setzte sich neben ihn. Dann streckte sie die Hand aus und berührte seine Wange. Sie strahlte dabei eine Aura aus, als wäre das nicht nur höchst gefährlich, sondern auch potenziell widerwärtig.

Die Geste rührte ihn so, dass er seine Hand auf die ihre legte.

Sie zog sie weg. »Übertreib's nicht.«

Er lachte, nicht ganz sicher, ob es ihr Ernst war oder sie einen Witz machte, und hob die Hände wie jemand, der sich im Angesicht einer Waffe ergibt. »Mein Fehler, mein Fehler.«

Sie nickte. »Vielleicht ... dusche ich jetzt.«

»Klar. Und nachdem du fertig bist, warum legst du dich dann nicht ins Bett?«

»Nein, die Couch ist okay. Du kannst das Bett haben.«

»Die einzige Art, mich in dieses Bett zu bekommen, ist, wenn du drin liegst.«

»Sieht so aus, als müsstest du auf der Couch schlafen.«

»Das macht mir nichts aus. Ich habe schon schlechter geschlafen. Aber ich werde dich vermissen.«

Sie stand auf, machte ein paar Schritte Richtung Badezimmer und drehte sich noch einmal um. Sie sah ihn an. »War es wirklich … schön für dich?«

»Verdammt, ja, das war es. Hast du das nicht gemerkt?«

»Ich denke ja.«

»Ich will sagen, aus meiner Perspektive war es ein bisschen ungewöhnlich. Aber es war mir ernst, als ich sagte, ich würde es noch einmal tun.«

Sie nickte, doch ihre Miene wurde traurig. »Das freut mich. Ich glaube …«

Sie führte den Gedanken nicht zu Ende. Sie schüttelte nur den Kopf, nahm die Glock und ging. Er sah ihr nach, fragte sich, was sie wohl hatte sagen wollen, und wünschte sich, sie hätte es ausgesprochen.

KAPITEL 23

Livia drehte die Dusche so brühend heiß auf, wie sie es aushielt. Sie schrubbte sich mit Seife und Waschlappen ab, dann stellte sie sich unter das dampfende Wasser und ließ alles von sich abspülen.

Sie war verwirrt, ohne genau zu wissen, warum. Sie hatte schon Freunde gehabt, und obwohl sie versucht hatte, sich ihnen anzupassen, indem sie sich normaler verhielt, konnte sie selbst nur auf eine einzige Art zum Höhepunkt gelangen. Wie soeben mit Carl. Sie verstand sich darauf, die Sorte Mann anzulocken, der gern grob wurde und bei dem sie den Spieß umdrehen konnte. Aber Carl war nicht grob. Er war zuvorkommend. Und freundlich. Und trotzdem hatte es funktioniert. Das war es, was sie verwirrte.

Es gab Dinge, die sie nicht fertigbrachte – das, wozu die Männer sie auf dem Deck des Schiffes von Bangkok nach Portland gezwungen hatten, beispielsweise. Und weil, wie sie in den Psychologiekursen an der Universität gelernt hatte, negative Verstärkung dazu tendierte, sich auszubreiten, gab es auch noch andere Dinge, zu denen sie nicht fähig war. Und einige weitere, die sie zwar tun konnte, die ihr jedoch unangenehm waren.

Küssen ging, aber es gefiel ihr nicht wirklich. Außer damals bei Sean, der der Erste gewesen war, auf der Highschool, als sie im Schnee auf einem leeren Spielplatz bei der Schaukel gestanden hatten, in ihrer letzten Nacht in Llewellyn. Vermutlich hätte sie Carl küssen können. Er hatte es offensichtlich gewollt. Sie nicht. Was sie wollte, war genau das, was sie miteinander getan hatten.

Sie war froh, dass er zum Höhepunkt gekommen war. Manchmal kam es nicht dazu, weil dem Typen nicht gefiel, worauf sie bestand. In solchen Fällen fühlte sie sich danach immer scheiße, als würde etwas mit ihr nicht stimmen. Und gelegentlich war das Problem umgekehrt – der Typ kam zu schnell, weil er es zu sehr genoss. Was auch nicht gerade hilfreich war.

Sie dachte an Goldlöckchen und die drei Bären und musste ein wenig lachen. Ja, mit Carl war es genau richtig gewesen. Es hatte ihn aus dem Gleichgewicht gebracht und dennoch erregt.

Sie sah zu Boden und ließ sich das heiße Wasser über Nacken und Rücken laufen. Ihr war klar, dass er es wieder tun würde, wenn sie es wollte, und auch auf die Art, wie sie es wollte. Aber es wäre nicht mehr dasselbe. Es würde sich inszeniert anfühlen. Es *wäre* inszeniert. Sie müsste versuchen, ihn zu provozieren, ihn wütend zu machen, damit es echt wurde, und der Gedanke daran machte sie traurig.

Sie hatte so wenig gesagt. Und doch hatte er … begriffen. Ohne die Details zu kennen, hatte er sie genau verstanden, und zwar auf die Art und Weise, wie sie gewollt hätte, verstanden zu werden, wenn sie sich hätte vorstellen können, wie das aussehen sollte.

Das heiße Wasser tat ihr gut. Sie spürte, wie sie anfing, sich zu entspannen.

Sie war froh über das Geschehene. Nach den letzten paar Tagen hatte sie es nötig gehabt. Doch sie wünschte nicht, dass es wieder dazu kam. Sie wollte nur versuchen … ihm zu vertrauen. Sie hätte es ihm fast gesagt, unmittelbar bevor sie ins Badezimmer gegangen war, aber dann hatte sie es nicht herausgebracht.

Als sie fertig geduscht hatte, zog sie einen Bademantel an und ging zurück ins Zimmer. Er saß auf der Couch, und obwohl er den Kopf gehoben hatte und seine Augen offen standen, hatte sie das Gefühl, dass er gedöst hatte.

»Besser?«, fragte er.

Sie nickte. »Das habe ich gebraucht.«

Er lächelte. »Ich bin in Versuchung, zu fragen, ob du damit die Dusche meinst oder das, was davor war, aber ich finde, eine Frau hat ein Recht auf ihre kleinen Geheimnisse.«

Sie schüttelte den Kopf. Seine unwiderstehliche Art gefiel ihr, doch sie wollte es nicht zeigen.

»Du hattest recht«, sagte sie. »Ich bin kein Profi. Nicht wie du. Niemand bezahlt mich.«

Sie setzte sich ans andere Ende der Couch und sah von ihm weg. »Als kleines Mädchen war ich Thailänderin. Okay, eine Lahu, aber aus Thailand. Ich wurde gekidnappt und nach Amerika gebracht. Zusammen mit meiner Schwester Nason. Sie starb.«

»Das tut mir leid, Labee.«

Selbst nach so langer Zeit fiel es ihr schwer, über Nason zu sprechen, ohne dass ihr die Tränen kamen, vor allem mit jemandem, der sie zu verstehen schien. Und das Schlimmste in diesem Fall war, dass er sie auch noch mit einem Namen ansprach, den sie nicht mehr gehört hatte, seit Nason und sie kleine Mädchen gewesen waren. Also nickte sie bloß und sprach rasch weiter.

»Und Sorm … Ich bin relativ sicher, dass er dahintersteckte. Nicht hinter der eigentlichen Entführung – das war jemand anderes, um den habe ich mich gekümmert. Und um die Leute, die ihm geholfen haben, jedenfalls die meisten von ihnen. Aber die Logistik. Das Netzwerk. Das ist Sorm. Was Nason und mir zugestoßen ist, wäre ohne Sorm nicht denkbar gewesen. Und ohne ihn wären weiß Gott wie viele andere Kinder verschont geblieben.«

Sie schwiegen einen Augenblick lang. Er sagte: »Du weißt besser darüber Bescheid als ich, aber ja. Mein Typ bei der CIA – und seine Infos waren bisher immer zutreffend – hat mir mitgeteilt, dass Sorm nicht nur ein Menschenhändler ist.

In seiner unbeschwerten Jugend bei den Roten Khmer war seine Spezialität sexuelle Erniedrigung und Vergewaltigung. Selbst Kinder, vor den Augen ihrer Eltern. Wie gesagt, manche Menschen müssen einfach getötet werden.«

Sie kannte keinen zutreffenderen Satz als diesen. »Ja.«

»Aber wie bist du so nah an ihn rangekommen? Ich meine das Nachtsichtgerät und die Glock ... Wie hast du das alles in den Klub geschafft?«

Sie erzählte ihm von Little und der gemeinsamen Taskforce, ohne ins Detail zu gehen.

»Meine Güte«, sagte er, als sie geendet hatte. »Diese hoch-modernen, netzwerkgestützten Sicherheitssysteme sind ja der feuchte Traum eines jeden staatlichen Hackers. Ich hasse den Gedanken daran, wohin das bei elektronischen Wahlmaschinen noch führen wird. Aber was ist mit Sorm? Soweit ich höre, ist er schwer aufzutreiben. Und anscheinend lag mein Typ damit sogar richtiger, als er ahnte. Woher stammen deine Infos?«

»Ich habe mir ein paar Zuträger herangezogen.«

Er lachte. »Hat einer dieser Zuträger dir seine Glock geliehen?«

Die Frage gefiel ihr nicht. »Was meinst du damit?«

»Versteh mich nicht falsch. Du fährst eine Z800 wie eine Rennfahrerin, also magst du vielleicht auch große Kanonen. Aber ich hatte so das Gefühl, als ob du dir die Glock von irgendjemandem geborgt hättest. Und zwar, ohne ihn freund-lich darum zu bitten.«

Ihr wurde bewusst, dass sie trotz allem immer noch ge-legentlich auf seine Hinterwäldler-Masche hereinfiel und ihn deshalb unterschätzte. »Und du sagst, *ich* wäre eine gute Vernehmungsbeamtin.«

»Bist du. Aber ich habe auch meine guten Tage.«

»Egal. Ja. Ich habe die Nummer von Sorms Wegwerfhandy von jemandem in seiner Organisation erhalten und sie bis in den Klub verfolgt. Und du hattest recht. Wenn ich in Ruhe darüber nachdenke, wird mir klar, dass er nie dort war. Wozu denn? Es war offensichtlich eine Falle. Ich wollte es nur nicht wahrhaben. Weil …«

»Weil du dir so sehr gewünscht hast, ihn zu töten. Ich verstehe.«

Sie nickte. Das Gefühl, so nah dran gewesen zu sein … Erst jetzt wurde ihr bewusst, wie sie sich hatte hinreißen lassen. Ohne Carl, der sie wieder zu Verstand gebracht hatte, wäre sie vielleicht in vollem Tempo die Treppe des Hotels hinunter direkt in den nächsten Hinterhalt gerannt. Sie musste sich besser in der Gewalt haben.

»Also eine Falle«, sagte er. »Nur für wen?«

»Schwer zu sagen. Ich habe meinem Kontaktmann nie gesagt, was ich in dem Klub vorhatte. Nach allem, was du mir erzählt hast, wusste dein Typ allerdings, dass dein Ziel der sichere VIP-Raum war.«

»Ja, das stimmt. Aber ich hasse den Gedanken. Wir haben eine Menge gemeinsam durchgemacht, mein Typ und ich.«

»Es gibt noch andere Möglichkeiten. Alle haben Sorm über sein Mobiltelefon verfolgt, das wir für ein Einweghandy hielten.«

»Das stimmt.«

»Den Leuten, die diesen Hinterhalt organisiert haben, war also völlig klar, wo einer von uns versuchen würde, sich Sorm zu schnappen, wenn sie ebenfalls von diesem Wegwerfhandy wussten.«

»Du hast recht«, antwortete er. »Und es gibt noch eine Möglichkeit. Wie gesagt, ist Sorm ein DIA-Informant. Und es war die DIA, die mich angeheuert hat, um Sorms Erzfeind bei der UN auszuschalten, indem sie mich glauben machten, der UN-Typ wäre Sorm selbst. Falls also die DIA …«

Er stand auf, ging zu den Glastüren der Veranda und blieb dort einen Augenblick lang stehen, während er auf den dunklen

Strand hinausblickte. Endlich wandte er sich zu ihr um. »Wenn die DIA von meinem Kontakt bei der CIA weiß, dann hat sie auch erwartet, dass ich ihn anrufen würde, nachdem ich ihr doppeltes Spiel in Phnom Penh überlebt hatte. Und sie wusste definitiv davon, weil mein Typ ein paar Nachforschungen über die ›Geheimdienstgemeinde‹ angestellt hat, als ich ihn anrief. Scheiße, ich wette, jetzt ist mir klar, was passiert ist.«

Er kehrte zur Couch zurück und tigerte davor auf und ab.

»Diese Typen von der ›Geheimdienstgemeinschaft‹ verbringen genauso viel Zeit damit, sich gegenseitig auszuspionieren, wie mit Amerikas angeblichen Feinden. Verdammt, die DIA weiß natürlich Bescheid über meine CIA-Verbindung. Schließlich hat mein Typ mich oft genug eingesetzt. Wenn er also plötzlich Fragen zu stellen beginnt, füttert ihn jemand von der DIA mit falschen Infos. ›Aber ja, wir kennen da die Nummer des Mobiltelefons eines engen Mitarbeiters von Sorm.‹ Mein Typ macht einen Gegencheck und erstellt das Muster eines Telefonnetzwerks, welches ihn zu dem anonymen Handy führt, das Sorm angeblich benutzt. Ja, er hat mir sogar erklärt: ›Sorm kennt nicht alle unsere Möglichkeiten‹, um zu begründen, warum Sorm bei der Kommunikationssicherheit schlampig geworden war. Okay, klar, Sorm kennt vielleicht nicht alle Möglichkeiten. Aber die DIA. Und die DIA sorgt dafür, dass ›Sorms‹ Wegwerfhandy Nacht für Nacht im *Les Nuits* auftaucht, direkt im sicheren VIP-Raum des Klubs. Mein CIA-Typ saugt das alles begierig auf und denkt: ›Volltreffer, wir haben Sorm gefunden.‹ Und ich dachte dasselbe. Doch anstelle von Sorm wartete ein verdammter Hinterhalt.«

»Als du die Schockgranate hineingeworfen hast, hat einer der Männer ›Granate‹ gebrüllt. Auf Englisch.«

»Wirklich?«

Sie nickte. »Das engt die Liste der Verdächtigen nicht direkt ein, aber zumindest passt es zu deiner Theorie.«

»Verdammt, und ich habe es nicht einmal mitgekriegt. Wahrscheinlich war ich zu sehr damit beschäftigt, mich anzupinkeln. Ich glaube nicht, dass ich ohne dich lebend aus dem Klub rausgekommen wäre.«

»Dann bin ich froh, dass ich da war.«

»Das klingt ziemlich sentimental für deine Verhältnisse.«

Sie lachte. Es war seltsam, wie gut sie sich in seiner Gegenwart fühlte.

»Aber egal«, sagte sie. »Ich habe noch eine weitere Spur.«

»Ja?«

»Udom Leekpai. Ebenfalls ein Mitarbeiter von Sorm. Er verkauft Kinder aus einem Container am Nachtmarkt *Rot Fai* in Srinakarin.«

»Das klingt, als sollten wir nach Bangkok zurückfahren und dem guten alten Udom einen Besuch abstatten.«

Ein Adrenalinstoß breitete sich warm in ihrem Inneren aus. Leekpai war ihre beste Spur zu jenem kleinen Mädchen. Und zu Sorm. Sie war froh, nicht allein zu sein, wenn sie sich auf seine Fährte setzte, und zugleich ein wenig verwirrt von dem Gedanken und dem Gefühl.

»Sag mal«, sagte er, »darf ich dich etwas fragen, was damit gar nichts zu tun hat?«

Sie nickte.

»Du kommst aus dem Kampfsport, oder? Tai-Chi, Aikido, in der Art?«

Sie versteifte sich, genau wie bei seinem Kommentar über die Glock. »Warum?«

»Die Art, wie du mich vorhin auf der Couch herummanövriert hast. Mir ist nicht einmal klar, wie du es angestellt hast. Es hat sich nicht so angefühlt, als würdest du besonders kräftig ziehen, aber schon lag ich auf dem Rücken. Ein Freund von mir bringt solche Sachen fertig, und er hat einen langjährigen Judo-Hintergrund.«

Das kam der Wahrheit für ihren Geschmack zu nah. »Ich habe hier und dort ein wenig hineingeschnuppert«, antwortete sie. Das erinnerte sie an die Antwort, die Little ihr auf eine ganz ähnliche Frage gegeben hatte.

Er lachte. »Ja, ›hineingeschnuppert‹. Okay, wie gesagt, ich finde, eine Frau hat ein Recht auf ihre kleinen Geheimnisse. Darf ich dich noch etwas fragen, was nicht hierhergehört?«

»Ich habe das Gefühl, dass du vor gar nichts zurück-schreckst, um vom Thema abzuweichen.«

»Tja, das hängt wohl davon ab, wie man ›Thema‹ definiert. Wie dem auch sei. Vorhin, als ich sagte, dass ich den Duft der Durian-Frucht liebe. Da hast du mich ganz seltsam angesehen. Ich weiß, dass die meisten Menschen den Geruch nicht aus-stehen können, aber dieser Blick schien etwas anderes zu sagen.«

Ihm entging wirklich nichts. Er hätte einen großartigen Polizisten abgegeben.

»Durian war Nasons Lieblingsfrucht.«

Ein langes Schweigen entstand. Dann sagte er: »Ich bin froh, dass du mir das gesagt hast.«

Sie nickte. Und um sich die Tränen zu verbeißen, antwor-tete sie: »Wenn du recht hast, was die DIA betrifft, die deinem CIA-Kontaktmann falsche Infos zugespielt hat ... Das würde bedeuten ...«

»Richtig. Es bedeutet, dass mein Mann in der Lage sein sollte, uns zu sagen, wer genau in der DIA Sorm Protektion gewährt. Und falls nicht ...«

»Dann ist derjenige, der Sorm schützt, dein Kontaktmann.«

»Das stimmt, auch wenn mir der Gedanke sehr missfällt. Leider kann ich ihn jetzt nicht anrufen. Ich will das Telefon nicht einschalten, bevor wir morgen früh bereit sind, uns hier zu verdünnisieren. Aber eines sage ich dir. So oder so, er wird einiges zu erklären haben.«

KAPITEL 24

Dox schlief unruhig. Es lag nicht an der Couch – er hatte tatsächlich schon auf viel schlechteren Unterlagen geschlafen, und zwar gut. Es lag nicht einmal an dem Rest-Adrenalin, das nach dieser verrückten Nacht durch seine Adern strömte. Es war die Sorge, dass Kanezaki ihn ans Messer geliefert haben könnte.

Das wollte er nicht glauben. Aber er durfte diese Möglichkeit keinesfalls nur deswegen ausschließen, weil sie ihm missfiel.

Falls Kanezaki sich gegen ihn gewandt hatte, musste er einen verdammt guten Grund gehabt haben. Denn der Mann wusste, wenn dabei etwas schiefging, hatte er nicht nur Dox, sondern auch John Rain am Hals. Und bei aller angebrachten Unbescheidenheit – es gab nicht viele Paarungen auf Erden, die man weniger zum Feind haben wollte.

Allerdings war Kanezaki selbst ein respekteinflößender Gegner. Ein ernüchternder Gedanke, und gleichzeitig ein trauriger.

Rain vertraute niemandem. Okay, vielleicht mit Ausnahme von Dox. Und von seiner Lady – beziehungsweise seiner Lady für spezielle Fälle, denn wer wusste schon so genau, was zwischen ihnen gerade lief oder nicht, darüber sprach Rain nicht gern. Delilah. Ihr vertraute Rain.

Dox war anders veranlagt. Er brauchte Menschen, an die er glauben konnte. Einer davon war natürlich Rain. Und Delilah gehörte ebenfalls dazu – verdammt, wie hätte es anders sein können, nach allem, was sie gemeinsam durchgemacht hatten. Auch wenn er sich anfangs bei ihr nicht sicher gewesen war. Und der Dalai Lama – okay, Vannak Vann, der UN-Beamte, für Dox war er eben einfach der Dalai Lama. Ohne Zweifel ein anständiger Kerl. Und Labee, die er zugegebenermaßen noch nicht allzu lange kannte. Aber in der kurzen Zeit ihrer Bekanntschaft war verteufelt viel passiert. Er vertraute ihr.

Und Kanezaki. Kanezaki gehörte auch dazu. Erst jetzt wurde ihm so richtig klar, wie hoch er den Mann nach all den Jahren achtete. Hier lag er, in den frühen Morgenstunden, schlaflos auf einer Couch in Thailand in der Provinz Rayong, und die Umstände zwangen ihn, sich zu fragen, ob dieses Vertrauen vielleicht unangebracht gewesen war.

Irgendwann nach Tagesanbruch regte sich Labee und setzte sich im Bett auf.

»Hey«, sagte Dox. »Wie hast du geschlafen?«

Sie rieb sich die Augen. »Ziemlich gut. Und du?«

»Anfangs ganz gut. Aber jetzt bin ich schon eine Weile wach und versuche, mir darüber klar zu werden, ob mein Typ mich ans Messer geliefert hat.«

Nach einer Pause sagte sie: »Selbst wenn Sorm letzte Nacht nicht im *Les Nuits* war, er hat sich in letzter Zeit dort aufgehalten. Meine Info ist in der Beziehung wasserdicht.«

»Freut mich zu hören. Aber damit ist mein Typ noch nicht vom Haken.«

»Okay, wir werden es bald wissen, nicht wahr?«

»Ja. Wo wir schon davon sprechen, wir sollten uns auf den Weg machen. Ich möchte ihn nicht anrufen, bevor wir westlich von Bangkok sind und den Engpass der Küstenstraße hinter uns haben. Nur für alle Fälle.«

Eine Pause entstand. Sie sagte: »Du nennst ihn immer deinen ›Typen‹. Aber es klingt eher nach einem Freund.«

»Ja, ich schätze, so könnte man es ausdrücken. Wir kennen uns schon lange.«

»Ich glaube nicht, dass er es war.«

»Ich auch nicht, aber … möglich wäre es. Ich kann es mir nicht leisten, sentimental zu sein.«

»Das verstehe ich. Ich glaube nur … du hast einen guten Instinkt.«

Er sah sie an. Im schwachen Licht war sie unglaublich hübsch, nackt unter dem Bettlaken. Am liebsten wäre er auf der Stelle zu ihr hingegangen, um sie zu lieben. Doch das hätte ihr nicht gefallen. Und es war auch nicht die Frage, ob sie es auf ihre Art machten oder zärtlicher, wie er es im Augenblick bevorzugt hätte. Er spürte, dass letzte Nacht einfach eine verrückte, einmalige Sache gewesen war. Nicht schlecht. Überhaupt nicht schlecht. Mit etwas Glück würde alles, was danach kam, sogar besser sein.

Er lachte. »Ich denke, das wäre nur Selbstbeweihräucherung. Du sagst, ich hätte einen guten Instinkt, weil ich beschlossen habe, dir zu vertrauen, nicht wahr?«

»Das heißt noch lange nicht, dass es nicht stimmt.«

»Hoffen wir das Beste. Wie du gesagt hast. Wir werden es bald erfahren.«

Nacheinander gingen sie ins Bad und verließen das Hotel. Beim Motorrad angekommen, zierte er sich gar nicht erst, sondern hielt ihr den Schlüssel hin.

Sie hätte fast danach gegriffen, zögerte jedoch. »Ist schon gut«, sagte sie. »Ich fahre hinten.«

Es war nur eine Kleinigkeit, und doch war ihm bewusst, dass das für sie ein großes Zugeständnis bedeutete. Und sie tat es für ihn, vielleicht, um für ihn »normaler« zu wirken, was immer zum Teufel normal sein mochte.

Er schüttelte den Kopf und drückte ihr den Schlüssel in die Hand. »Nein, ich weiß, dass du gern selber Gas gibst. Sozusagen. Außerdem mag ich die Art, wie du im Sattel sitzt. Herrgott, diese Zweideutigkeiten sind verdammt anstrengend, und du lächelst nicht einmal. Ehrlich, ohne Scheiß, du fährst genauso gut wie ich, sogar besser, wenn ich der Wahrheit den Vorzug vor meinem Stolz gebe. Es stört mich nicht. Jedenfalls nicht heute. Vielleicht kann ich mir das Vorrecht, das Steuer in die Hand zu nehmen, für eine andere Gelegenheit reservieren.«

Sie berührte seine Wange, wie sie es in der Nacht zuvor getan hatte. Diesmal machte er nicht den Fehler, zu versuchen, die Berührung zu erwidern.

Sie legten einen Zwischenstopp ein, um sich neu einzukleiden – T-Shirts und Cargo-Shorts und Trekkingsandalen. Dann hielten sie an einem Lokal, das irgendwie nicht in die Landschaft passte, weil es aussah wie ein amerikanischer Diner. Dort luden sie ihre Energiespeicher mit Eiern, Toast, Speck und Kaffee wieder auf. Ihre Unterhaltung war unbeschwert, fast banal angesichts der Ereignisse der vorherigen Nacht und dessen, was vor ihnen lag. Hauptsächlich sprachen sie über Motorräder und darüber, wie bescheuert es war, ohne Lederkombi zu fahren. Aber andere Länder, andere Sitten. Immer schön unauffällig bleiben. Sie hatte eine Leidenschaft für Ducatis, und zu ihren wertvollsten Besitztümern gehörte eine Streetfighter. Er stand mehr auf Harleys und hatte vor, sich eines Tages eine V-Rod Muscle zuzulegen, obwohl da, wo er lebte, eine kleine Honda Rebel praktischer gewesen wäre.

Ungefähr eine halbe Stunde östlich von Bangkok fanden sie ein Internetcafé. Dox ging hinein und zahlte bar für den Zugang, dann kam er wieder heraus auf den staubigen Parkplatz. Die spätmorgendliche Sonne stand hoch am Himmel, und Labee wartete neben der Kawasaki im Schatten einer einsamen Palme, wo auch eine Promenadenmischung Schutz vor der Hitze gesucht hatte. Dox ging zu ihnen. Sie hatte sein Smartphone bereits aus der Hülle gezogen und hielt es ihm hin. Anschließend entfernte sie sich, weil ihr klar war, dass er bei einem solchen Anruf nicht belauscht werden wollte. Er hätte sie fast gebeten, zu bleiben, aber dann dachte er an Rain, der ihn wegen seiner Vertrauensseligkeit gescholten hätte, und ließ sie einfach gehen.

Er sah, dass der Hund ihn beobachtete. »Hey, du Köter«, sagte er abwesend. Er war überrascht über seine eigene Nervosität. Er glaubte nicht daran, dass Kanezaki sich gegen ihn gewendet hatte. Aber ... was, wenn er falsch lag?

Er fuhr das Gerät hoch und sah, dass die WiFi-Verbindung stark genug war, um bis auf den Parkplatz hinauszureichen. Alles klar. Er lud die Signal-App und wählte.

Kanezaki hob augenblicklich ab, obwohl es drüben in den Staaten mitten in der Nacht war. »Hey«, sagte er. »Ich habe auf deinen Anruf gewartet.«

»Ja, okay. Aber ich bin sicher, du verstehst, warum ich nach Zatichi und dem Pattaya-Debakel sichergehen musste, dass mir keine Gefahr droht.«

»Das ist klar.«

»Hoffentlich. Gut, als diese ganze Geschichte anfing, hast du mir erklärt, du hättest so eine Ahnung, dass Sorm für die DIA arbeitet. Eine Ahnung, die sich als richtig erwiesen hat. Jetzt will ich wissen, wie du darauf gekommen bist. Genauer gesagt, *wer* dir das bestätigt hat. Und woher du die Nummer des Telefons hattest, das du für das eines Mitarbeiters von Sorm gehalten hast. Das Handy, das als handfester Beweis dafür galt, dass Sorm sich im *Les Nuits* aufhielt. Und zwar in diesem verflixten Schutzraum, der, wie sich herausstellte, für mich alles andere als sicher war.«

»Verdammt noch mal, Dox, du weißt, ich kann nicht ...«

»Jetzt halt mal die Schnauze, mein Sohn. Du kapierst nicht. Letztes Mal hast du mir des Langen und Breiten vorgejammert, dass Sorm ein DIA-Informant sei und du nicht zulassen könntest, dass ich einen DIA-Informanten töte. Aber diesmal geht es nicht um einen Informanten, sondern du wirst mir den Namen eines DIA-Agenten nennen. Andernfalls habe ich nicht etwa ein Problem mit der DIA, Partner. Dann habe ich eines mit dir.«

Ein Motorrad mit mehreren Jugendlichen auf dem Sozius knatterte vorbei und verschwand in einer langen Staubwolke. Es wurde wieder still.

Kanezaki sagte: »Ich hatte befürchtet, dass du das sagen würdest.«

»Tom? Ich schätze dich. Das weißt du. Aber jetzt? Du solltest Angst haben. Entweder du hast dich verarschen lassen, oder du verarschst mich. Eine andere Möglichkeit gibt es nicht. Ich hoffe ehrlich, du gehst durch Tür Nummer eins. Nur musst du mir Beweise liefern. Falls nicht, ist das dein Problem. Und du wirst die Konsequenzen tragen.«

Der Hund, der im Schatten Schutz gesucht hatte, sah misstrauisch zu Dox hoch, rappelte sich auf und machte sich davon.

»Also gut«, sagte Kanezaki. »Mein Kontakt bei der DIA ist Frank Dillon. Der Vizedirektor.«

Dox spürte eine große Welle der Erleichterung. Er war nervös gewesen, aber erst jetzt wurde ihm klar, wie sehr er befürchtet hatte, Kanezaki könnte ihn auflaufen lassen. Trotzdem, diese spezielle Information machte ihn argwöhnisch.

»Franklin X. Dillon? Der Delta-Scharfschütze aus der Schlacht von Mogadischu?«

»Ja. Genau der.«

»Okay, das ist ein echt harter Hund. Und ziemlich schwatzhaft, vor allem für einen Delta. Meiner Erfahrung nach schießen die lieber, als dass sie reden. War er nicht derjenige, der der *New York Times* im Anschluss an die Schlacht dieses Interview gegeben hat, in dem er den Verteidigungsminister persönlich für den Tod seiner Kameraden verantwortlich machte? Weil er nicht für die angeforderten Panzer und gepanzerten Personentransporter gesorgt hatte?«

»Ja«, erwiderte Kanezaki, »das Interview hat ihn berühmt gemacht – oder berüchtigt, je nach Standpunkt. Es war einer der Faktoren, die zu Aspins Rücktritt geführt haben.«

»Wenn ich mich recht entsinne, ist er auch bekannt dafür, dass er eine neue Methode zur Reduzierung der Ausfallzeiten bei Panzern entwickelt hat, irgendein modulares Zeug, das das Verhältnis von Einsatz- zu Wartungsstunden verdoppelt.«

»Ja. Und im Endeffekt hat er damit die Anzahl unserer einsatzfähigen gepanzerten Fahrzeuge verdoppelt. Er sagte, er würde sich nie verzeihen, dass er nicht schon vor Mogadischu darauf gekommen sei. Sonst hätten unsere Jungs vielleicht über den nötigen Schutz verfügt und wären nicht der Gnade irgendeines ignoranten Lamettaträgers aus Washington ausgeliefert gewesen. Kennst du ihn persönlich? Oder nur seinen Ruf?«

»Vor langer Zeit habe ich mal mit Delta trainiert. Aber unsere Wege haben sich nie gekreuzt. Was ist mit dir?«

»Er ist jetzt seit zehn Jahren bei der DIA. Ich kenne ihn aus verschiedenen gemeinsamen Operationen. Er ist eine Art Freund-Feind. Sehr clever. Auch wenn ich ihn nicht so nett finde wie dich.«

»Ja, wer ist das schon?«

»Jedenfalls ist er derjenige, der mir – natürlich unter der Hand – bestätigt hat, dass Gant für die DIA arbeitete und sein Untergebener war. Und er war die Quelle der Info, mit der ich Sorm im *Les Nuits* lokalisieren konnte.«

Also gut. Dox war sich nicht zu hundert Prozent sicher, was Kanezaki anging, doch sie schienen sich in die richtige Richtung zu bewegen. »Das ist ein guter Anfang«, meinte er. »Ich habe etwas für dich, dem du nachgehen kannst. In dem Klub gab es drei tote Typen. Na ja, eigentlich sechs. Drei davon sind Einheimische – Sorms Leute würde ich sagen, Bauernopfer, die jemand vor dem VIP-Raum postiert hatte. Aber bei den restlichen dreien liegt die Sache anders. Als ich die Schockgranate ins Zimmer warf, brüllte einer von ihnen ›Granate‹, und zwar auf Englisch. Vielleicht kannst du herausfinden, zu wem die Kerle gehören.«

»Okay. So oder so ... du hast recht. Es war eine Falle. Das ist die einzige Möglichkeit. Ich ... Es tut mir leid. Ich glaube, ich habe versucht, mir selbst einzureden, dass die Sache sauber war.«

»Du kapierst es immer noch nicht, was? Dillon hat nicht nur mich reingelegt. Ihm war klar, dass ich dich als Ersten verdächtigen würde, wenn etwas schiefging und ich wider Erwarten davonkam. Und wo wir gerade beim Thema sind, verzeih mir bitte, aber in der Hinsicht bist du durchaus nicht aus dem Schneider.«

»Ja. Ich weiß nicht, ob meine nächste Information mich aus dem Schneider bringt oder tiefer in die Bredouille. Ich wollte nur, dass du es auf jeden Fall von mir erfährst und nicht aus den Nachrichten.«

Scheiße. »Überleg nicht lange. Erzähl's mir einfach.«

»Vannak Vann. Er wurde gestern ermordet.«

Dox verspürte Übelkeit. »Oh nein.«

»Es war eine unkonventionelle Sprengfalle. An der Straßenecke, keine fünfzig Meter von seinem Büro in Phnom Penh entfernt.«

»Wer war es? Du solltest mir lieber sagen, wer das veranlasst hat. Dillon?«

»Ich weiß es nicht mit Sicherheit. Aber die Vermutung liegt nahe, dass die DIA dahintersteckt. Gant war ihr Mann, und er hatte dich angeheuert, um Vann zu eliminieren. Das hat nicht geklappt. Das hier kommt mir vor wie ein Plan B.«

Dox merkte, wie er die Zähne zusammenbiss. Und das Telefon fest umklammert hielt. Er atmete zweimal tief durch und versuchte, sich zu entspannen, bis er wieder klar denken konnte. Er sah auf und bemerkte, dass Labee ihn vom Eingang des Internetcafés aus beobachtete. Sie wirkte besorgt. Er war zu weit weg, als dass sie hätte mithören können, aber seine Körpersprache war sicher eindeutig genug gewesen.

»Plan B, schon möglich«, meinte Dox. »Oder … etwas Improvisiertes. Mich ins Spiel zu bringen, war ziemlich aufwendig. Der Erstkontakt, das Treffen mit Gant, die Beschaffung der Ausrüstung, die ich angefordert hatte … Und außerdem die lokalen Schläger, die mich im Dunkeln massakrieren sollten, nachdem ich Vann erschossen hatte. Es war nicht direkt Operation Overlord, aber eine Menge Rädchen mussten in Gang gesetzt werden.«

»Ja. Und alle waren dazu da, dich zum Sündenbock zu machen.«

»Dem dann nach erfolgter böser Tat die Kehle durchgeschnitten werden sollte. Das ist erst ein paar Tage her. Entweder diese Kerle gehen gründlicher vor als die NASA und hatten schon einen ausgefeilten Plan B in der Hinterhand, oder …«

»Nein. Das ergibt keinen Sinn. Denn je komplizierter ein Plan ist, desto anfälliger ist er – zu viele Leute wissen davon, zu viele Faktoren sind unberechenbar.«

Dox spürte, wie der Zorn wieder an die Oberfläche brodeln wollte. Es half, wenn er sich auf die taktischen Aspekte konzentrierte. Jedenfalls im Augenblick.

»Na schön«, sagte er. »Nehmen wir mal an, dass der Bombenanschlag auf Vann improvisiert war. Keine Zeit für Strohmänner und den ganzen Quatsch. Direkte Aktion, denn nachdem die Dinge in Phnom Penh schiefgelaufen waren, standen sie unter Druck. Was uns wieder zu der Frage zurückführt, die ich gerade gestellt habe. Wer zum Teufel hat Vann getötet?

Und die wirst du mir beantworten. Was ich mir dagegen nicht von dir sagen lasse, ist, was ich mit der Information anfangen soll oder nicht.«

»Ich versuche, das herauszufinden. Gib mir ein bisschen Zeit.«

Es blieb nicht mehr viel zu sagen, und Dox fühlte, wie seine Wut sich wieder aufbäumte. »Ich werde dieses Telefon jetzt abschalten. Ich melde mich.«

»Bitte. Und warte diesmal nicht so lange.«

»Tom? Du befindest dich in einer schwierigen Lage. Das ist nachvollziehbar. Aber es kommt der Augenblick, an dem ein Mann sich entscheiden muss. Hier gibt es kein Herumlavieren mehr. Du kannst ein loyaler Mitspieler in deiner ›Geheimdienstgemeinde‹ bleiben, oder du lieferst mir, was nötig ist, damit ich Dillon umlegen kann. Und mit ihm Sorm.«

»Hör mal …«

»Erinnerst du dich noch, als ich dir gesagt habe, dass es nur einen Weg gibt, einen Sinn in diese verrückte Welt zu bringen? Und der ist, zu wissen, wer deine echten Freunde sind. In dieser Hinsicht musst du schleunigst eine Entscheidung treffen. Die Organisation oder deine Freunde. Die oder ich. Das ist die Wahl, vor der du stehst. Mit allem, was dazugehört.«

Er legte auf, schaltete das Telefon aus, steckte es in die abgeschirmte Hülle zurück und lief auf dem Parkplatz auf und ab. Seine Sandalen wirbelten in der reglosen heißen Luft kleine Staubwolken auf. Er presste die Augenlider zusammen, ballte die Fäuste und schlang die Arme um sich. Er wollte jemandem wehtun. Jemanden töten.

Das wirst du. Du wirst ein paar Leute umbringen, die umgebracht werden müssen.

Er holte ein paarmal tief Luft. Als er sich wieder halbwegs unter Kontrolle hatte, ging er zu Labee.

»Was ist los?«, wollte sie wissen.

»Sie haben den Dalai Lama getötet. Ihn in die Luft gesprengt. Nicht den echten Dalai Lama. Den UN-Typen, von dem ich dir erzählt habe, der so aussah wie er. Ein guter Mann. Ein wirklich guter Mensch.«

»Das tut mir leid, Carl.«

Er merkte, dass er den Tränen nahe war. »Ich hab's ihm gesagt. Unterschiedliche Routen und Zeiten, kein Handy mehr. Ich habe ihm gesagt, dass er in Gefahr schwebt. Und er hat geantwortet: Nach den Maßstäben des Universums und der Gerechtigkeit ist mein Leben von geringer Bedeutung. Herrgott, verdammt noch mal, ich hoffe, er ist jetzt glücklich damit.«

»Es tut mir leid«, wiederholte sie.

»Ich hätte wissen müssen, dass er nicht auf mich hört. Ich hätte Druck ausüben sollen. Ich hätte ihn zwingen müssen.«

»Du hast es versucht. Du hast getan, was in deiner Macht stand.«

Er starrte die schmale Straße entlang, an der das Internetcafé lag, grau und ausgefahren unter der sengenden Sonne. »Das kannst du nicht wissen. Und ich auch nicht.«

Er wollte an ihr vorbeigehen und sich auf das Motorrad schwingen. Doch sie hielt ihn auf, hob die Hand und legte sie ihm an die Wange. Er stand einen Moment lang nur da und sah sie an, dann bedeckte er ihre Hand mit der seinen. Diesmal zog sie sie nicht zurück.

»Ich werde sie töten«, sagte er. »Bis zum letzten Mann.«

Sie nickte und sah ihm in die Augen. »Wir beide.«

KAPITEL 25

Mit Livia am Lenker fuhren sie weiter nach Norden. Sie hielt an einer Zapfsäule mitten im Nirgendwo östlich des Suvarnabhumi Airports von Bangkok. Sie befanden sich weniger als eine Stunde entfernt vom Geschäftszentrum der Stadt, aber hier herrschte gähnende Leere. Die Landschaft war flach, gesprenkelt mit Hütten und Drainagekanälen und bescheidenen Äckern. Livia tankte die Kawasaki auf. Als sie fertig war, ging Carl zu einer alten Frau, die auf einer durchgesessenen Couch im Schatten eines kleinen Gebäudes aus Gasbetonsteinen saß – anscheinend die Besitzerin. Er zog zwei Wasserflaschen aus einem Eimer mit Eis heraus und reichte der Frau ein paar Baht-Scheine. Als sie ihm herausgeben wollte, hob er abwehrend die Hand.

Sie benutzten nacheinander das Plumpsklo, dann setzten sie sich auf zwei Plastikstühle unter einem verblichenen rot-weißen Coca-Cola-Schirm, der auf dem blanken Erdboden neben dem Gebäude stand. Während sie tranken, erzählte ihr Carl den Rest der Unterhaltung mit seinem »Typen«. »Er hat gesagt, dass er herausfindet, wer Vann getötet hat«, berichtete er. »Höchstwahrscheinlich war es ein ehemaliger Delta-Agent namens Franklin Dillon, der Vizedirektor der Defense Intelligence Agency. Das ist ein mächtiger Gegner. Es könnte

268

schlimm ausgehen. Wenn du nicht mitmachen willst, werde ich dich vermissen, aber ich würde es verstehen.«

Sie sah ihn an. »Du könntest mich nicht einmal mit Gewalt aufhalten.«

Er lachte leise. »Ja, das Gefühl habe ich auch. Nicht, dass ich es versuchen würde.«

»Ich sollte mich mal wieder melden. Ich hätte es schon früher getan, aber du hattest recht. Die Küstenstraße ist ein Nadelöhr. Ich wollte mein Telefon nicht benutzen, bevor wir in der Nähe von Bangkok sind.«

Sie schaltete ihr Handy ein. Beim ersten Klingeln nahm Little ab. »Livia«, sagte er. »Alles in Ordnung?«

»Ja.«

»Warum haben Sie sich nicht gemeldet? Ich musste über CNN erfahren, was in dem Klub in Pattaya passiert ist.«

»Sorry. Ich hatte mich gerade bereit gemacht, als ich eine Art Auseinandersetzung vor einem Raum bemerkte, der von drei Sicherheitsleuten überwacht wurde. Darum hatte ich Sie gebeten, sich zurückzuhalten. Dann fingen die Wachen an zu schießen, und ich bat Sie, das Licht auszuschalten. Danach entstand ein wildes Durcheinander, in dem ich entkommen konnte. Wissen *Sie,* was passiert ist?«

»Ich habe keinen blassen Schimmer«, sagte er. »Allerdings habe ich das seltsame Gefühl, dass Sie mir irgendetwas verheimlichen.«

»Wirklich? Ich stand da plötzlich wie eine Schießbudenfigur, und der einzige Mensch, der wusste, dass ich dort sein würde, waren Sie.«

»Was? Sie glauben, ich hätte etwas damit zu tun?«

»Ich weiß nicht, was ich denken soll.«

»Warum um Gottes willen hätte ich Sie in eine Falle locken sollen?«

Darauf wusste sie keine Antwort. Eigentlich glaubte sie nicht, dass Little etwas mit dem Hinterhalt zu tun hatte. Aber das war nicht der springende Punkt. Es ging darum, dem Gespräch eine Wendung zu geben und seinen Vorwürfen mit Gegenvorwürfen zuvorzukommen.

»Gute Frage«, antwortete sie. »Andererseits weiß ich herzlich wenig über Sie, außer der Tatsache, dass Sie viele Ressourcen zu verschwenden haben.«

»Sie wissen, wie ich das gemeint habe. Kommen Sie, das ist doch verrückt.«

»Was können Sie mir über die Personen erzählen, die im *Les Nuits* ums Leben gekommen sind?«

»Meinen Sie nicht, das hätte ich schon herauszufinden versucht?«

»Keine Ahnung, was Sie so treiben. Aber ich kann Ihnen sagen, was ich weiß. Und Sie können dem nachgehen.«

»Das wäre großartig. Sehr gern. Ich wünschte nur, Sie hätten das schon früher getan.«

Sie grinste. Schön, dass er in die Defensive gegangen war. »Die Wachmänner waren Thais. Und dann, als die Schießerei begann, öffnete sich eine Tür, und drei Männer schwärmten aus. Sie trugen so etwas wie schwarze Uniformen, wie ein SWAT-Team, außerdem Ganzkörper-Panzerung. Einer von ihnen schrie ›Granate‹ auf Englisch, und anschließend gab es eine Reihe von Explosionen wie von einer Schockgranate. Weitere Schüsse fielen. Danach weiß ich nichts mehr.«

»Ja, es gab insgesamt sechs Tote. Nach Ihren Worten drei thailändische Wachmänner und drei ausländische Agenten. Damit kann ich nicht viel anfangen, aber mal sehen, was sich herausfinden lässt.«

»Gut.«

»Verdammt, Livia, Sie müssen aufhören, mich als Feind zu sehen. Wir sind ein Team.«

»Sagen Sie mir nicht, was ich zu tun habe. Und erzählen Sie mir nicht, wir wären ein Team. Beweisen Sie es.«

»Sie haben mich gebeten, Sie in den Klub hineinzubringen, und das habe ich getan. Was zum Teufel wollen Sie noch?«

»Ich will wissen, was dort passiert ist.«

»Okay, das konnte ich bisher nicht herausfinden. Vielleicht erweist es sich ja als brauchbar, was Sie mir spät, aber immerhin, mitzuteilen geruht haben.«

Die Spitze ließ sie kalt. Wenn ihm nichts Besseres einfiel, hatte sie gewonnen. Sie hatte seine Fragen bewusst nicht beantwortet und ihn mit ihren eigenen Anschuldigungen dazu bewogen, seine Kritik zu vergessen.

»Na hoffentlich«, sagte sie. »Ich schalte jetzt das Telefon aus, aber ich melde mich später wieder.«

»Was denn, glauben Sie, ich würde Ihr Telefon überwachen?«

»Ich glaube, dass mein Telefon aufzuspüren ist. Oder wollen Sie mir erzählen, das wäre nicht der Fall?«

»Warum muss bei Ihnen immer alles in eine Diskussion ausarten?«

»Warum müssen Sie immer diskutieren?«

»Hören Sie, ich habe keine Zeit für einen Monty-Python-Sketch. Schalten Sie Ihr Handy von mir aus ab. Wenn ich etwas Wichtiges für Sie habe, warte ich einfach ab, bis Sie mal die Zeit finden, mich anzurufen.«

Sie lächelte. »Wie gesagt, ich melde mich wieder.«

Sie schaltete das Telefon aus und schob es zurück in die Faraday'sche Hülle. Carl fragte: »Warum müssen Agentenführer immer solche Nervensägen sein?«

Sie zuckte mit den Schultern. »Gehört wohl zum Berufsbild.«

»Irgendetwas herausgefunden?«

»Er führt etwas im Schilde. Das glaubt jedenfalls meine Chefin. Aber ich denke nicht, dass er mit den Ereignissen im

Klub etwas zu tun hatte. In der Hinsicht tappt er genauso im Dunkeln wie wir, schätze ich.«

»Und was, meinst du, hat er vor?«

Sie überlegte. »Er hat mich hier rübergeschickt, damit ich eine Entscheidung treffe, ob ich Mitglied einer Task Force werden möchte. Eine Kooperation zwischen thailändischen und amerikanischen Polizeibehörden. Aber ... Seit ich hier bin, scheint ihm das ziemlich egal zu sein. Trotzdem will er mich in Thailand haben. Ich weiß bloß nicht, warum.«

Einen Augenblick lang schwiegen sie. Dann fuhr sie fort: »Wie dem auch sei. Die Hauptsache ist, dass deine Theorie stimmt. Die DIA steckte hinter Pattaya. Dein Freund hat dich nicht reingelegt. Das waren die.«

»Ich hoffe, du hast recht. Mal sehen, was er zu sagen hat, wenn ich ihn später anrufe. Aber jetzt lass uns hier verschwinden. Ich möchte nirgendwo längere Zeit herumhängen, wo wir die Telefone benutzt haben. Ich könnte mir vorstellen, dass die Kerle das Signal abfangen und uns eine Drohne auf den Hals schicken. Die Dinger sind furchterregend. Ich hab mal eine vom Himmel geschossen, aber es war verdammt knapp, und damals war ich wesentlich besser bewaffnet als jetzt.«

KAPITEL 26

Sie fuhren auf Nebenstraßen weiter nach Norden und Nordwesten. Dox war überrascht – und zwar angenehm –, wie schnell er sich daran gewöhnt hatte, auf dem Sozius Platz zu nehmen. Es war irgendwie entspannend. Natürlich lag das daran, dass Labee eine gute Fahrerin war. Exzellent sogar. Es wäre kindisch gewesen, das musste er zugeben, wenn er darauf bestanden hätte, trotz ihres unübersehbaren Talents selbst zu fahren. Falls sich irgendwann einmal jemand darüber lustig machte, würde er ihm empfehlen, das mit Labee auszudiskutieren. Wenn sie gerade in der richtigen Stimmung war, würde sie denjenigen vermutlich in den Arsch treten. Er hätte nichts dagegen gehabt, sich das von der Galerie – oder dem Rücksitz – aus anzusehen.

Sie fanden ein Geschäftshotel in den Ausläufern des Flughafenbezirks. Dox besorgte ein Zimmer, und sie hielten ein Nickerchen auf dem Kingsize-Bett. Sie behielten die Kleider an, und es gab kein Kuscheln oder Ähnliches. Trotzdem freute Dox sich darüber, dass sie ihn ein bisschen in ihren Diskretionsabstand hereinließ. Es war ein paradoxes Gefühl, denn in der Nacht zuvor hatte sie ihn schließlich in ihren Körper gelassen. Aber das war nicht dasselbe, sie hatte ihn weniger hereingelassen als *verschlungen*. Jetzt ließ sie ihn zu. Das war anders.

Als sie wieder wach waren, rief er Kanezaki an. »Was hast du Neues für mich?«, fragte Dox. Unwillkürlich befürchtete er, die Antwort könnte unbefriedigend ausfallen.

Aber er irrte sich, denn Kanezaki antwortete: »Eine Menge.«

»Schieß los.«

»Weniger als zwölf Stunden, nachdem du Gant erschossen hattest, saß Dillon im Flugzeug. Rate mal, wohin.«

»Keine Ratespielchen bitte. Spuck es einfach aus.«

»Phnom Penh.«

»Und du glaubst, er hat Vann in die Luft gejagt, während er dort war?«

»Ich kann es nicht beweisen. Aber es ist nicht schwer, sich die Abfolge vorzustellen. Sorm erfährt durch seine verschiedenen Kanäle, vielleicht direkt über die DIA, von Vann und der versiegelten Anklageschrift. Er wendet sich an seinen Führungsoffizier, also Gant, und sagt: ›Sie kümmern sich besser darum.‹ Gant verbringt Tage oder sogar Wochen damit, den Plan in Gang zu setzen, in dem du den Anschlag auf Vann durchführen solltest. Aber stattdessen legst du Gant um. Jetzt macht Sorm sich langsam in die Hose. Es ist Standard, einen Ersatzkontakt zu haben, falls der Führungsoffizier nicht zu erreichen ist. Mal angenommen, der Ersatz in diesem Fall wäre Dillon gewesen, Gants Vorgesetzter. Sorm ruft Dillon an, und inzwischen ist er auf hundertachtzig, denn die Uhr tickt, sie haben Zeit verloren, sie haben Gant verloren. Vann ist immer noch am Leben und aktiv, und vor allem, und das ist das Schlimmste, gibt es da draußen einen höchstwahrscheinlich äußerst angepissten ehemaligen Scharfschützen der Marines, der zu viel weiß. Dillon sagt: ›Keine Sorge, ich komme persönlich und kümmere mich darum.‹ Und schon sitzt er im Flugzeug.«

Dox dachte nach. Das passte zu seinem Eindruck, dass es sich bei der Sprengfalle für Vann weniger um einen Plan B gehandelt hatte als um eine überhastete Improvisation. Dasselbe Gefühl hatte er bei Zatichi gehabt.

Dann fiel ihm etwas ein. »Hey, du hast gesagt, es wäre eine unkonventionelle Sprengvorrichtung gewesen. Bist du da ganz sicher?«

»Ja. Die Explosionsstelle und die Schäden in der Umgebung sehen völlig anders aus als nach einem Raketeneinschlag. Das war eine Bombe, die an Ort und Stelle montiert war. Die Frage ist: Wieso?«

»Wenn die DIA dahintersteckt, warum schicken sie nicht einfach eine Drohne? Sondern Dillon und vermutlich ein vollständiges Team, den ganzen weiten Weg nach Phnom Penh?«

»Ich denke, du siehst das aus der falschen Perspektive. Jeder mit ein bisschen Ausbildung kann eine unkonventionelle Sprengfalle bauen und anbringen. Man findet sogar Rezepte dafür im Internet, auch wenn man sich selber in die Luft sprengt, sofern man nicht das Richtige erwischt. Aber hinter einer Drohne steckt ein außergewöhnlicher logistischer Aufwand. Das ändert sich gerade – die nächste Drohnengeneration wird nicht größer sein als Libellen und mikroskopische Kameras tragen, die ohne Linsen und Objektive auskommen. Sie werden eingebaute Mikrobomben transportieren, und alles wird dezentral ablaufen. Wenn du dagegen eine Reaper-Drohne einsetzen wolltest, die über der Zielperson schwebt, bis du sie identifizieren und eine Hellfire-Rakete auf sie loslassen kannst, muss die Sache über den Luftwaffenstützpunkt Ramstein in Deutschland und weitere Stellen koordiniert werden. Dadurch würde eine Spur von belastenden Dokumenten entstehen, die noch aus dem Weltall sichtbar ist.«

Das klang logisch. »Also nicht gerade das, was man gegen einen UN-Beamten einsetzen würde.«

»Genau.«

Irgendetwas nagte in seinem Hinterkopf. Etwas, das mit Vann und Zatichi zusammenhing. Dann fiel es ihm wie Schuppen von den Augen.

»Ich hatte Vann empfohlen, seine Routen und Zeiten zu variieren. Vielleicht hatte er auf mich gehört, vielleicht auch nicht. Aber Dillon wusste das nicht, und wenn er eine Sprengfalle installieren wollte, musste er zumindest ungefähr vorhersagen können, auf welchem Weg und zu welcher Zeit Vann vorbeikommen würde.«

»Das ist wahr, allerdings könnten sie ja mehrere angebracht haben, um alle möglichen Routen abzudecken.«

»Ich kenne das Gelände. Hätte ich eine Sprengfalle installieren wollen, wären vier Stück an verschiedenen Stellen nötig gewesen, je nachdem, welchen Eingang oder Ausgang die Zielperson verwendete. Also multiple Bomben und mehrere Beobachter. Das passt nicht. Sie waren in Eile. Mussten improvisieren. Und außerdem befinden sich an der Peripherie des UN-Gebäudes Überwachungskameras. Selbst wenn man die Bomben weit genug entfernt anbrachte, hätte es ein großes Risiko bedeutet, so viele Aufklärer in der Gegend zu stationieren.«

»Was glaubst du, wie sie es dann gemacht haben?«

»Sie mussten Vann im Auge behalten. Und du hast mir gerade von diesen Mikrodrohnen erzählt ... Ich meine, inwieweit sind die Dinger einsatzbereit? Vielleicht nicht in Libellengröße, und vergiss das mit dem Sprengstoff, denn so scheint es hier ja nicht abgelaufen zu sein, aber wie steht es mit der Größe eines kleinen Vogels? Wie ein Kolibri, der dauernd in fünfzehn oder dreißig Metern Höhe kreist, wo man ihn nicht einmal sehen kann?«

»Diese Art von Drohne ist ... schon sehr weit fortgeschritten.«

»Verdammt. So haben sie es mit Zatichi gemacht. Ich habe einfach nicht begriffen, wie er mir entgegenkommen konnte. Aber wenn sie meinen Standort kannten und wussten, in welche Richtung ich unterwegs war, hätten sie ihn von überallher schicken können. Und natürlich wussten sie das. Sie wussten, dass ich versuchen würde, mit Vann zu sprechen. Es ist also nicht so, als ob sie ganz Phnom Penh nach mir hätten absuchen müssen. Es reichte, eine ihrer winzigen Drohnen in der Gegend der UN-Büros kreisen zu lassen. Und sobald ich auftauchte, konnten sie Zatichi auf mich hetzen, und zwar aus jeder beliebigen Richtung.«

»Und sie hätten dafür gesorgt, dass er gerade *nicht* von hinten kommt.«

»Richtig – denn dann hätte ich wahrscheinlich rechtzeitig reagiert. Da er mir jedoch entgegenkam, wirkte er völlig harmlos. Möglicherweise hätte er mich sogar erwischt, wenn mir nicht ein paar Ungereimtheiten aufgefallen wären, die mir sagten, dass Zatichi nicht echt war.«

»Ich würde sagen, dein Instinkt hat dich nicht getrogen. Seit du Gant getötet hast, war alles improvisiert.«

Dox fragte sich, ob er zu viel gesagt hatte. Vielleicht hätte er lieber Kanezaki reden lassen und seine eigenen Spekulationen für sich behalten sollen. Andererseits hatte er einfach nur laut nachgedacht. Und *noch* andererseits war es vermutlich möglich, dass er sich nur deshalb so verhielt, als wäre Kanezaki vertrauenswürdig, weil er es unbedingt glauben wollte.

Er beschloss, es keine Rolle spielen zu lassen. »Trotzdem, Dillon persönlich zu schicken, um die Sache in die Hand zu nehmen, oder, was wahrscheinlicher ist, ein Team zu leiten … Was zum Teufel liefert Sorm der DIA, was derartige Risiken rechtfertigt?«

»Oder, wie du es ausgedrückt hast, was hat Sorm gegen sie in der Hand?«

»Richtig. Vielleicht beides.«

»Ich kenne die Antwort nicht. Aber ich sage dir, wer sie dir geben kann.«

»Dillon, schon verstanden. Okay, wenn ich dazu komme, ihn zu fragen, tue ich das. Allerdings bin ich nicht mehr groß in Stimmung für Geplauder.«

»Ich weiß. Und ich erhebe keine Einwände mehr.«

»Gut.«

Eine Pause entstand. Kanezaki sagte: »Wo wir gerade dabei sind, ich habe noch eine kleine Information. Sie ist uneindeutig, aber vielleicht kannst du etwas damit anfangen.«

»Schieß los.«

»Dillon trifft sich mit Sorm. Heute Abend.«

Dox spürte einen leichten Adrenalinstoß. »Wo?«

»Das ist der Punkt, an dem es uneindeutig wird. Bei ›den Zelten‹. Sagt dir das etwas?«

Dox überlegte. *Zelte* konnte in Bangkok einen Nachtmarkt bedeuten, einen Basar aus Hunderten von Ständen unter farbenprächtigen Zeltplanen. Es klang so, als würde Kanezakis Info zu Labees Spur zum *Rot Fai* in Srinakarin passen. Das war eine so hochwillkommene Neuigkeit, dass Dox einen Augenblick lang von ganzem Herzen daran glauben wollte. Aber dann zwang er sich zur Disziplin.

»Woher weißt du das?«

»Komm schon, Quellen und Metho…«

»Quellen und Methoden, Bockmist!«, explodierte Dox. »Hör bloß auf mit deinen Quellen und Methoden! Wenn du mir damit kommen willst, muss ich annehmen, dass du mich an der Nase herumführst. Ich habe es versucht, ich habe wirklich versucht, im Zweifel zu deinen Gunsten zu entscheiden. Nur waren deine letzten sogenannten Infos Scheiße und hätten mich fast umgebracht. Du bist dir vielleicht nicht darüber im Klaren, aber du bist so nah dran – ich meine, aber so was von

278

verdammt nahe dran –, ein schwerwiegendes Problem mit mir zu bekommen. Also erzähl mir jetzt auf der Stelle, wie du an diese neue ›Info‹ gekommen bist.«

Eine lange Pause entstand. Sie fühlte sich an wie eine Kapitulation. Dox wartete.

»Na gut«, sagte Kanezaki. »Okay.«

Es gab noch eine Pause. Endlich fuhr Kanezaki fort. »Ich habe Zugriff auf den Kabelverkehr des DIA-Direktors persönlich.«

Dox schüttelte halb belustigt, halb angewidert den Kopf. »Meine Güte, wenn ihr nur halb so viel Zeit damit verbringen würdet, die Chinesen und Russen auszuspionieren, was ihr da nicht alles aufdecken könntet!«

»Wie auch immer. Jetzt weißt du es.«

»Jetzt weiß ich was? Was sagt dir, dass diese Info zuverlässig ist?«

»Machst du Witze? Der Kabelverkehr des DIA-Direktors persönlich?«

»Warte mal. Wann hast du das letzte Mal aus dieser Quelle etwas erfahren, das wirklich nützlich für dich oder kompromittierend für die DIA war?«

Keine Antwort.

»Schön, wie lange geht das jetzt schon? Sechs Monate? Sechs Jahre? Wie lange?«

Kanezaki seufzte. »Ein bisschen weniger als ein Jahr.«

»Okay. Und was hast du in diesem Jahr erfahren, was wirklich zu deinem Vorteil oder zu ihrem Nachteil gewesen wäre?«

»Nun, das ist schon eine Weile her, aber …«

»Oh, warte, erzähl mir nicht, dass du den einzigen echten Goldklumpen gleich ganz am Anfang ausgebuddelt hast. Sehe ich jetzt ein bisschen klarer?«

Es gab eine Pause. »Nicht direkt. Ich meine, am Beginn standen gerade schwierige Verhandlungen zwischen CIA und

DIA an. Über eine wichtige, weitreichende Operation und deren Leitung. Was ich aus dem gehackten Kabelverkehr erfahren habe, war von unschätzbarem Wert dafür, den Vertrag für uns an Land zu ziehen, sozusagen.«

»Siehst du? Genau das meine ich. Du hast sie in eurem Weitpinkelwettbewerb um diese ach so wichtige Operation ausgestochen, und sie haben sich gefragt: ›Verdammt, wie hat der gute alte Kanezaki das nur hingekriegt? Wie hat er unsere exakte Verhandlungsposition in Erfahrung gebracht, damit er uns austricksen kann?‹ Dann haben sie alle angreifbaren Stellen untersucht und möglicherweise eine Spur gefunden, die deine Hacker hinterlassen hatten. ›Also dieser Kanezaki ist vielleicht ein gerissener Hund‹, haben sie zu sich gesagt, ›hat er doch tatsächlich den Kabelverkehr des Direktors geknackt!‹ Und was haben sie als Nächstes getan? Was haben sie gemacht? Sag du es mir!«

Schweigen. Dox wurde bewusst, dass er Kanezakis Namen vor Labee ausgesprochen hatte. Und darüber hinaus eine Menge anderen Scheiß, den er vermutlich nicht hätte erwähnen sollen.

Zum Teufel damit.

»Nun sag schon«, fuhr er fort. »Sag mir: Hast du seitdem irgendetwas von Wert erfahren? Etwas Welterschütterndes? Von dem die DIA wirklich überhaupt nicht wollen würde, dass du es erfährst?«

»Nein, das nicht, aber der allgemeine Hintergrund an sich ist ...«

»Bockmist! Allgemeiner Hintergrund! Nach der ersten Sicherheitslücke hast du einen Dreck gekriegt! Da wussten sie nämlich schon, dass du in ihrem System bist, ganz genau wussten sie das. Also sag mir eins: Warum haben sie den Kanal nicht geschlossen? Hättest du erwartet, dass sie einen Kanal schließen, der sich als unsicher erwiesen hat? Wäre das die Standardprozedur bei euch Typen aus der ›Geheimdienstgemeinde‹? Oder hättest du etwas anderes getan? Sag's mir, gottverdammt noch mal, ich will hören, wie du es sagst!«

»Verdammt. Ich hätte ihn nicht geschlossen. Ich hätte ihn weiterverwendet ...«

»Exakt! Bingo! Der Kandidat bekommt hundert Punkte! Sie haben ihn behalten – und dich damit an der Nase herumgeführt. Sie haben dich mit falschen Infos gefüttert, die du für echt gehalten hast. Und genau so haben sie es mit Pattaya und dem *Les Nuits* gemacht, wo ich in der Folge beinahe draufgegangen wäre!«

Ein langes Schweigen breitete sich aus. Kanezaki sagte: »Verdammt noch mal. Du hast recht. Tut mir leid. Scheiße.«

Dox hatte eine Stinkwut, aber plötzlich fühlte er sich schlecht. Er hatte den Mann nicht so herunterputzen wollen. Nicht direkt. Es war nur ... Ihm wurde klar, dass er einfach große Angst gehabt hatte, Kanezaki würde ihn nicht davon überzeugen können, dass er vertrauenswürdig war.

»Schon gut, schon gut. Tut mir leid, dass es so mit mir durchgegangen ist.«

»Es gibt nichts, wofür du dich entschuldigen müsstest. Sie haben mich an der Nase herumgeführt. Ich hätte es erkennen müssen, aber ich war blind dafür. Und als Folge hätte ich dich beinahe umgebracht.«

»Okay, einerseits stimmt das alles. Andererseits: nichts passiert, richtig? Man lernt im Leben nie aus, und diese Lektion war im Vergleich zu den möglichen Alternativen nicht allzu schmerzhaft.«

»Kann sein.«

Verdammt, er klang so niedergedrückt. »Egal«, sagte Dox. Er suchte nach einer Möglichkeit, ihn wieder in die Spur zu bringen. »Eigentlich ist das eine gute Nachricht, nicht wahr? Denn ...«

»Ich weiß. Schon kapiert. Denn als ich es wusste und sie nicht wussten, dass ich es weiß, war das gut. Aber als sie wussten, dass ich Bescheid wusste, ich jedoch nicht wusste, dass sie Bescheid wussten, war das schlecht. Doch jetzt, da ich weiß, dass sie wissen, dass ich Bescheid weiß, sie aber nicht wissen, dass ich *wirklich* Bescheid weiß, ist es wieder gut.«

Es war nicht ganz leicht, dem zu folgen. Es klang jedenfalls ungefähr richtig. »Etwas in der Art, ja. Der entscheidende Punkt ist, die DIA versucht abermals, dich an der Nase herumzuführen. Und sie denken, dass sie damit durchkommen. Aber jetzt weißt du es besser. Und das ist unsere Chance. Wer zuletzt lacht, lacht am besten. Stimmt's oder habe ich recht?«

»Es tut mir leid, Dox. Ich … Keine Ahnung, wie ich das übersehen konnte.«

»Nun, heben wir uns dieses Gesprächsthema für eine geeignetere Gelegenheit auf. Ich würde sagen, du hast einfach ein wenig zu viel Restvertrauen in deine ›Gemeinde‹ gesetzt. Für dich ist dieses Informations-Gekabbel ein Vollkontaktsport. Aber für die restlichen Jungs ist es kein Spiel. Du bist ein guter Mann, und du hast deine eigenen Werte auf ein paar Leute projiziert, die es nicht verdient haben. Nun weißt du es besser. Sicher, es tut weh, wenn es einem wie Schuppen von den Augen fällt, doch wenigstens siehst du jetzt wieder klar, richtig?«

»Die Aussicht ist nicht gerade berauschend, aber … Ja.«

»Die Aussicht ist so, wie sie ist, mein Sohn. Du musst sie nur deutlich sehen können, sonst knallst du gegen das nächste Hindernis.«

»Okay, ich glaube, diese Metapher haben wir jetzt zu Tode geritten.«

Dox lachte erfreut. Der Mann schien wieder auf die Füße zu kommen. »Und nun sag mir genau, was in der Nachricht stand. Worum ging es? Dillon, der den Direktor ins Bild setzte?«

»Ja. Der Text lautete: ›Ich treffe Red heute Nacht bei den Zelten, um den Handel zu besprechen.‹«

»Red?«

»Ja. Vermutlich eine Anspielung auf Sorms Vergangenheit bei den Roten Khmer. Was Pseudonyme anbetrifft, sind wir manchmal nicht so schlau, wie wir sein sollten.«

»Und was ist der ›Handel‹?«

»Ich bin nicht sicher. Vielleicht geht es um das, was sie von Sorm bekommen und was sie ihm als Gegenleistung liefern. Oder es ist nur irgendein Humbug, denn, wie du so überzeugend dargelegt hast, sie wissen ja, dass ich ihren Kabelverkehr angezapft habe.«

»Stand noch etwas anderes drin?«

»Ja. Dillon sagt, dass er Red empfohlen hat, sich ein neues Telefon zuzulegen und auf gar keinen Fall ein Gerät zu benutzen, das er schon jemals zuvor verwendet hatte oder das auf andere Weise mit ihm in Verbindung zu bringen sei. Er riet ihm, das neue Handy ausgeschaltet zu lassen, bis er die Zelte erreicht hätte. Dann solle er Dillon anrufen und diesem den Ort des Treffens nennen.«

»Wenn das stimmt, bedeutet es, dass Sorm Dillons Nummer hat und wir damit rechnen dürfen, dass er sie benutzt. Da kannst du vielleicht ansetzen. Aber glaubst du wirklich, er hat Sorm all das mitgeteilt?«

»Schwer zu beurteilen. Denkbar. Es könnte auch ausschließlich für uns bestimmt gewesen sein. Oder eine Kombination von beidem.«

»Wenn ich davon ausgehe, wie der alte Gant mich an der Nase herumgeführt hat, kann man wohl sagen, dass diese Typen ihren Lügen so viel Wahrheit wie möglich beimischen. Ich würde darauf tippen, dass es sowohl wahr ist … als auch für uns bestimmt.«

»Und das heißt?«

»Ich bin nicht sicher. Ich muss darüber nachdenken. Dieser ›Du weißt, dass ich weiß, dass du weißt‹-Kram ist verwirrend.«

Kanezaki schmunzelte. »Und was hältst du von den ›Zelten‹? Du musst irgendeine Ahnung haben, denn es ist das Einzige, wonach du nicht gefragt hast.«

Dox zögerte. Er hatte sich nicht hundertprozentig entschieden, ob Kanezaki ihm nur etwas vormachte. Er glaubte es nicht, aber …

Dann kam er zu dem Schluss, dass er im Moment zumindest so tun musste, als ob er ihm vertraute. Wenn er es sich später anders überlegte, konnte er die Mission immer noch abbrechen.

»Ich habe Grund zu der Annahme, dass mit den ›Zelten‹ der *Rot Fai*-Nachtmarkt in Srinakarin gemeint ist.«

»Und welchen Grund?«

»Quellen und Methoden, mein Sohn. Quellen und Methoden.«

»Das ist nicht nett. Aber ich schätze, ich habe es verdient.«

Dox lachte leise. »Wie dem auch sei. Lass mich ein wenig darüber nachdenken, was wir gerade besprochen haben. Ich melde mich dann.«

»Ich warte hier.«

Dox beendete das Telefonat und steckte das Handy wieder in die Faraday'sche Hülle. Er informierte Labee über den Inhalt des Gesprächs. Das meiste davon hatte sie ja ohnehin mitbekommen.

»Seine Information passt zu meiner«, sagte sie, als er geendet hatte.

Er nickte. »Vielleicht.«

»Aber es gefällt dir nicht.«

Er versuchte zu ergründen, was ihn störte. Einiges davon lag auf der Hand. Anderes … blieb verborgen. Er begann mit dem Offensichtlichen, in der Hoffnung, es würde Licht auf den Rest werfen.

»Also, die Geschichte mit dem Nachtmarkt klingt gut und passt zu deiner Spur. Und trotzdem, sie stammt von meinem … Okay, du hast seinen Namen ja gehört.«

»Du warst außer Fassung.«

»Ja, das kann man wohl sagen.«

»Warum nennen wir ihn nicht einfach K.? ›Mein Typ‹ hat schon die ganze Zeit ein bisschen hölzern geklungen.«

Er lachte. »Okay. Soll mir recht sein.«

»Und übrigens, mein Typ heißt Special Agent B. D. Little. Ermittler der Homeland Security.«

Er sah sie an. »Das hättest du mir nicht sagen müssen.«

Sie zuckte mit den Schultern. »Ich weiß, dass er mich benutzt, allerdings nicht genau, auf welche Weise. Außerdem hat mir gefallen, was du zu K. gesagt hast. Dass man die Dinge nur dann durchschaut, wenn man weiß, wer seine echten Freunde sind. Ich hatte noch nicht viele Freunde. Aber …«

Ihre Stimme verklang und sie wandte den Blick ab.

Er hätte gern ihre Hand ergriffen, dachte jedoch, dass das vielleicht zu viel gewesen wäre.

»Hey«, sagte er. »Du weißt, dass ich genauso empfinde.«

Sie nickte.

Um ihr weiteres Unbehagen zu ersparen, fuhr er fort: »Wie dem auch sei. Falls K. mich zuvor in die Falle gelockt hat, könnte er es jetzt erneut versuchen. Als ich ihn anfangs um Hilfe bat, behauptete er, der Gedanke, einen DIA-Informanten zu töten, würde ihn nervös machen. Vielleicht war das Unsinn. Vielleicht schützt er Sorm aus ganz eigenen Gründen. Ich werde das Gefühl nicht los, dass es, wenn wir uns auf dem Nachtmarkt blicken lassen, genauso ausgehen wird wie in Pattaya.«

Sie sah ihn an und schien sich wieder unter Kontrolle zu haben. »Was sagt dir dein Instinkt?«

Er dachte nach. »Das würde K. nicht tun. Er könnte es nicht. Es entspricht nicht seinem Naturell.«

»Und war dein Instinkt bis jetzt nicht immer zutreffend?«

Einen Moment lang musste er an Tiara denken. »Na ja, es gab da schon einen Punkt, aber der spielt in dem Zusammenhang nicht wirklich eine Rolle.«

»Die Antwort lautet also Ja. Du hast dich immer auf deinen Instinkt verlassen können.«

Er nickte. »Ja. Stimmt.«

»Da hast du deine Antwort. K. lügt nicht. Dein Instinkt trügt nicht. Du solltest ihm vertrauen. So wie du es stets getan hast.«

Daran hatte er ein wenig zu kauen. Er wusste, dass sie recht hatte. Er glaubte nicht, dass Kanezaki ihn in die Falle lockte. Aber trotzdem störte ihn etwas. Er kam nur nicht dahinter, was es war.

»Brechen wir auf«, sagte er. »Das ganze Gerede über Drohnenschläge macht mich kribbelig. Außerdem denke ich, es wird höchste Zeit, dass wir beide uns mal mit dem verabscheuungswürdigsten Stammgast des Nachtmarkts unterhalten. Mit Mr Udom Leekpai.«

KAPITEL 27

Zwei Stunden später saßen Carl und Livia im Schatten eines Wellblech-Vordachs in einem Lokal namens *Best Friend Bar 10*. Jeder hatte eine eiskalte Flasche Chang-Bier vor sich stehen.

Carl hatte ihr von einem Kerl in Bangkok erzählt, den er über Kanezaki kennengelernt hatte – einem gewissen Fallon, von dem er sagte, er sei »ganz in Ordnung«. Sie war nicht ganz sicher, was das bedeutete, hatte jedoch gelernt, seinen gelegentlichen Untertreibungen und dem Urteil, das ihnen zugrunde lag, zu vertrauen. Carl hatte dem Mann eine Textnachricht geschickt. *Sollten Sie verfügbar sein, wäre ich dankbar, wenn wir uns so bald wie möglich am selben Ort wie letztes Mal treffen könnten. Semper fi.* Der Typ hatte sofort zurückgetextet, dass er in zwei Stunden da sein würde.

Sie hatten noch kaum an ihrem Bier genippt, als ein kräftig gebauter Weißer im Alter von etwa sechzig Jahren mit Pilotenbrille um die Ecke bog. Er nickte, als er sie erblickte, und sah sich dann nach links und rechts um. Vielleicht war er ein wenig überrascht, dass Carl nicht allein war.

Carl winkte und sagte zum Barkeeper: »Bitte ein Singha für meinen Freund, Sir.«

Fallon blieb so neben Carls Hocker stehen, dass dieser sich in der Mitte befand. Livia rutschte ein Stück zurück, und Carl wandte sich dem anderen Mann zu. Jetzt konnten sie einander alle ansehen.

Fallon setzte die Brille ab und legte sie auf den Tresen. Er musterte erst Livia, dann Dox. »Nun«, sagte er, »freut mich, dass anscheinend nicht alle Ihre Geschichten traurig enden.«

Carl lachte, und sie schüttelten einander die Hand. Der Barkeeper stellte ein Singha vor Fallon hin, und der trank einen großen Schluck.

»Fallon«, sagte Carl, »darf ich Ihnen Labee vorstellen? Labee, Fallon.«

Sie gaben sich die Hand. Er hatte einen guten Griff.

»Labee und ich stecken ein bisschen in der Klemme. Und um aus ihr wieder herauszukommen, beabsichtigen wir, ein privates Gespräch mit einem gewissen thailändischen Gentleman zu führen, der möglicherweise kein Englisch spricht. Wir würden uns daher gern Ihrer Dolmetscherkünste versichern und auch der anderen Dienstleistungen, die, wie ich hoffe, unter den allgemeinen Begriff *Tipps, Trips & Touren* fallen.«

Fallon nippte an seinem Bier. »Hat das irgendetwas mit unserem gemeinsamen Freund zu tun?«

»Indirekt ja.«

»Dann hätte ich nämlich erwartet, dass er sich persönlich mit mir in Verbindung setzt.«

»Gut, das wäre machbar gewesen. Aber es hätte länger gedauert. Und wir haben nicht viel Zeit. Außerdem waren Sie so freundlich, mir Ihre Karte zu geben.«

Fallon antwortete nicht.

»Lassen Sie es mich so ausdrücken«, fuhr Carl fort. »Hätte ich Kanezaki in Labees und meine Pläne eingeweiht, und Labee ist übrigens bereits mit seinem Namen vertraut, dann hege ich keinen Zweifel daran, dass er zugestimmt hätte. Allerdings sah ich auch keinen Anlass, ihn damit zu belasten.«

Fallon nickte. Es schien ihn nicht zu stören, dass Livia Kanezakis Namen kannte. Vielleicht fand er, dass das nur Carl etwas anging, falls es Probleme gab. »Das geht in Ordnung. Wenn ich mich darauf einlassen soll, muss ich allerdings erfahren, warum Sie glauben, dass Kanezaki zugestimmt hätte.«

»Weil Kanezaki, wie Sie sicher wissen, zu den guten Jungs gehört. Und der thailändische Gentleman, mit dem wir zu sprechen beabsichtigen, ganz gewiss nicht.«

Livia hatte genug von dem umständlichen Drumherumgerede. »Sein Name ist Leekpai«, sagte sie. »Er verkauft Kinder an Vergewaltiger. Wenn Sie gern wollen, dass so etwas aufhört, dann sollten Sie uns helfen. Falls es Ihnen egal ist, brauchen wir Ihre Hilfe nicht. Oder besser, wir können darauf verzichten.«

Sie hatte das Gefühl, dass Carl sich über die Unterbrechung ärgerte, doch er ließ sich nichts anmerken, das musste sie ihm lassen.

Fallon sah sie an. Endlich sagte er: »Er verkauft Kinder, sagen Sie?«

»Ja.«

»An Vergewaltiger?«

»Ja.«

Er nickte, und seine Miene verhärtete sich auf eine Weise, die ihr gefiel.

Er sah wieder Carl an. »Wir kennen uns nicht besonders gut. Aber ich glaube nicht, dass Sie ein Dummschwätzer sind. Und Kanezaki denkt das definitiv auch nicht.«

Carl trank einen Schluck von seinem Bier. »Sie haben beide recht.«

Fallon nickte. »Also gut. Was brauchen Sie von mir? Und sollte die Antwort ›nur einen Dolmetscher‹ lauten, wäre ich enttäuscht.«

Eine Stunde später saßen sie alle drei in einem Bus für zwölf Personen auf einem Parkplatz im Bangkok Port in Khlong Toei.

Der Hafen war eine lange, hitzedurchglühte Asphaltnarbe, die sich zwischen dem trüb-grünen Wasser des Chao-Phraya-Flusses und den verschlungenen Metallröhren einer Art Raffinerie erstreckte. Livia hatte das Gossamer eingesetzt, um Leekpai hierher zu verfolgen. Er hielt sich irgendwo jenseits einer Sicherheitszone auf, daher blieb ihnen nichts anderes übrig, als zu hoffen, dass er sein Auto auf diesem riesigen Parkplatz abgestellt hatte und es bald abholen würde. Die Erwartung, so kurz davor zu stehen, zu erfahren, wo sie dieses kleine Mädchen finden konnte, von dem Schmutzbart behauptet hatte, er hätte es von Leekpai bekommen, machte Livia verrückt. Sie versuchte, sich auf etwas anderes zu konzentrieren, aber der Gedanke drängte immer wieder an die Oberfläche zurück.

Fallon besaß mehrere kleine Busse. Zwei davon trugen auf den Türen den Schriftzug TIPPS, TRIPS & TOUREN. Der dritte, in dem sie jetzt saßen, war neutral lackiert. Und verfügte für diesen Anlass über ein gestohlenes Nummernschild. Nur für alle Fälle. Fallon saß am Steuer, Carl auf dem Beifahrersitz und Livia hinten. Über den Sitzen und in den Fußräumen waren Plastikfolien ausgebreitet. Livia behielt das Gossamer scharf im Auge, weniger weil sie Leekpai nicht verpassen wollte, als vielmehr weil es ihre einzige Möglichkeit war, sich von ihrer Umgebung abzulenken. Der Gestank nach schmutzigem Wasser, nach Vogeldreck und Diesel, der Anblick der gewaltigen Verlademaschinen für Schiffscontainer, die sie zum ersten Mal bei Nacht gesehen und damals für Monster gehalten hatte, als die Männer Nason, sie und die anderen Kinder zum Hafen gefahren hatten … Ein urtümliches, überwältigendes Entsetzen wurde in ihr wach. Sie fühlte sich wieder wie jenes kleine Mädchen, voller Panik, hilflos, unfähig zu verstehen, was mit ihm passierte oder irgendetwas zu tun, um es zu verhindern.

Carl und Fallon hatten sich über das Leben in Südostasien unterhalten, aber Carl musste ihre Anspannung bemerkt haben, denn er drehte sich zu ihr um und fragte: »Alles in Ordnung?«

Sie nickte, ohne von dem Gossamer aufzublicken.

»Bist du sicher?«

Sie nickte abermals. Sie fühlte sich so beklommen, dass sie glaubte, sich übergeben zu müssen.

Langsam, Mädchen. Atme. Genau wie vor einem Judo-Match. Genauso. Atme.

»Hey«, sagte Carl, »wir müssen gar nichts tun. Wenn Leekpai auftaucht, wird der gute alte Fallon hier ihn sich angeln. Du und ich, wir brauchen nur zu warten.«

Sie nickte abermals.

Trotz seiner raubeinigen Art musste Fallon auch eine sensible Ader besitzen, denn er bemerkte: »Ich weiß, wenn Sie könnten, würden Sie es selbst tun, Labee. Aber das haben wir schon besprochen. Das Risiko ist zu groß, dass dieser Typ über Sie beide informiert ist. Also entspannen Sie sich einfach und überlassen alles mir.«

Zehn Minuten später und ungefähr eine Minute bevor sie geglaubt hätte, aussteigen und sich übergeben zu müssen, kam Leekpais Handy in Bewegung. »Es geht los«, verkündete sie.

Sie hielt den Blick auf das Gossamer gerichtet. Nach ein paar Sekunden war sie sich klar darüber, in welche Richtung er ging. »Er kommt auf uns zu«, sagte sie. »Zum Parkplatz.«

Fallon meinte: »Murphys Gesetz.«

Sie blickte auf. Und sah, was er gemeint hatte. Der Parkplatz stand voller Autos, war jedoch während ihrer bisherigen Wartezeit weitgehend verlassen gewesen. Nun kamen ganze Menschentrauben vom Fluss her auf sie zu. Eine Fähre musste soeben angelegt haben, vielleicht sogar mehr als eine.

»Mist«, sagte Carl. »Welcher ist Leekpai?«

»Rufen Sie ihn an«, stieß Livia hervor. »Er ist … keine fünfzig Meter entfernt. Rufen Sie ihn an. Jetzt.«

Fallon zückte sein Handy. Livia las ihm Leekpais Nummer vor. Fallon tippte sie ein, öffnete die Fahrertür und stieg aus. Carl folgte ihm auf der Beifahrerseite, zog die hintere Schiebetür auf und kletterte neben Livia wieder hinein. Er hielt die Supergrade im Schoß. Für den Fall, dass Fallon auf Widerstand stieß.

»Immer mit der Ruhe«, sagte Fallon. »Bin gleich zurück.« Er drückte den Knopf auf seinem Telefon, schob es in die Tasche und ging in Richtung Fluss.

Livia und Carl beobachteten die Menge, die auf sie zuströmte. Viele Leute sprachen bereits in Mobiltelefone hinein. Doch zwanzig Meter weit entfernt griff ein Thailänder im mittleren Alter mit langen, schmierigen Haaren und einem Gesicht wie ein Vollmond in die Hosentasche und hielt das Handy ans Ohr. Er sagte etwas, wartete und sprach abermals. Dann betrachtete er das Telefon, als wäre er verwirrt, und steckte es ein. Leekpai.

Schräg vor ihm ging zu beiden Seiten je ein Thailänder. Sie wirkten jünger und fitter als er. Sie sahen sich zu ihm um, als das Handy klingelte, und wandten anschließend den Blick wieder nach vorn, um die Menschenmenge zu kontrollieren. Bodyguards.

Carl hatte sie auch gesehen. »Scheiße«, sagte er. »Setz dich ans Steuer und wende den Van. Sieht nicht so aus, als ob es so unauffällig abgeht, wie wir gehofft hatten.«

Er sprang zur Schiebetür hinaus und stopfte die Supergrade hinten in den Bund seiner Shorts. Zehn Meter weiter starrten die zwei Bodyguards Fallon an. Und zwar durchdringend.

Carl begann, hektisch in ihre Richtung zu winken. »Dr. Rosen!«, rief er so laut, als würde er ein Megafon benutzen, und deutete mit dem Finger auf Fallon, während er sich auf ihn zu bewegte. »Dr. Rosen! Sind Sie das wirklich? Hier in Bangkok?

Mein Gott, was für ein Zufall! Schaut alle her, das ist Dr. Evan Rosen in Fleisch und Blut, der weltberühmte Arzt und Heiler aus Harvard und ein sehr gut aussehender Mann dazu, und das hier in Bangkok, wo er uns mit seiner erhabenen Gegenwart beehrt!«

Wahrscheinlich konnte ihn niemand verstehen, doch das Spektakel reichte aus, dass jeder – sogar die Bodyguards – zwischen Carl und Fallon hin und her sah, der ohne das geringste Zögern, aber mit erkennbar irritiertem Blick zurückrief: »Bob, sind das wirklich Sie?«

»Darauf können Sie wetten«, sagte Carl, und dann schwang er die Supergrade nach vorn. Die Augen der Leibwächter quollen hervor. Sie griffen zu ihren Waffen, und Carl legte den näher stehenden mit einem Kopfschuss um. Fallon erwischte den anderen auf dieselbe Art. Livia ließ die Kupplung schnalzen, schoss mit durchdrehenden Reifen rückwärts zwischen den links und rechts geparkten Fahrzeugen hindurch, zog ruckartig die Handbremse und vollführte eine »Rockford-Wende« um hundertachtzig Grad. Sie knallte den ersten Gang hinein, gab Gas und trat eine Sekunde später wieder voll auf die Bremse, sodass sie mit kreischenden Reifen direkt neben ihnen zum Stehen kam. Die Leute in der Nähe spritzten auseinander. Carl und Fallon hielten Leekpai bereits bei den Armen, schleuderten ihn hinten in den Bus und warfen sich über ihn. Carl riss die Schiebetür zu und brüllte: »Los!« Er wurde beinahe umgeworfen, denn noch bevor das Wort seine Lippen verlassen hatte, trat Livia schon wieder aufs Gas und raste davon.

Zwei Minuten später kamen sie unter dem Expressway hindurch, fuhren kurz nach Norden und bogen dann mit quietschenden Reifen rechts auf die Rama IV ab. Livia ging augenblicklich vom Gas und verschmolz mit dem fließenden Verkehr.

»Ach du Scheiße, Sie können vielleicht fahren!«, rief Fallon von hinten.

Carl lachte. »Das ist noch gar nichts. Sie sollten Sie mal schießen sehen!«

Fünf Minuten später befanden sie sich auf Nebenstraßen. Livia zog an den Straßenrand, öffnete die Tür, beugte sich hinaus und übergab sich auf die geschotterte Bankette. Eine Weile verharrte sie keuchend in dieser Haltung, weil sie Angst hatte, es würde noch mehr kommen. Als sie sicher war, dass der Anfall vorbei war, zog sie die Tür zu, wischte sich über den Mund und fuhr weiter.

»Tut mir leid«, sagte sie. »Dieser Hafen … Das ist kein guter Ort für mich.«

»Was sollte Ihnen leid tun?«, meinte Fallon. »Jeder, der so fahren kann wie Sie, darf gern meinen Bus vollkotzen.«

Ein wenig später blieben sie im Schatten unter der erhöht liegenden Mautstraße stehen. Carl und Fallon hatten Leekpai mit Gewebeband die Fußgelenke und die Hände hinter dem Rücken gefesselt. Er lag am Boden im Fußraum, den Körper über den Kardantunnel gebogen, mit bleichem Gesicht, offenbar von Todesangst erfüllt. Livia schob die Vordersitze ganz vor und ging zu ihm nach hinten.

Sie sah Fallon an. »Überprüfen Sie sein Telefon. Wir wollen sicher sein, dass er der Richtige ist.«

»Ich habe mir schon seinen Führerschein angesehen, während Sie am Steuer waren.«

»Gut. Aber ich will auch wissen, mit wem er telefoniert hat.«

Fallon griff in die Tasche, zog ein Mobiltelefon hervor und drückte den Einschaltknopf. »Passwortgeschützt«, sagte er.

»Sagen Sie ihm, dass wir die PIN brauchen.«

Fallon übersetzte. Leekpai schüttelte den Kopf.

»Fragen Sie, ob er weiß, wer ich bin«, verlangte Livia.

Fallon tat es. Leekpai schüttelte abermals den Kopf. Aber in seinem Schritt breitete sich langsam ein dunkler Fleck aus, und im Van stank es plötzlich nach Urin.

»Gut, dass wir Plastik ausgelegt haben«, bemerkte Carl. »Obwohl es Sie nicht stört, wenn gute Fahrer in Ihre Fahrzeuge speien.«

»Du lügst«, bemerkte Livia zu Leekpai, während Fallon synchron dolmetschte. »Du weißt genau, wer ich bin. Vivavapit. Sakda. Juntasa. Das bin ich.«

Noch bevor Fallon fertig übersetzt hatte, begann Leekpai zu lamentieren.

»Scht«, sagte sie sanft. »Scht. Sie waren diejenigen, die meine Schwester und mich entführt haben. Nicht du. Das heißt, du hast eine Chance, die sie nie hatten. Und jetzt sag uns deinen PIN-Code. Ich möchte kein zweites Mal fragen müssen.«

Fallon übersetzte. Leekpai murmelte eine vierstellige Zahl. Fallon gab sie ein. »Passt«, verkündete er.

Livia nickte. »Suchen Sie im Adressbuch nach einem Eintrag für Rithisak Sorm.«

»Sein Adressbuch ist leer. Das ist ein Einweghandy.«

Sie wandte den Blick nicht von Leekpai. »Wie steht es mit der Anrufliste?«

Fallon bearbeitete die Tastatur. »Ein halbes Dutzend Nummern. Keine Namen. Die meisten Telefonate stammen von heute. Ein paar von gestern. Gestern gingen sie alle an dieselbe Nummer, und die hat er auch vorhin angerufen, kurz bevor wir ihn uns schnappten.«

»Sagen Sie sie mir.«

Fallon nannte sie. Sie gab sie in das Gossamer ein. Nichts. Die Nummer, die Leekpai gewählt hatte, gehörte zu einem Telefon, das im Moment ausgeschaltet war.

Carl sagte: »Du glaubst, das ist Sorm?«

Leekpais Augen quollen bei dem Namen voll Entsetzen und Verzweiflung hervor.

Sie sah ihn an und nickte Carl zu. »Sieht so aus, als hätte Sorm sein Handy gleich nach dem letzten Gespräch abgeschaltet. Vermutlich Funkstille vor dem Treffen mit Dillon. Fallon – fragen Sie ihn.«

Fallon tat es und erwiderte: »Ja, Sorm hat ihm befohlen, das Telefon auszuschalten. Bis neun Uhr abends. Das hatte er auch vor, nur haben wir ihn zuvor erwischt.«

»Warum ausgerechnet neun Uhr?«

Fallon übersetzte. Leekpai schüttelte den Kopf und antwortete nicht.

Sie sah Leekpai an. »Was passiert heute auf dem Nachtmarkt von Srinakarin? Was hat Sorm dir erzählt?«

Fallon dolmetschte. Leekpai schüttelte abermals den Kopf.

»Wir haben von dem Treffen erfahren«, sagte sie. »Wenn das, was du uns erzählst, mit dem übereinstimmt, was wir schon wissen, kannst du weiterleben. Solltest du dich weigern zu antworten oder uns anlügen, mache ich mit dir dasselbe, was ich mit den anderen getan habe.«

Auch das übersetzte Fallon. Leekpai hörte auf, den Kopf zu schütteln, und begann zu reden – oder besser gesagt zu brabbeln. Mehrmals musste Fallon ihn bremsen und nachfragen. Die Kernaussage lautete, dass Sorm sich am Nachtmarkt mit einem wichtigen Besucher treffen wollte. Einem Besucher, der aus erster Hand einen Blick auf den Handel werfen wollte.

»Sprichst du von Dillon?«, hakte sie nach. Aber als Fallon das dolmetschte, schüttelte Leekpai lediglich den Kopf. Anscheinend hatte Sorm ihm den Namen des Besuchers nicht anvertraut. Das hatte sie auch nicht ernsthaft erwartet.

»Mit wem hast du telefoniert, unmittelbar bevor wir dich geschnappt haben?«, ließ sie Fallon fragen. Leekpai fing an zu betteln.

»Ich kenne die Antwort schon«, sagte Livia. »Ich will nur hören, wie du es sagst.«

Fallon dolmetschte. Leekpai antwortete: »Sorm.« Und sofort begann er wieder zu flehen.

Eine Ahnung brodelte an die Oberfläche. »Bringt ihr heute Abend Kinder vom Hafen zum Markt? Oder umgekehrt?«

Fallon übersetzte. Leekpais Worte überschlugen sich. Fallon hörte zu und sagte dann: »Die Kinder sind im Moment auf dem Markt. Sie sollten schon vor zwei Tagen zum Hafen gebracht werden, aber Sorm wollte sie erst seinem Besucher vorführen. Leekpai war am Hafen, um den Schiffskapitän für sein Warten zu entschädigen.«

Livia hatte Mühe, ihre Aufregung nicht zu zeigen. Und ihren Zorn. Sie sah auf Leekpai hinab. »Vor zwei Monaten hast du Krit Juntasa ein kleines Mädchen geliefert. Damit der amerikanische Senator es vergewaltigen konnte. Wer war sie? Wo ist sie jetzt?«

Fallon übersetzte und wartete auf die Antwort. »Er behauptet, das weiß er nicht.«

Sie atmete tief ein und aus, um den Drachen im Zaum zu halten. »Weiß er nicht, wer sie war? Oder wo sie jetzt ist?«

Fallon dolmetschte. »Weder noch, sagt er.«

Sie starrte Leekpai an, während sie spürte, wie der Drache ihr entglitt und an der Leine zerrte. »Sag ihm, dass ich mit ihm dasselbe mache wie mit Sakda, wenn er nicht aufhört zu lügen.«

Fallon tat es. Leekpai begann wieder zu flennen und redete plötzlich wie ein Wasserfall. Fallon übersetzte simultan. »Sakda wollte ein Mädchen, aber ich wusste nicht, wer sie war oder wozu er sie brauchte. Auch nicht, was später aus ihr geworden ist. Sorm weiß solche Dinge. Nur Sorm.«

Der Drache riss sich los. Livia schrie: »Du gottverdammter Lügner!« Sie packte ihn bei den Haaren, zog das Infidel-Messer und ließ es aufschnappen …

Sofort fühlte sie Carls Hand auf ihrem Arm. Er hielt sie zurück. »Labee. Ich glaube nicht, dass er es weiß.«

Zerschneid ihm das Gesicht die Augen raus tu ihm weh er soll zahlen SIE SOLLEN ALLE BEZAHLEN

Ihr Arm zitterte. Carl sagte: »Du machst das großartig. Wir brauchen die Information. Halte durch. Du machst das ausgezeichnet.«

Noch einmal atmete sie tief durch. Irgendwie schaffte sie es, den Drachen zurückzudrängen. Sie schloss das Infidel wieder. Leekpai beobachtete sie mit vor Angst hervortretenden Augen. Sie begriff, dass sie selbst mit größter Mühe nicht besser *Guter-Cop-böser-Cop* hätten spielen können.

Sie stieß die Luft aus. »Wo auf dem Nachtmarkt werden sie gefangen gehalten? Und das solltest du jetzt lieber wissen.«

Fallon übersetzte, wartete die Antwort ab und sagte: »Er behauptet, sie sind in einem Schiffscontainer.«

Augenblicklich begann ihr Herz wie wild zu pochen. Bilder von dem Container, in dem Nason und sie gefangen gehalten worden waren, überfluteten sie. Die Dunkelheit. Der Hall. Der Gestank. Sie versuchte vergeblich, sie zu verdrängen. »In dieser Hitze«, sagte sie und erhob die Stimme. »Ihr habt sie bei dieser Hitze in einem versiegelten Container gelassen?«

Fallon dolmetschte, lauschte und sah dann wieder Livia an. »Er meint, es gibt Luftlöcher. Und Trockeneis.«

Ja, das konnte sie sich denken. Ein Bauer wollte ja auch nicht, dass seine Ware auf dem Weg zum Markt verfaulte.

Das hieß aber nicht, dass es nie vorkam.

»Welcher Container ist es?«, fragte sie. »Wo? Er soll es genau beschreiben.«

Ein kurzes Hin und Her entspann sich zwischen Fallon und Leekpai. Schließlich übersetzte Fallon: »Er behauptet, in der Sanam Golf Alley. Ich weiß nicht, wo das ist.«

»Moment mal«, sagte Carl. Er zog sein Handy hervor und schaltete es ein. Nach einer Weile fuhr er fort: »Das ist eine Straße. An der Ostseite des Markts schließt sich ein Golfplatz an. Die Sanam Golf Alley verläuft an seinem Rand. Irgendwo in der Mitte ... scheint es eine Parkmöglichkeit für den Golfplatz zu geben. Bei Nacht möglicherweise verlassen. Südlich davon gibt es eine Tankstelle, und da ist auch ... ein Schrottplatz vielleicht. Ich weiß nicht. Das könnte die Stelle sein. Egal, jetzt kennen wir jedenfalls den Standort.«

Livia sah auf Leekpai hinunter. »Wie lange werden die Kinder dort sein?«

Fallon sprach längere Zeit mit Leekpai, bevor er sagte: »Wenn sie nicht bis Mitternacht am Hafen sind, läuft das Schiff ohne sie aus. Der Kapitän ist ungehalten, und die Käufer werden unruhig. Sorms Besucher soll ein großes Bakschisch für den Kapitän und die Käufer übergeben. Sorm muss es persönlich abliefern, um Schwierigkeiten zu vermeiden.«

»Ist das Mädchen bei ihnen?«, fragte sie. »Das Mädchen, das du Sakda gebracht hast?«

Aus dem Augenwinkel sah sie, dass Carl sie besorgt ansah. Sie wusste, dass die Frage keinen Sinn ergab. Warum sollte das kleine Mädchen sich in dieser Lieferung befinden? Aber vielleicht gehörte sie ja dazu. Möglich war es. Irgendwo musste sie ja sein.

Fallon übersetzte. »Er schwört, dass er es nicht weiß. Sorm weiß es.«

Bitte, dachte sie. *Bitte lass das die Wahrheit sein.*

»Wer sind die Käufer?«

Fallon dolmetschte. Leekpai antwortete. Dann sprach Fallon wieder: »Ein ukrainisches Verbrechersyndikat. Glaubt er. Er sagt, Sorm weiß es.«

»Warum denkt er, es wären Ukrainer?«

Weitere Worte gingen hin und her. »Er sagt, Sorm sei sehr besorgt wegen der Verzögerung. Und dass nur die Ukrainer Sorm so nervös machen. Weil sie skrupellos und verrückt sind.«

Livia kannte den Ruf der ukrainischen Menschenhändlerbanden. Sie sah Leekpai an. »Sollst du dich mit Sorm bei dem Schiffscontainer treffen?«

Fallon übersetzte, und Leekpai nickte.

»Um welche Zeit?«

Wieder übersetzte Fallon. Er lauschte der Antwort, stellte noch ein paar Fragen und sagte dann: »Er weiß nicht genau, um welche Zeit. Sorm soll ihn anrufen.«

»Aber er muss doch ein paar Rahmenbedingungen kennen.«

Fallon fragte nach und erwiderte: »Er soll nicht später als 21.00 Uhr auf dem Nachtmarkt sein und das Telefon einschalten, wenn er ankommt.«

Carl sagte: »Dann erwartet Sorm Dillon ebenfalls nicht früher.«

»Aber auch nicht viel später«, meinte Livia. »Er braucht Zeit, um diese Kinder zum Hafen zu schaffen. Er darf sich nicht verspäten.«

Carl nickte. »Das gibt uns ein Zeitfenster, mit dem wir arbeiten können.«

Livia dachte einen Moment lang nach. Sorm sollte Leekpai anrufen. Sie hatten Leekpais Handy. Aber das Gespräch würde auf Thai stattfinden. Selbst wenn sie nur textete, reichten ihre Sprachkenntnisse nicht aus.

Fallon musste in denselben Bahnen gedacht haben, denn er sagte: »Kann ich behilflich sein?«

Livia sah ihn an. »Können Sie dieses Telefon bedienen?«

»Ist das wirklich alles, was Sie mich tun lassen wollen?«

»Alles? Sofern Sie es nicht tun, sind wir am Arsch.«

Fallon grinste. »Na, wenn Sie es so ausdrücken.«

»Halten Sie es mal hoch. Ich will eine Aufnahme von der letzten Anrufliste machen. Und dann schalten wir es wieder aus. Bis 21.00 Uhr. Genau wie Leekpai es tun sollte.«

Fallon hielt Leekpais Handy in die Höhe. Livia schoss mit ihrem eigenen ein Foto. »Wiederholen Sie noch einmal den Pincode«, bat sie. »Damit wir uns sicher daran erinnern.«

Fallon nannte die Ziffern und fügte hinzu: »Ich habe nichts gegen Ihren Vorschlag. Und es war nett von Ihnen, ›wir‹ statt ›Sie‹ zu sagen.«

Sie starrte Leekpai an. Er warf einen Blick auf sie, dann zu Fallon und Carl, bevor er auf der Suche nach einem Funken Hoffnung wieder sie ansah.

Livia hielt seinen Blick fest. »Hat noch jemand Fragen?«

Niemand sagte etwas.

Sie ließ Leekpai nicht aus den Augen. »Könntet ihr beiden uns eine Minute lang allein lassen?«

Aus dem Augenwinkel sah sie, wie sie einen Blick wechselten. Dann entfernten sie sich. Sie hörte, wie die Tür auf- und wieder zugeschoben wurde.

Ein Augenblick verstrich. Im Innenraum des Vans war es still. Leekpai begann zu weinen.

Auf dem Sitz lag ein Stück Plastikfolie in Reserve. Livia kauerte sich neben Leekpai und griff danach. Er beobachtete sie und brabbelte dabei auf Thai vor sich hin. Immer hektischer.

»Scht«, machte Livia und spürte, wie der Drache sie ausfüllte. Erfüllte. Zu ihr *wurde.*

Sie gab weiter beruhigende Laute von sich. Endlich hörte Leekpais Gestammel auf. Das einzige Geräusch war das seines angsterfüllten Atmens.

Sie biss die Zähne zusammen und begann zu weinen. »Sie war erst *elf*«, stieß sie auf Thai hervor. »*Elf.*«

Leekpai schüttelte heftig den Kopf und schrie: »*Mai! Mai! Maaii!*« Er trat um sich, bäumte sich auf und kämpfte gegen das Panzerband an.

Livia setzte ihm ein Knie auf die Brust, legte ihm die Plastikfolie übers Gesicht und wickelte sie ihm um den Kopf, bis er praktisch mumifiziert war und seine Schreie gedämpft und undeutlich klangen. Er wand sich eine Weile und warf sich herum. Dann war nichts mehr zu hören. Seine Gegenwehr reduzierte sich auf ein gelegentliches Zucken. Bald hörte auch das auf, und Leekpai lag vollkommen still da.

Der Drache faltete die Flügel zusammen, doch ihre Lunge brannte weiter von seinem Feuer.

Sie betrachtete Leekpai noch eine Weile und nickte wie zu sich selbst. Es war gut, dass er tot war. Wegen all der Abscheulichkeiten, die er nun nie wieder begehen konnte. Aber alles in allem fühlte sie sich nur … müde. Und irgendwie leer.

Vielleicht lag es daran, dass Leekpai letzten Endes ein Niemand gewesen war. Der Eine, den sie wollte, den sie brauchte, war Sorm.

Und sie waren so nah dran.

KAPITEL 28

Zu dritt warfen sie Leekpais Leiche in einen Drainagekanal, entledigten sich der Plastikfolie an anderer Stelle und legten einen Zwischenstopp bei einem Laden mit Haushaltswaren ein, wo sie Bleiche und Küchenkrepp kauften, um das Innere des Kleinbusses zu reinigen. Dox war froh, dass Fallon kein Wort über Leekpai verlor. Es war für Labee offensichtlich eine persönliche Angelegenheit gewesen, und entweder respektierte Fallon das oder er verstand, dass sie um ihrer Mission willen keine Gefangenen machen durften, vermutlich sogar beides.

Als der Van gesäubert war, fuhr Fallon sie zurück zur *Best Friend Bar 10*, wo die Kawasaki geparkt stand. Fallon hatte Leekpais Handy an sich genommen. Dox trug seine Brieftasche bei sich und wollte sie so bald wie möglich in einen Gulli werfen. Sie hatten den Mann gründlich durchsucht, und er hatte nichts bei sich getragen, womit man die Leiche rasch identifizieren konnte.

Fallon hielt am Straßenrand und ließ den Motor im Leerlauf. »Keine Sorge«, sagte er zu ihnen. »Ich lasse dieses Telefon bis neun Uhr ausgeschaltet, und ich werde in der Nähe des Nachtmarkts sein, wenn ich es wieder einschalte. Für den Fall, dass jemand den Standort überwacht.« Er lächelte Labee an. »Daran wollten Sie mich bestimmt gerade erinnern. Aber das ist schon okay.«

Labee erwiderte sein Lächeln und reichte ihm die Hand. »Vergessen Sie nicht, Ihr eigenes Handy bis dahin ausgeschaltet zu lassen. Und vielen Dank.«

»Wir sind Ihnen was schuldig, *Amigo*«, sagte Dox.

Fallon schüttelte den Kopf. »Nicht doch. Ich fing schon an, mich zu langweilen mit den gelegentlichen Jobs für Kanezaki. Spendieren Sie mir einfach irgendwann ein Singha. Semper fi.«

Sie reichten sich die Hand. Dox und Labee stiegen aus, und Fallon fuhr mit dem Bus davon.

Zu zweit kurvten sie in östlicher Richtung aus dem Stadtzentrum hinaus, bis sie ruhigere Straßen erreichten. Nach einer Weile stießen sie auf ein kleines, offenes Restaurant am Straßenrand. Sie bestellten sich einen späten Lunch aus Sauer-Scharf-Suppe und pfannengebratenem Huhn mit Ingwerstreifen und Reis. Über Leekpai verloren sie kein Wort. Tatsächlich dachte Dox kaum an ihn. Er versuchte immer noch, sich darüber klar zu werden, was ihn an den Daten störte, über die sie verfügten.

Labee musste ihm angesehen haben, dass es in ihm arbeitete, denn sie fragte: »Was ist los?«

Er sah sie an. »Vertraust du mir?«

Einen Moment lang sah es so aus, als wollte sie etwas erwidern. Aber sie tat es nicht. Sie nickte nur.

»Ich möchte, dass du mir Genaueres von den Hinweisen erzählst, die du bekommen hast.«

Ihr Kopf zuckte zurück, als hätte er die Hand gegen sie erhoben. »Was meinst du damit?«

»Ich zweifle nicht an dir. Ich will auch keine Beweise. Oder irgendetwas in der Art. Du weißt, dass ich an dich glaube, Labee. Das muss ich nicht wiederholen.«

»Was ist es dann?«

»Du sagst, dass mein Instinkt mich noch nie getrogen hätte. Okay, mag sein. Aber irgendetwas stimmt hier nicht. Das sagt mir mein Bauchgefühl. Ich komme nur nicht drauf, was es ist.

Ich dachte, es läge an K., doch der ist zuverlässig, davon hast du mich überzeugt. Und dennoch ist etwas nicht in Ordnung. Und ich muss das Gesamtbild sehen können, um zu verstehen, was es ist. Wenn ich nicht weiß, was du vorhattest, bevor wir uns über den Weg gelaufen sind – wie du an diese Glock gekommen bist, wie du erfahren hast, dass Sorm im *Les Nuits* sein sollte, wie du von der Verbindung Sorm-Leekpai-Nachtmarkt erfahren hast – solange ich diese Dinge nicht weiß, kann ich das Schlachtfeld nicht mit den Augen des Feindes betrachten. Und ich bin nicht in der Lage, seine Züge vorauszuberechnen. Das wiederum bedeutet, dass er mir zuvorkommen könnte. Uns.«

Er wartete. Er konnte nur hoffen, dass sie ihm inzwischen so weit vertraute, dass sie ihm erzählen würde, was er wissen musste.

Als sie endlich sprach, sah sie ihn nicht an. »Es gibt da ein paar Dinge, was mich betrifft«, sagte sie. »Und ich will nicht, dass du sie erfährst.«

Mein Gott, wie viel diese zwei kurzen Sätze sie zu kosten schienen. Und wie viel Vertrauen nötig war, ihr zu ermöglichen, auch nur so wenig zu sagen.

»Hey«, sagte er. Sie sah ihn immer noch nicht an.

»Ich weiß, dass du dich nicht gern anfassen lässt«, fuhr er fort. »Aber wäre es okay, wenn ich nur kurz meine Hand auf deine lege?«

Sie antwortete nicht, doch ihre Hand lag auf dem Tisch und sie zog sie nicht zurück, daher beschloss er, das als Ja zu interpretieren. Er streckte die Hand aus und schlang die Finger locker um die ihren.

»Es gibt nichts, weswegen ich je über dich richten würde«, sagte er. »Nichts. Ich habe eine gewisse Ahnung davon, was du durchgemacht hast. Und ich will nicht darin herumstochern. Alles, was ich im Moment tun möchte, ist, jeden umzubringen, der dir jemals wehgetan hat.«

Sie sah ihn immer noch nicht an. Aber sie ergriff seine Finger fester.

»Ich würde nie danach fragen«, sprach er weiter. »Und einer der Gründe dafür ist, dass ich bereits alles über dich weiß, was ich wissen muss.«

Er sah, dass sie seinen Blick mied, weil ihre Augen sich mit Tränen gefüllt hatten. Er hätte sehr gern die Arme um sie gelegt. Doch das war seine Art, nicht ihre.

»Aber du kennst den Grund, aus dem ich dir Fragen stellen muss. An unseren Infos stimmt etwas nicht, und ich komme nicht darauf, was es ist, solange ich nicht weiß, wie du auf die Spur gestoßen bist, die dich nach Pattaya geführt hat.«

Einen Augenblick später zog sie die Hand zurück. Sie drehte den Kopf von ihm weg und senkte den Blick. Er sah, dass sie die Tränen wegzwinkerte. Und dann, immer noch ohne ihn anzusehen, erzählte sie ihm eine schreckliche, erschütternde Geschichte, wie sie und ihre Schwester im Alter von nur dreizehn und elf Jahren von ihren Eltern verkauft und in die Fremde entführt worden waren. Wie sie von dreien der Kidnapper auf einem Frachter von Bangkok nach Portland geschafft worden waren, von Männern, die sie Totenkopf und Quadratschädel und Schmutzbart nannte, offenbar weil sie sie als Kind so wahrgenommen hatte. Sie berichtete ihm, wie die Männer damit gedroht hatten, Nason zu vergewaltigen, und dass Labee versucht hatte, sie daran zu hindern, indem sie an Nasons Stelle »tat, was sie verlangten«. Sie ging nicht ins Detail. Das war nicht nötig.

Sie erzählte ihm, dass die Männer natürlich gelogen hatten, und als sie Labees müde geworden waren, versuchten sie, sich Nason zu nehmen. Labee hatte sie angegriffen und ihrem Anführer, Totenkopf, das Auge aufgeschlitzt. Die Männer hatten Vergeltung geübt, indem sie Nason so brutal vergewaltigten, dass ihre Schwester in einen katatonischen Zustand verfallen war. Und das hieß, dass gerade Labees Bemühungen, ihre Schwester zu beschützen, ihr Verderben bedeutet hatten.

Sie starrte ins Leere, während sie sprach, und weinte stumm und unaufhörlich, ohne dass ihr, abgesehen von den Tränen selbst, eine Gefühlsregung anzumerken gewesen wäre.

Sie erzählte ihm, dass sie sechzehn Jahre lang nicht einmal gewusst hatte, ob Nason noch lebte oder schon tot war. Den Namen Livia hatte sie von einem Mann erhalten, der vorgab, sie zu »retten« – demselben Mann, der tatsächlich hinter der Entführung der beiden Schwestern gesteckt hatte. Sie hatte diesen Mann getötet. Sie war aus seinem Haus entkommen. Sie war Polizistin geworden. Sie hatte die Männer aufgespürt, die sie gekidnappt hatten. Wie sich herausgestellt hatte, waren sie alle Mitglieder der Royal Thai Police. Sie erfuhr, dass sie Nason schon vor Jahren ermordet hatten. In einem Hotelzimmer in Bangkok hatte sie dann Totenkopf und zwei andere getötet, die Teil der Verschwörung gewesen waren. Einen US-Senator – den Bruder des Mannes, der sie »gerettet« hatte. Und den Leibwächter und Handlanger des Senators.

Jetzt hatte sie ein Angebot von Special Agent Little bekommen, sich einer Taskforce gegen den Menschenhandel anzuschließen, und war unter diesem Vorwand nach Thailand zurückgekehrt, um auch noch die anderen erledigen zu können. Sie hatte Quadratschädel mit einem Kissen erstickt, aber erst, nachdem sie die Nummern aus der Kontaktliste seines Handys an sich gebracht hatte – Telefonnummern, die es ihr ermöglicht hatten, Schmutzbart aufzuspüren. Schmutzbart wiederum hatte versucht, sie zu überwältigen, indem er mit zwei anderen Polizisten aufgetaucht war, allesamt ausgerüstet mit Glocks und Nachtsichtgeräten. Sie hatte sie entwaffnet und umgebracht. Schmutzbart hatte das *Les Nuits* erwähnt. Und vom Nachtmarkt gesprochen und einem Kontaktmann namens Leekpai, der dort Kinder verkaufte.

Und sie erzählte ihm noch etwas. Im Hotelzimmer des Senators hatte sie ein kleines Mädchen gesehen. Das, nach dem sie Leekpai im Bus gefragt hatte. Ein Mädchen, das etwa in dem Alter war wie Nason zum Zeitpunkt ihrer Entführung.

Der Senator hatte es vergewaltigt, als Labee aufgetaucht war, und von seinem Assistenten wegschaffen lassen, weil Labee, eine Trophäe aus der Vergangenheit, ihm interessanter erschienen war. Sie hatten Labee mit der Waffe in Schach gehalten, und sie hatte hilflos zusehen müssen, wie sie das schluchzende Mädchen wegführten. Das Mädchen hatte Labee flehend aus gequälten Augen angesehen. Und Labee hatte ihm nicht helfen können. Keine Chance. Sie war selbst machtlos gewesen. Und sie konnte nicht mehr aufhören, an dieses Mädchen zu denken. Sie musste es finden. Beschützen. Sie musste einfach. Sie *musste.*

Als sie geendet hatte, waren auch Dox' Augen feucht. Nicht nur wegen dem, was sie hatte durchmachen müssen. Sondern weil es ihr offensichtlich so furchtbar schwergefallen war, ihm davon zu erzählen.

Danach saßen sie eine Weile schweigend da, während Labee ins Leere starrte. »Ich habe noch nie mit irgendjemandem darüber geredet«, sagte sie irgendwann tonlos. »Niemals.«

»Es tut mir leid, dass ich dich dazu gedrängt habe.«

Sie gab keine Antwort.

»Labee, verzeih mir, aber ich muss dir noch eine Frage stellen.«

Wieder antwortete sie nicht.

»Du sagst, dass du Schmutzbart und seinen beiden Partnern die Pistolen weggenommen und sie alle getötet hast. Nur … es klingt so, als hättest du sie vorher verhört. Oder zumindest Schmutzbart.«

Sie wandte sich ihm zu und sah ihn an.

»Ich habe dich zum Weinen gebracht«, stellte sie fest, wieder in diesem versteinerten Ton.

»Das ist nicht so schwierig, wie du glaubst, aber es stimmt.«

Es gab eine Pause. Schließlich sagte sie: »Die ersten beiden habe ich erschossen. Schmutzbart habe ich Handschellen angelegt und bin mit ihm zu einem Steinbruch gefahren, zusammen mit den Leichen der anderen. Dort habe ich ihn befragt. Und dann habe ich sie alle verbrannt.«

Dox musste unwillkürlich denken: *Erinnere mich daran, dass ich dich mir nie zum Feind mache.* Er sprach es nicht aus. Nein, wirklich nicht.

»Jetzt weißt du alles von mir«, sagte sie. »Was ich bin.«

Das hätte ihn fast wieder zum Weinen gebracht. »Du bist der mutigste Mensch, dem ich je begegnet bin. Es tut mir leid, wenn das überheblich klingt, aber es ist die Wahrheit.«

Sie wandte den Blick ab. »Ich bin müde.«

»Wie könnte es anders sein?«

»Siehst du das Schlachtfeld jetzt deutlicher?«

»Klarer als zuvor. Lass mich kurz nachdenken. Die beiden, die du erschossen hast … okay, Sorm, die DIA oder wer auch immer, könnte das für mein Werk gehalten haben. Indem ich die Infos von K. benutzte, um in Sorms Netzwerk einzudringen und die Hinweise zu bekommen, die mich nach Pattaya führten. Aber der dritte Typ, Schmutzbart. Ihn bei lebendigem Leib zu verbrennen … Ich möchte, dass du weißt, wenn ich dort gewesen wäre, hätte ich ihn persönlich mit Benzin übergossen. Doch das spielt keine Rolle. Entscheidend ist, dass ich mir in den vielen Jahren, die ich im Geschäft bin, den Ruf erworben habe, mit Kugeln zu arbeiten und nicht mit Feuer, wenn ich so sagen darf. Was Schmutzbart zugestoßen ist, wird also für niemanden so aussehen, als wäre ich dafür verantwortlich gewesen. Es ist zu persönlich. Und je nachdem, was sie sonst noch wissen, könnten sie auf die Idee gekommen sein, dass du dahintersteckst.«

»Und das heißt?«

»Das heißt … ich bin nicht sicher. Aber eines muss ich dir sagen: Ich bekomme mehr und mehr das Gefühl, dass der gute alte Dillon ein echt feines Händchen dafür hat, herauszufinden, was andere Personen wissen. Und ihnen dann etwas einzuflüstern, das so gut dazu passt, dass sie glauben, sie hätten ihre eigenen Schlussfolgerungen gezogen, während er es ihnen tatsächlich suggeriert hat. So ist es mit Kanezaki und diesem Hinterhalt in Pattaya abgelaufen. Und ich spüre, dass er jetzt schon wieder dieselben Ränke schmiedet. Ich meine, er benutzt einen Kommunikationsweg, von dem er genau weiß, dass er nicht mehr sicher ist, um mit Sorm über ihr Treffen auf dem Nachtmarkt zu sprechen. Was soll das? Klar, wir könnten es ihm einfach abkaufen und entsprechend handeln. Aber ... Das ist nicht sein Stil. Ich habe das starke Gefühl, dass er uns den Nachtmarkt eingeredet hat, weil er wusste, dass wir bereits über eine Spur in diese Richtung verfügten. Und, ja, er verschleiert seine Worte mit den ›Zelten‹, doch das ist bloß Theater. Er weiß, dass wir uns auf den Nachtmarkt eingeschossen haben. Und dann zählen wir zwei und zwei zusammen und gratulieren uns zu unserer ungewöhnlich schlauen Schlussfolgerung. Wir haben das Gefühl, uns alles selbst zusammengereimt zu haben, und das dient uns als Bestätigung für die neue Info. Tatsächlich halten wir nur ein Fantasiegespinst in der Hand.«

Sie nickte langsam. Sie sah erschöpft aus. Verstört und schockiert. Er hasste sich dafür, dass er sie dazu gebracht hatte, ihm zu erzählen, was sie getan hatte. Doch er wusste, dass es unvermeidbar gewesen war.

»Ich verstehe, worauf du hinauswillst«, sagte sie. »Alles hängt davon ab, ob Sorm glaubt oder zu wissen glaubt, dass ich es war, der Quadratschädel, Schmutzbart und seine Partner umgebracht hat.«

»Betrachte es doch einmal so. Sorm weiß genau Bescheid über diese Typen. Er arbeitet mit ihnen zusammen. Du sagst, du hast Schmutzbarts Telefon bis nach Pattaya verfolgt, wo er Sorm Bargeld überbrachte.«

»Das stimmt.«

»Okay. Und laut diesem anderen Typen, Quadratschädel, hat Schmutzbart versucht, sie davor zu warnen, dass du kommst, weil nur du es sein konntest, der Totenkopf und die anderen vor zwei Monaten hier in Bangkok getötet hat. Richtig?«

Sie hatte ihm nicht im Detail erzählt, wie sie Totenkopf und die anderen umgebracht hatte. Aber angesichts dessen, dass sie den alten Schmutzbart bei lebendigem Leib verbrannt hatte, konnte er es sich vorstellen. Außerdem, als sie diese Namen in Fallons Bus hatte fallen lassen, um sich vorzustellen, hatte Leekpai anscheinend genau gewusst, auf wen und was sie sich bezog. Und das hatte ihn offenbar mit Todesangst erfüllt. Er vermutete, dass die Menschenhändler an der extrem persönlichen Art, wie Totenkopf und Konsorten getötet worden waren, erkannt haben mussten, dass es sich bei der Mörderin um Labee handelte.

»Ja«, antwortete sie. »Das ist wahr.«

»Und dann kommt Schmutzbart selbst zu Tode, verbrennt bei lebendigem Leib. Sorm hört von seinen Kumpanen bei der Polizei davon. Ich meine, der Zusammenhang kann ihm nicht entgangen sein. Und er muss angenommen haben, dass Schmutzbart vor seinem Tod eine Menge ausgeplaudert hat. Infos über den Nachtmarkt. Und diesen Typen Leekpai, der dort Kinder verkauft. Wahrscheinlich war das der Grund, warum Leekpai Bodyguards bei sich hatte, als wir ihn schnappten. Ich wünschte, ich wäre früher auf die Idee gekommen. Aber okay, ist ja noch nichts passiert.«

Eine Pause entstand. »Du hast recht«, sagte sie. »Ich hätte … Es geht mir zu nah. Ich bin zu … müde.«

»Du bist persönlich betroffen. Aber das eigentliche Problem ist, dass wir nicht gemeinsam darüber nachgedacht haben. Nicht so, wie wir es hätten tun sollen. Jetzt schon.«

Sie nickte. »Sorm weiß also, dass ich hier bin. Er warnt Leekpai. Und der informiert Dillon, dass du und ich zusammenarbeiten, oder zumindest parallel. Wahrscheinlich Ersteres, weil …«

»Denn wie hätte ich den Hinterhalt in Pattaya ohne einen Partner wie dich überleben können?«

Sie sah ihn an. »Das Nachtsichtgerät«, sagte sie.

»Wie bitte?«

»Schmutzbart und seine Männer benutzten duale Nachtsichtgeräte, Nachtsicht und Infrarot zugleich. Hochmodern. Damals habe ich mich gefragt, wie sie an so etwas herangekommen sind. Selbst viele Polizeidienststellen in den Vereinigten Staaten verfügen nicht darüber. Soviel ich weiß, ist diese Ausrüstung exklusiv dem US-Militär vorbehalten. Und der Export ist streng reglementiert.«

»Nun ja, von der DIA konnte man sie bekommen. Zumindest unter der Hand.«

»Genau.«

»Was zum Teufel liefert Sorm der DIA, dass man ihm derartige Geräte zur Verfügung stellt?«

Eine Weile sagte keiner von ihnen etwas. Der einzige Laut war das Summen der Insekten im Gebüsch. Dox leerte seine Suppenschale. Labee starrte in die Ferne. Ein paar Motorräder knatterten vorbei, zwei, drei Mitfahrer auf jedem, die Mädchen auf dem Sozius im Damensitz. Dox schüttelte den Kopf und dachte: So weit würde ich nun doch nicht gehen.

Labee wandte sich ihm zu. Sie schenkte ihm dieses schwache, traurige Lächeln.

»Wir sind also Partner?«

Er streckte die Hand aus. »Verdammt, ja, wir sind Partner. Und Freunde.«

Sie zögerte, ergriff dann jedoch seine Hand. Sie drückte sie und hielt sie einen Augenblick lang fest, bevor sie wieder losließ.

»Du hast recht«, sagte sie. »Mit deiner Vermutung, was Sorm alles weiß. Und aus diesem Grund auch Dillon. Jetzt sehe ich es ganz deutlich. Du hättest einen verdammt guten Polizisten abgegeben.«

Er schüttelte den Kopf. »Nicht halb so gut wie du.«

Er dachte einen Moment lang nach. »Nachdem wir nun ein paar zusätzliche Einsichten gewonnen haben, fürchte ich, dass in Bezug auf den Nachtmarkt ein ziemliches Durcheinander herrscht.«

»Warum das?«

»Was ist, wenn die Polizei dahinterkommt, dass Leekpai entführt wurde? Die Hälfte von ihnen steht auf Sorms Lohnliste. Sie werden ihn warnen.«

»Darüber mache ich mir keine Sorgen.«

»Überzeuge mich. Ich würde mir auch lieber keine Sorgen machen.«

»Dafür gibt es viele Gründe. Die ersten Stunden einer Ermittlung verlaufen normalerweise chaotisch. Die Zeugenaussagen sind wirr und widersprüchlich. Was immer geschehen ist, es fand am Hafen statt, also liegt der Gedanke nahe, dass es um Drogen oder etwas Ähnliches ging. Werden die Cops in der Lage sein, die Opfer mit Leekpai in Verbindung zu bringen? Und selbst wenn sie die Angelegenheit so rasch durchschauen, ist Sorms Telefon ausgeschaltet. Sie können ihn nicht erreichen. Ich bezweifle, dass sie überhaupt wüssten, wo er zu finden ist, denn obwohl sie mit ihm unter einer Decke stecken, würde er ihnen kaum Details seiner Aktivitäten anvertrauen. Und auch für den Fall, dass sie unglaublich schnell arbeiten, selbst wenn sie tatsächlich die Möglichkeit hätten, Sorm wegen Leekpai zu warnen, würde er im schlimmsten Fall die Sache abblasen.«

»Und falls er sie nicht abbricht? Dann stehen wir wieder ganz am Anfang ... Du weißt schon, was ich meine. Wie sollen wir am Nachtmarkt vorgehen?«

»Hör zu, Sorm wird die Sache nicht abbrechen, weil er nichts von Leekpai hören wird. Ihre Handys sind abgeschaltet, er erwartet vor neun Uhr abends keine Kontaktaufnahme. Aber selbst wenn ich mich irren sollte und er doch irgendwie von Leekpai hört, wird er uns keine Falle stellen. Er wird abhauen. Denk mal darüber nach. Wie viele Personen haben wir zusammengenommen inzwischen getötet? Gant. Diese drei Khmer. Totenkopf. Den Senator und seine rechte Hand. Quadratschädel. Schmutzbart. Den Schwertkämpfer. Die Leibwächter in Pattaya. Die drei Freischaffenden von der DIA. Und nun Leekpai und seine Bodyguards.«

Er lächelte. »Okay, das ist eine eindrucksvolle Liste. Und verflixt, die Hälfte davon war schon Geschichte, bevor wir begonnen hatten, zusammenzuarbeiten. Stell dir mal vor, was wir gemeinsam erreichen könnten.«

»Genau. Glaubst du wirklich, nach allem, was geschehen ist, würde Sorm uns eher bekämpfen als die Flucht ergreifen? Dillon vielleicht. Aber nicht Sorm. Unser Worst-Case-Szenario ist also, dass Sorm die Sache abbläst. Doch was haben wir dabei zu verlieren? Möchtest du ihm lieber am Hafen auflauern? Falls wir ihn da nicht erwischen, sind wir am Ende. Dann sitzt er auf einem Schiff, das weiß Gott wohin fährt, und wir haben seine Spur verloren. Und Dillon läuft immer noch frei herum und ist hinter uns her.«

Er spürte, dass sie recht hatte, aber die Ungewissheit gefiel ihm nicht. Sie sagte: »Warte mal. Vielleicht kann ich uns eine Bestätigung verschaffen.«

»Wie?«

»Little. Mein Agentenführer. Seine Akten über die Royal Thai Police sind äußerst umfangreich. Er könnte in Erfahrung bringen, wie die Cops die Ereignisse am Hafen heute interpretieren.«

»Das wäre mir eine Beruhigung, das kann ich nicht leugnen.«

»Aber wir müssen hingehen, so oder so. Diese Kinder.«

Er nickte. »Keine Sorge. Ich mache mir keine Gedanken über das *Ob.* Nur über das *Wie.*«

Kapitel 29

Sie hielten an einem Elektronikladen, wo Carl einen großen Tablet-Computer kaufte. Während er drinnen war, rief Livia Little an.

»Konnten Sie irgendetwas über diese drei englischsprachigen Typen in Pattaya herausfinden?«, fragte sie.

»Nicht das Geringste«, antwortete er. »Es hat nicht einmal jemand die Leichen beansprucht. Wer immer sie gewesen sein mögen, sie waren mehr als ableugbar. Keinerlei Rücksendeadresse.«

Wenn es sich um Dillons Leute gehandelt hatte, wie sie vermuteten, ergab das einen Sinn.

»War das alles?«, wollte er wissen.

»Nein. Es gibt noch etwas.«

»Gut. Sagen Sie mir, wie ich helfen kann.«

Sie zögerte, bevor sie sagte: »Ihre Akten über die Royal Thai Police sind … beeindruckend.«

»Ja, das sind sie.«

»Ich bin neugierig. Wozu sind Sie in Echtzeit fähig?«

»Ich bin nicht sicher, wie ich die Frage verstehen soll.«

»Es gab vor ein paar Stunden eine Schießerei am Hafen von Bangkok. Ich will wissen, was die Polizei davon hält.«

»Was geht da drüben vor, Livia?«

Diese Frage hatte sie erwartet. »Hören Sie, mein hiesiger Aufenthalt hat sich in eine unerwartete Richtung entwickelt. Und ich habe ein paar neue Hinweise erhalten. Ich gebe Ihnen einen vollen Bericht, wenn ich zurück bin. Aber gerade jetzt benötige ich diese Information.«

»Und ich will wissen, wozu.«

Sie dachte an die Kinder in diesem Container. Wie heiß es da drin sein musste, selbst mit Luftlöchern und Trockeneis. »Sie sagen immer, wir wären ein Team«, sagte sie und versuchte, ihre Frustration im Zaum zu halten. »Können Sie nicht einfach meine Frage beantworten? Warum muss bei Ihnen alles auf langwierige Verhandlungen hinauslaufen?«

»Das ist keine Verhandlung. Sie haben mir eine Frage gestellt, jetzt stelle ich Ihnen eine.«

Sie war mit ihrer Geduld am Ende. »Hören Sie, Little. B. D. Wenn Sie sich einbilden, das hier wäre ein Blickduell und ich würde als Erste blinzeln, haben Sie sich geschnitten. Es wird lediglich dazu führen, dass ich mich in Zukunft daran erinnere, wie Sie mich verarscht haben, als ich Hilfe brauchte. So etwas vergesse ich nicht. Und alles, was ich hier draußen herausgefunden habe, können Sie dann abschreiben, Sie werden nie ein Wörtchen davon erfahren. Und was immer Sie wirklich vorhaben, Sie können sich einen anderen Dummen dafür suchen.«

Eine lange Pause entstand. Little sagte: »Rufen Sie mich in dreißig Minuten zurück.«

Sie legte auf und schaltete das Handy aus. Kochend vor Wut informierte sie Carl über das Gespräch, als er aus dem Laden kam. Sie fuhren weiter, parkten in einer ruhigen Straße und warteten. Nach dreißig Minuten rief sie wieder bei Little an. Ihr Herz schlug heftig.

»Die Arbeitstheorie der Polizei lautet, dass es sich um einen Drogenraub handelte«, sagte er. »Die beiden toten Männer sind bekannt dafür, dass sie in Drogengeschäfte verwickelt waren.«

Sie war so erleichtert, dass ihr beinahe schwindelig wurde. Sie hatte nicht geglaubt, dass die Polizei schnell herausfinden würde, dass es eigentlich um Leekpai gegangen war. Aber falls doch, hätte es all ihre Chancen am Nachtmarkt zunichtegemacht. Sie hätte keine Möglichkeit gehabt, dieses kleine Mädchen zu finden.

»Vielen Dank«, brachte sie heraus.

»Keine Ursache. Ich wünschte nur, Sie würden mir glauben, wenn ich sage, dass wir ein Team sind.«

»Ich muss mich jetzt auf den Weg machen. Ich melde mich später wieder.«

»Livia …«

Sie beendete das Gespräch und schaltete das Telefon aus.

Erneut berichtete sie Carl. Dann suchten sie ein Hotel für Geschäftsreisende auf. Livia konnte kaum noch die Augen offen halten. Der Grund war nicht nur das Erlebnis am Hafen. Oder dass sie Leekpai getötet hatte. Nicht einmal ihre Sorge um die Kinder in diesem Container. Was sie Carl über sich selbst gesagt hatte … Sie hatte versucht, nichts dabei zu empfinden, ihren Verstand von den Erinnerungen abzukoppeln, während die Worte aus ihr heraussprudelten. Sie glaubte, zum Teil damit Erfolg gehabt zu haben, denn die Umrisse des Gesprächs wurden bereits verschwommen und lösten sich auf wie die Überbleibsel eines Traums. Sie hatte ihm alles erzählt, oder nicht? Irgendwie hatte sie es fertiggebracht. Aber die Anstrengung hatte sie … ausgelaugt. Sie wollte nur noch schlafen. Verdammt, nicht schlafen, sie sehnte sich nach Vergessenkönnen.

Doch nur für eine Weile. Denn was sie sich mehr als alles andere wünschte, war, Sorm zu töten. Diese Kinder zu retten.

Und das kleine Mädchen zu finden.

Als sie erwachte, konnte sie sich nicht daran erinnern, geschlafen zu haben. Es fühlte sich eher so an, als wäre sie ohnmächtig gewesen. Sie wartete einen Moment lang, kehrte in ihren Körper zurück, wurde sich der Matratze bewusst, auf der sie lag, erlangte das Gefühl wieder, sich in einem Raum zu befinden.

Sie schlug die Augen auf. Das Licht war aus, aber die Fenster gingen auf die sinkende Sonne hinaus. Carl widmete sich dem Tablet-Computer. Sein Gesichtsausdruck faszinierte sie. Er war entspannt bis zum Punkt der absoluten Gelassenheit, und zugleich irgendwie extrem konzentriert. Sie fragte sich, ob er am Zielfernrohr eines Gewehrs auch so aussah. Falls ja, wollte sie sich nicht am anderen Ende befinden. Egal auf welche Entfernung.

Sie musste sich gerührt haben, denn er blickte auf. »Hey du«, sagte er.

»Hey.«

»Wie fühlst du dich?«

»Besser.«

»Gibt nichts Schöneres als ein Nickerchen, wie ich immer sage. Wenn dieser Mist hier erledigt ist, werde ich einen Monat lang jeden Tag eines halten.«

Sie rieb sich die Augen, stand auf und ging zu ihm. »Was machst du?«

»Oh, ich bringe nur alles in Erfahrung, was ich durch Google Earth und andere Quellen über den weltberühmten Nachtmarkt *Rot Fai* herausfinden kann.«

»Irgendwelche Erkenntnisse?«

»Ein paar. Eine davon ist, dass der alte Dillon ein Scharfschützenkollege ist, und zwar ein verdammt guter. Wir werden auf gar keinen Fall den Haupteingang nehmen. Der Markt selbst bietet keine besonderen Möglichkeiten für Scharfschützen – zu viel Gedränge, und mit all den Zelten gibt es nirgendwo freie Schussbahn. Nur am Eingang würde es funktionieren. Am Parkplatz in der Golf Alley, der im Augenblick unsere zuverlässigste Information zu sein scheint, würde sich für uns möglicherweise eine Gelegenheit bieten. Aber ich glaube nicht, dass selbst Kanezaki und Fallon mir rechtzeitig ein Gewehr mit Nachtsichtzielfernrohr besorgen könnten. Außerdem müsste ich es einschießen. Ich wünschte nur, ich könnte mir das eigentliche Terrain im Voraus ansehen.«

»Ich war dort.«

»Tatsächlich? Warum hast du das nicht gesagt? Es macht mich fertig, dass wir uns nicht vorher umsehen können. Leider haben sie genau auf die Art Zatichi auf mich gehetzt – sie wussten, dass ich einen Erkundungsgang in der Gegend von Vanns Büros durchführen würde, und hatten wahrscheinlich eine dieser Vogeldrohnen in der Luft. Das Risiko will ich nicht noch einmal eingehen.«

»Ich hätte es erwähnen sollen. Es ist nur … Da war eine Menge anderes Zeugs, mit dem ich den Kopf voll hatte.«

»Keine Sorge, es ist ja noch nichts verloren. Gib mir eine Führung. Du musst meine Augen und Ohren sein. Und wir sollten uns außerdem ein paar Fotos von Dillon anschauen. Es sind jede Menge online. Er war mal fast so etwas wie eine Berühmtheit, und auch als Vizedirektor der DIA hatte er ein ziemlich ausgeprägtes Profil.«

Sie fingen mit den Fotos von Dillon an und machten mit dem Nachtmarkt weiter. Sie erzählte ihm alles, an das sie sich erinnern konnte, wobei sie verschiedene Karten und Fotos und Videos, die sie online fanden, als Hilfsmittel benutzten. Seine Fragen waren hilfreich und allesamt auf Möglichkeiten der Infiltration, des Hinterhalts, des Ausweichens und der Flucht ausgerichtet.

»Was denkst du?«, fragte sie, nachdem sie alles durchgegangen waren.

»Nun, den Eingang zu meiden, sollte kein Problem sein. Der ganze Markt ist eingezäunt, aber ich glaube nicht, dass das ein großes Hindernis darstellt. Die Zäune scheinen eher dazu zu dienen, eine Grenze zu markieren und die Leute auf dem Markt zu halten, als dass sie Schutz bieten. Ich meine, wer sollte schon in einen Nachtmarkt einbrechen oder daraus ausbrechen wollen?«

»Das denke ich auch. Knifflig wird es, sobald wir drinnen sind. Denn ...«

»Denn wir wissen nicht, was Dillon und Sorm im Schilde führen, ja. Dillon möchte allerdings, dass wir uns das selbst zusammenreimen und uns dann auf unsere Schlussfolgerungen verlassen. So läuft sein Spiel.«

Sie dachte nach. »Wir wissen, dass Sorm wahrscheinlich ein neues Wegwerfhandy bei sich trägt. Und falls nicht, haben wir die Nummer, die er bei Leekpai benutzt hat.«

Carl nickte. »Ich hoffe sehr, dass Letzteres zutrifft.«

»Aber wenn nicht? Kann Kanezaki mit einer solchen Information etwas anfangen? Ein Wegwerfhandy, das an einem bestimmten Ort zu einer bestimmten Zeit eingeschaltet wird?«

Er sah sie an. »Weißt du was? Finden wir es heraus. Du und ich, wir haben einen Durchbruch erzielt, als wir unsere Köpfe zusammensteckten. Ich denke, es ist Zeit, dass wir auch Kanezaki einbeziehen. Ist dir das recht?«

»Mir schon. Aber ihm?«

Er grinste. »Diese Burschen von der CIA haben ein Sprichwort: ›Lieber um Verzeihung bitten, als um Erlaubnis fragen.‹ Deshalb glaube ich nicht, dass er ernsthaft etwas dagegen hat.«

Sie setzten sich aufs Bett. Carl rief an, schaltete auf Lautsprecher und warf das Handy zwischen ihnen auf die Matratze.

Nach dem ersten Klingeln meldete sich Kanezaki. »Hey. Ich hatte gehofft, du würdest anrufen. Es macht mich wahnsinnig, dass ich dich nicht erreichen kann, wenn ...«

»Bevor wir weiterreden«, sagte Carl, »ich habe dich auf Lautsprecher gelegt, damit ich dich meiner Partnerin vorstellen kann, die ich einfach L. nennen werde. Das steht für liebenswerte Lady.«

Es gab eine Pause. Dann fragte Kanezaki: »Was?«

Livia warf Carl einen Blick zu, sah dann zum Telefon. »Hi. Soviel ich weiß, ist Ihr Name K.«

Wieder wurde es still. »Was ist da los?«

»Das erzähle ich dir irgendwann mal bei einem Bier«, meinte Carl. »Fürs Erste soll es genügen, zu sagen, dass L. dasselbe Ziel hat wie wir. Und bei der Verfolgung dieses Ziels hat sie mir in Pattaya den Arsch gerettet. Stell dir mal die Schuldgefühle vor, die du jetzt hättest, wenn ich dort draufgegangen wäre. Okay, L. ist der Grund, warum ich noch lebe. Ich denke, sie hat ein wenig Dankbarkeit verdient.«

Abermals gab es eine Pause, bevor Kanezaki sagte: »Die Hälfte der Zeit kann ich nicht sagen, ob dieser Bursche sich über mich lustig macht. Aber diesmal ist es sein Ernst ... L., vielen Dank.«

»Keine Ursache.«

»Also ... arbeitet ihr zusammen.«

Carl lächelte. »Und zwar sehr effektiv, wie ich hinzufügen möchte. Wir haben die Köpfe zusammengesteckt und erkannt, dass die bösen Jungs wissen, dass wir ein Team gebildet haben, und entsprechend handeln werden. Und dann wurde uns klar – wenn zwei Köpfe gut sind, sind drei sicher noch besser. Und an dem Punkt sind wir jetzt. Ich habe L. in alles eingeweiht, was du mir gesagt hast.«

»In alles?«

»Tut mir leid, *Amigo,* aber man kann es auch übertreiben mit der Geheimnistuerei. Seid ihr nicht zu dem Schluss gekommen, dass das Bunkern von Informationen zu 9/11 geführt hat?«

»Das war einer der Gründe, ja.«

»Okay, den Fehler wollen wir ja nicht wiederholen. Egal. L. und ich haben nachgedacht. Dillon hat Sorm gesagt, er soll sich ein Wegwerfhandy besorgen und es nicht einschalten, bevor er am Nachtmarkt eintrifft. Ist das eine Sache, die du in Echtzeit in operativer Hinsicht nutzen könntest?«

»Machst du Witze? Ja. Natürlich.«

»Wie?«

»Was glaubst du, wie viele Telefone ausgeschaltet bleiben, vielleicht sogar in abgeschirmten Gehäusen aufbewahrt werden, bevor sie plötzlich am Nachtmarkt eingeschaltet werden? Etwa … eines?«

»Verdammt«, sagte Carl. »Ich verstehe.«

»Und sollten es mehr als eines sein, nur dieses eine wird Dillon anrufen.«

»Aber was, wenn …«

»Meine Jungs können sofort sagen, ob von den Geräten aus, die miteinander telefonieren, schon andere Nummern angerufen wurden. Lautet die Antwort Nein, was in diesem Fall naheliegend wäre, dann haben wir es mit zwei brandneuen Wegwerfhandys zu tun, die für irgendwelche Nacht-und-Nebel-Aktionen benutzt werden.«

»Und in dieser speziellen Nacht wären das Sorm und Dillon.«

»Korrekt.«

»Dillon weiß aber, über welche Möglichkeiten Sie verfügen«, sagte Livia. »Ist das richtig?«

»Er kennt sie nur zu gut«, antwortete Kanezaki. »Ich gebe es ungern zu, doch ein Teil der Technologie, die wir nutzen, wurde von der DIA entwickelt.«

Sie blickte Carl an. »Dann ist es das, von dem Dillon weiß, dass wir es wissen. Sie treffen sich am Nachtmarkt. Jeder von ihnen hat ein Wegwerfhandy, das wir identifizieren und verfolgen können. Natürlich haben wir noch die andere Nummer, von der aus Sorm möglicherweise versucht, Leekpai anzurufen.«

Carl nickte. »Apropos, L., schick mir das Foto, das du aufgenommen hast. K., du bekommst gleich per MMS die Aufnahme einer Anrufliste. Wir haben Grund zu der Annahme, dass es sich bei dem letzten Eintrag um eine Nummer handelt, die Sorm verwenden könnte.«

»Okay. Gut.«

Einen Augenblick lang blieben sie still. Carl sagte: »Hast du schon etwas über diese drei englischsprachigen Killer herausfinden können, die L. und ich im *Les Nuits* umgelegt haben?«

»Nichts. Als hätten sie nie existiert.«

»Richtig«, erwiderte Carl und nickte Livia zu. Das passte zu dem, was Little gesagt hatte. »Dachte ich mir schon. Mit Sicherheit Dillons Männer. Und da er niemanden mehr auf der Ersatzbank hat, glaube ich, dass Mr Dillon das Spielfeld persönlich betreten wird. Nach allem, was ich von ihm weiß, könnte ich wetten, dass er die Action vermisst hat. Ergibt das einen Sinn?«

»Mehr, als du denkst«, antwortete Kanezaki. »Wir haben ein komplettes psychologisches Profil von Dillon.«

»Warum überrascht mich das nicht besonders?«

»Ich bin zu müde, um mich über Quellen und Methoden auszulassen«, sagte Kanezaki. »L., ich würde diesem Mann neben Ihnen mein Leben anvertrauen. Er rät mir, auch Ihnen zu vertrauen. Daher werde ich das tun.«

»Ich will versuchen, Ihnen ebenfalls zu vertrauen«, erwiderte Livia.

Eine Pause trat ein. Vielleicht musste Kanezaki die leichte Abweichung in den gegenseitigen Vertrauensbekundungen erst einmal verdauen. Dann sagte er: »Okay, ja, die CIA besitzt Persönlichkeitsprofile von jeder wichtigen Figur in Politik,

Wirtschaft und Medien in Amerika. Der vorgebliche Grund dafür ist, dass die Russen dasselbe tun und wir die angreifbaren Punkte unserer eigenen Leute rechtzeitig erkennen müssen. In Wahrheit natürlich ...«

»In Wahrheit«, sagte Carl, »nutzt die CIA diese Schwachstellen für ihre eigenen Zwecke.«

»Nun ja«, meinte Kanezaki, »von mir hast du das jedenfalls nicht.«

»Ich bin sicher, wir werden alle vergessen, dass dieses Gespräch je stattgefunden hat«, erwiderte Carl. »Fürs Erste bin ich nur an deinen Erkenntnissen über Dillon interessiert. Wie schon gesagt, er ist ein harter Bursche mit Hirn. Aber was noch?«

»Es gibt drei Schlüsselelemente in Dillons Persönlichkeit. Einmal ist er ein Kontrollfreak und hasst es, zu delegieren. Zum zweiten sucht er ständig nach einer effizienteren Lösung, einer eleganten Methode, einen Weg, zwei Fliegen mit einer Klappe zu schlagen. Und drittens, wenn die Dinge nicht so laufen, wie er es sich vorstellt, greift er gern persönlich ein und nimmt die Angelegenheit in die eigenen Hände.«

»Diese Erfindung«, warf Carl ein. »Mit den Panzern.«

»Ja, sie war wirklich elegant – sie hat de facto die Anzahl unserer einsatzfähigen gepanzerten Fahrzeuge auf jedem beliebigen Kriegsschauplatz verdoppelt.«

»Verdammt«, sagte Carl. »Wenn er ein derartiger Kontrollfreak ist und es hasst, zu delegieren, kann ich mir vorstellen, wie schwer es ihm gefallen sein muss, jemanden wie den alten Zatichi ins Spiel zu bringen. Ich hoffe, ihr Regierungsbeamte habt eine großzügige Krankenversicherung, was Psychotherapie betrifft.«

Livia sah ihn an. »Es ist nicht nur eines dieser Elemente, das hier eine Rolle spielt. Es sind alle drei. Überlegt mal, was das ganze Debakel Dillon gekostet hat. Erst vermasselte Gant die

Sache und wurde selbst getötet. Dazu kamen diese drei Khmer, die dir aufgelauert haben. Sorm drehte langsam durch, und Dillon schickte diesen Schwertkämpfer.«

»Ja«, antwortete Carl. »Allerdings glaube ich, er muss gewusst haben, dass das mit Zatichi eine Art Schuss ins Blaue war.«

»Sicher, ein Schuss ins Blaue, und die einzige Spielfigur, die Dillon in diesem Augenblick auf dem Brett hatte. Und dann wird auch Zatichi getötet. Also fliegt dieser Kontrollfreak, der das Delegieren ohnehin hasst, mit einem handverlesenen Drei-Mann-Team ein. Sie jagen Vann in die Luft, und endlich scheinen sich die Dinge in seinem Sinn zu entwickeln. Das verstärkt seine Überzeugung, dass man etwas selbst in die Hand nehmen muss, wenn es richtig gemacht werden soll. Deshalb lässt er uns in Pattaya von seinen drei handverlesenen Männern auflauern – und schon wieder marschierst du mit heiler Haut davon und Dillons gesamtes Team ist tot.«

»Apropos«, warf Carl ein, »noch einmal vielen Dank.«

Sie nickte. »Selbst wenn Dillon auf die Schnelle zusätzliche Leute vor Ort rekrutieren könnte – und das bezweifle ich, denn warum hätte er sich sonst an jemanden wie den Schwertkämpfer gewandt –, würde er ihnen ausreichend Vertrauen entgegenbringen? Oder würde dieser harte, ehemalige Delta-Kämpfer eher sagen: ›Scheiß drauf, das erledige ich selbst‹?«

Einen Augenblick lang blieben sie stumm. Carl sagte: »Seht ihr, es hilft, wenn wir alle unsere Köpfe zusammenstecken. Trotzdem, wie sieht Dillons Plan aus? Wie kommen wir an ihn heran?«

Abermals schwiegen sie. Livia spürte, dass sie alle Puzzleteile in der Hand hielten. Nur das Gesamtbild konnte sie noch nicht sehen. Aber sie kannte dieses Gefühl, wenn sie als Polizistin kurz vor einer Erleuchtung stand.

»Was, wenn …« Wieder verstummte sie, bevor sie weiter-sprach. »Ich denke gerade an Vanns Anklageschrift. Natürlich stellte sie für Sorm eine Gefahr dar. Das ist der Grund, warum er forderte, dass Gant Vann ermordete. Und Gant stimmte zu. Das war ein großes Risiko für die DIA, aber sie ist es eingegangen.«

Carl ergänzte: »Und sie haben den Plan ausgeführt, selbst nachdem einiges schiefgelaufen war.«

»Was uns wieder zu derselben Frage zurückführt«, sagte Kanezaki. »Der Handel. Was liefert ihnen Sorm, oder was hat er gegen sie in der Hand, dass es diese Art von Protektion wert ist? Ein derartiges Risiko?«

»Dazu wollte ich gerade kommen«, antwortete Livia. »Nehmen wir mal an, es wäre beides. Für die DIA – im Grunde für jeden –, stellt es ein gewaltiges Risiko dar, wenn jemand dahinterkommt, dass sie sich mit Sorm eingelassen hat. Dafür muss die Gegenleistung entsprechend groß sein. Und es würde zu Sorms Persönlichkeit passen, sich zusätzlich abzusichern, indem er etwas gegen seine Geschäftspartner in der Hand hält. Ist das nicht so? Ich meine, Sie sind der Geheimdienstexperte, K.! Sagen Sie es mir.«

»Das stimmt schon«, erwiderte Kanezaki. »Das ist ein Grund dafür, dass die CIA sich von ihm getrennt hat. Er hat immer wieder Infos über Abu Sayyaf, die Jemaah Islamiyah und andere südostasi-atische Terroristen- und Separatistengruppen geliefert, aber was wir von ihm erhielten, war den potenziellen Skandal nicht wert.«

Dox lächelte. »K. behauptet, die Agency hätte mehr Skrupel als andere Mitglieder seiner Gemeinde.«

Livia nickte. Sie war so nah dran … und trotzdem konnte sie das Gesamtbild nicht erkennen. »Aber ergibt das wirklich einen Sinn«, sagte sie mehr zu sich selbst, »zu glauben, dass irgendjemand – CIA, DIA, irgendjemand in Ihrer ›Gemeinde‹– sich auf Dauer mit jemandem wie Sorm einlassen sollte, nur wegen ein paar beiläufig relevanten Hinweisen?«

Stille.

Und plötzlich sah sie es ganz deutlich vor sich. Es hatte ihnen die ganze Zeit direkt ins Gesicht gestarrt. So offensichtlich, dass sie an ein Zitat von George Orwell denken musste: *Das zu sehen, was vor der eigenen Nase liegt, erfordert einen ständigen Kampf.*

»Das ist es«, sagte sie laut. »Das muss es sein.«

Carl sah sie erwartungsvoll an. Kanezaki fragte: »Was?«

»Was ist Sorm?«, antwortete sie. »Was ist er in seinem Kern, in seinem tiefsten Wesen?«

Kanezaki erwiderte: »Ich kann Ihnen nicht folgen.«

»Sorm ist Menschenhändler. Er handelt mit Sklaven. Das macht er jetzt seit fast vierzig Jahren. Wenn man sich mit Sorm einlässt, dann nicht, weil er einen gelegentlich mit Hinweisen über Abu Sayyaf oder Jemaah Islamiyah versorgt. Sondern weil er einer der übelsten Menschenhändler der Welt ist.«

»Warum sollte die DIA …«

»Herrgott, braucht ihr Typen wirklich einen Polizisten, der euch sagt: Folgt dem Geld?«

»Ich weiß nicht«, erwiderte Kanezaki. »Von wie viel Geld sprechen wir hier?«

»Die Schätzungen gehen auseinander, aber selbst die vorsichtigen sind atemberaubend. Die Internationale Arbeitsorganisation der UN glaubt, dass mit moderner Sklaverei weltweit jedes Jahr hundertfünfzig Milliarden Dollar Profit gemacht werden.«

»Hundertfünfzig *Milliarden*?«

»Korrekt. Dabei werden jährlich über zwanzig Millionen Menschen ge- und verkauft. Ein Viertel davon sind Kinder. Wenn ihr Typen aus der ›Geheimdienstgemeinde‹ jemals etwas wirklich Gutes für die Welt tun wollt, solltet ihr aufhören, euch mit Kerlen wie Sorm einzulassen und versuchen, ihnen stattdessen das Handwerk zu legen.«

Stille.

Sie fuhr fort. »Kommt schon, Jungs, ihr wisst besser Bescheid als ich über *Air America* und Heroin, über die Contras und Kokain, die Mudschaheddin und Opium ... Wenn eure ›Gemeinde‹ bereit war, beim Schmuggel von Heroin und Kokain und Opium mitzuwirken, warum nicht bei etwas noch viel Lukrativerem? Das nicht einmal Mohn- oder Cocafelder erfordert und sich automatisch selbst reproduziert?«

Abermals Stille.

Kanezaki sagte: »Lassen Sie mir eine Sekunde Zeit. Nur ...«

Er verstummte, fuhr dann fort. »Genauso haben sie es gemacht. Sie haben recht. Mein Gott, Sie haben recht.«

»Womit?«, fragte Carl. »Die Spannung bringt mich noch um. Spuck es aus.«

»Tut mir leid. Es ist ... L., es stimmt, wie konnte ich das nur übersehen? In den letzten zehn Jahren hat die DIA ein halbes Dutzend Wahlen in Südostasien, Lateinamerika und Osteuropa manipuliert. Sie ist inzwischen die erste Anlaufstelle, wenn man irgendwo Einfluss erlangen will. Es ist so schlimm geworden, dass ich Probleme habe, die Leute im Nationalen Sicherheitsrat überhaupt nur dazu zu bringen, meine Anrufe zu erwidern. Sie wissen, wenn sie ohne unschöne Budgetkontrollen Einfluss gewinnen wollen, und zwar mit Ergebnissen, die so gut sind, dass niemand auch nur zu fragen wagt, wie sie erzielt oder finanziert wurden ... Das macht heute die DIA. Und nun wird mir klar, woher das Geld für ihre Operationen stammt. Sklaverei. Mein Gott. Ich ... Ich muss blind gewesen sein. Ich wollte nicht wahrhaben, dass es etwas Derartiges geben könnte. Ich habe jetzt noch Schwierigkeiten damit.«

»Ich weiß nicht«, sagte Livia. »Vielleicht habt ihr Typen von der CIA ja wirklich mehr Skrupel als eure Rivalen von der DIA. Ich zweifle ein wenig daran, aber egal. Immerhin habt ihr euch von Sorm getrennt, weil ihr nicht dabei erwischt werden wolltet, dass ihr euch mit einer Hauptfigur des weltweiten

Sklavenhandels einlasst. Und anschließend sind Sie von sich selbst ausgegangen – Sie haben einfach angenommen, dass die DIA dieselben Skrupel haben würde. Aber was, wenn die DIA tausendmal mehr Angst haben muss als die CIA? Weil sie nicht nur befürchten muss, dabei erwischt zu werden, eine der wichtigsten Figuren des Sklavenhandels auf der Lohnliste stehen zu haben, sondern mit ihm unter einer Decke steckt?«

Carl senkte den Blick und schüttelte den Kopf. »Verdammt.«

»Sagen Sie es mir, K.«, verlangte Livia. »Habe ich recht? Wenn es herauskäme, wie groß wäre der Skandal?«

Es gab eine Pause. Dann antwortete Kanezaki: »Es wäre etwas … nie Dagewesenes. Ich kann es mir nicht einmal vorstellen. Gefängnis für die Chefetage wäre noch das Geringste. Die gesamte Organisation würde aufgelöst werden.«

»Wenn das nicht ein hübscher Gedanke ist!«, bemerkte Carl. »Aber ja, es gäbe einen riesigen Sturm der Entrüstung.«

»So oder so«, sagte Livia. »Für die DIA ist Sorm ein zweischneidiges Schwert. Sollte er sich jemals gegen sie wenden, wird es gefährlich. Deshalb müssen sie ihn bei Laune halten.«

»Richtig«, ergänzte Carl. »Und als Sorm Wind von Vanns Ermittlungen und der geheimen Anklageschrift bekam und Gant aufforderte, einen hohen UN-Beamten für ihn zu ermorden, knallte Gant die Hacken zusammen und machte Männchen.«

Livia nickte. »Denn die DIA kann auf keinen Fall riskieren, dass Sorm unter Anklage gestellt wird und als Teil eines Deals für ein geringeres Strafmaß seine Beziehung zur DIA auffliegen lässt.«

»Aber warum dann nicht einfach Sorm töten?«, fragte Kanezaki.

»Jetzt kommen wir der Sache langsam näher«, sagte Livia. »Zunächst einmal, wenn ich das richtig verstanden habe, ist Sorm so flüchtig wie ein Geist. Nicht zu fassen. Stimmt das?«

»Ja«, antwortete Kanezaki. »Jedenfalls war das so, als wir ihn geführt haben.«

Carl lachte. »Ich denke, das ist eine sehr großzügige Auslegung davon, wer wen geführt hat. ›Wenn du der Bank eine Million Dollar schuldest, ist das dein Problem. Wenn du eine Milliarde schuldest, hat die Bank ein Problem.‹«

»Egal«, sagte Livia, »der entscheidende Punkt ist, dass Sorm paranoid ist. Ein Überlebenskünstler. Ein Mann, an den heranzukommen alles andere als leicht ist, sogar für Dillon und die DIA. Selbst wenn man zu irgendeinem Zeitpunkt zu dem Schluss käme, dass das Risiko den Gewinn nicht mehr wert ist, würde es einem schwerfallen, etwas gegen ihn zu unternehmen. Und Sorm ist kein Narr. Wie hätte er so lange überlebt, ohne sich in die Gedanken von jedem Beliebigen hineinversetzen zu können, der ihn als Investition betrachtet?«

»Will heißen?«, sagte Kanezaki.

»Wenn Sorm schon im Normalfall richtiggehend paranoid ist, dass die DIA ihn plötzlich abservieren und einen Schlussstrich ziehen könnte, hm? Wie muss er sich dann erst gefühlt haben, als er erfuhr, dass ein Bundesstaatsanwalt in New York eine versiegelte Anklageschrift zu einem Prozess vor einer Grand Jury gegen ihn vorbereitete? Versetzen Sie sich in seine Lage. Wie, würden Sie sich fragen, reagiert die DIA, wenn man Sie verhaftet und ausliefert? Und wenn Sie dann, um nicht den Rest Ihres Lebens im Gefängnis zu verbringen, ein milderes Urteil zu erreichen versuchen, indem Sie eine exklusive Geschichte ausplaudern, in der Sie und die DIA eine Rolle als Geschäftspartner im modernen Sklavenhandel spielen?«

»Ich würde noch paranoider sein«, erwiderte Kanezaki. »Noch vorsichtiger.«

Livia nickte. »Richtig. Wir sind davon ausgegangen, dass Sorm wegen Vanns Anklage die Flucht ergriffen hat. Vielleicht war das mit ein Grund. Aber wahrscheinlicher ist …«

»Vor wem er wirklich davonläuft«, sagte Kanezaki, »ist die DIA.«

»Verflucht«, bemerkte Carl. »Dann wollte Sorm Vann also nicht nur töten, um die Bedrohung durch ihn zu eliminieren. Er wusste, dass es der einzige Weg war, sich die DIA vom Hals zu schaffen. Gottverdammt, ich hab's ihm gesagt, ich hab's dem verdammten Dalai Lama gesagt, dass er sich vorsehen soll. Ach, Scheiße!«

»Tut mir leid«, sagte Livia. »Aber ... Es klingt plausibel. Und da ist noch eine andere Sache. Ich bin nicht sicher, nur ...«

Sie verstummte und dachte nach, bevor sie fortfuhr. »Versetzt euch in Dillons Lage. Das müssen wir, denn er macht es mit uns genauso. Er hatte einen großartigen Lauf mit Sorm. Hat einen Riesenhaufen Geld verdient. Eine gigantische schwarze Kasse angelegt. Sie haben sich Einfluss auf ein Dutzend Regierungen erkauft. Die Rivalen von der CIA hat er bei jedem wichtigen Projekt ausgestochen. Er ist wie ein Investor, der auf einem Bullenmarkt reich geworden ist. Aber der Markt wird immer explosiver. Gewaltige neue Risiken entstehen. Er bekommt das Gefühl, dass die Blase bald platzen wird, und sucht nach einem Weg, um auszusteigen. Würdet ihr diese Gelegenheit nicht ergreifen?«

Schweigen.

»Was sagt ihr denn dazu? Ihr kennt Dillon.«

»Wenn Sorm von Dillon verlangt hat, dass er Vann ausschaltet«, meinte Kanezaki, »dann war er bestimmt erleichtert, als die Sache endlich erledigt war. Beruhigt. Denn warum sollte Dillon das Risiko eingehen, einen hohen UN-Beamten umzulegen, wenn er sein Problem einfach dadurch hätte lösen können, dass er Sorm selbst tötet?«

Carl sagte: »Du meinst, der Mord an Vann war Dillons Methode, Sorm seine Vertrauenswürdigkeit zu beweisen?«

»Vielleicht«, antwortete Kanezaki. »Aber Dillon hätte es doch vorgezogen, Vann nicht zu töten – mit einem toten Sorm hätte Vann ja keine Bedrohung mehr dargestellt. Also warum so kompliziert?«

»Ja.« Carl schüttelte den Kopf. »Er hat entschieden, Vann trotzdem zu töten, um auf diese Weise an Sorm heranzukommen. Gottverdammt noch mal.«

»In dem Fall«, fügte Kanezaki hinzu, »hätte Dillon jetzt die ideale Gelegenheit dazu, sich des Mannes zu entledigen, wenn er aus dem Markt aussteigen will.«

Carl nickte. »Ja, wahrscheinlich hat er Sorm etwas in der Art gesagt wie: ›Problem gelöst, wenden wir uns nun wieder deinen Operationen zu. Du kennst mich ja, mir geht es immer um Effizienz und Eleganz und darum, zwei Fliegen mit einer Klappe zu schlagen. Ich hätte da ein paar Ideen, wie wir unsere Risiken minimieren und die Profite verdoppeln können. Ach ja, und sorge dafür, dass dein neues Wegwerfhandy ausgeschaltet ist, denn von diesem Punkt an geht es mir nur noch darum, dich zu schützen.‹ Sorm riecht einen Batzen Geld und bildet sich ein, er könnte diesem Burschen jetzt vertrauen. Also stimmt er einem Treffen zu.«

Livia sah ihn an. »Du bist beinahe am Ziel. Nur ein Schritt noch.«

Carl warf ihr ein schwaches Lächeln zu. »Nur weiter mit der Predigt, Schwester. Ich könnte dir den ganzen Tag lang zuhören.«

»Also gut. Ein Polizist denkt in Kategorien von Motiv, Mittel und Gelegenheit.«

»Okay.«

»Du bist Dillon. Du willst aus dem Markt aussteigen. Das ist dein Motiv. Sorm vertraut dir plötzlich. Das ist die Gelegenheit. Aber was sind deine Mittel? Vor allem, wenn du zwei Fliegen mit einer Klappe schlagen willst?«

Carl musterte sie. Einen Augenblick lang glich sein Gesichtsausdruck dem, den sie vorhin an ihm beobachtet hatte, die Miene, mit der sie sich ihn hinter einem Zielfernrohr vorstellte.

»Seine Mittel«, sagte er, »das sind wir. Du und ich.«

»Ja. Denke ich auch. Das wäre zweifellos elegant.«

»Hey, L.«, warf Kanezaki ein. »Hat Ihnen schon mal jemand gesagt, dass Sie eine großartige Geheimdienstmitarbeiterin abgeben würden?«

»Nein, danke.«

»Das war als Kompliment gemeint«, ergänzte Carl.

Kanezaki lachte. »Vergessen Sie's. Das Entscheidende ist, es ist plausibel. Dillon will aus einem Geschäft aussteigen, das mittlerweile inakzeptable Risiken birgt. Er will *alle* Konten schließen – und das betrifft nicht nur Sorm, sondern auch euch beide. Welche bessere Methode, welche elegantere Möglichkeit gäbe es, das zu tun, als euch selbst ›auf die Idee kommen‹ zu lassen, dass Dillon und Sorm beide gleichzeitig auf dem Nachtmarkt sein werden, wo ihr sie euch vornehmen könnt?«

»Dillon wird sich irgendwo im Hintergrund halten«, vermutete Carl. »Er wird uns Sorm liefern. Und dann legt er uns um. So lautet der Plan. Falls er es auf Eleganz anlegt.«

»Du weißt, warum ich weiß, dass du recht hast?«, sagte Kanezaki.

»Lange und profitable Erfahrung mit meinem wohlüberlegten Urteil?«

Kanezaki lachte. »Das auch. Aber ist das nicht genau dasselbe, was Gant in Phnom Penh versucht hat? Dich dazu zu bringen, die Zielperson zu töten, um gleich darauf dich ausschalten zu lassen?«

»Ich wusste doch, dass ich den Film schon einmal gesehen habe«, antwortete Carl. »Und jetzt lasst uns dafür sorgen, dass sie beim Remake den Schluss nicht ändern.«

KAPITEL 30

Es war kurz nach Sonnenuntergang, und das Rosa am westlichen Himmel verdunkelte sich zu Rot, als Dox und Labee auf dem Nachtmarkt eintrafen.

Dox juckte es, wenigstens an dem Parkplatz in der Sanam Golf Alley und dem Schrottplatz gleich neben der Tankstelle vorbeizufahren. Doch er wusste, dass er sich eine normale Aufklärung, wie er sie vor den Büros des Dalai Lamas durchgeführt hatte, hier nicht leisten konnte. Weil Dillon wusste, dass er Bescheid wusste.

Aber nicht wusste, dass er wusste, dass Dillon es wusste.

Also gingen sie anders vor. Labee umrundete den Markt in großem Bogen und näherte sich ihm von Nordwesten her, bevor sie nach Osten auf eine schmale, tief ausgefahrene Straße einbog, die von dichter Vegetation gesäumt war. Die Fahrbahn wurde immer schlechter und war zunehmend überwuchert, bis der Weg hinter dem Markt an der Nordwestecke des Golfplatzes endete. Der Golfplatz lag von den Überresten der Straße ein Stück zurückgesetzt, umgeben von hohem, undurchdringlichem Gebüsch. Dahinter schloss sich ein Zaun an, der ein ungefähr zehn Meter hoch aufragendes Netz trug. Welches nicht allzu gut zu funktionieren schien, denn überall lagen verschimmelte Golfbälle herum.

Sie stiegen ab und setzten die Helme ab. Dox wischte sich mit dem Hemdzipfel den Schweiß vom Gesicht. Hier roch es wie im Dschungel, und obwohl der Lärm vom Markt vernehmlich war, schrillten die Insekten in der Nähe erheblich lauter.

Er schob das Motorrad tief ins Gebüsch hinein, fädelte die Kette durch ein Rad und die Helme und kehrte zu Labee zurück.

»Bereit?«

Sie nickte.

Er sah auf die Uhr. »Halb neun. Jede Menge Zeit.«

Sie setzten Baseballkappen auf – besser als nichts gegen kreisende Vogeldrohnen – und gingen nach Westen, bis sie die nordwestliche Ecke des Markts erreicht hatten. Dox hatte erwartet, dass sie entweder über den Wellblechzaun springen oder eine Bresche hineinschlagen mussten, aber sie hatten Glück. Jenseits der Vegetation sah er eine Lücke in der Metallfläche am Zaun zum Golfplatz.

Sie drängten sich durchs Unterholz und schoben sich einfach durch den Spalt. Dahinter gelangten sie auf eine gepflasterte Fläche, über der Seile mit hellen Neonröhren gespannt waren, die Dutzende von Oldtimern und antiken Trucks beleuchteten. Eine ganze Menge Leute bewunderten die Fahrzeuge, schossen Fotos und schlenderten zwischen den langen, offenen Gebäuden aus Backstein und Wellblech zu beiden Seiten hin und her. Es schien sich um eine Art von automobilistischer amerikanischer Zeitmaschine zu handeln: altertümliche Zapfsäulen, Straßenschilder aus vergangenen Zeiten und reihenweise klassische Automobile und Lastwagen. Es war relativ ruhig hier, aber der Krach von weiter südlich – darunter eine Trommelband, wie es klang – war unüberhörbar.

»Das ist die Antiquitätenabteilung«, sagte Labee. »Hier ist am wenigsten los.«

Dox nickte. »Sieht genauso aus wie online. Trotzdem schön, es endlich in Fleisch und Blut zu sehen.«

Sie gingen Richtung Süden, wo die Menge rasch dichter und lauter wurde. Es gab Imbissstände, vor denen Tische und Stühle aufgereiht standen, einen kompletten Barbierladen alter amerikanischer Schule mit der typischen rotierenden, rot-weiß-blau gestreiften Säule davor. Man konnte jede nur denkbare Antiquität kaufen, von Vinyl-Schallplatten über Lederjacken bis zu Musik- und Kaugummiautomaten.

Sie gingen weiter, und nach ein paar Minuten erreichten sie den Außenbezirk des eigentlichen Markts. Vor ihnen erstreckten sich Tausende farbenprächtige Zelte und Stände, zwischen denen die Menschen herumwimmelten, einkauften, aßen oder einfach nur schauten. Familien mit Babys im Kinderwagen, Teenager auf Spritztour und ältere Menschen, die vermutlich auf der Jagd nach Schnäppchen waren. In das Geräusch des Gelächters und der Gespräche mischte sich das wummernde Hämmern einer Taiko-Trommelgruppe, und die Luft war erfüllt mit Dutzenden von köstlichen Düften: gegrillte Meeresfrüchte, schmorendes Fleisch, gebratene Nudeln und Kokosnusspfannkuchen und Vanillesoße und Crêpes.

Dox liebte solche Orte, und in jeder anderen Nacht hätte er sich blendend amüsiert. Aber heute konnte er, abgesehen von der normalen Anspannung während einer Operation, das Gefühl nicht abschütteln, dass sie etwas übersehen hatten. Vielleicht eine Miniaturdrohne über ihren Köpfen. Oder dass es Dillon irgendwie gelungen war, ihnen einen Zug voraus zu sein.

Labee sah ihn an. »Was ist los?«

»Weiß nicht genau. Irgendetwas lässt mir keine Ruhe. Lass uns kurz in diesen Laden schlüpfen.«

Es war eines der Backsteingebäude an der Seite. Sie traten ein und gingen nach hinten durch. Hier lag alles mögliche Zeug durcheinander, Sammlungen von alten japanischen

Anime-Spielzeugen, Stofftiere, Hello-Kitty-Puppen und Little-Bo-Peep-Kleider, die auf einem schmalen Grat zwischen entzückend und fetischistisch wandelten.

»Manchmal bin ich ein bisschen paranoid, was Scharfschützennester anbetrifft«, sagte er zu Livia. »Berufsrisiko. Wenn man einmal am richtigen Ende von ein paar Tausend-Meter-Treffern gewesen ist, fängt man an, sich einzubilden, man wäre eine Zielscheibe.«

»Glaubst du, Dillon hat ein Scharfschützengewehr?«

»Nein, das ist es nicht. Das hier ist kein Terrain für Scharfschützen. Und ich denke, es eignet sich nicht besonders für eine seiner Mikrodrohnen – das Licht ist zu schlecht, die Menschenmenge zu dicht, das gesamte Gelände zu ausgedehnt. Aber ... Ich weiß nicht. Wir machen es ihm zum Beispiel nicht gerade schwer, indem wir zusammenbleiben.«

»Meinst du, wir sollten uns trennen?«

»Nur sehr ungern. Vor allem, weil die Telefone ausgeschaltet sind. Zumindest ...« – er sah auf die Uhr – »... noch fünfzehn Minuten.«

Er verstummte und dachte nach. Die Handys. Damit würde Kanezaki Sorm und Dillon orten. Dann wurde ihm klar, was in seinem Hinterkopf genagt hatte.

»Hey«, sagte er. »Glaubst du, der gute alte Dillon könnte zu derselben Art von Telefonüberwachung in Echtzeit in der Lage sein, die wir von Kanezaki bekommen? Ich meine, das wäre doch möglich, oder nicht?«

Sie nickte. »Klingt sehr wahrscheinlich.«

»Okay, und wenn wir unsere Telefone einschalten, obwohl er nicht weiß, dass sie uns gehören, meinst du nicht, dass irgendein Eierkopf von der DIA sofort die Handys im Fadenkreuz hätte, die wie aus dem Nichts mitten auf dem Nachtmarkt auftauchen?«

Sie nickte. »Du hast recht.«

»Ich meine, ich könnte mich natürlich irren. Aber Dillon ist ein gerissener Hund, so viel steht fest.«

»Wenn wir die Telefone nicht einsetzen können, wie soll Fallon uns benachrichtigen, wenn Sorm versucht hat, Leekpai anzurufen?«

Dox sah auf die Uhr. »Wir müssten uns zwei neue besorgen. Aber ich habe hier bis jetzt keine gesehen. Und selbst das würde unser Problem nicht lösen – es wäre immer noch ein brandneues Telefon, das plötzlich mitten auf dem Markt eingeschaltet wird. Außerdem haben wir keine Zeit mehr, ein neues Handy zu aktivieren.«

Ein halbes Dutzend junge Mädchen strömte herein, ältere Schülerinnen oder Studentinnen. Dox betrachtete sie einen Augenblick lang, dann hatte er eine Eingebung. »Warte mal«, sagte er. »Ich glaube, ich habe eine Lösung für unser Dilemma gefunden. Sie ist nicht perfekt. Aber es ist bestimmt nicht das, womit die bösen Jungs rechnen, da bin ich sicher.«

Er ging zu den Mädchen. »Ich bitte um Vergebung«, begann er. »Entschuldigt die Störung. Spricht eine von euch Englisch?«

Eines der Mädchen nickte und sagte mit heftigem thailändischem Akzent: »Ich spreche Englisch.«

»Wundervoll! Junge Lady, ich würde gern zwei von euren Mobiltelefonen kaufen.«

»Wie bitte?«

Er fragte sich, ob sie wirklich gut genug Englisch sprach. Vielleicht war sie aber einfach nur so verblüfft von seinem Anliegen.

»Es ist mir klar, dass das eine ungewöhnliche Bitte ist. Aber ich brauche heute Abend dringend zwei Telefone, und ich bezahle auch gern dafür.« Er zog eine Rolle Geldscheine hervor. »Wie wäre es mit fünfhundert Dollar pro Telefon?« Er zählte zehn Porträts von Benjamin Franklin ab. »Ach was, sagen wir sechshundert. Ich habe keine Zeit zu feilschen.« Er legte noch zwei drauf.

Das Mädchen starrte seine Freundinnen an, dann wieder ihn. »Im Ernst?«

»Ganz im Ernst, ja. Und hier sind weitere zweihundert als Beweis meiner Ernsthaftigkeit. Siebenhundert pro Handy.« Er zog noch zwei Geldscheine hervor.

Die Freundinnen berieten sich. Sie debattierten zunehmend aufgeregt. Mehrere von ihnen griffen hektisch in ihre Handtaschen. Eine brachte ein Handy zum Vorschein, einen Augenblick später gefolgt von ihrer Freundin.

»Tut mir leid, Ladys, ich glaube, wir haben zwei Gewinnerinnen.« Er nahm die Telefone und reichte den Mädchen jeweils siebenhundert Dollar. Er betrachtete die Geräte – beides waren ältere iPhones. Jede hatte ein gutes Geschäft gemacht.

»Sagt mal, die sind doch nicht etwa passwortgeschützt?« Bevor die Übersetzerin etwas sagen konnte, hatten die Mädchen schon nach den Telefonen gegriffen, sie entsperrt und den Passwortschutz abgeschaltet. Er sah zu, wie sie ihre Textnachrichten löschten, von denen sie verständlicherweise nicht wollten, dass ein Fremder sie las. Nicht, dass er daran interessiert gewesen wäre oder die thailändische Schrift überhaupt hätte entziffern können, aber sicher war sicher. Sie reichten ihm die Handys wieder, und er stellte die Sprache der Geräte auf Englisch um.

Er bedachte die beiden Mädchen mit je einem *Wai,* die Telefone zwischen die Handflächen gelegt. »Vielen Dank, Ladys. Und ich hoffe, ihr glaubt nicht, dass ich übertreibe, wenn ich sage, dass ihr mir vielleicht gerade das Leben gerettet habt.«

Die Mädchen riefen auf Englisch: »Vielen Dank!« Dann liefen sie davon, vermutlich um alle möglichen tollen Sachen zu kaufen, von denen sie nie gedacht hätten, sie sich leisten zu können.

»Saubere Arbeit«, sagte Labee. »Ich habe mal auf die Art einen Lieferwagen gekauft.«

Er reichte ihr eines der Geräte. Sie überprüften die Telefonnummern und wählten sie zur Sicherheit gegenseitig an, bevor sie sich auf den Weg zum Eingang machten. Dox warf einen Blick zum Himmel. Er war immer noch unruhig.

»Weißt du was? Lass uns einen Moment stehen bleiben. Ich habe eine Idee.«

Er lud die Signal-App auf das Handy des Mädchens herunter und rief dann Kanezaki an. Nachdem sie die Passcodes verglichen hatten, fragte er: »Wie ist der Stand der Dinge?«

»Noch nichts Neues.«

»Okay, Folgendes. Ich habe ein neues Handy. Signal funktioniert offenbar im Moment prächtig, aber ich gebe dir die Nummer, falls ich außer WiFi-Reichweite gerate und du mich direkt anrufen musst.« Er las Kanezaki die Nummer vor.

Kanezaki fragte: »Was soll das Ganze?«

»Ich bin nur vorsichtig, das ist alles. Die alte Nummer wird nicht mehr funktionieren. Ruf mich auf dieser an.«

Er legte auf. »Komm mit«, sagte er. Sie gingen hinaus, und bald hatten sie eine Händlerin gefunden, die von einem Handkarren frittierte Insekten verkaufte. Dox zog das Wegwerfhandy hervor, das er bis jetzt benutzt hatte, und schaltete es ein. Labee wusste offensichtlich, was er im Sinn hatte. Wortlos tat sie es ihm nach, reichte ihm das Telefon, und begann, bei der alten Frau, die den Karren vor sich herschob, verschiedene Insekten zu bestellen. Während die beiden palaverten, kniete Dox sich hin, als wollte er seine Trekkingsandalen neu einstellen, und ließ die Handys in eine Schachtel gleiten, die sich auf einer Konsole unten am Karren befand. Als er wieder aufstand, hielt Labee zwei Tüten mit gebratenen Insekten in der Hand. Die alte Frau bedachte jeden von ihnen mit einem *Wai* und ging weiter.

Dox sah ihr nach. »Glaubst du, dass Dillon ihr etwas antun würde? Nein, oder?«

Labee schüttelte den Kopf. »Selbst wenn jemand die Telefone aufspürt, muss ihm klar sein, was passiert ist, sobald er sie sieht.«

»Hoffentlich hast du recht. Es gibt schon genügend andere Dinge, für die ich in der Hölle schmoren werde.« Er drehte die Tüte um und schüttete sich einen Teil des Inhalts in den Mund. »Verdammt, das schmeckt aber lecker.«

Labee reichte ihm ihre eigene Tüte.

»Magst du keine Insekten?«, fragte er.

Eine Pause entstand. »Als kleines Mädchen … Manchmal konnte ich nichts anderes zu essen finden.«

Er fühlte sich plötzlich ganz mies. »Tut mir leid, Labee. Ich wollte nicht …«

»Kein Problem. Einfach keine gute Assoziation.« Sie warf ihm ein schwaches Lächeln zu. »Allerdings nicht so schlimm wie der Hafen. Du musst dir keine Sorgen machen, dass ich kotze.«

Es gefiel ihm, dass sie Scherze machte. Er war nicht sicher, ob es ein Zeichen für zunehmende Vertrautheit war oder einfach ihre Art, mit dem Stress im Einsatz umzugehen. Vermutlich beides.

Er sah auf die Uhr. »Neun Uhr. Höchste Zeit, Fallon wissen zu lassen, dass wir neue Telefone haben.« Er zog Fallons Visitenkarte hervor, tippte die Nummer ein und wartete, während die Verbindung zustande kam.

»Hallo?«, hörte er die vertraute raue Stimme.

»Ich bin's. Habe ein neues Telefon.«

»Gutes Timing. Raten Sie mal, wer gerade angerufen hat.«

Er sah Labee an und nickte. »Sorm?«

»Darauf können Sie wetten. Ich habe nicht abgehoben, sondern eine Textnachricht zurückgeschickt, dass ich nicht reden könne, und ihn gefragt: ›Welche Zeit?‹ Das war vieldeutig genug, um die Sicherheit der Kommunikation zu gewährleisten, und außerdem genau das, was er von Leekpai erwartet hätte, da sie sich auf den Ort ja bereits geeinigt hatten. Er hat sofort zurückgetextet. Punkt zehn Uhr.«

Dox fühlte, wie sich ein angenehmer kleiner Adrenalinstoß in seinem Bauch ausbreitete. »Ausgezeichnet, Sir. Wenn wir die Angelegenheit hinter uns gebracht haben, lade ich Sie zu diesem Singha-Bier ein. Obwohl ich selbst, was Sie kaum überraschen dürfte, wieder ein Chang trinken werde.«

»Nun, Sie sind nicht mein einziger Freund, der ein Philister ist. Ich bleibe in der Nähe, falls Sie mich brauchen. Unmittelbar südlich von der Stelle, an der das Treffen stattfinden soll.«

»Das weiß ich zu schätzen. Hoffentlich läuft alles glatt, aber es ist gut zu wissen, dass Verstärkung bereitsteht, wenn wir sie benötigen.«

Er legte auf. »Du hast es gehört, oder?«

Labee nickte. »Zehn Uhr. Alles, was wir jetzt noch brauchen, ist …«

Dox' Telefon meldete sich. Die Signal-App. Er ging ran.

»Ich habe ihn«, sagte Kanezaki.

Dox nickte Labee zu. »Sprich.«

»Zunächst einmal, die Nummer, von der du mir gesagt hast, dass sie zu Sorm gehören könnte – sie hat sich vor fünf Minuten angemeldet. Auf dem Parkplatz westlich des Markts. Sie hat einen Anruf getätigt und eine Textnachricht zurückerhalten.«

»Davon weiß ich. Sonst noch etwas?«

»Ja. Wie vorhergesagt, zwei brandneue Wegwerfhandys, beide buchstäblich zum selben Zeitpunkt aktiviert. Das Erste am gleichen Ort wie der Anruf vom Parkplatz.«

»Sorm.«

»Ja. Das Zweite befindet sich im Zentrum des Markts.«

»Dillon.«

»Ja.«

Verdammt, das war kaum mehr als fünfzig Meter entfernt von der Stelle, an der sie standen. Sie hatten Glück gehabt, dass sie nicht direkt in den Typen hineingerannt waren. Oder Pech.

»Sind sie in Bewegung?«

»Ich weiß nicht. Die Telefone wurden bereits wieder ausgeschaltet. Aber ich konnte eine Computer-Übersetzung des Anrufs beschaffen.«

Dox grinste. »Es war mein Ernst, als ich dich neulich als Wundertäter bezeichnet habe.«

»Dillon wollte wissen, wo Sorm ist. Sorm verhielt sich ausweichend. Er sagte Dillon, er solle zu einem Ort namens *Soul Garage* an der nordwestlichen Ecke des Markts kommen. Weißt du, was das ist?«

Dox hatte praktisch alles auswendig gelernt, was er online gesehen und erfahren hatte. »Ja, das weiß ich. Ein Handel für Oldtimer-Motorräder und aufgemotzte Maschinen. Eine der ruhigeren Ecken des Markts.«

»Es war deutlich zu bemerken, dass Dillon versuchte, Sorm aus der Reserve zu locken und ihn auszuhorchen, ob er schon dort sei. Sorm erwiderte: ›Noch nicht. Warten Sie dort auf mich.‹ Ich glaube nicht, dass Dillon besonders glücklich war. Er hatte erwartet, Sorm wäre bereits vor Ort. Dann hättet ihr Sorm und Dillon umlegen können. Jetzt ist er derjenige, der auf dem Präsentierteller sitzt.«

»Ich bezweifle, dass Dillon es so weit kommen lassen würde. Aber ja, höchstwahrscheinlich ist er in dieser Richtung unterwegs. Ruf mich an, sobald sich irgendwelche Änderungen ergeben. Ich folge ihm.«

Er legte auf. Sein Puls stieg, wenn er daran dachte, wie nah Dillon war und wie kurz er davor stand, den Mann zu töten.

»Dillon ist höchstwahrscheinlich südlich von uns auf dem Weg zur *Soul Garage*. Was Sorm angeht, weiß ich es nicht. Er könnte von dem Parkplatz an der Westseite des Markts dorthin unterwegs sein. Aber er will, dass Dillon als Erster dort ankommt, daher wäre es auch möglich, dass er zunächst den Schiffscontainer überprüft.«

»Wir sollten uns Dillon vornehmen. Er ...«

»Hör zu. Du gehst zum Parkplatz. Sorm ist vielleicht da. Du schnappst ihn dir, während ich auf Dillon Jagd mache. Was das Timing des Telefonats angeht, nehme ich an, dass ich ihm bereits im Nacken sitze. Wenn ich mich beeile, hole ich ihn ein.«

»Ich will nicht ...«

»Nein, Labee. Du darfst das Steuer übernehmen, so oft du möchtest. Aber heute Nacht gehört Dillon mir. Er hat den Dalai Lama getötet. Du kannst Sorm haben. So ist der Deal. Deine Entscheidung.«

Er hatte nicht so barsch sein wollen. Doch es war nicht der richtige Zeitpunkt, um Zicken zu machen.

Sie starrte ihn an. »Ich dachte, wir wären Partner.«

Verdammt, sie wirkte so verletzt, dass er am liebsten im Boden versunken wäre. Aber er konnte sich keine Ablenkung gestatten. »Wir sind Partner. Und haben zwei verschiedene Jobs zu erledigen. Geh zum Parkplatz. Wenn Sorm auftaucht, um den Container zu überprüfen, gehört er dir. Falls nicht, mach dich auf den Weg zur *Soul Garage*. Das ist dann deine zweite Chance. Und jetzt los. Wir dürfen keine Zeit verlieren.«

Er wandte sich ab, bevor ihr Gesichtsausdruck ihn dazu bringen konnte, seine Meinung zu ändern, und ging in nordwestlicher Richtung davon, während er die Blicke nach links und rechts schweifen ließ. Bei der Menge an Menschen und Zelten und Aktivitäten war die Umgebung ungefähr so ungeeignet für eine Gegenaufklärung, wie sie nur sein konnte. Dillon würde es schwerfallen, sich den Rücken freizuhalten. Das Problem war, dass dieselben Faktoren, die es für Dillon so schwierig machten, Dox zu sehen, umgekehrt auch für Dox galten, wenn er Dillon finden wollte.

Er ließ die Zelte hinter sich und ging rasch durch eine Gasse, die zu beiden Seiten von niedrigen Backsteingebäuden gesäumt war. Jedes beherbergte ein halbes Dutzend Läden, die alles feilboten, was jemals erfunden worden und inzwischen alt und kitschig war. Im Unterschied zu der Antiquitätenabteilung auf der anderen Seite des Markts war es hier düster, und die einzigen Lichtquellen bildeten ein paar Glühbirnen, die über dem Weg baumelten oder in den Läden brannten. Und obwohl der Durchgang beidseitig mit antiken Lastwagen und Kleinbussen gesäumt war, befanden sich die besseren Stücke – und die Menschenmengen, die sie anzogen – auf der anderen Seite der Gebäude.

Die Straße wurde dunkler. Inzwischen waren gar keine Menschen mehr unterwegs. Das gefiel ihm nicht.

Er hielt sich dicht an der Reihe von Fahrzeugen zu seiner Rechten. Seine Blicke streiften über die langen, niedrigen Dächer, und seine Hand lag am Griff der Supergrade unter seinem Hemd.

Wo bist du, du Dreckskerl? Wo …

Eine leise Stimme ertönte kaum drei Meter weit hinter ihm. »Keine Bewegung, Dox.«

Dox erstarrte. Ein gewaltiger Adrenalinstoß schoss durch seine Adern. Der Mistkerl war wie ein Geist zwischen den geparkten Transportern aufgetaucht.

Er bewegte den Kopf nicht, sondern scannte das Gelände vor sich mit den Augen. Er bemerkte nichts Bedrohliches. Und unglücklicherweise auch nichts Brauchbares.

»Wie geht's, Dillon?« Er war überrascht und nicht unerfreut, wie gelassen seine Stimme klang.

»Bestens. Ich möchte, dass du ganz, ganz langsam die Hand unter dem Hemd hervorziehst. Die leere Hand.«

Dox gehorchte.

»Gut. Okay, wo ist die Frau?«

»Ah, *Cherchez la femme*. Ein Klischee, aber dennoch. Worte, die das Leben lebenswert machen, wenn du mich fragst.«

Eine Sekunde verstrich. Er spürte einen Aufschlag und sah eine Explosion von Weiß hinter seinen Augen. Er taumelte. Einen Augenblick lang dachte er, er wäre angeschossen. Dann wurde ihm klar, dass Dillon ihm die Pistole über den Schädel gezogen hatte.

»Sehr komisch«, sagte Dillon aus einer gewissen Distanz, aber nicht so weit entfernt wie beim ersten Mal. Vielleicht nur anderthalb bis zwei Meter. »Soll ich mal ganz ernsthaft mit dir reden? Davon habe ich noch jede Menge auf Lager. Diese drei Männer in Pattaya waren meine besten Leute.«

Dox fühlte, wie ihm das Blut ins Genick tropfte. Er musste eine Platzwunde an der Kopfhaut haben. Das störte ihn nicht weiter. Im Gegenteil, er nahm es als schönen Beweis dafür, dass er noch am Leben war. Außerdem hatte er mehr Schläge auf den Kopf eingesteckt, als er zu zählen vermochte, mit Fäusten, Stühlen, und bei einer denkwürdigen Gelegenheit mit einem Gummihammer. Nichts davon hatte große Wirkung erzielt. Er hatte einen dicken Schädel, buchstäblich und im übertragenen Sinn.

Aber das wusste Dillon nicht. Er glaubte, der Schlag mit dem Pistolenknauf hätte mehr Schaden angerichtet, als tatsächlich der Fall war. Außerdem nahm der Mann die Geschichte in Pattaya offenbar sehr persönlich. Dox musste versuchen, ihn weiter in Rage zu bringen – und Teufel noch mal, Dox hatte wahre Experten in Rage gebracht, er kannte keinen, der darin besser war. Vielleicht vergaß der Mann dann für eine Sekunde die Vorsicht und kam ihm zu nahe. In diesem Augenblick würde sich die Befriedigung, sich an Dox zu rächen, ins Gegenteil verkehren.

Es war ein Schuss ins Blaue, aber insgesamt eine sonnigere Aussicht als die Alternativen.

»Sie besitzen mein volles Mitgefühl«, sagte Dox und ließ die Worte ein wenig undeutlich klingen, während er schwankte, als hätte der Schlag mit der Pistole Balance und Koordination gestört. »Es ist traurig, wenn man erkennen muss, dass das Beste einfach nicht gut genug war.«

»Ich habe gemeinsam mit diesen Männern gekämpft, du Arschloch«, sagte Dillon. Noch näher jetzt. Kaum mehr als ein Meter. »Mit ihnen gelitten.«

»Ich will ja nicht den unverbesserlichen Optimisten spielen, aber es hatte doch immerhin etwas Gutes. Nun müssen sie nicht länger leiden.«

»Okay«, sagte Dillon. Keinen Meter mehr entfernt. »Ich frage dich noch ein einziges Mal. Wenn du mir keine ehrliche Antwort gibst, jage ich dir eine Kugel in den Kopf. Auf der Stelle. Wo ist die Frau?«

Verdammt, er war nicht so dicht heran, wie Dox gehofft hatte, aber es konnte reichen. Außerdem fürchtete er, keine bessere Chance mehr zu bekommen.

Er entspannte sich – jegliche Anspannung hätte ihn behindert und verraten. Er würde einfach das Erstbeste sagen, was ihm in den Sinn kam, egal wie blödsinnig es war. Vielleicht brachte ihm das einen Sekundenbruchteil lang den Vorteil der Ablenkung, bevor er herumwirbelte, um Dillon zu entwaffnen. Wahrscheinlich funktionierte es nicht, aber die Entscheidung fiel ihm leicht. Er hatte keine anderen Optionen mehr.

»Also die Sache mit den Frauen ist die …«, begann er.

Labees Stimme schnitt ihm das Wort ab. »Wenn du auch nur daran denkst abzudrücken, wird das der vorletzte Gedanke sein, der dir durch den Kopf geht.«

Ohne zu überlegen, wirbelte Dox im Uhrzeigersinn herum, brachte den ausgestreckten rechten Arm nach oben und schnappte Dillon die Pistole direkt aus der Hand. Labee trat einen langen Schritt zur Seite und hielt ihre Waffe auf Dillons Rücken gerichtet.

»Verdammt«, sagte Dox. »Diese Entwaffnungstechnik klappt tatsächlich. Oder zumindest kann sie funktionieren. Ich hatte immer gehofft, es nie ausprobieren zu müssen.« Er warf einen staunenden Blick auf die Pistole und stellte fest, dass es eine süße kleine SIG P229 war.

Dann überwältigte ihn eine derartige Welle der Erleichterung, dass ihm die Knie weich wurden. »Junge, Junge«, sagte er. »Ich sag's dir ganz ehrlich. Wenn du mich vor ein paar Sekunden gefragt hättest, ich hätte nicht geglaubt, dass ich jetzt noch hier stehen würde. Ach Labee. Lass nie wieder zu, dass ich dir vorschreibe, was du tun sollst. Im Gegenteil. Ich möchte, dass *du* damit anfängst, es *mir* zu sagen.«

Dillon starrte ihn an. »Ich bin nicht wegen euch beiden hier, du blöder Bauerntrampel. Ich bin hinter Sorm her.«

Dox lachte grimmig. »Tja, ich schätze, das ist die halbe Wahrheit. Aber die falsche Hälfte.«

Labee blieb stumm und regungslos. Sie wusste, dass Dillon ihm gehörte. So wie Sorm ihr.

»Was ist nur aus dir geworden?«, fragte Dox, während er die SIG auf Dillon gerichtet hielt. »Du warst mal ein verdammter Held.«

Dillon seufzte. Anscheinend war ihm klar, dass sein letzter Versuch, sich herauszureden, nicht funktioniert hatte. »Je höher man steigt …, desto anders sieht man die Welt.«

»Tatsächlich?« Labee schien sich nicht länger im Zaum halten zu können. »Wie sieht es denn von deiner erhabenen Position aus, wenn Kinder in die sexuelle Sklaverei entführt werden? Ich könnte dir nämlich eine Menge darüber erzählen, wie es aus meiner Perspektive aussieht.«

Dillon sah Dox an. »Es gibt vermutlich keine Möglichkeit, dass wir noch einmal von vorn anfangen?«

Er klang eher amüsiert über die Absurdität dieses Gedankens als hoffnungsvoll in Bezug auf seine Umsetzbarkeit. Dox musste unwillkürlich bewundern, wie cool der Mann blieb.

»Wenn es je eine gab«, sagte er, »dann hast du sie vermasselt, als du den Dalai Lama in die Luft gesprengt hast.«

»Den Dalai La…?«

Dox trat einen Schritt nach rechts, damit Labee aus der Schusslinie war, falls die Kugel durchschlug. Und schoss Dillon in die Stirn.

Dillons Kopf wurde nach hinten gerissen, und ein Krampf schüttelte seine Arme. Seine Beine versagten, und er brach rücklings zusammen. Mit einem dumpfen Ton schlug er auf dem Pflaster auf.

»Ja«, sagte Dox. »Den Dalai Lama. Das war für ihn, du Hundesohn. Und ich glaube, sogar er hätte es befürwortet.«

»Nimm sein Telefon«, drängte Labee. »Sorm.«

Dox kniete sich hin und durchsuchte Dillons Taschen. Er hatte Cargo-Shorts getragen wie jeder brave Tourist, und es war ein Wunder, dass Dox kein Klappern gehört hatte, als er sich von hinten angeschlichen hatte. Er trug zwei Handys bei sich, ein Satellitentelefon und ein Mobilfunkortungsgerät. Ganz zu schweigen von der SIG, zwei Ersatzmagazinen und einem hübschen kleinen Emerson CQC-10 Klappmesser, das Dox als Siegestrophäe einsteckte. Das war eine Angewohnheit, die er John Rain einmal zu erklären versucht hatte, doch das würde der Mann nie verstehen.

»Du hättest mir nicht folgen sollen«, sagte er, während er Dillons Ausrüstung an sich nahm. »Nicht dass ich undankbar wäre, da sei Gott vor, aber deine beste Chance, dir Sorm bei dem Container zu schnappen, könnte vorbei sein. Hoffen wir, dass er noch herkommt.«

Es war praktisch, dass seine Bauchbinde Extrataschen hatte und elastisch war, denn inzwischen hatte er genügend Zeug eingesammelt, um einen verdammten Rucksack damit zu füllen. Er streifte das Hemd ab, zog die Bauchbinde herunter und begann, sie vollzustopfen. Er warf Labee einen Blick zu, die die Umgebung mit halb gezückter Pistole im Auge behielt. »Hey, hast du mich gehört?«

Sie hielt inne in ihrer Wachsamkeit und sah ihn an. »Wir bleiben zusammen.«

Es war eine simple Ansage, und eher eine Feststellung als ein Argument. Er merkte, dass ihm keine Antwort einfiel. Also nickte er bloß und sagte: »Na gut.«

Von Dillons Telefonen war nur ein Handy eingeschaltet. Das musste das Gerät sein, mit dem er Sorm angerufen hatte. Dieses ließ Dox draußen. Als er die Bauchbinde befüllt hatte, merkte er, dass sie zu voll war, um damit rennen zu können. Er legte sie wie eine Schärpe schräg über den Rücken, bevor er das Hemd darüberzog, ohne es zuzuknöpfen. Es sah ein bisschen wild aus. Aber Hauptsache, die Supergrade war frei zugänglich.

Egal, woher Sorm kam, sie durften annehmen, dass er weiterhin vorhatte, sich mit Dillon beim *Soul Garage* zu treffen, also eilten sie in diese Richtung. Die Gegend war wieder besser ausgeleuchtet, jedoch weiterhin ziemlich menschenleer. Am Ende der Gasse lag eine offene Garage, deren Vorplatz schwarz-weiß gefliest war. Ein Schild mit der Aufschrift *Soul Garage* hing darüber. Ein halbes Dutzend antiker Roller war davor aufgereiht. Auf dem Gehsteig standen ein paar Tische und Stühle. Eine Handvoll Personen saßen daran, tranken Kaffee und rauchten Zigaretten. Anscheinend war das *Soul Garage* nicht nur ein Laden, sondern auch eine Art Klub.

Sie verlangsamten ihre Schritte und drückten sich zwischen zwei klassische Feuerwehrautos, die fünfzehn Meter weiter an der Straße geparkt standen. Labee sicherte sie nach hinten ab. Dox kehrte ihr den Rücken zu und überwachte die andere Richtung.

»Siehst du etwas?«, fragte er.

»Nein.«

Dillons Telefon summte. Dox warf Labee einen Blick zu. Sie nickte. Er nahm den Anruf an und hielt das Handy ans Ohr. »Ja«, sagte er und bemühte sich, Dillons geschmeidige Stimme und seinen Yankee-Akzent nachzuahmen. Er sprach leise, als versuchte er zu vermeiden, belauscht zu werden.

»Wo sind Sie?« Der Akzent war merkwürdig – südostasiatische und französische Elemente, Dox war sich nicht sicher.

»Beim *Soul Garage*. Wo sind Sie?«

»Ich habe das *Soul Garage* im Blick ... Wer spricht dort?«

Dann war die Leitung tot.

»Verdammt«, fluchte Dox. »Er hat uns durchschaut. Aber ist ganz in der Nähe.«

Sie blickten sich hastig um. Sie sahen nichts.

»Er muss gegenüber gewesen sein«, sagte Labee. »Wenn er nach Süden zum Container will, ist er auf der anderen Seite dieser Gebäude. Komm schon!«

Sie zog die Glock und setzte sich im Laufschritt in Bewegung. Dox folgte ihr dichtauf und griff nach der Supergrade. Bei der ersten Lücke zwischen den langen Gebäuden bog sie links ab und dann gleich wieder rechts. Dreißig Meter vor ihnen begannen die Zelte, die Lichter und die Menschenmenge.

»Langsam«, sagte Dox. »Langsam. So hat Dillon mich erwischt. Ich war zu schnell und habe nicht bemerkt, wo er mir aufgelauert hat.«

Aber sie hörte nicht auf ihn. Verdammt, war sie flink! Er hatte Mühe, Schritt zu halten.

Ganz am Rand der Zeltstadt war ein kleiner Mann in beiger Hose und einem weißen Button-down-Hemd in südlicher Richtung unterwegs. Die Art von Kleidung, die dazu bestimmt war, nicht bemerkt zu werden. Der Mann hatte graues Haar, hielt ein Mobiltelefon ans Ohr und bewegte sich so schnell wie möglich, ohne aufzufallen.

»Langsamer, verdammt noch mal«, sagte Dox. Endlich schaffte er es, Labee einzuholen und sie am Arm zu packen. »Ich glaube, das ist er.«

Der Mann musste Gedankenleser sein. Oder einfach ein Glückspilz. Denn im selben Moment blickte er sich um. Seine Augen wurden groß, als er sie erkannte, und der Unterkiefer klappte ihm herunter. Dann wandte er sich ab und ergriff die Flucht in die Tiefen des Markts hinein.

Dox und Labee rannten ihm nach, Labee mit leichtem Vorsprung. Sorm wurde augenblicklich von der Menschenmenge verschluckt. Doch sein Weg war deutlich zu erkennen. Es gab wütende Schreie, Leute wurden links und rechts weggestoßen und über den Haufen gerannt. Man hörte einen Aufschrei, und der Karren einer Garküche mit mehreren Pfannen darauf kippte um. Kochendheißes Öl ergoss sich auf den Gehsteig. Labee setzte darüber hinweg, aber das war nicht das einzige Hindernis, das vor ihr lag – Sorm warf ihnen offenbar aus vollem Lauf alles in den Weg, was er in die Finger bekam. Es funktionierte, denn Dutzende von Personen wimmelten in seinem Kielwasser auf dem Boden herum. Labee kam wesentlich langsamer voran als er. Ein wütender Thai brüllte Dox an und versuchte, ihn zu packen, als er vorbeirannte. Ein anderer versetzte ihm einen Stoß. Er lief weiter. Labees Vorsprung vergrößerte sich, sie war schneller und behänder als er.

Ein Gedanke erstrahlte in seinem Kopf, kristallklar inmitten des ganzen Tohuwabohus:

Würde diese zentrale Figur des Menschenhandels mutterseelenallein unterwegs sein?

Idiotisch, dass er nicht vorher daran gedacht hatte. Labee war vollständig auf Sorm fixiert. Sie hatte Tunnelblick.

Dox verlangsamte seine Schritte und sah sich um. Hinter einem Stand sah er einen Thailänder hervortreten, er brachte eine Waffe in Anschlag ...

»Labee! Runter!«

Sie duckte sich augenblicklich in die Hocke und fuhr herum. Dox schoss dem Mann drei Kugeln in die Brust. Er taumelte zurück. Labee traf ihn zweimal. Er ging zu Boden.

Menschen spritzten kreischend in alle Richtungen auseinander. Sorm rannte weiter. Labee machte sich wieder an seine Verfolgung. Dox setzte ihr nach – *tja, da gehen alle unsere guten Absichten dahin, subtil vorzugehen, schätze ich.* Er hielt die Supergrade in einem beidhändigen Griff auf Kinnhöhe und bewegte sich so schnell wie möglich, während er versuchte, nicht noch einmal etwas zu übersehen ...

Ein zweiter Mann sprang hinter einem Stand hervor, als Labee vorbeirannte. Er zielte auf ihren Rücken ...

Dox verpasste dem Mann eine Kugel ins Rückgrat und sprintete auf ihn zu, während er weiterfeuerte. Der Bodyguard ging von Kugeln durchsiebt zu Boden, und Dox setzte über ihn hinweg. Er hörte Schüsse und Schreie ein Stück vor sich und dachte: *Oh nein. Bitte nicht.*

Er rannte schneller, kümmerte sich nicht mehr darum, ob er weitere Angreifer übersah, aber er hätte sich keine Sorgen machen müssen. Die anderen Schüsse musste Labee abgefeuert haben, denn ein Mann lag zusammengesackt auf dem Pflaster, und die Leute um ihn herum strebten schreiend davon.

Dann hatten sie die Menge hinter sich gelassen. Vierzig Meter weiter vorn sah er Sorm, Labee zwanzig Meter hinter ihm. Ein Sattelschlepper mit einem Schiffscontainer zog aus dem Parkplatz südlich des Golfplatzes und beschleunigte. Sorm rannte vor ihm vorbei zur anderen Straßenseite und verschwand aus ihrem Blickfeld.

Der Lastwagen wurde schneller. Labee sprang vor ihm auf die Straße. Sie nahm den Fahrer ins Visier …

Der Mann musste in Panik geraten sein, denn er riss das Steuer nach links. Labee feuerte. Der Laster kam von der Straße ab. Daneben verlief ein Entwässerungsgraben, und die linken Räder glitten hinein. Der Sattelschlepper erzitterte, neigte sich …

Der Fahrer ruckte das Lenkrad nach rechts und konnte gerade noch verhindern, dass der Lastwagen umkippte. Aber er hatte zu viel des Guten getan und schoss nun auf die Tankstelle zu. Jetzt geriet er auf der rechten Seite mit den Rädern in den Graben, der auf dieser Straßenseite tiefer war. Der Fahrer versuchte verzweifelt, wieder herauszukommen, doch die linken Räder hingen bereits in der Luft, der Lastwagen neigte sich, kippte, schlitterte direkt auf die Zapfsäulen zu …

Sorm kam ins Blickfeld – Dox sah ihn neben der Tankstelle über den Schrottplatz rennen. Er musste sich auf dem Trittbrett des Lasters festgehalten haben und abgesprungen sein, als der Sattelschlepper zu kippen begannen.

Der Lastwagen fiel auf die Seite, riss die Zapfsäulen ab und kam ruckelnd zum Stillstand. Die Lichter in der Tankstelle erloschen. Einen Augenblick lang war es stockfinster. Dann explodierte der Boden unter dem Container in orangefarbenen Flammen.

»Hol die Kinder raus!«, brüllte Dox. »Ich übernehme Sorm!«

KAPITEL 31

Livia hatte sich so auf Sorm konzentriert, dass sie eine Sekunde lang nicht auf Carl reagierte und dem flüchtenden Mann hinterhersetzte. Dann kam sie wieder zu sich. Und erinnerte sich an das kleine Mädchen.

Sie sprintete zu dem Lastwagen. Brennendes Benzin breitete sich rasch auf dem Boden an den Längsseiten des Trailers aus. Aus dem Container hörte sie schrille Schreie der Todesangst.

Sie rannte zum Heck. Die Hitze war bereits jetzt fast unerträglich. Das einzige Licht kam von den flackernden Flammen, und durch die sich bewegenden Schatten konnte sie nur undeutlich sehen. Sie suchte nach dem Griff ...

Und erkannte, dass die Tür mit einer Kette und einem Vorhängeschloss gesichert war.

Die Schreie aus dem Inneren klangen jetzt lauter und zunehmend panisch. Sie hörte, wie von innen gegen die Metallwände gepoltert wurde. Sie wimmerte voll Angst und drängte die Erinnerung daran zurück, wie sie selbst als Kind an die Innenwand eines Containers geschlagen hatte, um irgendjemanden auf sich aufmerksam zu machen, irgendjemanden, der sie hörte und ihr half, ihr und Nason half ...

Die Flammen krochen immer näher an das Heck des Lastwagens heran. Sie blickte wild um sich. Zehn Meter hinter ihr, jenseits eines weiteren Entwässerungsgrabens, befand sich der Schrottplatz, den Carl beschrieben hatte, als sie mit Fallon und Leekpai im Van gewesen waren. Sie rannte hin und hielt Ausschau nach etwas, irgendetwas, das ihr helfen konnte. Sie erblickte eine lange Stahlstange – vielleicht von dem ausgeschlachteten Verschluss eines Containers. Sie griff danach und stellte dankbar fest, dass sie schwer und solide war. Dann hastete sie zum Lastwagen zurück. Die Flammen schlugen inzwischen über dem Trailer zusammen. Die Kinder innen kreischten.

Der Fahrer stemmte sich aus einem der Fenster der Fahrerkabine und sprang zu Boden. Als er sie sah, zog er ein Messer unter dem Hemd hervor und griff mit einem Kriegsschrei an.

Keine Zeit, die Glock zu erreichen. Sie erwiderte den Schrei und stieß mit der Stange nach seinem Gesicht. Es gelang ihm auszuweichen, aber sie wuchtete das Ende aus den Handgelenken herum und erwischte ihn am Hals. Er kam ins Stolpern. Sie schlug noch einmal zu, diesmal mit stärkerem Einsatz aus Arm und Hüfte heraus. Sie traf ihn am Kiefer. Er fiel auf ein Knie. Bevor er wieder hochkam, wechselte sie den Griff und schwang die Stange wie einen Baseballschläger. Sie krachte ihm über dem Ohr gegen den Kopf und warf ihn auf die Seite.

Schlüssel. Wo sind die Schlüssel?

Sie trat einen Schritt auf den Fahrer zu, zögerte dann. Vielleicht hatte er die Schlüssel in der Tasche, vielleicht lagen sie in einer Ablage im Lastwagen. Oder sie waren bei dem Unfall herausgeschleudert worden. Wie dem auch sei, wenn sie sich beim ersten Mal irrte, war es zu spät für einen zweiten Versuch.

Sie sprang wieder ans Heck des Containers, schob die Stange durch die Kette hindurch, drehte sie, bis es nicht mehr weiterging und stemmte sich mit vollem Gewicht auf das freie Ende. Ein metallisches Ächzen ertönte. Doch dann ging ihr der Spielraum aus und die Stange stieß gegen den Boden.

Sie schrie frustriert auf und dachte: Die Schlüssel, du hättest versuchen sollen, die Schlüssel zu finden. Sinnlos – selbst wenn sie die falsche Wahl getroffen hatte, die Stahlstange war jetzt ihre einzige Hoffnung. Sie trat wieder an die Tür. Die Hitze wurde immer unerträglicher. Sie steckte die Stange ein zweites Mal durch die Kette, ließ ihr diesmal jedoch mehr Bewegungsfreiheit und vermied es, daran zu denken, wie heiß es im Inneren des Containers bereits sein musste. Oder wie viel Benzin hier direkt unter der Oberfläche lagerte. Die Glieder der Kette ächzten, und sie glaubte schon, sie würde nachgeben, aber nichts passierte. Ihr Körpergewicht allein reichte nicht aus.

Abermals stieß sie einen Schrei aus. Die Flammen waren überall. Es war heiß, so heiß. Sie hängte sich an die Stange und lief mit den Füßen am Container hoch wie ein Stabhochspringer in Zeitlupe. Die Kette knackte und ächzte, aber sie gab nicht nach. Schließlich hing sie kopfunter in der Luft und stemmte die Fersen gegen die vorspringende Oberkante. Sie legte ihr ganzes Gewicht hinein, die Kette zum Zerreißen gespannt, kämpfte mit jeder Muskelfaser in den Oberschenkeln darum, die Stange noch zwei Zentimeter weiterzubewegen, nur noch einen Zentimeter ...

Sie schluchzte. Es funktionierte nicht. Ihre Haut brannte vor Hitze, sie konnte ihre eigenen versengten Haare riechen ...

Die Kette riss und klirrte zu Boden. Sie stürzte ab. Die Stange traf sie am Bauch, und sie spürte eine Explosion aus Schmerz und Übelkeit. Dann knallte sie zu Boden, und das letzte Quäntchen Luft wurde ihr aus der Lunge gequetscht.

Sie bemerkte voll Entsetzen, dass ihr Hemd brannte. Sie wälzte sich auf der Erde herum und erinnerte sich an den Drainagegraben, irgendwo in der Nähe ...

Sie rollte sich über den Rand und klatschte ins Wasser. Der Schock klärte ihre Gedanken. Sie kletterte wieder heraus und rannte zurück zum Lastwagen. Sie packte den Hebel und spürte kaum, wie das Metall ihr die Handflächen verbrannte, als sie ihn nach oben stieß. Die Verriegelungsstangen glitten aus den Halterungen. Sie zerrte die Tür auf, und Dutzende von kreischenden, weinenden Kindern kamen herausgeströmt, stolperten in wilder Panik übereinander und liefen an ihr vorbei in die Nacht. Sie versuchte zu helfen, zog die Gestrauchelten wieder auf die Füße und schob sie weiter, während sie im Licht der Flammen in die zu Tode erschrockenen Gesichter starrte, um das Mädchen zu finden, dieses kleine Mädchen, doch sie konnte es nirgends entdecken.

Binnen Sekunden hatten sich die Kinder zerstreut und waren verschwunden. Der Container war leer.

Sie taumelte vor der Hitze zurück, hielt sich die vor Schmerz pochende Seite und weinte. Zu ihrer Rechten vernahm sie Carls Stimme: »Labee!«

Sie hob den Kopf und sah den großen Scharfschützen auf sich zukommen. Er zerrte den sich wehrenden und stolpernden Sorm an den Haaren hinter sich her.

Sie wich weiter zurück vor der Glut. Carl erreichte sie und stieß Sorm vor ihren Füßen zu Boden. Der Mann starrte in die Flammen und schreckte vor der Hitze zurück.

»Du hast die Kinder herausgeholt?«, fragte Carl.

Sie nickte und sah Sorm an. Sie spürte, wie der Drache seine Flügel entfaltete und der Hass in ihr heißer loderte als das Feuer.

»Ich habe es dir versprochen«, sagte Carl. »Er gehört dir. Aber diese Zapfsäulen könnten jeden Moment explodieren. Und die Cops werden kommen. Erledige ihn, und dann lass uns verschwinden.«

Sie zog die Glock aus der Tasche ihrer Shorts und richtete sie auf Sorms Gesicht. »Wo ist sie?«, fragte sie.

Er schüttelte offenbar starr vor Angst den Kopf. Seine Blicke zuckten zwischen dem Feuer und der Waffe hin und her.

»Wo ist sie?«, schrie sie. Speicheltröpfchen spritzten ihm ins Gesicht. Sie drückte ihm die Mündung der Glock gegen die Stirn. »Wo ist sie? Wo habt ihr sie hingebracht? Sag es mir! Sag es mir! Sag mir, wo sie ist!«

Sorm zitterte und schüttelte den Kopf. Er war stumm vor Entsetzen.

Carl legte ihr die Hand auf den Arm. »Sie ist nicht hier, Labee. Und er weiß es nicht. Für ihn sind sie alle gleich. Sie sind nur Ware.«

Abermals stieß sie einen Schrei aus, guttural, ohne Worte, brüllte die Trauer und den Zorn und die Verzweiflung hinaus. Sie packte Sorm bei den Haaren und zerrte ihn zum Lastwagen. Die Hitze war wie ein greifbares Ding, eine pulsierende Kraft, die herankroch und sie einhüllte.

»Nein, Labee!«, schrie Carl. »Die Zapfsäulen!«

Sie hörte nicht. Sie verstand ihn kaum. Sie erreichte die Tür, hob die Kette auf und wickelte sie Sorm um den Hals. Er griff sich an die Kehle, doch sie hatte bereits das andere Ende hinter einer der Verschlussstangen durchgeschoben, zerrte mit aller Kraft daran und riss ihn gegen den Lastwagen. Sie schlang den Rest der Kette zu einer Art Henkersknoten zusammen und dann wieder und wieder um seinen Hals. Sorms Augen traten hervor und er klaubte vergeblich nach den Kettengliedern. Seine Füße vollführten einen merkwürdigen kleinen Stepptanz.

Ein frischer Schwall brennenden Benzins schoss unter den Zapfsäulen heraus auf sie zu. Es war ihr egal. Es kümmerte sie nicht, wenn sie verbrannte. Solange Sorm es auch tat.

Dann schlang sich ein kräftiger Arm um ihren Bauch und zerrte sie zurück. Sie schrie vor Schmerz auf – die herabfallende Stahlstange hatte sie schwerer verletzt, als sie gedacht hatte – und wehrte sich. Doch der Arm und der Mann, zu dem er gehörte, blieben unnachgiebig. Carl.

Er zog sie weiter weg. »Wo ist sie?«, stieß sie abermals hervor.

Aber Sorm konnte sie nicht mehr hören. Die Flammen hatten sich über seine Beine ausgebreitet und wanderten an seinen Seiten hoch. Aus der brennenden Pfütze wurde ein Teich, ein Fluss, ein See, und Sorm befand sich in seiner Mitte und brüllte. Sein Hemd brannte, sein Haar rauchte, seine Haut schmolz und sein Mund stand in einem Grinsen des Todes weit aufgerissen.

»Wo ist sie?«, schrie Livia noch einmal, aber Carl blieb nicht stehen, bewegte sich von dem Lastwagen und den Flammen weg, von …

Eine der Zapfsäulen flog in die Luft. Ein Feuerball hüllte den Sattelschlepper ein und Sorm mit ihm. Carl stieß Livia zu Boden und warf sich über sie, schützte sie mit seinem Körper. Schmerz explodierte in ihr. Sie kreischte.

Es gab eine weitere Detonation. Eine dritte. Brennende Trümmer regneten auf sie herab. Sie waren fünfzehn Meter vom Zentrum entfernt, aber die Luft war heiß wie ein Ofen.

Carl zog sie auf die Füße. Sie taumelte, und er legte ihr den Arm um die Taille und drängte sie weiter. Sie war sich undeutlich bewusst, dass er in einer Tasche herumkramte. Er brachte ein Telefon zum Vorschein. »Wir brauchen jetzt doch eine Mitfahrgelegenheit«, sagte er hinein. Seine Stimme klang beinahe unnatürlich ruhig, während er sie halb führte, halb trug. »Und zwar pronto.«

Fallon. Der Gedanke erschien ihr weit weg, zusammenhanglos.

»Richtig, die Explosionen, der Rauch und das Feuer, geht nicht anders. Man muss nur den großen orangefarbenen Flammen folgen, um direkt auf uns zu stoßen.«

Eine Minute später kam der weiße Van mit quietschenden Reifen neben ihnen zum Stehen. Carl stieß die Tür auf, zog Livia ins Innere und knallte sie hinter ihnen wieder zu. Fallon war schon losgefahren, bevor sie sich geschlossen hatte.

»Wir brauchen einen Arzt«, hörte sie Carl sagen. Er legte sie auf die Sitzbank. »Sie hat Verbrennungen und auch innere Verletzungen, glaube ich.« Er sah ihr in die Augen. »Labee, bleib bei mir. Der alte Fallon kümmert sich um uns. Ich wette, er kann genauso gut fahren wie du, oder wenigstens wird er es versuchen. Alles wird gut.«

Sie hörte ihn kaum. Sie konnte nicht aufhören zu weinen. »Wo ist sie?«, fragte sie noch einmal. »Wo?«

Carl kniete sich neben sie und berührte ihre Wange. »Ich weiß es nicht, Darling. Ich weiß es nicht.«

»Ich konnte sie nicht retten«, sagte sie und krampfte sich aufschluchzend zusammen. »Ich konnte es nicht. Oh Gott, ich konnte sie nicht retten.«

Er strich ihr über die versengten Haare. »Du hast die anderen gerettet, Darling. Allesamt. Jedes einzelne Kind.« Seine Stimme brach, doch dann sprach er weiter. »Und du wirst noch viele andere retten. Ich hab's dir gesagt, ich weiß alles über dich, was ich zu wissen brauche. Und dessen bin ich mir ganz sicher.«

Das Schluchzen ließ sie nicht mehr los. Schmerz und Trauer überlagerten jede andere Emotion und trugen sie fort zu den schwärzesten und trostlosesten Gefilden ihres Verstands. Sie griff nach seiner Hand und zog ihn an sich. Er legte die Arme um sie, und sie klammerte sich an ihn, vergrub ihr Gesicht an seiner Schulter, während ihr Körper von der Macht ihrer Tränen geschüttelt wurde. Er hielt sie fest und flüsterte ihren Namen, Labee, Labee, Labee, immer und immer wieder.

Dann wurde die Welt schwarz, und sie war verschwunden.

KAPITEL 32

Eine Woche später war Livia zurück in Seattle. Die Leute waren bestürzt über ihren heftigen Sonnenbrand. Dämlich, gab sie zu. Sie hatte sich hinreißen lassen. Mit der tropischen Sonne war nicht zu spaßen. Und bei einem dummen Tuk-Tuk-Unfall hatte sie sich auch noch die Rippen gebrochen und die Leber geprellt. Nichts Lebensbedrohliches. Nur peinlich, wenn man bedachte, was sie schon alles als Cop überlebt hatte.

Little kam von irgendwoher angereist, um sie auszufragen. Sie saßen wieder in der Cafeteria, Livia mit ihrem Mineralwasser, Little mit seinem Kaffee. Er teilte ihr mit, dass ein Krieg zwischen thailändischen und ukrainischen Menschenhändlerbanden ausgebrochen war. Sie verkündete, dass ihr das ganz recht sei und sie hoffe, dass sie sich gegenseitig auslöschten.

»Wissen Sie was?«, sagte er. »Ich auch.«

Sie saßen sich einen Augenblick lang stumm gegenüber, und das Schweigen fühlte sich seltsam einvernehmlich an. »Und?«, fragte er. »Jetzt, da Sie sich aus erster Hand einen Überblick verschafft haben und Zeit zum Nachdenken hatten, was halten Sie von meinem Angebot?«

Sie nippte an ihrem Mineralwasser. »Ich sag Ihnen was, B. D. Nach zehn Tagen da draußen glaube ich nicht, dass es da für mich viel zu tun gibt.«

»Richtig. Man hat fast den Eindruck, als wäre der Job schon erledigt.«

Sie sah ihn an. Wusste er Bescheid? Oder fischte er im Trüben?

Er nickte. »Oh ja«, sagte er, und eine befremdliche Sekunde lang machte es den Eindruck, als hätte er ihre Gedanken gelesen und würde sie beantworten. »Ich weiß.«

Sie wartete entnervt.

»Vivavapit«, sprach er weiter. »Sakda. Sorm. Und davor Juntasa und der Senator. Ich weiß, was Sie getan haben, Livia.«

Sie versuchte, ein Pokerface aufzusetzen, spürte jedoch, wie sie vor Angst und Überraschung erbleichte.

Er legte sich die geballte Faust auf die Brust. »Und dieser Vater hier dankt Ihnen von ganzem Herzen.«

Sie starrte ihn an, besorgt und gleichzeitig verwirrt.

»Ich verstehe«, fuhr er fort. »Sie dachten, ich hätte irgendwelche Hintergedanken. Nun, Sie hatten recht. Und das gilt noch immer. Es ist nur nicht das, was Sie vermuten.«

Er zog seine Brieftasche aus der Hose und nahm ein Foto heraus. Little, vielleicht zehn Jahre jünger. Mit einem strahlenden jungen Mädchen neben sich, das die Arme um seinen Hals geschlungen hatte und ihre Wange an seine drückte. Der Little auf dem Bild hätte gar nicht glücklicher aussehen können. Oder stolzer. Sie fragte sich unwillkürlich, warum es kein Foto auf dem Smartphone war. Und dann begriff sie: Er wollte etwas, das er in die Hand nehmen konnte.

»Presley«, sagte er. »Ihre Mutter war ein großer Fan des ›King‹. Auf dem Foto ist sie fünfzehn. Jetzt wäre sie dreiundzwanzig. Oder …« Er zuckte hilflos mit den Schultern, verstummte und sah weg.

»Nur ein kurzer Gang zum Lebensmittelladen an einem Sommerabend«, fuhr er schließlich fort. »Um Popcorn für einen Film zu besorgen, den wir uns ansehen wollten. *Ratatouille.* Sie mochte Trickfilme. Ich kenne ihn immer noch nicht. Ich hoffte ständig …« – seine Stimme brach – »… wir könnten ihn uns vielleicht irgendwann doch zusammen ansehen. Halten Sie das für denkbar?«

Livia sah ihn an und erinnerte sich an den merkwürdigen Gesichtsausdruck, der ihr aufgefallen war, als sie sich über ihre Selbstverteidigungskurse für Frauen unterhalten hatten. Plötzlich verstand sie, was er bedeutet hatte. Sie fühlte eine seltsame Mischung aus Skepsis … und Mitgefühl. »Ich weiß nicht.«

Er schüttelte den Kopf. »Nein, natürlich nicht. Niemand weiß das. Das ist das Schlimmste daran. Das Nicht-Wissen. Können Sie sich vorstellen, was es heißt, über meine Art von Ressourcen zu verfügen … und es trotzdem nicht zu wissen? Keine Spur zu finden? Keine einzige Antwort? Es ist wie der Phantomschmerz einer amputierten Seele.«

Sie wünschte, es wäre nicht der Fall gewesen, aber sie war mit diesem Schmerz nur allzu vertraut. Bis hin zu seiner Metapher.

»Ich würde meinem Leben ein Ende setzen, wenn ich sicher wüsste, dass sie tot ist«, fuhr er fort. »Das ist die Wahrheit. Das wollte ich schon vor langer Zeit.« Er sah sie mit Tränen in den Augen an. »Aber das kann man nicht. Denn vielleicht ist dieses kleine Mädchen immer noch irgendwo da draußen. Und man muss für es da sein. Man muss ausharren. Man muss. Egal wie.«

Livia spürte, wie auch ihr die Tränen kamen.

Er setzte die Brille ab und kniff sich in die Nasenwurzel. »Ihre Mutter hat einen Weg gefunden, das zu umgehen. Heroin. Als sie schließlich eine Überdosis nahm, hat sie sich sicher eingeredet, es wäre ein Unfall. Vielleicht stimmte das ja sogar. Also liegt es nun an mir allein, Wache zu halten. An mir, und an Menschen wie mir. Denn wie viele Menschen gibt es, Livia, die Ihnen so in die Augen sehen, wie ich es jetzt tue und dabei sagen können: ›Ich weiß, was Sie durchgemacht haben! Was Sie durchmachen.‹ Nun, ich kann es. Und ich tue es.«

Danach saßen sie eine Weile schweigend da. Ein paar Cops, die Livia kannte, kamen herein, hielten sich jedoch fern von ihnen. Vermutlich spürten sie etwas Ungewöhnliches in der Atmosphäre an ihrem Tisch.

Little erzählte ihr noch mehr. Er hatte nach jemandem wie Livia gesucht, einem Menschen, der ebenso motiviert war wie er, aber jünger, fähiger, und der sich auf der Straße auskannte. Zwei Monate zuvor hatte er über den Tod von Senator Ezra Lone aufgrund einer Herzattacke in einem Hotel in Bangkok gelesen. Little hatte seine Verbindungen spielen lassen und nachgeforscht. Die Geschichte mit dem Herzanfall hatte zunehmend absurd geklungen. Er erfuhr, dass Ezra Lone der Bruder von Fred Lone gewesen war, und das hatte ihn zu Livia geführt. Dann hatte er die Unterlagen der Zoll- und Einwanderungsbehörden überprüft und festgestellt, dass Livia sich zum Zeitpunkt von Ezra Lones Dahinscheiden zufällig in Bangkok aufgehalten hatte.

»Das FBI hat ein Team eingeflogen, um im Fall seines Todes zu ermitteln, wussten Sie das?«, fragte er.

Plötzlich wurde sie wieder misstrauisch. Sie sagte nichts.

»Oh ja. Einer Menge Leute ist klar, dass es kein Herzinfarkt war. Was sie nicht wissen und auch nie erfahren werden, ist, wer es getan hat. Denn ein gewisser Experte für thailändische Verbrecherbanden und Polizeikorruption hat sie mit irreführender Information gefüttert, die sie in falsche und wenig hilfreiche Richtungen führte.«

Sie sah ihn an. »Und jetzt bin ich Ihnen dafür etwas schuldig?«

»Sie schulden mir gar nichts. Ich schulde Ihnen etwas.«

»Schulden? Sie haben mich benutzt.«

»Sofern ich Sie benutzt habe, dann indem ich Ihnen das gegeben habe, wonach Sie sich am meisten auf der Welt gesehnt haben.«

»Sie hätten …«

»Nein, Livia. Sie hätten mir nicht geglaubt. Es war der einzige Weg. Und wenn Sie nicht gewollt hätten, hätten Sie es einfach bleiben lassen können. Genau wie Sie auch jetzt noch aussteigen können. Ich werde Ihr Geheimnis wahren, so oder so. Wie gesagt. Ich bin Ihnen etwas schuldig.«

Sie fragte sich, ob er damit nicht vielmehr meinte, dass er sie in der Hand hatte. Aber irgendwie hatte sie nicht das Gefühl.

»Ich bitte Sie nur um eines«, sagte er, »nämlich darüber nachzudenken. Was wir gemeinsam erreichen könnten. Mit meinen Infos. Mit Ihrer Raffinesse. Denken Sie an all die Leute, die wir ihrer gerechten Strafe zuführen könnten. Und die Kinder, die wir retten könnten.«

»Das ist sehr viel.«

»Ich weiß.«

»Ich möchte, dass Sie mich für eine Weile in Ruhe lassen. Und egal, wie lange ›eine Weile‹ dauert, Sie müssen es respektieren.«

Er warf ihr dieses breite, strahlende Lächeln zu, von dem sie schon bei ihrer ersten Begegnung gedacht hatte, dass er die Leute gern damit einwickelte. »Hart bis zuletzt. Und ja, ich akzeptiere das. Und werde immer auf Ihren Anruf hoffen.«

Auf dem Rückweg zu ihrem Schreibtisch schaute Livia in Strangelands Büro vorbei. Ihr Lieutenant musste davon erfahren haben, dass Agent Little sich im Gebäude aufhielt, wie ihr auch sonst nie etwas Wichtiges entging. Es war besser, selbst ein Gespräch darüber anzustoßen, als Strangeland zu zwingen, zu ihr zu kommen.

Livia tippte an die Scheibe in der Tür, und als Strangeland von ihrem Papierkram aufblickte und nickte, trat sie ein. Sie schloss die Tür hinter sich und blieb stehen.

»Was wollte er?«, fragte Strangeland.

Livia lächelte. Sie war nicht überrascht. »Er möchte mich immer noch für seine Taskforce anwerben.«

»Was haben Sie ihm geantwortet?«

»Ich sagte … dass das nichts für mich wäre.« Aber in Wahrheit war sie sich überhaupt nicht sicher, was sie Little gesagt hatte. Oder was sie selbst wollte.

Strangeland nickte. »Dann war es gut, dass Sie Ihren Dämonen gegenübergetreten sind.«

»Ja.«

»Konnten Sie sie austreiben?«

Einen Moment lang dachte sie an die letzten Tage in Bangkok zurück. Das Erwachen in Fallons Apartment, Carl an ihrer Seite, eine Infusionsnadel in ihrem Arm. Wie sich herausgestellt hatte, war Fallon bei den Marines Sanitäter gewesen und außerdem ein »Prepper«, einer, der auf alle denkbaren Notfälle vorbereitet war. Während sie bewusstlos gewesen war, hatten er und Carl die Kawasaki in den Van verladen, Livia in Sicherheit gebracht und ihre Verletzungen verarztet.

Sie hatte zwei Tage im Bett verbracht und viel geschlafen, war dabei aber nicht faul gewesen. Mithilfe von Littles Akten und neuen Infos von Kanezaki war es ihr leichtgefallen, die letzten zwei Männer aufzuspüren, die bei der Entführung von Nason und ihr mitgewirkt hatten – den im Van und denjenigen, der auf dem Feld den kleinen Jungen ausgepeitscht hatte, Kai. Und sosehr es ihr widerstrebt hatte, um Hilfe zu bitten, in ihrer Verfassung hatte sie es nicht selbst tun können. Also hatte sie Carl gefragt. Er hatte versprochen, zu sehen, was sich machen ließe.

Die beiden Männer gehörten der Polizei an, wie die anderen auch. Sie arbeiteten im Hinterland, in Chang Rai. Carl hatte Livia mit einem von Fallons Vans hingefahren. Den einen Typen hatte er vom obersten Stockwerk einer Bauruine aus erschossen. Den zweiten von einem kleinen Hügel in den Reisfeldern. Es hatte sich jeweils um Schüsse über tausend Meter gehandelt. Für sie war es ein bittersüßes Erlebnis gewesen, nicht selbst den Abzug drücken zu können. Aber sie war froh, dass sie endlich Carls Gesichtsausdruck hinter einem Zielfernrohr zu sehen bekommen hatte – entspannt und doch konzentriert, genau wie sie es erwartet hatte. Und durch einen Feldstecher zuzusehen, wie die Köpfe der Männer explodierten, war durchaus befriedigend gewesen.

Als sie sich von Fallon verabschiedeten, schüttelte sie ihm die Hand und bedankte sich. Er winkte ab. »Wie gesagt«, meinte er, »ich fing schon an, mich zu langweilen. Ich müsste mich bei Ihnen bedanken. Kommen Sie mal wieder. Lassen Sie uns ein bisschen Rabatz machen.«

Carl fuhr sie zum Flughafen. Er parkte, und dann standen sie am Gehsteig zusammen. Ein Verkehrspolizist bedeutete Carl, er solle weiterfahren, und Carl winkte zurück und rief: »Ja, Sir. Mache mich gleich auf den Weg, und vielen Dank auch.«

Er betrachtete die Reisetasche, die sie am Boden abgestellt hatte. »Kommst du zurecht?«, fragte er.

Sie sah ihn stirnrunzelnd an. Ihr Gepäck war wenig größer als eine Handtasche. Wegen der Rippen- und der Leberprellung hatte Fallon darauf bestanden, dass sie nichts Schweres tragen dürfe. Aber trotzdem. »Das geht schon, denke ich«, antwortete sie.

»Falls du nämlich einen Sherpa suchst, ich bin gerade frei.«

Das brachte sie zum Lächeln. »Du bist viel mehr als ein Sherpa.«

»Ich gebe mir Mühe.«

Sie mochte keine Abschiede. Doch da war etwas, was sie ihn noch fragen musste.

»Hey«, sagte sie. »Was wolltest du gerade sagen, als Dillon dich vor der Mündung hatte? ›Also die Sache mit den Frauen ist ...‹?«

Er lachte. »Ich hatte so viel Angst, dass ich mich kaum erinnern kann. Aber es war vermutlich etwas wie ›Wenn ich je die Richtige finde, werde ich sie nie wieder loslassen‹.«

Sie war überrascht, wie sehr das wehtat. »Du findest sie bestimmt noch, Carl.«

Er sah sie an, als würde er nach Worten ringen. Endlich sagte er: »Labee? Ich finde, du bist einfach wunderschön. In jeder Hinsicht.«

Dann hatte er sie in den Arm genommen. Und sie hatte die Umarmung erwidert.

»Livia?«

Sie schüttelte den Kopf. Strangeland starrte sie an.

»Lieutenant?«

»Ihre Dämonen. Haben Sie sie ausgetrieben?«

»Verzeihung. Ja. Ich glaube schon.«

Strangeland nickte langsam, anscheinend ein wenig aus dem Tritt gebracht von Livias Aussetzer. »Das ist gut. Wir brauchen Sie hier, Livia. Seattle braucht Sie. Wir müssen hier jede Menge Drecksäcke wegsperren.«

Livia nickte.

»Okay. Schön, dass Sie zurück sind.«

»Danke, Lieutenant.« Sie drehte sich um und ging hinaus.

Es war tatsächlich schön, wieder zu Hause zu sein, das musste sie zugeben. Sie war müde, aber das war kaum verwunderlich. Die Hauptsache war, dass sie sich ihren Dämonen gestellt hatte, wie sie gerade gegenüber Strangeland bestätigt hatte. Und sie erledigt hatte. Nun waren sie alle tot.

KAPITEL 33

Dox flog nach New York. Kanezaki hatte ihm mitgeteilt, dass bei den Vereinten Nationen eine Gedenkveranstaltung stattfand. Für Vann.

Eine Menge wichtig aussehender Leute waren gekommen, und ein paar hielten sogar ganz annehmbare Reden. Aber Dox beschlich das Gefühl, dass keiner von ihnen den Mann richtig gekannt oder zu schätzen gewusst hatte. Sie sprachen von Vanns Mitgefühl, doch Dox bezweifelte, dass sie es verstanden hatten. Sobald die Feier vorüber war, würden sie zu ihren jeweiligen Tätigkeiten zurückkehren und nicht das Geringste in ihrem Leben ändern.

Genau wie du?

Gute Frage. Darüber galt es nachzudenken. Er wollte ganz sicher nicht so enden wie diese ausgebrannten alten Knacker in Pattaya. Er bedauerte, dass Vann nicht mehr da war. Er hatte wirklich gehofft, dass es zu diesem philosophischen Gespräch gekommen wäre.

Nach dem Festakt unternahm er mit Kanezaki einen Spaziergang. Es war ein feuchter, grauer Tag, und es nieselte.

»Es macht Spaß, mit dir unter diesen Schirmen in New York herumzuspazieren«, sagte Dox. »Das befriedigt meinen unterschwelligen Wunsch nach mehr Abenteuer im Leben.«

Kanezaki lachte. »Ich denke, du kannst diesbezüglich eine kleine Pause einlegen. Wenn du möchtest.«

»Was meinst du damit?«

»Dillons Tod wird unter den Teppich gekehrt. Und da Sorms Netzwerk ausradiert ist, gibt es niemanden, der noch hinter dir her wäre. Jedenfalls nicht aus dieser Richtung.«

»Okay, gut zu wissen.«

»Darüber hinaus ist die DIA aus dem Menschenhandel ausgestiegen.«

»Fürs Erste.«

Kanezaki nickte. »Fürs Erste. Da so viel Geld im Spiel ist, werden sie versuchen, wieder einzusteigen. Wie andere auch.«

»Vielleicht kannst du es ihnen ein bisschen schwerer machen. Wo dir doch jetzt die Schuppen von den Augen gefallen sind und so.«

Kanezaki warf ihm ein geheimnisvolles Lächeln zu.

Dox runzelte die Stirn. »Was denn?«

»Vann. Er war ein wirklich guter Mensch.«

»Allerdings. Wie hast du ihn eigentlich kennengelernt?«

»Er war ein Freund meines Vaters.«

»Klingt nach einer Geschichte.«

»Vielleicht ein andermal.«

»Dann hast du ihn gut gekannt?«

Dieses Mal war Kanezakis Lächeln eher wissend als geheimnisvoll. »Ja.«

Dox blieb stehen. »Hey, Mann, was weißt du, das ich nicht weiß, dass du so selbstzufrieden aussiehst?«

Kanezaki gab keine Antwort. Er lächelte nur weiter, obwohl nun auch eine gewisse Traurigkeit in seinen Augen stand.

Plötzlich begriff Dox. »Du hast mit ihm zusammengearbeitet. Das ist der Grund, warum du nicht wolltest, dass ich Sorm töte. Nicht, weil er ein DIA-Informant war. Das wäre dir scheißegal gewesen. Du hast mich nicht rangelassen, weil Vann ihn lebendig hinter Gitter bringen wollte.«

Kanezaki nickte. »Ich dachte, du würdest schon früher darauf kommen.«

»Das war jetzt gemein.«

»Ein bisschen vielleicht. Aber bei allem Verständnis, da ist hinter den Kulissen eine Menge passiert. Ich denke, das könntest du als Entschuldigung gelten lassen.«

Dox lachte. »Danke. Ich weiß es zu schätzen. Es freut mich, zu wissen, dass du ihm behilflich warst, auch wenn ich es schon früher hätte erkennen müssen. Ich bin wirklich froh. Nur wie?«

»Was glaubst du denn, woher Vann die Infos hatte, die er für die Anklage gegen Sorm brauchte?«

Dox grinste und versetzte ihm einen Klaps auf die Schulter. »Kanezaki, du gerissener alter Hund, also ehrlich. Ich hätte es wissen müssen.«

»Ich bin froh, dass du es nicht wusstest. Wenn es dir hätte auffallen können, hätten auch andere es bemerkt. Und manchmal wünschte ich fast, es wäre so gekommen. Es hätte Vann ein wenig aus dem Fokus genommen. Vielleicht hätten sie sich dann nicht so auf ihn eingeschossen. Oder ich hätte …«

»Das war nicht deine Schuld, mein Sohn. Ich habe ebenfalls versucht, ihn zu warnen.«

Kanezaki nickte. »Wir werden wohl immer mit der Ungewissheit leben müssen, was wir hätten besser machen können. Aber ja. Ich habe Vann alles übergeben, was die CIA jemals über Sorm zusammengetragen hat. Das war eine Menge. Tu mir den Gefallen und berichte L. nichts von den Details. Obwohl du ihr sagen könntest, dass nicht alle von uns in der ›Gemeinde‹ sich mit den Sorms dieser Welt einlassen. Ein paar von uns versuchen auch, ihnen das Handwerk zu legen. Selbst wenn wir dabei die eine oder andere Regel der ›Gemeinde‹ brechen müssen.«

Es war höflich von Kanezaki, sie immer noch »L.« zu nennen. Labee hatte Dox anvertraut, wer sie wirklich war, und er wusste, dass Kanezaki mit Sicherheit die Spur bis zu Detective Livia Lone im Dezernat für Sexualverbrechen bei der Polizei von Seattle verfolgt hatte. Doch nur Dox kannte sie als Labee.

»Eines sage ich dir, mein Junge, es ist ein schmutziges Geschäft, in dem wir da tätig sind, und daran wird sich nie etwas ändern. Aber ich bin verdammt stolz darauf, ein paar der wirklich guten Jungs zu kennen.«

»Das Kompliment erwidere ich.«

Sie schlenderten weiter. »Es tut mir herzlich leid, dass ich nach den unerfreulichen Ereignissen in Pattaya an dir gezweifelt habe«, sagte Dox.

»Und mir tut es leid, dass ich in Bezug auf Dillon so leichtgläubig war, dass es dich beinahe das Leben gekostet hätte.«

»Es war schlicht ein Fehler. Und am Ende ist ja alles gut ausgegangen. Ich hätte nicht so hart zu dir sein dürfen.«

Kanezaki blieb stehen. »Willst du es wieder gutmachen?«

»Ich wusste doch, dass ich den Mund hätte halten sollen.«

»Ich habe etwas Neues für dich.«

Dox lachte. »Partner, ich bin im Urlaub. Ruf mich nicht an, ich rufe dich an.«

»Lass mich nicht zu lange warten. Ich kenne nicht so viele Leute, denen ich vertrauen kann.«

Dox lächelte und reichte ihm die Hand. »Jetzt, wo du es sagst. Ich kenne auch nur eine Handvoll.«

Im Hauptquartier gab es so viel nachzuholen, dass Livia erst nach Einbruch der Dunkelheit in ihr Loft zurückkehrte. Sie duschte, aber diesmal lieber kühl als brühend heiß. Ihre Haut war noch zu empfindlich.

Sie setzte sich an den Tisch und brachte sich mit den Akten auf den neuesten Stand, während sie den Gemüsereis aß, den sie mitgebracht hatte. Durch die Dusche, die Mahlzeit und den Jetlag fühlte sie sich plötzlich ausgelaugt.

Sie ging zu ihrem Schrein, kniete davor nieder und zündete eine Kerze und Räucherstäbchen an. Eine Weile blieb sie still. Dann sagte sie auf Lahu: »Ich habe einen guten Mann kennengelernt, Nason. Einen wirklich guten Mann. Er hat mir geholfen. Er ist … ein Freund.«

Ihre Augen füllten sich mit Tränen, und sie fügte hinzu: »Ich habe versucht, dich zu retten, kleiner Vogel. Ich habe mich so sehr bemüht.«

Danach schluchzte sie lange Zeit, ließ es einfach geschehen, weil sie wusste, dass es irgendwann vergehen würde.

Als es so weit war, holte sie tief Atem und sagte: »Ich habe sie getötet, kleiner Vogel. Alle. Quadratschädel. Schmutzbart. Die Männer, die ihnen geholfen haben. Und einen Mann namens Sorm, der hinter der ganzen Geschichte und vielen anderen wie der unseren steckte. Jetzt sind sie weg. Tot. All die Männer, die uns wehgetan haben. Sie sind tot. Sie werden nie wieder jemandem etwas zuleide tun. Es ist getan. Es ist vorbei.«

Sie fühlte sich so erschöpft. So leer. Sie brauchte Schlaf. Ja, schlafen. Einfach schlafen.

Sie wischte sich über die Augen und blies die Kerze aus.

Und in der Dunkelheit erkannte sie die Wahrheit.

Es war nicht vorbei. Absolut nicht.

Und ganz egal, was sie tat, es würde nie vorüber sein.

Hinweis des Autors

Ich habe mir ein paar Veränderungen an der Umgebung des Nachtmarkts *Rot Fai* in Srinakarin erlaubt. Vor allem habe ich eine Tankstelle und einen Schrottplatz auf das leere Grundstück südlich der Sanam Golf Alley verlegt. Ansonsten sind die Örtlichkeiten in diesem Buch wie stets so beschrieben, wie ich sie vorgefunden habe.

ANMERKUNGEN

KAPITEL 1

Livias Überlegungen, dass ein Mensch nicht anders kann, als zu lächeln, wenn man ihn dreimal mit seinem Namen anspricht, gehen, sofern ich mich recht entsinne, auf Dale Carnegies *Wie man Freunde gewinnt: Die Kunst, beliebt und einflussreich zu werden* zurück. Meiner Erfahrung nach hat Carnegie recht.

KAPITEL 3

Falls Sie mehr über das Konzept des »erzwungenen Teamings« wissen wollen, empfehle ich Ihnen Gavin de Beckers *Vertraue deiner Angst.*

- https://en.wikipedia.org/wiki/The_Gift_of_Fear

»Wenn man nicht fragt, lautet die Antwort immer Nein« ist eine Weisheit, die ich Madeline Duva verdanke.

KAPITEL 9

»Arbeit ist sichtbar gemachte Liebe« stammt aus einem Gedicht von Khalil Gibran.

- http://www.katsandogz.com/onwork.html
- https://reinhardhartl.wordpress.com/2010/02/18/arbeit-philosophisch-betrachtet-aus-khalil-gibran-der-prophet/

Möglicherweise wäre Livias Nutzung eines Handytrackers in Thailand technisch nicht machbar. Das ist schwer zu beurteilen, weil die Firma Harris Corporation auf strengsten Geheimhaltungsbestimmungen hinsichtlich ihrer Zusammenarbeit mit den Strafverfolgungsbehörden besteht, die ihre Geräte zur Überwachung von Mobiltelefonen erwerben. Wie dem auch sei: Sollte es heute noch nicht möglich sein, dann morgen.

- https://theintercept.com/2016/03/31/maryland-appellate-court-rebukes-police-for-concealing-use-of-stingrays/
- http://arstechnica.com/tech-policy/2013/09/meet-the-machines-that-steal-your-phones-data/1/

KAPITEL 11

Livia tut gut daran, sich Sorgen darüber zu machen, ob Agent Little ihr Mobiltelefon überwachen kann:
»Cellphone Data Spying: It's Not Just the NSA« (Ausspionierung von Handydaten: Nicht nur die NSA tut es)

- https://www.usatoday.com/story/news/nation/2013/12/08/cellphone-data-spying-nsa-police/3902809/

»This Is How Often Your Phone Company Hands Data Over to Law Enforcement« (So oft übermittelt Ihre Telefongesellschaft Daten an die Strafverfolgungsbehörden)

- https://www.forbes.com/sites/kashmirhill/2013/12/10/this-is-how-often-your-phone-company-hands-data-over-to-law-enforcement

»The Problem with Mobile Phones« (Das Problem mit Mobiltelefonen)

- https://ssd.eff.org/en/module/problem-mobile-phones

KAPITEL 12

Auf den Flugzeugfriedhof bin ich auf der wunderbaren Website mit dem Titel »Renegade Travels« gestoßen. Der Penisschrein und der chinesische Friedhof waren ebenfalls verlockende Schauplätze, aber am Ende machten die Flugzeuge das Rennen.

- https://www.renegadetravels.com/abandoned-747-airplane-bangkok-suburb/

KAPITEL 13

Es ist nicht leicht, Wärmebildkameras auszutricksen, aber nicht unmöglich. Ich bedanke mich bei David Rosa und Luisito Sugatan, zwei ehemaligen Marines, die Livia gezeigt haben, wie man es macht (selbst wenn ich nicht leugnen kann, dass sie auch ein bisschen Glück hatte).

- http://www.askaprepper.com/how-to-hide-from-thermal-vision/
- https://www.oathkeepers.org/defeating-drones-how-to-build-a-thermal-evasion-suit/

KAPITEL 14

Integrierte Bildverstärkung und Infrarot bei Nachtsichtgeräten sind noch nicht weit verbreitet, aber im Kommen.

- http://www.foxnews.com/tech/2015/05/05/high-tech-military-goggles-combine-night-vision-thermal-imaging.html

KAPITEL 16

Ein Artikel über die spezielle Trainingseinrichtung zur Winterkampfausbildung der US-Navy-SEALS, die Dox in diesem Buch erwähnt. Sie werden sehen, warum er so begeistert davon ist.

- https://gizmodo.com/how-the-navy-seals-prepare-for-extreme-cold-weather-sur-1737644998

KAPITEL 26

Alles, was Sie schon immer über linsenlose Aufnahmetechnik und die zukünftige Mikro-Miniaturisierung von Kameras wissen wollten, aber nie zu fragen wagten.

- https://www.economist.com/news/science-and-technology/21724796-future-photography-flat-cameras-are-about-get-lot-smaller
- https://www.ingenieur.de/technik/fachbereiche/optoelektronik/kamera-zukunft-kommt-linse/

KAPITEL 29

Falls Sie glauben, die Beteiligung der CIA am internationalen Drogenhandel wäre eine Verschwörungstheorie, wird Ihnen dieser Dokumentarfilm des History Channel die Augen öffnen:

- https://theintercept.com/2017/06/18/the-history-channel-is-finally-telling-the-stunning-secret-story-of-the-war-on-drugs/

Und auch dieses Interview von Jeremy Scahill mit dem Historiker Alfred McCoy, Autor von *Die CIA und das Heroin: Weltpolitik durch Drogenhandel,* sollten Sie nicht verpassen.

- https://theintercept.com/2017/07/22/donald-trump-and-the-coming-fall-of-american-empire/

Die Internationale Arbeitsorganisation der UN schätzt, dass mit Menschenhandel und Zwangsarbeit weltweit jährlich 150 Milliarden Dollar verdient werden.

- http://www.ilo.org/global/about-the-ilo/newsroom/news/WCMS_243201/lang--en/index.htm

Danksagung

Mein Dank gilt Bill Moore alias Bmaz von »Emptywheel« für Hintergrundinformationen über Anklagen vor einer Grand Jury und verwandte Themen.

Ich bedanke mich bei Randy Sutton, der bereitwillig alle meine Cop-Fragen beantwortet.

Dank geht auch an Richard Lee und Christian Montiel von J&M Motorsports, die sich die Zeit genommen haben, mir Nachhilfeunterricht darin zu geben, woran man erkennt, dass jemand ein Motorrad kompetent zu fahren versteht.

Soweit ich Gewalttätigkeit in meinen Romanen zutreffend beschreibe, verdanke ich das meinen großartigen Lehrmeistern, darunter Massad Ayoob, Tony Blauer und Rory Miller. Ich kann ihre überragenden Bücher und Lehrgänge nur jedem wärmstens empfehlen, der in dieser Welt sicherer leben oder auch nur Gewalt realistischer schildern will:

- http://www.massadayoobgroup.com
- https://blauerspear.com
- http://www.wimsblog.com
- http://www.killology.com
- http://www.targetfocustraining.com
- https://www.nononsenseselfdefense.com

- http://www.chirontraining.com
- http://moderncombatandsurvival.com/author/peyton-quinn/

Wie immer gilt mein Dank auch der außerordentlich faszinierenden Gruppe der »Feinschmecker mit einem Gewaltproblem«, die bei Marc »Animal« MacYoungs und Dianna Gordons »No Nonsense Self-Defense« abhängen. Ihre gute Stimmung, Kameradschaft und massenhaft Erkenntnisse, vor allem was den wahren Preis der Gewalt angeht, sind eine Quelle der Inspiration.

- http://www.nononsenseselfdefense.com

Ich danke Naomi Andrews, Jacque Ben-Zekry, Wim Demeere, Gracie Doyle, Alan Eisler, Emma Eisler, Meredith Jacobson, Mike Killman, Phyllis DeBlanche, Lori Kupfer, Dan Levin, Maya Levin, Genevieve Nine, Laura Rennert und Ted Schlein für ihre hilfreichen Anmerkungen zum Manuskript. Ein besonderes Dankeschön gilt Mike Killman, der unermüdlich darüber gewacht hat, dass ich bei der Beschreibung von Actionszenen, die zugleich dramatisch und taktisch korrekt sind, nicht nachlasse. Seine umfangreichen Kommentare sind immer faszinierend.

Vor allem aber danke ich meiner Frau und Literaturagentin Laura Rennert für die tägliche Zusammenarbeit und ihren Einsatz dafür, die Romane in jeder Hinsicht zu verbessern. Für alle, die sich darüber freuen, wie schnell ich die letzten vier Bücher schreiben konnte (wobei *Das Fadenkreuz der Spinne* nur sechs Monate nach *Zero Sum* vollendet war!): Das verdanken wir Laura. Danke für alles, Liebes.

FSC
www.fsc.org
MIX
Papier | Fördert
gute Waldnutzung
FSC® C083411

Zeitfracht Medien GmbH
Ferdinand-Jühlke-Straße 7
99095 Erfurt, Deutschland
produktsicherheit@kolibri360.de

Druck:
CPI Druckdienstleistungen GmbH
im Auftrag der
Zeitfracht Medien GmbH
Ein Unternehmen der Zeitfracht - Gruppe
Ferdinand-Jühlke-Str. 7
99095 Erfurt